Gröls Verlage

„Bücher sind wie Fallschirme. Sie nützen uns nichts, wenn wir sie nicht öffnen.“

Gröls Verlag

Redaktionelle Hinweise und Impressum

Das vorliegende Werk wurde zugunsten der Authentizität sehr zurückhaltend bearbeitet. So wurden etwa ursprüngliche Rechtschreibfehler regelmäßig *nicht* behoben, denn kleine Unvollkommenheiten machen das Buch – wie im Übrigen den Menschen – erst authentisch. Mitunter wurden jedoch zum Beispiel Absätze behutsam neu getrennt, um den Lesefluss zu erleichtern.

Um die Texte zu rekonstruieren, werden antiquarische Bücher von Lesegeräten gescannt und dann durch eine Software lesbar gemacht. Der so entstandene Text wird von Menschen gegengelesen und korrigiert – hierbei treten auch Fehler auf. Wenn Sie ebenfalls antiquarische Texte einreichen möchten, finden Sie weitere Informationen auf www.groels.de

Viel Freude bei der Lektüre wünscht Ihnen das Team des Gröls-Verlags.

Adressen

Verleger: Hermann-Josef Gröls,

Im Borngrund 26, 61440 Oberursel

Externer Dienstleister für Distribution & Herstellung:

BoD, In de Tarpen 42, 22848 Norderstedt

Unsere „Edition | Werke der Weltliteratur“ hat den Anspruch, eine der größten und vollständigsten Sammlungen klassischer Literatur in deutscher Sprache zu werden. Nach und nach versammeln wir hier nicht nur die „üblichen Verdächtigen“ von Goethe bis Schiller, sondern auch Kleinode der vergangenen Jahrhunderte, die – zu Unrecht – drohen, in Vergessenheit zu geraten. Wir kultivieren und kuratieren damit einen der wertvollsten Bereiche der abendländischen Kultur. Kleine Auswahl:

Francis Bacon • Neues Organon • **Balzac** • Glanz und Elend der Kurtisanen • **Joachim H. Campe** • Robinson der Jüngere • **Dante Alighieri** • Die Göttliche Komödie • **Daniel Defoe** • Robinson Crusoe • **Charles Dickens** • Oliver Twist • **Denis Diderot** • Jacques der Fatalist • **Fjodor Dostojewski** • Schuld und Sühne • **Arthur Conan Doyle** • Der Hund von Baskerville • **Marie von Ebner-Eschenbach** • Das Gemeindekind • **Elisabeth von Österreich** • Das Poetische Tagebuch • **Friedrich Engels** • Die Lage der arbeitenden Klasse • **Ludwig Feuerbach** • Das Wesen des Christentums • **Johann G. Fichte** • Reden an die deutsche Nation • **Fitzgerald** • Zärtlich ist die Nacht • **Flaubert** • Madame Bovary • **Gorch Fock** • Seefahrt ist not! • **Theodor Fontane** • Effi Briest • **Robert Musil** • Über die Dummheit • **Edgar Wallace** • Der Frosch mit der Maske • **Jakob Wassermann** • Der Fall Maurizius • **Oscar Wilde** • Das Bildnis des Dorian Grey • **Émile Zola** • Germinal • **Stefan Zweig** • Schachnovelle • **Hugo von Hofmannsthal** • Der Tor und der Tod • **Anton Tschechow** • Ein Heiratsantrag • **Arthur Schnitzler** • Reigen • **Friedrich Schiller** • Kabale und Liebe • **Nicolo Machiavelli** • Der Fürst • **Gotthold E. Lessing** • Nathan der Weise • **Augustinus** • Die Bekenntnisse des heiligen Augustinus • **Marcus Aurelius** • Selbstbetrachtungen • **Charles Baudelaire** • Die Blumen des Bösen • **Harriett Stowe** • Onkel Toms Hütte • **Walter Benjamin** • Deutsche Menschen • **Hugo Bettauer** • Die Stadt ohne Juden • **Lewis Caroll** • *und viele mehr….*

Himmelskraft

Hans Dominik

In flottem Tempo rollte ein Kraftwagen über die Landstraße. Geradeaus nach Westen ging die Fahrt durch den sonnigen Maimorgen. Endlos dehnte sich zu beiden Seiten der Straße die flache Heide, nur hin und wieder durch vereinzelte Kiefern und Birkengruppen unterbrochen.

Nur ein jüngerer Mann, in der zweiten Hälfte der Zwanziger etwa, war im Wagen; er saß am Steuer und zog ab und zu eine Landkarte zu Rate, obwohl ein Sichverfahren in dieser Gegend kaum zu befürchten war. Jetzt ließ er den Wagen langsamer laufen, steuerte nur noch mit einer Hand, während die Finger der andern auf der Karte hin und her gingen.

Nun schien er gefunden zu haben, was er suchte, und brachte sein Gefährt an einer Stelle zum Stehen, an der ein breiter Feldweg von der Landstraße nach links in die Heide abzweigte. Ein ganz gewöhnlicher, ziemlich stark zerfahrener Feldweg war es, einzig auffällig nur durch ein Verkehrszeichen, das ihn für Fahrzeuge aller Art sperrte. Ein anderer hätte sich vielleicht über das Schild gewundert, das hier auf einem kaum dürftiges Futter für Schafe bietenden Feld stand. Der Insasse dieses Wagens aber, Mister Henry Turner aus Kansas City, USA., schien im Gegenteil etwas Derartiges erwartet und gesucht zu haben. Zunächst ließ er seinen Wagen einmal ein paar hundert Meter weiterrollen, um nicht gerade an diesem so eigenartig gekennzeichneten Seitenweg zu stehen. Dann hielt er von neuem und unterzog die Gegend zur Linken der Landstraße einer eingehenden Musterung, wobei er des öfteren den Nacken weit nach hinten bog, als ob er auch am Himmel etwas erspähen wollte.

Vereinzelte Wolkenfetzen, die der Frühlingswind über das Firmament jagte, schienen seine Beobachtung für eine kurze Weile zu stören, doch sobald sie sich verzogen hatten, setzte er seine Untersuchung fort, nahm jetzt ein gutes Fernrohr und dann sogar einen Theodoliten zu Hilfe und visierte viele Minuten hindurch, während er gleichzeitig Zahlen auf einen Notizblock niederschrieb. Nur mit außergewöhnlich scharfen Augen hätte man ohne Glas die Objekte entdecken können, denen das Interesse und die Messungen des einsamen Kraftfahrers galten. Winzige silbrig schimmernde Pünktchen waren es, die sich nach Süden hin am Firmament abzeichneten, oft durch Wolken verdeckt, oft auch in der flimmernden Luft verschwindend und nur bei größter Aufmerksamkeit überhaupt zu finden.

Ein fernes Motorengeräusch durchbrach die Stille der Heide. Für Mister Turner war es die Veranlassung, seinen Wagen wieder in Gang zu setzen und langsam weiterzufahren. Aus ganz bestimmten Gründen legte er keinen Wert auf Zuschauer bei seinen Beobachtungen und Untersuchungen. Vergeblich wartete er indes darauf, daß ein anderer Kraftwagen ihm entgegenkäme oder ihn überhole. Es mochte wohl ein landwirtschaftlicher Traktor sein, der da irgendwo auf einem Feld arbeitete und das Geräusch verursachte.

In beschleunigtem Tempo fuhr Turner weiter, aber immer wieder fühlte er sich veranlaßt, den Kopf nach links zu wenden und – was er besser unterlassen hätte – in die Höhe zu blicken, und dann war, ehe er sich's versah, das Malheur geschehen. Der Wagen eckte mit dem rechten Vorderrad an einen Prellstein an, machte einen kurzen Sprung zur Seite und landete in einem tiefen Chausseegraben.

Abgesehen von einem kräftigen Stoß, den Mr. Turner dabei von dem Steuerrad in die Magengrube bekam, war nichts Ernstliches passiert. Fahrer und Wagen waren unversehrt; nur mit dem Weiterkommen sah es windig aus, denn die steilen Grabenböschungen ließen ein Herausarbeiten mit eigener Maschinenkraft ziemlich aussichtslos erscheinen. Vergeblich versuchte der Amerikaner es ein paarmal; auf dem glatten, schlammigen Grabenboden drehten sich die Räder nur auf der Stelle und wühlten sich immer tiefer ein, ohne das Fahrzeug vom Fleck zu bringen. Mißmutig setzte er den Motor wieder still und schickte sich eben an, aus dem Wagen herauszuklettern, als er einen Mann auf der Chaussee daherkommen sah.

Offenbar ein Eingeborener des Landes, dachte Turner, während er den Näherkommenden schärfer ins Auge faßte. Der muß mir Hilfe auftreiben, irgendeinen Bauern mit einem Gespann, der mir die Karre aus dem Graben zieht. Kleidung und Aussehen des Fremden schienen der Vermutung Turners recht zu geben. Ein alter Havelock aus einem Lodenstoff, der vor Jahren vielleicht einmal grün gewesen war. Ein Filzhut, der ebenfalls die Spuren von manchem Wind und Wetter zeigte. Dazwischen ein faltiges Gesicht mit einem langen, grauen Rübezahlbart; unter buschigen Brauen ein Paar scharf spähende Augen. Vielleicht ist's ein Schäfer, der hier irgendwo seine Schnucken hütet, ging es Turner weiter durch den Kopf, als der alte Mann bei ihm haltmachte und sich kopfschüttelnd die Sachlage besah. Turner öffnete den Mund, um etwas zu sagen, als der andere ihn schon ansprach.

„Wie haben Sie das fertiggebracht, Herr? Der Weg hier ist doch wirklich breit genug. Na, 'raushelfen müssen wir Ihnen. Ich werde einen Bulldog vom Feld dahinten herholen. Zehn Minuten wird's dauern, so lange müssen Sie Geduld haben."

Der Amerikaner ließ sich am Grabenrand nieder und blickte dem Alten nach, der nach rechts hin über die Heide wanderte. Unwillkürlich beschäftigte er sich in Gedanken weiter mit dem Mann und versuchte sich über den Eindruck, den er in knappen Sekunden von ihm gewonnen hatte, klarzuwerden... Ein alter Schäfer oder Bauer? Vielleicht, nach der Kleidung sogar wahrscheinlich... aber diese eigenartigen blitzenden Augen, der ganze Schnitt des Gesichts, das wollte zu dieser Mutmaßung nicht recht passen, und Mister Turner hatte Erfahrung in solchen Dingen. Sein Beruf führte ihn mit vielen Menschen zusammen, und es hing für ihn viel davon ab, daß er sie von Anfang an richtig erkannte und einschätzte... Die Sprache? Der Mann hatte hochdeutsch mit ihm geredet, aber mit einem unverkennbaren Einschlag der niederdeutschen Mundart, die hier in der Heide üblich war. Trotzdem... es wollte ihm nicht recht eingehen, daß der Alte zeit seines Lebens nur hinter dem Pfluge gegangen sei oder Schafe gehütet habe...

Motortacken riß Turner aus seinem Grübeln, wurde schnell lauter und kam näher. Er trat aus dem Graben auf die Landstraße und sah einen Traktor herangerasselt kommen. Aha, das hatte der Alte gemeint, als er von einem Bulldog sprach. Mr. Turner hatte es vorhin nicht recht verstanden. Ein stämmiger landwirtschaftlicher Traktor; dem würde es wohl ein leichtes sein, den Wagen aus dem Graben zu ziehen. Nun hielt die Zugmaschine dicht neben dem Wagen an.

„Joa, doa wär'n wi nu, Herr Zacharias“, sagte der junge Mann, der am Steuer der Zugmaschine saß, während der Alte von dem Hintersitz abstieg.

„Geben Sie uns Ihr Seil, Herr“, wandte er sich an Turner. Der ging an den Werkzeugkasten seines Wagens, kramte eine Weile darin und richtete sich dann achselzuckend auf.

„Dumme Sache, Sir, ich habe kein Seil bei mir.“

„Wat schall nu war'n, Herr Zacharias?“ fragte der Traktorführer, während er sich bedenklich hinter dem Ohr kratzte. Was der Alte ihm darauf in einem vollkommenen Heideplatt antwortete, blieb für Mr. Turner unverständlich, aber es bekräftigte ihn wieder in seiner ersten Meinung, daß er doch einen echten „Eingeborenen der Heide“, einen „genuine native“, wie er ihn bei sich nannte, vor sich habe, und im nächsten Augenblick war er sogar geneigt, den alten Mann für einen ausgewachsenen Trottel zu halten. Der suchte geruhsam in seinen Manteltaschen, als ob er da etwas für den augenblicklichen Zweck Geeignetes finden könnte, und brachte schließlich ein kleines Knäuel zum Vorschein, das er sorgfältig abzuwickeln begann. Für einen einfachen Bindfaden hielt Turner es beim ersten Anblick. Erst bei schärferem Hinsehen erkannte er, daß es eine aus vielen feinen Drähten gesponnene Litze war. Aber was sollte das hier nützen? Ein schweres Stahldrahtseil, wenigstens fingerstark, wäre nach Turners Meinung nötig gewesen, um seinen Wagen über die steile Grabenböschung herauszuholen.

„Nonsense, Sir!“ brummte er vor sich hin, während der Alte das dünne Geflecht mit einer sicheren Schlinge in den klobigen Zughaken des Traktors legte. „Mann, was wollen Sie da machen? Das ist ja zwecklos!“ fuhr er laut fort, als der Alte nun in den Graben kletterte und dort das andere Litzenende am Vorderteil des Kraftwagens festmachte.

„Abwarten, lieber Herr!“ meinte der Helfer, während er sich an das Steuer des Wagens setzte. „He, Hermann, treck an!“ rief er dem Fahrer der anderen Maschine zu. Schon brummte deren Motor auf, sie ruckte an, und die dünne Schnur spannte sich... bis zum Zerreißen, wie es Turner schien. Er sprang ein paar Schritte beiseite, um nicht etwa von den zurückschnellenden Enden getroffen zu werden. Stand dann und sah sprachlos, was weiter geschah.

Sein Wagen kam, von dieser lachhaft dünnen Schnur gezogen, in Bewegung und rollte ein Stückchen auf dem Grabenboden weiter. Dann sprang auch der Wagenmotor an. Geschickt schaltete der alte Mann am Steuer auf den dritten Gang um, schärfer tackte einen Augenblick der Motor des Bulldogs, und dann stand der Wagen des Amerikaners wieder heil auf der Landstraße. Schon hatte der Alte seinen Platz am Steuer verlassen, hatte diese merkwürdige Schnur von beiden Fahrzeugen gelöst und war dabei, sie wieder zusammenzuwickeln.

„Dank di oak schön! Fohr wedder los, Hermann!" rief er dem Traktorführer zu, während Turner immer noch nicht wußte, wie er sich ihm gegenüber verhalten sollte. Konnte er ihm ein Trinkgeld für seine Hilfe anbieten? Ein alter Schäfer hätte das sicherlich gern genommen; blieb nur noch die Frage, ob der Mann nicht doch etwas anderes war. Die Art und Weise, wie er den Motor und die Schaltung des Wagens bedient hatte, verriet zweifellos, daß er mit der Lenkung eines Kraftfahrzeuges gut Bescheid wußte.

Und dann die merkwürdige Schnur, mit der er den durchaus nicht leichten Wagen des Amerikaners aus dem Graben gezogen hatte! Die interessierte Mister Turner ganz besonders, über die mußte er unter allen Umständen noch Genaueres in Erfahrung bringen. Aber wenn er das wollte, durfte er den Mann jetzt nicht mit einem einfachen „Danke schön!" weggehen lassen.

„Ich bin Ihnen äußerst verpflichtet, Herr – Herr –" begann er.

„Ich heiße Zacharias", warf der andere dazwischen.

„Mein Name ist Turner", stellte der Amerikaner sich vor. „Sehr erfreut, Ihre Bekanntschaft zu machen; ohne Ihren Beistand hätte ich hier noch lange im Graben stecken können. Darf ich Sie vielleicht ein Stückchen in meinem Wagen mitnehmen?"

Nach einem kurzen Blick auf den Amerikaner und seinen Wagen nahm der alte Zacharias die Einladung an.

„Sie können mich bis zum nächsten Dorf mitnehmen", meinte er, während er neben ihm Platz nahm, „aber –" ein leichtes Lächeln huschte über das faltige Gesicht, "fahren Sie möglichst nicht wieder in den Graben. Sie haben vorhin wohl ein bißchen zu sehr nach links geschaut."

Turner biß sich auf die Lippen und spürte zu seinem Ärger, daß er einen roten Kopf bekam. Hatte der Alte ihn vielleicht schon längere Zeit beobachtet und etwas von seinen nicht ganz unverdächtigen Manipulationen gesehen? Er hielt es nicht für wahrscheinlich.

„Ihre Vermutung ist nicht ganz unbegründet, Herr Zacharias“, sagte er möglichst unbefangen. „Zur Linken der Landstraße soll hier ein atmosphärisches Elektrizitätswerk stehen. Das interessiert mich natürlich. Wir haben bei uns in Kansas auch eine Versuchsstation in Betrieb.“

„Kann Ihr Interesse begreifen, Herr Turner“, lachte der Alte in seinen schütteren Bart, „aber Sie haben wohl nicht viel davon zu sehen bekommen? Man hat es absichtlich mitten in die einsame Heide hineingesetzt. Es gibt zu viel Neugierige.“

Turner entschloß sich, geradeswegs auf ein Ziel loszugehen. „Etwas davon habe ich doch gesehen“, meinte er, „wenigstens die Ballone, die das Fangnetz tragen. Schätze, daß das Netz achttausend Meter über dem Erdboden liegt. Großartige Leistung, Herr Zacharias, wenn ich mich nicht verschätzt habe. Bei uns sind wir noch nicht so weit. Wir sind zufrieden, daß wir's in dreitausend Meter Höhe halten können...“

Die ersten Häuser des Dorfes waren inzwischen aufgetaucht, und jetzt rollte der Wagen über ein holpriges Straßenpflaster.

„Ich bin hier zu Hause. An der nächsten Ecke möchte ich 'raus“, sagte der Alte.

„Gewiß - wie Sie wünschen“, erwiderte Turner, aber seine Worte entsprachen nicht seiner wirklichen Meinung. Brennend gern wollte er länger mit dieser neuen Bekanntschaft zusammenbleiben, um noch mehr über die Dinge zu erfahren, die ihn so sehr interessierten.

„Es ist gerade Mittag, Herr Zacharias“, warf er mit einem Blick auf die Wagenuhr hin. „Vielleicht können wir hier einen Lunch bekommen. Darf ich Sie einladen?“

„Ist mir zum Essen noch ein bißchen zu früh, Herr Turner“, erwiderte Zacharias nach kurzem Besinnen. „Auf einen Schoppen Apfelwein will ich Ihnen gern noch Gesellschaft leisten. Wir haben hier eine recht brauchbare

Wirtschaft im Dorf, in der Sie ein vernünftiges Frühstück bekommen können. Sehen Sie das Haus da vorn mit dem hohen Fachwerkgiebel? Da ist es."

Während der Wagen die kurze Strecke bis zum Krug zurücklegte, drehten sich alle Gedanken des Amerikaners um das kleine Knäuel, das sein Nachbar wieder lässig in die Manteltasche gesteckt hatte. Um jeden Preis wollte er das in seinen Besitz bringen... Über das Wie war er sich noch unklar, aber irgendein Weg, so hoffte er wenigstens, würde sich wohl finden lassen, wenn sie erst einmal zusammen in der Wirtschaft säßen.

„Da sind wir!" riß ihn der Alte aus seinem Nachdenken. „Heute ist es im Garten schöner als in der Gaststube. Kommen Sie nur mit, Herr Turner, ich weiß hier Bescheid."

Unter einer alten Linde nahmen sie an einem runden Tisch Platz, und bald sah Turner, daß sein Begleiter nicht zuviel versprochen hatte: Das Essen war gut und der Wein ebenfalls.

„Gibt es keine Möglichkeit, Ihr AE-Werk hier zu besichtigen?" fragte der Amerikaner, als er mit seinem Gericht fertig war. Sein Gegenüber schüttelte bedächtig den Kopf. „Ich glaube nicht, Herr Turner. Die Werkleitung läßt sich nicht gern in die Karten gucken. Der Sicherheitsdienst soll sehr scharf sein."

Turner zog ein mißmutiges Gesicht. „Schade, Herr Zacharias; ich hätte es gern besucht. Gerade weil ich die amerikanische Station kenne, interessiert es mich."

Während Turner die Worte sprach, zündete er sich eine Zigarre an und beobachtete dabei durch die Finger der vorgehaltenen Hand aufmerksam das Gesicht seines Gegenübers. Ein rätselhafter Zug schien um dessen Augen und Lippen zu liegen, der sich mehr und mehr vertiefte, um dann in ein Lächeln überzugehen.

„Sie müßten sich eine Erlaubnis in Berlin besorgen, Herr Turner", meinte er, während er nach seinem Glase griff.

„Das wird wahrscheinlich nicht ganz einfach sein", wandte Turner ein.

„Sicherlich nicht, Herr Turner. Die Herren sehen sich ihre Leute sehr genau an. Man hat wohl schlechte Erfahrungen gemacht.“

Turner kaute verdrießlich an seiner Zigarre und brummte etwas Unverständliches vor sich hin. Ein Verdacht stieg in ihm auf, daß der alte Mann in dem verschlissenen Lodenmantel da vor ihm mehr um dieses deutsche Werk wissen mochte, als er sich anmerken ließ. Sollte er dem etwas davon erzählen, wo die Leute in Kansas der Schuh drückte, oder war es besser, damit vorläufig noch hinter dem Berge zu halten? Er beschloß, dem Gespräch zunächst eine andere Wendung zu geben.

„Was war das eigentlich für eine Art von Seil, Herr Zacharias“, fragte er, „mit dem Sie meinen Wagen aus dem Graben gezogen haben?“

Der Alte griff in seine Tasche und brachte das Knäuel wieder zum Vorschein. „Sie meinen das hier, Herr Turner? Eine Drahtlitze – ist wohl Aluminium oder etwas Ähnliches...“ Er reichte ihm das Knäuel über den Tisch hin, und während Turners Finger fast gierig danach griffen, glaubte er wieder das eigenartige Mienenspiel, das er schon einmal beobachtet hatte, bei Zacharias zu bemerken. Langsam begann er das Knäuel abzuwickeln und ließ die Litze durch die Finger gleiten. Immer rätselhafter wurde es ihm dabei, wie diese feine Metallschnur den gewaltigen Zug des Traktors ausgehalten hatte.

„Merkwürdig, Herr Zacharias!“ begann er kopfschüttelnd. „Darf man wissen, wo Sie das herhaben?“

„Ich habe es gefunden, als ich vor ein paar Tagen über die Heide ging...“

„Ah – gefunden?“

„Ja, Herr Turner. In der Nähe von Ihrer heutigen Unfallstelle. Auf dem Feldweg, der da von der Landstraße abgeht.“

„Hm! So... sehr interessant...“ Turner murmelte noch etwas Unverständliches vor sich hin, während er die Litze mit beiden Fäusten packte und eine Bewegung machte, als ob er sie mit Gewalt zerreißen wollte.

Der Alte lachte. „Geben Sie sich keine Mühe, Herr Turner! Was der Traktor nicht fertiggebracht hat, wird Ihnen erst recht nicht gelingen. Die Litze... ich habe mal so was sagen hören... soll eine Zerreißlänge von hundert Kilometer haben."

Turner ließ beide Hände auf die Tischplatte fallen. Diese letzten Worte seines Gegenübers verschlugen ihm die Sprache. Was war das für ein Mensch, der wie ein alter Schäfer aussah und hier wie ein Ingenieur von Zerreißungen sprach? Und vor allem, was war das für ein Metall, das Leichtigkeit und höchste Festigkeit in so wundersamer Weise vereinigte? Auf jeden Fall mußte er dieses Knäuel an sich bringen, und wenn er den Alten deswegen niederschlagen sollte. Die Gelegenheit war günstig; ein schneller Blick überzeugte ihn, daß sie allein im Kruggarten saßen. Schon strafften sich die Muskeln seines rechten Arms, als der andere weitersprach:

„Wenn es Sie interessiert, Herr Turner, können Sie das Ding gern behalten. Ich lege keinen Wert darauf. Nehmen Sie es als Andenken nach Amerika mit."

Ein wenig sträubte sich der Amerikaner noch der Form halber, dann ließ er das Knäuel unter Dankesworten in seiner Brusttasche verschwinden. Darauf entdeckte er nach einem Blick auf seine Uhr sehr bald, daß es für ihn hohe Zeit sei, weiterzufahren. Er verabschiedete sich.

Während der Wagen mit Mr. Turner um eine Biegung der Dorfstraße verschwand, stand Johannes Zacharias vor dem Krug und blickte ihm sinnend nach. „Ich denke, er wird es an James Headstone weitergeben", murmelte er vor sich hin.

***

„All right, Sir!" Oberingenieur John Fosdick von der amerikanischen Versuchsstation sprach die Worte in das Telephon und legte den Hörer wieder auf die Gabel, während seine Miene unverkennbar verriet, daß die Sache alles andere als all right war.

Eine Weile blieb er noch in seiner Office an dem Schreibtisch sitzen, den Kopf in die Hände gestützt, die Augen bisweilen geschlossen, als müsse er das Gespräch, das er eben geführt hatte, erst noch einmal überdenken. Dann sprang er plötzlich auf, als ob ihm das Zimmer zu eng würde, und eilte hinaus. Sein Weg führte ihn über einen kurzen Flur. Dann betrat er den Hauptraum der Station und warf die Tür kräftig hinter sich zu.

George Cowper, der Zweite Ingenieur, stand vor einer mit allerlei elektrischen Meßgeräten besetzten Schalttafel und drehte sich bei dem plötzlichen Geräusch verwundert um. „Hallo, Fosdick, was ist los? Sie machen ein Gesicht wie sieben Tage Regenwetter."

„Habe Grund dazu, Cowper", knurrte Fosdick unwillig. „James Headstone und Direktor Brooker werden uns besuchen!"

Cowper pfiff durch die Zähne. „Nette Überraschung! Wann wollen die Herren uns denn die Freude machen?"

„Bald, Cowper! Sind schon im Auto unterwegs. Headstone hat eben von einer Tankstelle aus angeklingelt. Können vielleicht schon in einer Viertelstunde hier sein. Was sagen Sie dazu?"

Cowper zuckte die Achseln. „Da ist nicht viel zu sagen, Fosdick. Außerdem pflegt das Reden bei solchen Gelegenheiten ja Mister Headstone selber zu besorgen. Für uns ist es die Hauptsache, daß wir unsere Station in Ordnung haben." Während der Ingenieur weitersprach, wandte er sich wieder der Schalttafel zu und deutete auf die Meßinstrumente. „Da sehen Sie die Stationsleistung, Fosdick: Sechshunderttausend Volt und zehn Ampere, und wenn sich Mister Headstone zehnmal auf den Kopf stellt, mehr läßt sich eben mit dem Fangnetz und unseren Strahlkollektoren nicht herausholen."

Oberingenieur Fosdick machte eine unsichere Bewegung.

„Ich fürchte, Cowper", begann er zögernd, „Headstone wird wieder allerlei auszusetzen haben. Bei dem Gespräch mit ihm hatte ich den Eindruck, als ob er wieder neue Nachrichten über die deutsche Station bekommen hätte."

Cowper nickte. „Kann sehr leicht möglich sein. Die deutsche Anlage hält er uns ja bei jeder Gelegenheit vor. Warum zum Teufel verschafft er sich denn durch seine Agenten nicht die Pläne von den deutschen Strahlkollektoren? Wir wissen doch, daß die besser sein müssen als unsere. Das wäre jedenfalls viel vernünftiger, als daß er –"

Eine Autohupe klang in seine letzten Worte. Der unerwünschte Besuch war schon vor der Tür. Fosdick eilte hinaus, um ihn am Portal zu empfangen.

Zwei Herren saßen in dem großen Kraftwagen, der vor der Treppe hielt. Der eine von ihnen, Direktor Brooker, hager und lang, wohl schon Anfang der Sechziger, winkte Oberingenieur Fosdick näher heran.

„Hallo, Mister Fosdick, steigen Sie ein! Wir wollen erst über das Feld fahren."

Der andere, James Headstone, begrüßte Fosdick nur mit einem kurzen Kopfnicken. Er mochte etwa zwanzig Jahre jünger als Brooker sein. Auf einem ein wenig untersetzten Körper trug er einen massigen Kopf, dessen Züge verhaltene Energie und Intelligenz verrieten. James Headstone war es, der die Idee eines atmosphärischen Kraftwerkes den Kapitalisten der United Electric zuerst mundgerecht gemacht und die Errichtung einer Versuchsstation durchgesetzt hatte. Seit vielen Monaten galt sein unablässiges Mühen der Weiterentwicklung dieser Anlage, und selten konnten die Ingenieure es ihm recht machen.

Fosdick hatte kaum in dem Wagen Platz genommen, als Headstone ohne weitere Vorrede die Besprechung eröffnete.

„Wie groß ist die Leistung der Station?"

Fosdick nannte ohne Zögern die Werte. „Sechshunderttausend Volt, zehn Ampere, Mister Headstone."

„Haben Sie's gehört, Brooker", wandte sich Headstone an den Direktor, „nur sechshunderttausend Volt! Wenn wir das Fangnetz in acht Kilometer Höhe hätten, könnten wir 1,6 Millionen aus der Atmosphäre herausholen."

Brooker beschränkte sich darauf, zustimmend zu nicken, während Fosdick sich zu einer Entgegnung aufraffte. „Das ist vollkommen ausgeschlossen, Mister Headstone. Drei Kilometer sind das höchste, was wir unseren Halteseilen für die Ballone zumuten dürfen."

Der Wagen war inzwischen ein gutes Stück weiter über das Feld gefahren und hielt nunmehr neben einer Verankerungsstelle. Von einem mächtigen in den Boden versenkten Betonblock stieg ein starkes Stacheldrahtseil fast senkrecht empor. Die Insassen des Wagens mußten die Köpfe weit zurückbiegen, um hoch im blauen Äther einen winzigen silbrigen Ball von der scheinbaren Größe eines Apfels zu entdecken. Daß es tatsächlich ein mächtiger Ballon war, der von der Drahttrosse festgehalten wurde und zusammen mit sechs anderen gleich großen Fesselballonen in dreitausend Meter Höhe das große metallene Fangnetz für die Luftelektrizität tragen half, war von hier unten nicht zu erkennen.

„Nicht drei, sondern acht Kilometer, Mister Fosdick, die müssen geschafft werden!“ Headstone stieß die Worte so kurz und hart heraus, daß sie wie ein Befehl klangen, gegen den es keinen Widerspruch gibt. Trotzdem riskierte Fosdick eine Erwiderung:

„Unsere Seile haben nur acht Kilometer Zerreißlänge. Bei acht Kilometer Höhe würden sie schon unter ihrem eigenen Gewicht zu Bruch gehen.“

Während Fosdick sprach, hatte Headstone die Rechte in seine Manteltasche gesteckt; jetzt zog er sie wieder heraus und hielt ein kleines Knäuel zwischen den Fingern.

„Wie erklären Sie es sich, Fosdick“, fragte er, als der Oberingenieur mit seinem Einwand fertig war, „daß die Deutschen ihr Netz in acht Kilometer Höhe verankert haben?“

Fosdick machte eine unschlüssige Bewegung. „Ich kann kaum glauben, daß die Deutschen ihr Netz –“

„Ich weiß sicher, daß es so ist!“ fiel ihm Headstone bissig ins Wort.

„Dann müssen die deutschen Ingenieure ganz andere Seile von einer viel größeren Zerreißlänge verwenden, Mister Headstone.“

„Da, hier!“ Headstone warf ihm das Knäuel zu, das vierzehn Tage früher in einem deutschen Heidekrug in die Hände des Agenten Turner gekommen war. „Hunderttausend Meter Zerreißlänge! Damit arbeiten die Deutschen! Was sagen Sie dazu, Fosdick?“

Der Oberingenieur hatte das Knäuel aufgefangen und wog es in den Händen. Er wickelte ein wenig von der Litze ab und zerrte und riß an den einzelnen Drähten. Sie hielten seinen Anstrengungen stand.

„Geben Sie uns solche Seile, Mister Headstone, und wir werden Ihre Wünsche erfüllen“, sagte er, als er sein vergebliches Bemühen einsehen mußte. Headstone schien von der Antwort zufriedengestellt zu sein.

„Ich werde Ihnen diese Seile so schnell wie möglich verschaffen, Fosdick", fuhr er in umgänglicherem Tone fort. „Die Aluminium Corporation hat vor acht Tagen ein Stück von diesem hier als Probe bekommen. Ich hoffe, daß unsere Techniker das Geheimnis schnell ergründen werden."

Während Headstone sprach, hatte Direktor Brooker sich einige Notizen gemacht. „Sie meinen, Headstone, unsere Station würde sechzehntausend Kilowatt liefern, wenn wir das Netz in achttausend Meter Höhe verankern können?" fragte er jetzt.

„Das ist mit Sicherheit anzunehmen, Brooker. Jeder Meter höher gibt zweihundert Volt mehr", beantwortete Headstone die Frage.

„Hm, hm!" Brooker rechnete in seinem Notizbuch weiter, wobei er den Kopf immer häufiger und immer lebhafter schüttelte.

„Sind Sie mit dem Ergebnis nicht zufrieden, Brooker?" fragte ihn Headstone ungeduldig.

Der Direktor ließ das Notizbuch sinken. „Wenn ich's offen sagen soll, ja! Die Kosten unserer Anlage sind im Verhältnis zur Leistung zu hoch. Wir müßten die dreifache Stromstärke aus unserem Fangnetz gewinnen, wenn wir billiger als ein Kohlenkraftwerk arbeiten wollen. Haben Sie nichts Genaueres über die Leistung der deutschen Station in Erfahrung bringen können, Headstone?"

Headstone zog ein schiefes Gesicht. „Leider nein, Mister Brooker. Meine Leute haben es vergeblich versucht. Die Deutschen schließen sich hermetisch ab. Um ein Haar wäre mein bester Mann ihrem Sicherheitsdienst in die Hände gefallen... Wollten Sie etwas fragen, Fosdick?" fragte er den Oberingenieur, der unruhig auf seinem Sitz hin und her rückte.

„Die deutschen Strahlkollektoren!" platzte der Gefragte heraus. „Ich fand darüber eine kurze Notiz im ›Electric Engineer‹. Wenn die Zahl, die dort steht, richtig ist, müßten sie ungefähr dreimal so ergiebig sein wie unsere..."

„Im ›Electric Engineer‹? Haben Sie das Heft hier, Fosdick?"

„In meiner Office, Mister Headstone."

Headstone gab dem Chauffeur Auftrag, zur Station zurückzukehren. Während der Fahrt dorthin blieb er schweigsam; die Einwände Brookers und die letzte Mitteilung Fosdicks gaben ihm Anlaß zum Nachdenken.

Als der Wagen wieder vor der Treppe des Stationsgebäudes hielt, war Headstone sich über die nächsten Schritte klar. Das bessere deutsche Tragseil hatte er von Turner, seinem besten Mann, glücklich beschafft, und noch nachträglich sollte der ein hohes Sonderhonorar dafür erhalten. Aber auch hinter das Geheimnis des besseren deutschen Strahlkollektors mußte er kommen, koste es was es wolle. Was dem Redakteur des „Electric Engineer" geglückt war, das mußte einem Mann wie Turner noch besser und vollständiger gelingen. Waren nicht Hindernisse immer nur dazu da, um schließlich doch überwunden zu werden?

Unwillkürlich kamen Headstone dabei die hinter ihm liegenden, an Arbeit und Enttäuschung so reichen Monate wieder in die Erinnerung. Wie sie es hier zuerst mit einem einfachen Stahldrahtnetz in geringer Höhe versucht hatten, wie sie das Netz allmählich hoch und immer höher in den Äther hinaufließen, bis schließlich die Ingenieure eine Verantwortung für noch größere Höhen ablehnten. Wie sie dann das Fangnetz mit Kollektorflammen besetzten. Erst mit einfachen Lötlampen anfingen und die Blaubrenner von Woche zu Woche weiter verbesserten, bis sie schließlich die heutige Leistung erreicht hatten...

Ein gutes Stück waren sie in kurzer Zeit vorwärtsgekommen. Aber immer noch hatten die Deutschen einen großen Vorsprung, und – das schien Headstone im Augenblick am allerwichtigsten – Direktor Brooker war nicht zufrieden, der Mann, der die Gelder für alle diese Versuche zur Verfügung gestellt hatte und noch weitere Summen bewilligen mußte, wenn die Versuche energisch weitergeführt werden sollten. James Headstone hatte seine Beschlüsse gefaßt, als er den Wagen verließ und in die Station trat. Zunächst ging er mit Fosdick in die Office und ließ sich von ihm die Nummer des „Electric Engineer" heraussuchen. Wort für Wort las er sorgfältig die Notiz über die deutsche Anlage. Es war nur ein kurzer Beitrag von wenigen Zeilen, aber die Zahlenangaben, die er enthielt, interessierten Mister Headstone höchstlich. Wenn sie zutrafen, mußte die deutsche Anlage in der Tat beträchtlich leistungsfähiger sein als die amerikanische. Aber trafen sie auch wirklich zu? Bei diesem Punkt kam Headstone wieder ins Grübeln. Wo hatte der Mitarbeiter des „Electric Engineer“ diese Mitteilung her? Daß er in das deutsche Werk gekommen und sich dort die Informationen geholt hätte, schien Headstone nach seinen eigenen Erfahrungen mehr als unwahrscheinlich. Wie kam der Berichterstatter dann aber dazu, hier genaue Angaben über die Wirkung der deutschen Strahlkollektoren zu machen? Das mußte geklärt werden. Headstone schnitt den Beitrag aus dem Heft heraus. Bevor er ihn in seine Brieftasche steckte, überflog er ihn noch einmal. Mit J. Z. war die Notiz unterzeichnet. Bei der Redaktion des „Electric Engineer“ würde er wohl erfahren können, wer sich hinter diesen beiden Buchstaben verbarg.

Eben stand er im Begriff, sich von seinem Platz wieder zu erheben, als ein dröhnendes, knatterndes Geräusch, das von außen her kam, ihn aufmerken ließ.

„Was ist das, Mister Fosdick?“ fragte er den Oberingenieur.

„Die Schutzfunkenstrecke draußen arbeitet, Mister Headstone. Es ist Überspannung in der Atmosphäre. Die überschüssige elektrische Energie schlägt draußen direkt in die Erde.

Headstone warf einen Blick durch das Fenster. Der Himmel, der vor kurzem noch in klarem Blau erglänzte, hatte sich verändert. Er zeigte eine eigenartig gelbliche Färbung; einzelne Wolkenfetzen jagten mit großer Geschwindigkeit dahin und ballten sich hier und dort zu größeren Gebilden zusammen. Durch das Fenster konnte Headstone eines der nächsten Ankerseile sehen. Es schwankte stark hin und her, ein Zeichen dafür, daß der Wind in den höheren Schichten der Atmosphäre beträchtlich an Stärke zugenommen hatte. Im stillen nahm er bei diesem Anblick viel von dem zurück, was er in früheren Wochen den Ingenieuren wegen ihrer übergroßen Ängstlichkeit gesagt hatte. Jetzt war es ihm doch lieb, daß sie bei allen ihren Maßnahmen stets einen hohen Sicherheitsgrad vorgesehen hatten. Immer stärker war in wenigen Minuten auch das Knattern der Funkenstrecke draußen geworden. In langen grellen Blitzen fuhr die überschüssige Spannung, welche die Anlagen der Station nicht mehr aufzunehmen vermochten, in die Erde.

Gefolgt von Fosdick verließ Headstone die Office und ging hinüber in den Stationsraum. Er traf dort Direktor Brooker und Cowper, die vor der Schalttafel standen und mit bedenklichen Mienen den Stand der Spannungsmesser betrachteten. Weit über die normalen sechshunderttausend Volt waren die Zeiger hinaufgeklettert und zitterten jetzt schon um die Million herum.

Nur kurze Zeit blieb Headstone neben den beiden anderen stehen, dann trat er an eines der hohen Fenster und schaute hinaus.

Mit Unbehagen mußte er feststellen, daß die Gewalt des Sturmes inzwischen weiter gewachsen war. Schwere Sandwolken jagten mit einer schwer schätzbaren Geschwindigkeit über das weite Feld. Wild schwankten die Ankerseile hin und her, soweit sie sich in den aufgewirbelten Staubmassen noch erkennen ließen. Immer stärker wurde der Aufruhr der Elemente, während ein dauerndes Krachen und Donnern der Funkenstrecke draußen jedes andere Geräusch übertönte. Und dann sah Headstone etwas, das ihm das Blut in den Adern erstarren ließ. Das nächste Halteseil, das eben noch fast senkrecht gestanden hatte, verlor plötzlich seine Straffung; von der Gewalt des Tornados in großer Höhe abgerissen, kam es in jähem Sturz nach unten. Schwer schlug es auf das Dach der Station auf.

Im gleichen Augenblick verstummte auch das Knattern und Dröhnen der Funkenstrecke. Nur noch das Brausen und Pfeifen des Sturmes war zu vernehmen. Sieben Ballone trugen das Fangnetz der amerikanischen Station. Sechs davon bildeten die Ecken eines regelmäßigen Sechsecks. Der siebente stand in der Mitte zwischen ihnen. Strahlenförmig ging das Fangnetz von ihm zu den übrigen sechs aus, und das stählerne Halteseil dieses mittleren größten Ballons diente gleichzeitig dazu, die von dem Netz aus der Atmosphäre eingefangene elektrische Energie nach unten zur Station hinzuleiten. Jetzt war dieses Seil gerissen, und die Station lag stromlos.

In der Höhe ging das Unheil weiter. Fast hatte es den Anschein, als ob die metallenen Halteseile eine geheimnisvolle Anziehungskraft auf die riesenhafte, von den Wolken bis dicht zur Erde hinabreichende Windhose ausübten. Eins nach dem anderen wurde von dem düsteren, sich in rasendem Wirbel drehenden Sturmtrichter gepackt und zerrissen. Eins nach dem andern krümmte sich für Sekunden in wilden Windungen in der Luft, um dann in schwerem Aufschlag zu Boden zu fallen – jetzt das sechste schon – jetzt auch das siebente, das letzte.

Bleich, die Kiefer fest zusammengepreßt, stand James Headstone am Fenster und verfolgte die Vorgänge. Für einen kurzen Augenblick sah er durch eine Wolkenlücke hindurch in schwindelnder Höhe etwas Glitzerndes, Glänzendes mit Sturmeseile nach Westen ziehen. Es war das Fangnetz. Von der Last der Halteseile befreit, von den Ballonen getragen und auf noch größere Höhe gehoben, trieb es vor dem Unwetter nach Westen ab auf das Felsengebirge zu.

Die wilden Sturmstöße ließen in ihrer Häufigkeit nach und wurden schwächer. Fast ebenso schnell, wie die Elemente in Aufruhr geraten waren, kamen sie auch wieder zur Ruhe. Blaue Stellen am Firmament wurden größer und flossen zusammen. Schon brach die Sonne wieder durch und ließ ihre Strahlen über das weite Feld spielen. Ein Bild der Verwüstung beleuchteten sie: geknickte Bäume, zerbrochene Leitungsmasten und die Ueberreste der zerrissenen Halteseile, die in wildem Wirrwarr den Boden bedeckten.

James Headstone löste sich langsam aus seiner Erstarrung und erblickte Brooker; der stand schon lange neben ihm, ohne daß er ihn bisher bemerkt hätte. Headstone fuhr sich über das Gesicht, als ob er etwas fortwischen müsse.

„Was soll jetzt geschehen, Brooker?“ Rauh und tonlos kamen die Worte heraus.

Brooker öffnete den Mund, um zu sprechen. ›Schluß mit der ganzen Geschichte, Headstone!‹ – Headstone erwartete diese Worte, vermeinte sie schon fast zu hören, als Brooker endlich zu sprechen begann:

„Wir müssen mit der Station aus dem Tornadogebiet heraus, Headstone. Weit weg von hier, vielleicht nach Florida oder Kalifornien. Darüber werden wir noch sprechen, wenn wir die neuen Seile haben.“

„Es wird Millionen kosten, Brooker!“

„Die Millionen werden da sein, Headstone! Sorgen Sie nur für die Seile und bessere Kollektoren!“

„Ich werde deswegen nach Deutschland fahren, wenn es nicht anders geht, Brooker."

Direktor Brooker nickte. „Tun Sie es, Headstone! Suchen Sie erst mit der Aluminum Corporation klarzukommen. Jetzt wollen wir zurückfahren. Hier ist für uns nichts mehr zu tun."

***

„Sehen Sie, Professor, das ist unser alter Zacharias, wie er leibt und lebt."

„In der Tat, Herr Geheimrat, und wie hingegeben er mit seinen Blumen hantiert! Fast könnte man ihn darum beneiden!"

Die Worte wurden zwischen zwei Leuten gewechselt, die hinter einem dichten Holunderbusch am Zaun eines ländlichen Gartens standen; sie galten einem alten Manne, der eifrig damit beschäftigt war, Rosenwildlinge zu veredeln.

Geraume Zeit beobachteten die beiden, denen der Hollerstrauch eine gute Deckung gab, wie der Alte mit liebevoller Sorgfalt ein Edelauge nach dem anderen unter die Rinde der Wildlinge schob und mit Faden und Baumwachs hantierte.

„Unerklärlich bleibt's mir doch", brach endlich der Professor das Schweigen, „Zacharias ist kaum älter als Sie, Herr Geheimrat. Er könnte noch heute der Generaldirektor unseres Konzerns sein. Das alles so plötzlich hinzuwerfen und sich hier in die ländliche Einsamkeit zurückzuziehen! Eine rechte Erklärung dafür kann ich nicht finden."

„Aber ich bitte Sie, Herr Professor Livonius", widersprach ihm der andere, „die Erklärung hat Zacharias vor seinem Austritt klipp und klar gegeben. Er sagte uns doch damals, daß er nicht Lust hätte, in den Sielen zu sterben, sondern seinen Lebensabend sorgenfrei und nach seinem Geschmack verbringen wolle."

„Mag's meinetwegen so sein", meinte Professor Livonius kopfschüttelnd. „Mein Geschmack wäre es nicht, auf meine alten Tage hier zwischen Heidebauern zu sitzen."

Geheimrat Bergmann lachte. „Über den Geschmack läßt sich bekanntlich nicht streiten, mein lieber Professor, aber das dürfen Sie ja nicht glauben, daß unser alter Zacharias hier Gefahr läuft, zu verbauern. Sein Interesse an den wissenschaftlichen Fragen unseres Konzerns ist so lebhaft wie je. Nur mit dem kaufmännischen Kram will er, wie er mir einmal sagte, nichts mehr zu tun haben."

„Ach so – wissenschaftliches Interesse!" Während Professor Livonius es sagte, trat er einen Schritt vom Zaun zurück. „Das hängt wohl mit diesem ein wenig mysteriösen Doktor zusammen?"

Geheimrat Bergmann nickte. „Ganz recht, Herr Professor. Doktor Frank ist eine persönliche Entdeckung von ihm. Er ist stolz darauf, und ich glaube, er hat auch einigen Grund dazu. Denken Sie nur an die Halteseile, die wir dem Doktor und indirekt unserm Freunde Zacharias verdanken. Keine andere Stelle der Welt hätte das in solcher Vollkommenheit zustande gebracht."

Der Alte im Garten, dem dies Gespräch galt, war inzwischen mit seiner Arbeit zu Ende gekommen. Er raffte Bast und Baumwachs zusammen und schickte sich an, in das Haus zu gehen. Geheimrat Bergmann trat an eine offene Stelle und rief über den Zaun: „Hallo, Johannes, da sind wir!"

„Tag, Franz! Guten Tag, Professor!" erwiderte der Angerufene den Gruß und winkte mit der Hand. „Bitte nach rechts, Herrschaften! Da hat der Zimmermann eine Tür in den Zaun gemacht."

Lachend folgten Geheimrat Franz Bergmann und Professor Livonius der Weisung und kamen in den Garten. Noch einmal eine herzliche Begrüßung mit kräftigem Händedruck, dann gingen sie mit dem alten Zacharias in eine lichte Buchenlaube und machten es sich auf einer Rundbank bequem.

„Ich bekam gestern nachmittag deinen Brief und bin darauf heute morgen gleich mit Livonius losgefahren", eröffnete Geheimrat Bergmann das Gespräch.

„Und ich bekam heute früh dein Telegramm. Der Doktor ist benachrichtigt. Wir brauchen uns hier nicht lange aufzuhalten; wenn's dir recht ist, können wir gleich zu ihm 'rübergehen." Er wollte sich erheben, als Bergmann ihn mit einer Armbewegung zurückhielt.

„Halt! Einen Augenblick noch! Das muß ich erst wissen: Hat er's geschafft?"

Zacharias nickte. „Es ist so, wie ich's dir schrieb. Sie ist da."

„Wirklich, Johannes?"

„Wirklich und wahrhaftig, Franz! Die kalte Kathode ist da."

Professor Livonius wiegte nachdenklich seinen schmalen Gelehrtenkopf hin und her. Langsam kamen die Worte von seinen Lippen: „Die kalte Kathode – länger als ein Menschenalter haben die besten Köpfe aller Völker daran gearbeitet – keinem ist es bisher gelungen…" Lebhafter sprach er weiter: „Werden wir sehen dürfen, wie er's gemacht hat, Herr Zacharias?"

Der Alte schaute ihn einen Augenblick an, und seine Stimme klang ernst, als er sprach: „Wir haben keine Geheimnisse vor Ihnen. Nur will ich Sie an Ihre Verpflichtung zu unbedingter Verschwiegenheit erinnern; Sie wissen selbst am besten, Herr Professor, wieviel von der Geheimhaltung abhängt, bis alle Patente genommen sind. Ein einziges unvorsichtiges Wort, vorher gesprochen, könnte viel verderben."

Professor Livonius streckte ihm die Rechte hin.

„Meine Hand darauf: Über meine Lippen soll kein Wort kommen!"

Zacharias schlug ein, Geheimrat Bergmann legte als dritter seine Hand darauf. „Ein neuer Rütlischwur", versuchte er zu scherzen. „Aber du hast recht, Johannes. Absolute Verschwiegenheit ist hier Pflicht. Außer uns beiden wird niemand aus dem Konzern etwas davon erfahren. Livonius wird die Patentschriften selber nach den Angaben deines Doktors fertigmachen."

„Das ist gut, mein lieber Franz", stimmte ihm Zacharias bei. „Dann wollen wir jetzt hinübergehen."

„Unser Auto haben wir beim Krug gelassen", sagte Bergmann, als sie aus dem Garten auf einen breiten Feldweg hinaustraten.

„Da kann es ruhig bleiben", meinte Zacharias, „die fünf Minuten können wir zu Fuß gehen."

Während er vorausging, blieben die beiden anderen ein paar Schritte zurück. „Ist Doktor Frank so wohlhabend, daß er seine Versuche aus eigenen

Mitteln bestreiten kann?" fragte Livonius den Geheimrat halblaut. Der zuckte die Achseln.

„Ich weiß es nicht, Professor. Vielleicht hat Freund Zacharias aus seinem Vermögen dazu beigesteuert. Wundern sollte es mich nicht, denn seiner ganzen Denkungsart würde es entsprechen."

„Ich bin gespannt, was wir zu sehen bekommen werden", setzte Livonius die Unterhaltung gedämpft fort.

„Zerbrechen Sie sich nicht den Kopf, Professor – lassen Sie sich lieber überraschen", meinte Bergmann. „Da vorn sehen Sie übrigens schon das Haus, in dem der Doktor haust und arbeitet."

Ein kurzes Stück Wegs noch, und sie traten in ein Gebäude, das, nur von einem Drahtzaun umgeben, mitten in der freien Heide stand. Die ganze Bauform und die Ausführung in massivem Beton unterschieden es beträchtlich von den sonst hier üblichen Fachwerkbauten, und der Eindruck, daß es erst vor kurzem errichtet sein konnte, verstärkte sich noch, als die Besucher in eine geräumige blitzblanke Diele kamen, in der Dr. Frank sie erwartete.

Der Geheimrat begrüßte den Doktor als einen Bekannten. Professor Livonius, der ihn zum ersten Male sah, war von seinem Anblick gefesselt und fast ein wenig überrascht. Das Alter des Mannes war schwer abzuschätzen. Er mochte vielleicht Anfang der Dreißiger sein, aber ebensogut auch schon die vierzig erreicht haben. In einem hageren, knochigen Gesicht, dessen Farbe an vergilbtes Pergament erinnerte, stand über einer scharfgeschnittenen Nase ein Paar großer, tiefschwarzer, brennender Augen.

Ein Paar Augen, die man nie vergißt, dachte Livonius bei sich, als er den Händedruck des Doktors erwiderte. Die Augen eines Monomanen, eines Besessenen, sinnierte er weiter, während er den beiden andern folgte. Dann staunte er, als sie in den Arbeitsraum kamen. Das war kein Laboratorium in den sonst wohl üblichen bescheidenen Ausmaßen, sondern ein gewaltiger Saal, dessen elektrische Einrichtung allein ein nicht ganz kleines Vermögen gekostet haben mochte, abgesehen von dem mannigfachen chemischen und physikalischen Gerät, das außerdem noch vorhanden war.

In der Mitte des Raumes hatte Dr. Frank eine Versuchsanordnung aufgebaut. Vom Hintergrund her führte, von mächtigen, halbmannshohen Stützisolatoren getragen, ein blanker Draht bis dorthin. An seinem andern freien Ende trug er ein metallisches Gebilde, das etwa an eine kleine Lampe erinnerte. Das war einer der Strahlkollektoren, mit denen das deutsche AE-Werk zur Zeit noch arbeitete und für die James Headstone vor kurzem ein so brennendes Interesse gezeigt hatte.

Dr. Frank machte sich an dem Kollektor zu schaffen, brachte ein brennendes Streichholz daran, und im gleichen Augenblick stand eine brausende lichtblaue Flamme von der Form eines Kammes darüber. Professor Livonius machte ein enttäuschtes Gesicht und stieß Geheimrat Bergmann an. „Warum zeigt er uns den alten Flammenkollektor?“ raunte er ihm zu. Bevor Bergmann noch etwas erwidern konnte, klang die Stimme des Doktors dazwischen:

„Ich möchte Ihnen zum besseren Vergleich erst noch einmal diesen Flammenkollektor vorführen. Beobachten Sie, bitte, den Stromzeiger dort, während ich jetzt fünfhunderttausend Volt auf den Draht gebe.“

Während er die letzten Worte sprach, ging er an die hintere Saalwand und bewegte einen Schalter. Das dumpfe Brummen eines Transformators und ein leichtes Knistern an dem blanken Draht wurden hörbar. Gleichzeitig begann der Zeiger des Meßinstrumentes langsam über die Skala zu kriechen.

„Zehn Milliampere... zwölf Milliampere... fünfzehn Milliampere...“ las Bergmann halblaut ab. Auf der Fünfzehn blieb der Zeiger stehen. Während Geheimrat Bergmann auf die unter der Einwirkung der elektrischen Hochspannung eigenartig vibrierende Flamme schaute, sprach Dr. Frank weiter:

„Die Fähigkeit der blauen Flamme, Elektronen auszustoßen, ist begrenzt. Mit hundert Verbesserungen und Schikanen haben wir es glücklich erreicht, daß ein Brenner fünfzehn Milliampere hergibt. Weiter haben wir es trotz aller Bemühungen nicht bringen können. Sechsundsechzig Kollektoren mußten wir in das Fangnetz setzen, um die Stromstärke von einem einzigen Ampere zu erzielen...“

Unwillkürlich nickten Livonius und Bergmann, denn nur allzu genau war ihnen bekannt, was Dr. Frank eben erzählte. Seit reichlich einem Jahr stand die Leistung der Strahlkollektoren bei diesem Wert, und es war nicht gelungen, sie auch nur um den Bruchteil eines tausendstel Ampere weiterzutreiben.

Dr. Frank ging wieder nach hinten und schaltete die Hochspannung aus. Als er zurückkam, hatte er eine Metallkugel von etwa Apfelgröße in der Hand. Mit ein paar kurzen Griffen schraubte er den Blaubrenner los und befestigte an seiner Stelle die Kugel an dem Draht.

„Jetzt werde ich Ihnen die Leistung meiner kalten Kathode zeigen", erklärte er dabei weiter. „Sie sehen, daß es eine einfache kalte Metallkugel ist. Ich gebe wieder Spannung auf den Draht. Achten Sie, bitte, auf das Meßinstrument!"

Von neuem klang das Transformatorbrummen auf, aber Bergmann und Livonius hörten es kaum. Wie gebannt hingen ihre Augen an dem Zeiger des Instruments, der sich schnell über die Skala bewegte, die Hundert erreichte, die Hundertfünfzig überschritt und erst dicht vor der Zweihundert zur Ruhe kam.

„Zweihundert Milliampere?" Wie unter einem Zwang stieß Livonius die Worte heraus.

„Zweihundert Milliampere?" flüsterte auch Bergmann vor sich hin.

„Zweihundert Milliampere, meine Herren", wiederholte Dr. Frank zum drittenmal die Worte. „Fünf dieser Kugeln schaffen ein Ampere, etwa zweihundert werden wir, denke ich, in das jetzige Netz setzen können..."

„Warum nicht mehr?" fuhr Livonius mit einer Frage dazwischen.

„Eine größere Anzahl würde sich gegenseitig stören", gab Dr. Frank zur Antwort. „Sie müssen die elektrische Raumladung berücksichtigen, die sich naturgemäß um jede einzelne dieser Kugeln bildet."

Der Doktor wurde lebhafter, als er weitersprach. „Zweierlei ist mir gelungen: Erstens habe ich eine besondere Legierung gefunden, die dem Austritt der Elektronen in die freie Umgebung einen wesentlich geringeren Widerstand entgegensetzt als die früher bekannten; und zweitens ist es mir geglückt, diesen Widerstand durch eine besondere elektrische Nachbehandlung der Legierung noch weiter zu verringern. Das Resultat sehen Sie hier: Diese kleine kalte Kugel strahlt einen dreizehnmal stärkeren Elektronenstrom aus als die heiße Flamme des Blaubrenners. Aber –", der Doktor zuckte ironisch die Achseln, „auf die Elektronen, die nun aus der Kugel in die Umgebung ausgestrahlt werden, habe ich bedauerlicherweise keinen Einfluß mehr. Die müssen eben Raum und Gelegenheit finden, sich in der Atmosphäre auszubreiten, und deshalb dürfen wir die Kugeln nicht zu dicht, also nicht in zu großer Zahl auf das Netz setzen."

„Sie nannten die Zahl von zweihundert Stück, Herr Doktor?" fragte Bergmann.

„Ganz recht, Herr Geheimrat."

„Nun...", Bergmann rechnete, während er weitersprach, „damit würden wir immerhin vierzig Ampere erzielen. 1,6 Millionen Spannung haben wir, das würde 64 000 Kilowatt ausmachen. Ich glaube", er wandte sich an Livonius, „damit dürfen wir zufrieden sein."

„Na also, Franz! Habe ich dir da zuviel versprochen?" Zacharias strahlte über das ganze Gesicht, während er die Frage an Bergmann richtete.

„Nein, wahrhaftig nicht, Johannes! Was uns Doktor Frank gezeigt hat, übertrifft meine kühnsten Erwartungen. Für die Geschichte der Elektrotechnik ist der heutige Tag ein Markstein. Seit der Erfindung der Elektronenröhre hat es etwas Ähnliches nicht mehr gegeben. Ich sage nicht zuviel, lieber Freund, wenn ich behaupte, daß mit dem heutigen Tag eine neue Ära in der Energiewirtschaft beginnt." Während Geheimrat Bergmann in solcher Weise seiner Begeisterung über das Gesehene Luft machte, war Professor Livonius mit dem Doktor ins Gespräch gekommen.

„Ich möchte mit Doktor Frank gleich das Nötige wegen der Patente besprechen", meinte Livonius jetzt zu Bergmann. „Wie lange Zeit werden wir dazu ungefähr brauchen?" fragte er weiter den Doktor.

„Ich habe alles gut vorbereitet", erwiderte der, „aber trotzdem – eine gute Stunde werden wir doch zu tun haben."

Bergmann blickte auf seine Uhr. „Es ist recht, Professor, bringen Sie das in Ordnung und holen Sie mich nachher bei Zacharias ab. Komm“, fuhr er fort, während er den Arm unter den seines alten Freundes schob, „laß die Herren hier ihre Sache besorgen. Wir wollen uns in deinen Garten setzen und unsere alten Herzen am Frühling erfreuen.“

Gemächlich wanderten die beiden über den Feldweg zurück und sprachen dabei miteinander.

„Köstlich, Johannes“, rief der Geheimrat plötzlich stehenbleibend und lachte laut auf. „Mit dem Frankschen Seil hast du den Amerikaner aus dem Graben gezogen?“

„Natürlich, Franz. Eine bessere Gelegenheit konnte ich gar nicht finden, um den Abgesandten Headstones damit zu verleckern.“ Jetzt mußte auch Zacharias bei der Erinnerung an die Geschichte lachen. „Urkomisch war das, Franz“, fuhr er fort, „als wir nachher zusammen im Krug saßen. Wie ein Aal wand und drehte sich dieser gerissene Yankee, bis er eine Gelegenheit fand, wieder auf das Seil zu sprechen zu kommen. Richtige Stielaugen bekam er, als ich's dann wieder aus der Tasche holte. Ich glaube, in dem Augenblick wäre er zu allem fähig gewesen, um es in seinen Besitz zu bringen. Und dann sein wahrhaft schafsdämliches Gesicht, als ich's ihm hinwarf...“

Zacharias konnte nicht mehr an sich halten, er mußte wieder laut auflachen.

„Das Gesicht Turners kann ich mir ungefähr vorstellen“, meinte Bergmann, ebenfalls lächelnd. „Aber noch lieber hätte ich das von Headstone gesehen, als er die Probe erhielt.“

„Hast du neue Nachrichten aus Amerika?“ fragte Zacharias.

„Nichts Bestimmtes, Johannes. Ich weiß nur sicher, daß Headstone die Probe bekommen hat und damit bei der Aluminum Corporation gewesen ist. Einige Zeit wird es natürlich dauern, bis die Herrschaften begreifen, daß sie es allein nicht schaffen können, und zu uns kommen. Aber kommen müssen und werden sie; darauf kannst du dich verlassen.“

„Was gedenkst du zu tun, Franz, wenn sie kommen?“

„Darüber bin ich mir noch nicht schlüssig. Man könnte ihnen die Seile einfach liefern... man könnte auch einen Lizenzvertrag mit ihnen schließen. Dann müßte man ihnen allerdings das Herstellungsverfahren bekanntgeben – aber das sind ja kaufmännische Dinge, für die interessierst du dich doch nicht mehr."

„In diesem Falle doch, Franz! Höre auf meinen Rat: Liefere ihnen die Seile, aber gib das Verfahren nicht preis! Ich habe meine bestimmten Gründe dafür", fuhr er fort, als er das Erstaunen Bergmanns bemerkte. „Glaube es, du wirst mir später recht geben."

„Wie du wünschst, Johannes", sagte der Geheimrat, während sie durch den Garten gingen. „Vorläufig ist es ja noch nicht soweit; zur gegebenen Zeit werde ich deinen Rat befolgen."

Eine Weile danach saßen sie in der Laube und sahen schweigend dem Spiel der Amseln und Meisen zu, aber Bergmanns Gedanken kamen dabei nicht von Amerika los.

„Was hältst du eigentlich von Headstone?" fragte er unvermittelt.

„Ein tüchtiger Kerl, aber das Stehlen kann er nicht lassen."

Bergmann unterdrückte ein Lächeln. „Nicht sehr schmeichelhaft für den Mann, dein Urteil, aber ich glaube, du hast damit ins Schwarze getroffen. Wie er seine Agenten, den tüchtigen Mister Turner an der Spitze, um unser AE-Werk herumschnüffeln läßt, das geht allmählich über die Hutschnur. Ich weiß nicht, ob man nicht doch einmal zupacken und die ganze Gesellschaft auffliegen lassen sollte."

Zacharias schüttelte lebhaft den Kopf. „Wäre total verkehrt, Franz. Diese Leute kennen wir. Wenn du sie verschwinden läßt, schickt Headstone neue, die wir erst kennenlernen müssen. Lieber wollen wir mit den alten noch ein wenig Scherz treiben. Ich könnte mir das etwa so denken..." Und nun sprach Zacharias eine ganze Zeit mit gedämpfter Stimme auf Bergmann ein.

Einige Male machte der Geheimrat Einwände: „Unterschätze Headstone und Turner nicht, mein lieber Johannes. Sie sind zehnmal gerissener und ausgekochter, als du vielleicht glaubst. Die geringste Unvorsichtigkeit, und sie riechen den Braten."

„Keine Sorge!“ beschwichtigte ihn Zacharias. „Ich habe auch meine Leute, und es müßte mit dem Teufel zugehen, wenn mir Mister Turner nicht ein zweites Mal auf den Leim ginge.“

„Meinetwegen denn“, stimmte Bergmann schließlich zu, „mach es, wie es dir gut scheint – – da kommt übrigens Livonius zurück. Wir wollen uns verabschieden und losfahren.“

Ein vergnügtes, fast spitzbübisches Lächeln lag auf dem Gesicht des alten Zacharias, als er den beiden nachwinkte.

***

Im Forschungsinstitut der Aluminum Corporation in Buffalo fand eine Besprechung statt. James Headstone saß an der einen Längsseite eines großen Tisches; an der andern hatten Professor Curtis und Dr. Jefferson von der Corporation Platz genommen.

Zwischen ihnen lag auf der Tischplatte das Knäuel, das nun schon Wochen hindurch Unruhe und viel Arbeit in den Staaten verursachte, seitdem es einmal in Deutschland in Turners Hände geraten war. Eine beträchtliche Anzahl anderer Litzen lag daneben. Neu und blank sahen sie aus, und in allen metallischen Tönen, vom tiefen Bronzegelb bis zum Silberweiß reinen Aluminiums, schimmerten sie. Unschwer ließ sich erkennen, daß sie erst vor kurzem frisch aus der Fabrikation gekommen waren, aber die Herren von der Corporation hätten gern auf allen Glanz und Schimmer verzichtet, wenn ihre Erzeugnisse sonst nur dem deutschen Muster gleichgekommen wären.

Seit geraumer Zeit ließ James Headstone die Ausführungen und Erläuterungen der beiden andern mit steigender Ungeduld über sich ergehen. Jetzt warf er sich mit einer brüsken Bewegung in seinen Sessel zurück und machte seiner Erregung Luft:

„Sie gehen um den Kernpunkt der Sache herum wie die Katze um den heißen Brei, Gentlemen. Sagen Sie mir endlich klipp und klar, was Sie erreicht haben!“

Nach kurzem Räuspern antwortete Professor Curtis: „Die Legierung Ihres Musters haben wir auf hundertstel Prozent genau analysiert und nachgemacht. Aber –“

„Aha, jetzt kommt das Aber! Ich dachte mir's!“ stieß Headstone unwillig heraus.

„Es handelt sich um die molekulare Struktur, Mister Headstone“, kam Jefferson seinem Kollegen zu Hilfe. „In Ihrem Muster bilden die Moleküle eigenartige, in der Längsrichtung des Drahtes liegende – ich will nicht sagen Kristalle, aber kristallähnliche strähnige Gebilde, und das gibt dem deutschen Muster vermutlich die außergewöhnlich große, vorher noch niemals erreichte Festigkeit.“

Headstone wischte mit der Hand über den Tisch. „Klipp und klar, Gentlemen: Ihr Draht ist noch nicht so fest wie der deutsche?“

Professor Curtis nickte, ohne etwas zu sagen.

„Welche Zerreißlänge haben Sie erreicht?“ fragte Headstone weiter.

„Dreiunddreißig Kilometer, Mister Headstone“, antwortete Curtis. „Es ist ein Mehrfaches des besten bisher bekannten Stahldrahtes.“

„Aber dreimal schlechter als das deutsche Muster“, knurrte Headstone ärgerlich. „Haben Sie Aussicht, Ihr Erzeugnis zu verbessern, wenigstens einigermaßen an das deutsche Vorbild heranzukommen?“

Die beiden Herren von der Corporation sahen sich fragend an. Professor Curtis zuckte die Achseln, Dr. Jefferson nahm das Wort:

„Wir kennen den Prozeß nicht, durch den das deutsche Muster seine molekulare Struktur bekommen hat. Es muß ein völlig neuartiger Prozeß sein. Die bekannten Verfahren – wir haben sie alle versucht, Mister Headstone – haben uns im Stich gelassen.“

„Hm... hm.“ Headstone stieß ein paar unverständliche Laute hervor. „Das soll wohl heißen, daß Sie keine Aussicht haben, das deutsche Muster zu erreichen?“

„Wir werden weiterarbeiten, Mister Headstone“, verteidigte sich Curtis. „Wir werden von unsern Versuchen nicht ablassen, bis wir hinter das Geheimnis der Deutschen gekommen sind.“ Der Professor wurde lebhafter. „Es ist Ehrensache für die Corporation. Wir haben unsere besten wissenschaftlichen Kräfte an die Sache gesetzt. Wir probieren alle erdenklichen Behandlungsweisen aus, und wir werden nicht ruhen und rasten, bis wir es erreicht haben. Dafür verbürge ich mich Ihnen im Namen der Corporation."

Wieder machte Headstone eine Bewegung, als ob er etwas vom Tisch wegwischen wollte. „Wann wird das sein, Professor?... In einem Monat... in sechs Monaten... in einem Jahr? Soviel Zeit habe ich nicht, dann muß ich zu den Deutschen gehen."

„Es würde die Angelegenheit beschleunigen, Mister Headstone", mischte sich Dr. Jefferson vorsichtig ein, „wenn Sie uns das deutsche Werk nennen könnten, aus dem Ihre Litze stammt. Wir könnten dann vielleicht –" Dr. Jefferson hüstelte in die Hand, „wir könnten dann vielleicht durch unsere – Sie verstehen mich, Mister Headstone –, durch unsere Vertreter in Deutschland etwas über das neue Verfahren ermitteln, das uns –"

Er schwieg, als er die eigenartige Miene Headstones sah. Headstone richtete sich in seinem Sessel auf und sah ihn starr an.

„Verehrter Herr Doktor: So klug bin ich selber. Wenn ich das Herstellungswerk wüßte, hätte ich schon meine eigenen – Sie nannten es wohl ›Vertreter‹ – in Deutschland damit beauftragt, Genaueres über die Sache in Erfahrung zu bringen. Aber das ist nicht so einfach, Doktor Jefferson. Wir wissen bis jetzt nur, daß Seile dieser Art für die Verankerung des Netzes der deutschen AE-Station Verwendung finden. Selbst das wissen wir nicht mit absoluter Sicherheit, sondern dürfen es nur als höchst wahrscheinlich annehmen."

„Das deutsche AE-Werk ist ein Unternehmen des Bergmann-Konzerns, wenn ich mich nicht irre...", warf Professor Curtis dazwischen. „Man könnte annehmen, daß die Litze aus der Kabelfabrik dieses Konzerns stammt. Vielleicht, daß man dort einmal –"

Headstone schüttelte energisch den Kopf. „Nein, Herr Professor, da haben meine Leute schon nachgesehen. Von dorther ist die Litze für das deutsche AE-Werk nicht geliefert worden."

Headstone hielt es für unnötig, zu sagen, was er noch weiter über die Angelegenheit wußte: daß nämlich die Kabelfabrik des Bergmann-Konzerns früher auch einmal Halteseile für das deutsche AE-Werk geliefert hatte, aber nur Stahldrahtseile mit einer sehr viel geringeren Festigkeit.

„Die Lieferung muß von einer Stelle erfolgt sein", fuhr er fort, „die sich, wie es aussieht, vorher überhaupt nicht mit der Herstellung von Leichtmetallseilen befaßt hat. Wenn Ihre Vertreter auf diese spärlichen Unterlagen hin etwas unternehmen wollen, so mögen sie's in Gottes Namen versuchen, Herr Professor. Meine Leute sind mit ihrer Kunst zu Ende; ich will es hier ganz offen aussprechen."

„Das ist wenig, noch weniger als wenig", murmelte Dr. Jefferson vor sich hin. Headstone erhob sich.

„Versuchen Sie, was Sie erreichen können, Herr Professor", sagte er beim Abschied. „Wenn es Ihnen gelingt, die Aufgabe zu lösen, brauchen Sie sich um den Absatz Ihrer Erzeugnisse keine Sorgen zu machen. Viele tausend Kilometer würden allein in den Staaten gebraucht werden. Sie dürften mit Auftragslängen in der Größenordnung der transatlantischen Kabel rechnen."

Headstone verließ das Haus der Aluminum Corporation, um zum Flugplatz zu fahren. Unterwegs ließ er vor dem Hauptpostamt halten und gab ein langes Kabelgramm auf. Adressiert war es an Mister Henry Turner, zur Zeit Braunschweig, Germany –

Kurze Zeit später hielt Mister Turner die Depesche Headstones in seinen Händen und las sie mit reichlich gemischten Gefühlen. Den Herstellungsort der bewußten Litze ausfindig machen! Leicht gesagt, aber schwer getan, brummte der tüchtige Agent Headstones vor sich hin, während er die Worte des Telegramms ein zweites und drittes Mal überflog. Wie stolz und selbstzufrieden hatte er damals dieses Knäuel als Muster ohne Wert nach Amerika geschickt. Jetzt – wenige Wochen später – war er beinahe so weit, die Stunde zu verwünschen, in der jener alte Schäfer es ihm in die Hände gab.

Sollte er es noch einmal in den Bergmann-Werken versuchen? So schnell wie der Einfall kam, verwarf er ihn auch wieder. Daß die Bergmann-Werke für ausländische Agenten ein höchst gefährliches Pflaster waren, hätte einen Mann wie Henry Turner schließlich nicht geschreckt. Aber die Berichte anderer „Vertreter" ließen kaum noch einen Zweifel darüber, daß dort in dieser Sache wirklich nichts zu holen war.

Lange überlegte Turner hin und her. Das Kabelgramm, das Headstone am Nachmittag in Buffalo aufgegeben hatte, war infolge des Zeitunterschiedes erst am späten Abend in seinen Besitz gekommen. Er hatte die Nacht für sich, um einen Plan zu fassen, und gegen Mitternacht kam ihm eine neue Idee. Mit dem wunderlichen Alten, der ihm das verwünschte Ding damals gab – ein Danaergeschenk nannte Mister Turner es in einer flüchtigen Erinnerung an weit zurückliegende Schulstunden –, mußte er wieder in Verbindung kommen. An dieser Stelle mußte er – im buchstäblichen Sinne des Wortes – den Faden wiederaufnehmen und sehen, wohin er führen würde.

Unauffällig mußte das natürlich geschehen. Rein zufällig scheinbar und in einer Weise, die von vornherein jeden Verdacht ausschloß. Darüber war sich Mr. Turner als gewiegter Fachmann eines etwas dunklen Berufes selbstverständlich klar. Am nächsten Tage wollte er in dem Sinne vorgehen. Nachdem er zu diesem Entschluß gekommen war, überließ er sich einem wohlverdienten Schlaf.

Am nächsten Morgen war der Agent schon früh unterwegs. In flotter Fahrt trug ihn sein Wagen durch die norddeutsche Heide. Um die zehnte Vormittagsstunde machte er vor demselben Heidekrug halt, in dem er vor rund einem Monat mit dem Alten eingekehrt war. Ein paar mächtige Lastkraftwagen, die vor der Wirtschaft hielten, fielen ihm auf, als er aus seinem Auto stieg.

Diesmal zog er das Haus dem Garten vor und ging in die Gaststube. Er war nicht der einzige in dem Raum; an einem Fenstertisch saßen vier Männer in Lederjoppen, die offensichtlich zu den Lastwagen draußen gehörten, verzehrten belegte Brote von achtunggebietenden Ausmaßen und tranken dazu Kaffee. Auch Turner ließ sich Kaffee geben und begann sich über sein weiteres Vorgehen schlüssig zu werden. Das richtigste würde es wohl sein, wenn er zunächst einmal versuchte, mit dem Wirt ins Gespräch zu kommen, um Näheres über den alten Mann – er erinnerte sich jetzt wieder, daß er Zacharias hieß – in Erfahrung zu bringen.

Während er darüber noch nachdachte, flogen ihm Gesprächsfetzen von dem andern Tisch her zu.

„Weißt' noch, Hinrich, als wir die dicken Fuhren für das AE-Werk hatten?" sagte einer von den Fahrern.

Bei dem Wort AE-Werk spitzte Turner die Ohren.

„Woll, woll, Klasen!“ antwortete mit vollen Backen kauend ein anderer. „Ich bin damals fünfmal von Düren hierher gezottelt. Hatte jedesmal zehn Kabeltrommeln geladen; war eine gute Zeit.“

Henry Turner ließ seinen Kaffee kalt werden. Unter dem Tisch hielt er einen Notizblock auf dem Knie und notierte eifrig, was die Chauffeure am Nebentisch sich erzählten... Zehn Tonnen Kabel von Düren an das deutsche AE-Werk geliefert – da hatte er eine bessere Spur, als er heute früh zu hoffen wagte. Im stillen beglückwünschte er sich zu seinem Einfall, in dem abgelegenen Dorfkrug einzukehren.

Die Fahrer nebenan waren inzwischen mit ihrem Mahl zu Ende gekommen.

„Ward Tid, Hinrich!“ sagte einer von ihnen, während er sein Brotpapier zusammenfaltete. „Wir möt wedder los.“ Er stand auf und rief nach dem Wirt, um seine Zeche zu begleichen. Auch die andern zahlten. Zu viert verließen sie die Gaststube, und bald verriet ein Puffen und Rasseln auf der Straße draußen, daß sie mit ihren mammuthaften Wagen wieder auf Fahrt gingen.

Turner blieb allein in der Stube zurück. Was er hier durch einen glücklichen Zufall erfahren hatte, war nach seiner Meinung entschieden eine Tasse Kaffee wert. Lohnte es sich für ihn überhaupt, noch länger sitzen zu bleiben? Hatte es noch Zweck, sich mit dem Wirt anzubiedern? Wäre es nicht zweckmäßiger, sofort nach Düren aufzubrechen? Dann mußte er nach Westen weiterfahren. Auch die Lastkraftwagen waren nach Westen abgegangen. Vielleicht konnte er unterwegs noch einmal in irgendeiner anderen Wirtschaft mit den Fahrern zusammenkommen und bei der Gelegenheit noch mehr aus ihnen herausholen. Was würde er von dem Alten schließlich erfahren können? Das Knäuel hatte der irgendwo in der Heide gefunden, und mehr würde er ihm auch heute kaum darüber sagen können.

Mister Turner schickte sich an, nach dem Wirt zu rufen, um seinen Kaffee zu bezahlen. –

Zu der gleichen Zeit, da Mister Turner vor dem Heidekrug aus seinem Wagen stieg, weilte Zacharias bei Dr. Frank. Sie befanden sich in einem andern Raum als dem, in dem sie vor einigen Tagen Geheimrat Bergmann und Professor Livonius die kalte Kathode vorführten. Es war ein etwa zehnmal zehn Meter im Geviert messendes und fast doppelt so hohes Gemach.

Die rohen Wände ließen noch die Formen der Bretter erkennen, aus denen man beim Bauen die Verschalung errichtet hatte, um den Beton hineinzustampfen. Eine Wand trug eine Schalttafel mit einer Reihe von Meßinstrumenten und Fernschaltern. Im übrigen war nichts weiter darin als ein gläsernes röhren- und kolbenförmiges Gebilde, das in seiner Größe und Massigkeit freilich völlig genügte, um den saalartigen Raum nicht leer erscheinen zu lassen. Der ganze Glaskörper schimmerte in einem eigenartigen undefinierbaren Licht. Zacharias schaute auf ein Meßinstrument, dessen Zeiger langsam von der Zehn auf die Zwölf stieg.

„Zwölf Millionen Volt, Herr Doktor." Die Worte kamen langsam von seinen Lippen, während sein Blick zu der Röhre zurückkehrte. „Ich glaube nicht, daß man in einem andern Laboratorium der Welt diese Spannung schon beherrscht."

„Es ist genau die Spannung, welche die Umwandlung der Materie bewirkt", erwiderte ihm Dr. Frank. „Sie sehen die Legierung auf dem Boden der Röhre. Unter dem Anprall der Elektronen – sie schlagen mit vierundneunzig Prozent der Lichtgeschwindigkeit auf die Materie auf – schmilzt und verdampft sie nicht nur, sondern es findet die beabsichtigte Umwandlung statt. Es entsteht der neue Stoff, den wir für die kalte Kathode brauchen."

Geraume Zeit stand der Alte in Nachdenken versunken vor der gleißenden und schimmernden Röhre. „Haben Sie sich schon eine Theorie über diese Vorgänge gemacht, Herr Doktor?" fragte er nach langem Schweigen.

Dr. Frank nickte. „Ich habe mir eine Arbeitshypothese zurechtgemacht, aber –", ein leichtes Lächeln spielte um seine Lippen, „Sie wissen ja, wie es mit solchen Theorien steht: Sie müssen erst durch die Praxis erhärtet werden. Ich hoffe, daß ich schon in den nächsten Wochen dazu kommen werde, die notwendigen Versuche zu machen."

„Gewiß, Herr Doktor. Das kann ich begreifen. Doch vorläufig stimmen Praxis und Theorie bei Ihren Arbeiten wunderschön zusammen. Es ist Ihnen geglückt, diesen –" Zacharias suchte nach einem Wort, bevor er weitersprach,

„diesen unerklärlichen Oberflächenwiderstand zu beseitigen, der in den Rechnungen unserer Elektriker immer wieder als jenes berüchtigte Grenzflächenintegral auftritt. Die Elektronen strömen aus Ihrer kalten Kathode leichter und freier hinaus als sonst aus höchst erhitzten Metallen."

„Richtig, Herr Zacharias. Das muß meinen Vermutungen nach so sein. Aber ganz anders wird die Sache, wenn man die Röhrenspannung noch um ein Vielfaches erhöht. Dann muß die Materie nach der Theorie, die ich aufgestellt habe, Änderungen erleiden, die für unsere irdischen Verhältnisse kaum vorstellbar..."

In die letzten Worte von Dr. Frank mischte sich die Klingel des Telephons.

„Sie werden verlangt, Herr Zacharias", sagte er, nachdem er den Hörer abgenommen hatte. Er deckte die Hand über das Mikrophon und sprach leiser zu dem Alten: „Der Stimme nach ist es der Krüger Horn."

Zacharias griff nach dem Apparat und hörte, was vom andern Ende in den Draht gesprochen wurde.

„Ist recht, Meister Horn. In fünf Minuten bin ich da. Sehen Sie, daß der Mann so lange bleibt!" antwortete er und legte den Hörer wieder aus. „Der Amerikaner ist wieder im Heidekrug", wandte er sich danach an Dr. Frank. „Glauben Sie an einen Zufall?"

Dr. Frank zuckte die Achseln.

„Ich nehme Ihr Rad, Herr Doktor. Werde es vorher beim Schmied Haspe abstellen", sagte Zacharias und verließ eilends den Raum und das Haus.

„Machen Sie's klug, Herr Zacharias! Der Amerikaner ist gerissen", rief ihm der Doktor noch nach. –

Im Heidekrug wollte Mister Turner seine Zeche bezahlen und sah sich nach dem Wirt um. Der war nirgends zu erblicken. Hinter der Theke stand ein halbwüchsiger Bursche, der ihm auf seine Frage in einem nicht leicht verständlichen Heideplatt antwortete.

„Herr Horn ist im Keller. Steckt ein neues Faß an; wird bald kommen."

Henry Turner setzte sich wieder auf seinen Stuhl. Auf ein paar Minuten kam's ihm schließlich nicht an. Die schweren Lastwagen würde er mit seinem schnellen Auto immer noch bequem einholen. Vielleicht war's sogar richtiger, wenn er sich hier noch ein wenig Zeit ließ.

Mehr Eile schien ein Gast draußen im Garten zu haben, der mit seinem Knotenstock kräftig auf den Tisch trommelte und nach dem Wirt rief. Mister Turner hörte es, und im selben Augenblick durchzuckte ihn eine Erinnerung. Die Stimme glaubte er doch zu kennen. Gehörte sie nicht zu dem Alten, dessentwegen er heute früh in die Heide gefahren war? Als er den Mann von draußen zum zweitenmal rufen hörte, wurde es ihm zur Gewißheit. Er ging vorsichtig zu einer Glastür, durch die er einen Blick in den Garten hatte, und spähte hinaus.

Richtig: Da saß der alte Mann wieder. Die Bank unter der Linde schien sein Stammplatz zu sein. Soweit Turner es von seinem Standort aus beobachten konnte, hatte er einen etwa faustgroßen Gegenstand in der Hand, an dem er mit seinem Taschentuch kräftig rieb und putzte. Vergeblich kniff Mister Turner die Augen zusammen, um schärfer zu sehen; er konnte nicht klug daraus werden, was das für ein Stück war, an dem der Alte da herumpolierte. Während er sich noch vergeblich darum bemühte, tauchte der Wirt wieder aus der Tiefe seines Kellers auf.

„Sie haben gerufen, Herr?“ fragte er den Amerikaner.

Turner schob das Geld, das er bereits in der Hand hielt, wieder in die Tasche. Er hatte es sich inzwischen anders überlegt.

„Jawohl, Herr Wirt“, sagte er, „ich möchte gern noch etwas zum Trinken haben. Kann ich eine Flasche Mineralwasser bekommen?“

„Gern, Herr, unsern Heidesprudel, ein feines Wässerchen. Wird sogar in Berlin getrunken. Will es Ihnen gleich bringen, einen Augenblick...“ Er drehte den Kopf nach dem Garten hin, wo der einsame Gast sich von neuem bemerkbar machte. „Muß bloß erst mal schnell sehen, was der olle Krachkopp da draußen will.“

Während der Wirt zu der Glastür hinging und sie öffnete, stand auch Turner auf und folgte ihm ein Stück. Von dem Heideplatt, das der Wirt dem Alten schon von der Tür her zurief, konnte er beim besten Willen nur ein paar Brocken verstehen. Um so schärfer beobachtete er, was der alte Mann machte. Bis jetzt hatte der immer noch an dem runden und, wie Turner jetzt sicher zu sehen glaubte, metallenen Gegenstand herumgerieben. Als er den Wirt und hinter ihm einen Fremden bemerkte, ließ er das Stück in seine Manteltasche verschwinden, und dann gab es zwischen ihm und dem Kruginhaber ein lebhaftes Hin und Her, dem Turner wiederum nicht folgen konnte, obwohl er sich einbildete, deutsch wie ein Deutscher zu sprechen.

„Ich will mich auch in den Garten setzen", sagte er, als der Wirt nach diesem Wortgefecht zurückkehrte, und schritt auf die Linde zu.

„Oh, Herr Zacharias, wenn ich nicht irre", meinte er nähertretend. „Ich hatte schon mal das Vergnügen. Einen Monat mag's wohl her sein. Ich weiß nicht, ob Sie sich noch erinnern..."

Siebenundzwanzig Tage ist's her, du Gauner, dachte Johannes Zacharias bei sich, während er Mister Turner musterte und sich die Stirn rieb, als ob er sich besinnen müßte.

„O ja... ich erinnere mich", begann er nach längerem Überlegen. „Sie haben mich damals ein Stück in Ihrem Wagen mitgenommen. Inzwischen haben Sie wohl viel in Deutschland gesehen? Wie gefällt's Ihnen denn hier bei uns im Lande?"

„Oh, sehr gut", beeilte sich Mister Turner zu erwidern. „Wenn es Ihnen recht ist, möchte ich mich ein bißchen zu Ihnen setzen. Hier draußen ist's angenehmer als drinnen in der Stube."

Während Turner neben Zacharias Platz nahm, kam der Wirt wieder und brachte das Bestellte. Vorerst einmal versenkte der Alte den Mund in sein Glas, und dabei überlegte und kombinierte er mindestens ebenso schnell und so schlüssig wie der rührige Agent Mister Headstones.

Um einen einzigen Punkt drehte sich seine Überlegung: Wie spiele ich dem Yankee den Strahlkollektor in seine Finger? Das Ding 'rausnehmen? Hier auf dem Tisch weiter daran herumputzen? Natürlich wird er daraufhin fragen. Ich könnte ihm nur wieder erzählen, daß ich's auf der Heide gefunden habe. Könnte es ihm vielleicht für ein paar Groschen verkaufen... Ob er nicht am Ende doch mißtrauisch würde? Man müßte es auf eine andere Weise probieren. Ihm die Sache so hinlegen, daß er Lust bekäme, danach zu greifen, ohne erst um Erlaubnis zu fragen. Moralische Beschwerden?... Daran wird der tüchtige Abgesandte Mister Headstones kaum leiden...

Durch einen Zufall – es mag unentschieden bleiben, wer ihn verursachte – traf es sich so, daß Turner direkt neben die Manteltasche zu sitzen kam, in die der Alte den metallenen Gegenstand und das blaugewürfelte Tuch, mit dem er daran herumgeputzt hatte, versenkt hatte. Als Zacharias mit seiner Überlegung klar war, setzte er sein Glas wieder ab, zog das Tuch aus der Tasche, wischte sich den Bart damit und steckte es danach in eine andere Tasche. Wieder machte es sich dabei wie zufällig, daß die Manteltasche nach dem Herausziehen des Tuches weit offen klaffte, so daß Mister Turner bequem hineinsehen konnte. Auf ihrem Grunde erblickte er ein teils rundliches, teils zylindrisches Gebilde. Offensichtlich hatte es manchen Tag und manche Nacht in Schmutz und Regen im Freien gelegen, aber unverkennbar schimmerte an den Stellen, an denen der Alte geputzt und gerieben hatte, ein bronzeartiges Metall hindurch.

Von Minute zu Minute wuchs das Interesse des Amerikaners für diesen merkwürdigen Gegenstand. Wie leicht ließ sich mit einer auch nur einigermaßen geschickten Hand in die Tasche hineingreifen... und die Hände Mister Turners waren weit über den Durchschnitt geschickt. Wie einfach mußte es sein, das vertrackte Ding herauszuziehen und – ja, dann begannen erst die wirklichen Schwierigkeiten – unauffällig damit zu verschwinden.

„Schön ist's bei Ihnen in Deutschland, Mister Zacharias", eröffnete Turner die Unterhaltung und wies auf die im frühen Sommergrün schimmernde Heide. „Wer weiß, ob's mir danach in USA wieder gefallen wird."

Der Alte griff wieder nach seinem Glas. Kannst ruhig noch ein bißchen bei uns bleiben, dachte er bei sich, während er es zum Munde führte. Wir haben noch allerlei mit dir vor, mein Junge! Vielleicht schenkt uns sogar noch Mister Headstone die Ehre seines Besuches, wenn er den verbeulten Strahlkollektor erst mal richtig studiert hat.

„Ja, ja, Herr!" fuhr er laut fort. „Es läßt sich schon leben bei uns in Deutschland. Muß ja bei Ihnen drüben manchmal scheußlich sein, nach dem, was man so in den Zeitungen liest. Sandstürme... Überschwemmungen... Tornados... Habe neulich gelesen, daß mehr als drei Millionen Schafe im Sandsturm verreckt sind. Da mag wohl auch mancher Schäfer mit vor die Hunde gegangen sein."

Mister Turner rutschte auf seinem Platz hin und her. Es lag ihm gar nichts daran, sich mit dem wunderlichen Alten über die klimatischen Verhältnisse in USA zu unterhalten. Während er sich mit seinem Glas zu schaffen machte, überlegte er, wie er dem Gespräch eine andere Wendung geben und unauffällig auf die vermaledeite Litze kommen könnte.

„Wissen Sie noch, wie Sie mir damals aus dem Graben geholfen haben?“ fing er unvermittelt an.

„Nu, das war kein Kunststück“, meinte Zacharias. „Unser Hinrich mit seinem Bulldog war ja dicht dabei.“

„Aber daß Sie auch gerade ein passendes Seil bei sich hatten, Herr Zacharias – das war doch ein Glück.“

Der Alte lachte vor sich hin und rückte noch ein Stückchen näher an Mister Turner heran. So nahe, daß die offene Manteltasche mit dem metallenen Stück darin ganz dicht neben Turners rechter Hand auf der Bank lag.

„Ach, du mein lieber Gott“, sprach er dabei weiter, „so'n oller Heideläufer wie unsereins hat die Taschen immer mit allerlei Kram voll. Da findet man auf der Weide mal das und mal jenes – na, und die Leute sagen hierzulande, ein Zigeuner und ein Schäper läßt nix liegen –“ Während er sprach, kramte er in seiner Turner abgewandten Tasche und brachte ein kleines, merkwürdig geformtes Metallstück zum Vorschein.

„Sehen Sie sich mal das Ding an, Herr Turner“, sagte er, als er es auf den Tisch legte. „Das habe ich heute auf der Wiese gefunden, dicht neben dem AE-Werk, wissen Sie. Sicher haben's die Bauleute da verloren. Nu schleppe ich's 'rum und zerreiße mir bloß die Taschen an dem kantigen Zeug.“

Mit großem Interesse drehte Turner das Stück in seinen Fingern hin und her. Soweit er es beurteilen konnte, schien es eine Doppelschelle zu sein, dazu bestimmt, einen etwas größeren Gegenstand an einem mäßig starken Draht oder Seil zu befestigen.

„Was wollen Sie damit anfangen, Herr Zacharias?“ fragte Turner. „Am einfachsten wäre es doch, wenn Sie's den Bauleuten zurückgäben.“

Der Alte lachte. „Nee, Herr Turner, den Düwel war ick daun. De smieten mich blot rut...“ Er fiel wieder ins Hochdeutsch, als er merkte, daß Turner ihn nicht verstand: „Wissen Sie, Herr, die von dem Bau da werden bloß grob, wenn man ihnen so was wiederbringt. Die wollen an ihre Bummelei nicht erinnert werden.“

„Ja, aber was werden Sie damit machen?“ fragte Turner ungeduldig.

„Wahrscheinlich werfe ich's nachher in den nächsten Chausseegraben“, meinte der Alte leichthin.

„Schade drum!“ entfuhr es Turner.

„Hat noch nicht zwei Pfennig Wert, das Ding. Wenn's Ihnen Spaß macht, können Sie's behalten.“ Er schob Turner das Stück hin.

Wenn er mir den Kollektor nicht bald aus der Tasche maust, werde ich ihm den schließlich auch noch schenken müssen, dachte er dabei ein wenig verdrießlich.

„Herr du meine Güte“, rief er unvermittelt, „ich muß ja gleich los!“ Während er es sagte, schlug er mit seinem Knotenstock auf den Tisch, daß es krachte, und schrie nach dem Hof hin: „Hallo, Klas! Zahlen, zahlen!“

Während er dem Wirt die paar Pfennige für seine Zeche hinwarf, geschah es. Mister Turner konnte der allzu günstig gebotenen Gelegenheit nicht länger widerstehen. Mit spitzen Fingern fuhr seine Rechte in die Manteltasche des anderen. Im nächsten Augenblick hatte er den Strahlkollektor herausgezogen und mit einer Geschwindigkeit, die auf eine gewisse Übung schließen ließ, unter seinem Rock verborgen.

Keine Sekunde zu spät geschah es, denn schon im nächsten Augenblick sprang der Alte auf, empfahl sich mit einem kurzen Winken und machte, daß er weiterkam.

Sowie er verschwunden war, brachte Turner das eroberte Stück in einer inneren Tasche seiner Kleidung unter. Selbst wenn er merkt, daß es ihm fehlt, wird er kaum denken, daß ich's ihm weggenommen habe, tröstete er sich dabei. So hastig wie er eben aufsprang – da hätte es ihm ja mit Leichtigkeit von selber aus der Tasche fallen können.

Und nach diesem Zwischenfall hatte Mister Turner eigentlich auch nichts mehr im Heidekrug zu suchen. Er brach auf und fuhr in westlicher Richtung davon. Erstens einmal gab's in Düren allerlei für ihn ausfindig zu machen, und zweitens – vielleicht ließ ihn ein glücklicher Zufall noch einmal mit den Chauffeuren von vorhin zusammentreffen, und vielleicht ließ sich auch bei der Gelegenheit noch mancherlei erspähen. Heute scheint ein Fangtag für mich zu sein, dachte Mister Turner, als er den Motor seines Wagens anspringen ließ.

***

Etwas Schimmerndes sah Headstone noch in großer Höhe nach Westen treiben, als die amerikanische Versuchsstation unter dem plötzlichen Ausbruch des Tornados zu Bruch ging. Die Herren Fosdick und Cowper hatten jetzt Gelegenheit, sich aus der Nähe damit zu befassen. Um die Mittagsstunde eines reichlich heißen Junitages saßen sie vor einer aus Wellblech und aus ungehobelten Brettern roh zusammengeschlagenen Schenke und würzten ihren Lunch mit einem lauwarmen Whisky.

Das Äußere der beiden Ingenieure hatte sich seit jenem Unglückstag in Kansas beträchtlich verändert. Nicht mehr saubere weiße Laborantenkittel trugen sie wie damals, als Headstone und Brooker sie in der Station besuchten, sondern Overalls, jene für den amerikanischen Handarbeiter typischen von den Schuhen bis zum Hals reichenden, wie aus einem Stück gewebten Anzüge aus einem groben blauen Leinen.

„Verdammte Geschichte!“ fluchte Cowper vor sich hin und spülte ein Stück besonders zähes Steak mit einem Schluck Whisky herunter. „Hätte mir vor acht Tagen nicht träumen lassen, daß wir jetzt in dem gesegneten Staat Kolorado sitzen würden.“

Fosdick machte eine beschwichtigende Bewegung. „Lassen Sie, Cowper. War noch sehr anständig vom Boß, daß er uns nicht sofort unserer Wege gehen ließ. Ist verdammt schwer heute, in den Staaten einen erträglichen Job zu finden. Übrigens mal was anderes, hier in den Bergen 'rumzukraxeln. Jedenfalls kurzweiliger als unsere Tätigkeit in der verflossenen Station... Gott habe sie selig, sela! Amen! So sei es!“

Der frühere Oberingenieur Fosdick setzte einen tüchtigen Schluck Whisky auf seine Rede und schüttelte sich danach. „Ein saumäßiges Gesöff, Cowper.“

„Na, jedenfalls haben wir das verdammte Netz glücklich entdeckt“, setzte Cowper die Unterhaltung fort. „Bin neugierig, was der Alte auf unser Telegramm antworten wird.“

„Das kann ich Ihnen schon heute sagen“, erwiderte der andere. „Natürlich müssen wir's von der Stelle, wo sich 's in den Felsen verfangen hat, wieder 'runterholen und in eine zivilisierte Gegend schaffen. Bergen nennt man so etwas, Cowper. Das bedeutet, das ganze große Netz mit allem Drum und Dran aus zweitausend Meter Höhe zu Tal zu bringen, aber auch mit allem, verstehen Sie? Mit jedem Tragballon, mit jedem Strahlkollektor, der dranhängt. Eine liebliche Arbeit, das kann ich Ihnen heute schon versichern.“

Cowper war bei jedem Wort, das Fosdick sprach, immer mehr auf seinem Schemel zusammengesunken. Jetzt raffte er sich zu einer Antwort auf: „Allein können wir das unmöglich schaffen, das Zeug wiegt mehrere Tonnen. Wenigstens ein paar Dutzend Leute werden wir dazu anheuern müssen und Mulos in Menge natürlich auch. Ein schlechter Job wird das werden. Die Eingeborenen hier sind faul wie die Sünde. Weiß der Teufel, ob wir's überhaupt schaffen werden!“

Fosdick schaute seinen Gefährten verschmitzt an.

„Sagen Sie mal, Cowper, dämmert es Ihnen immer noch nicht, warum uns der Alte damals nicht sofort 'rausgeschmissen hat?“

Cowper rieb sich die Stirn. „Keine Ahnung, Fosdick. Weiß wirklich nicht, warum uns Headstone behalten hat.“

„Und sogar zu unserm früheren Gehalt weiterbeschäftigt, Cowper. Wunderbar, nicht wahr? Für einen Philanthropen und Wohltäter der Menschheit halten Sie Headstone wohl kaum?“

Cowper schüttelte energisch den Kopf.

„Ich will es Ihnen sagen“, fuhr Fosdick fort. „Er braucht Ingenieure für die Bergung dieses Netzes. Er braucht Leute, die es genau kennen und mit möglichst wenig Havarie zu Tal bringen. Das ist der einzige Grund, warum er uns behalten und mit der Geschichte betraut hat. Haben Sie's jetzt begriffen, Cowper?“

Cowper machte ein Gesicht, das alles andere als geistvoll war.

„Ja, eigentlich...“, hub er unsicher an, „eigentlich hätten wir dann noch mehr von ihm verlangen können, Fosdick. Wo soll er denn anderswo Leute finden, die alle diese Bedingungen erfüllen?“

„Hätten ist nicht haben“, schnitt ihm Fosdick das Wort ab. „Jetzt können wir an der Sache nichts mehr ändern. Als Ingenieure müssen wir uns genau überlegen, wie wir den Job anfassen. Wir haben bei unsern letzten Expeditionen in die Berge festgestellt, daß mehrere Ballone noch unbeschädigt geblieben sind und viel von ihrer Tragkraft behalten haben; damit müssen wir rechnen, dann wird die ganze Sache sich vielleicht einfacher erledigen lassen, als wir heute denken.“

Wenigstens zehn Minuten überlegte Cowper das eben Vernommene, während ihm – mochte es nun die intensive Arbeit des Nachdenkens oder die an diesem Tage wahrhaftig mörderische Hitze sein – dicke Tropfen von der Stirn perlten. Dann plötzlich hatte die Idee Fosdicks bei ihm gezündet.

„Großartig, Mann!“ schrie er und schlug auf den Tisch, daß die Flaschen und Gläser wackelten. „Daß ich nicht selber daran gedacht habe! Natürlich! Die Ballone sind ja noch da. Glaube kaum, daß sich an denen viel geändert hat. Wenn wir Glück haben, können wir mit ein paar Mulos zu Tal traben und den ganzen Kram hinter uns herziehen.“

Fosdick schüttelte den Kopf und benutzte einen nassen Fleck auf der Tischplatte, um mit dem Finger allerlei Figuren zu malen.

„Nicht so hitzig, Cowper!“ meinte er schließlich. „Hauptsache ist erst mal, daß wir das Netz gefunden haben und daß der Boß unser Telegramm bekommen hat. Mit der Bergung wollen wir uns nicht überstürzen. Übrigens –“ er stützte den Kopf in die Hand, „stellen Sie sich die Sache nicht so einfach vor. Sie haben selber gesehen, daß das Netz an ein paar ganz ekligen Zacken hängt. Es wird noch verdammt viel Arbeit und Kletterei kosten, da heraufzukommen und es loszumachen, und dann heißt's erst recht aufpassen, sonst könnte es noch unangenehme Zwischenfälle geben.“

„Wie meinen Sie das?“ fragte Cowper und sah Fosdick fragend an.

„Abwarten, mein lieber Cowper. Vorläufig hat's keinen Zweck, sich den Kopf zu zerbrechen.“ –

Headstone hatte das Telegramm von Fosdick und außerdem eine Sendung von Turner erhalten. Jetzt saß er in seiner Office in New York und war in einer längeren Unterredung mit Direktor Brooker begriffen. Soweit sich die Unterhaltung um geldliche Fragen drehte, waren sie verhältnismäßig schnell zu einer Einigung gekommen.

„Machen Sie sich keine Gedanken um die paar hunderttausend Dollar, Headstone“, meinte Brooker wegwerfend. „Den Betrag werden wir auf die Gründungskosten übernehmen. Das Geld bekommen wir bei der ersten Ausgabe von Aktien zehnmal wieder 'rein. Die Hauptsache ist, daß wir mit der Sache selber weiterkommen. Darum dreht sich alles, Mister Headstone. Verstehen Sie mich recht: Es darf nicht wieder wie früher so oft geschehen, daß die Deutschen plötzlich mit einer fertigen Sache an die Öffentlichkeit treten und wir haben hier in den Staaten so gut wie nichts. Es muß intensiv weitergearbeitet werden, und zwar nach den Richtlinien, die ich mit Ihnen besprach.“

„Sehr schön gesagt, mein lieber Brooker, aber in der Praxis nicht so ganz einfach durchzuführen“, warf Headstone ein. Brooker blickte auf ein Schriftstück, das er vor sich auf dem Tisch liegen hatte, und sprach weiter:

„Beachten Sie bitte die folgenden Punkte, Mister Headstone. Erstens dürfen wir die neue Station nicht wieder in einen Wetterwinkel setzen, in dem es Tornados, Zyklone und Gott weiß was sonst noch gibt. Sie werden sich mit den Sachverständigen vom Meteorologischen Institut in Washington ins Einvernehmen setzen müssen, bevor Sie den Ort für die neue Station bestimmen. Zweitens müssen wir unbedingt diese Seile haben, von denen Ihr tüchtiger Agent uns eine Probe verschafft hat...“

Headstone wollte etwas einwenden. Brooker schnitt es mit einer Bewegung kurz ab.

„Wo Sie sie herbekommen, ist egal, Headstone. Am besten wär's natürlich, wenn unsere Leute von der Aluminum Corporation sie liefern könnten. Wenn die's nicht schaffen, müßten wir sie uns aus Deutschland besorgen. Das wäre eine Sache, bei der Ihr Mister Turner sich auch recht nützlich machen könnte...“

„Er kabelte mir, daß er schon eine bestimmte Spur habe“, warf Headstone dazwischen.

„Um so besser, Headstone. Drittens aber müssen wir uns die neuen deutschen Strahlkollektoren verschaffen. Das muß unter allen Umständen geschehen; setzen Sie alles an diese Aufgabe... Ob es übrigens richtig ist, dem alten Netz nachzulaufen, halte ich für ziemlich zweifelhaft. Wahrscheinlich werden die Kosten für die Bergung höher werden als die Beschaffung eines neuen.“

„Erlauben Sie, Mister Brooker!“ wandte Headstone ein. „Meine Leute haben das Netz schon in den Rocky Mountains entdeckt. Sie werden es bald in Sicherheit bringen.“

„Meinetwegen, Headstone! Machen Sie das, wie Sie wollen. Das wichtigste sind jetzt die deutschen Strahlkollektoren...“

Und nun endlich kam Headstone dazu, seinen Trumpf auszuspielen. Er griff in die Tasche und stellte vor Brooker ein metallenes Etwas auf den Tisch. Halb sah es wie eine Art von Lötlampe aus, und dann in seinem Oberteil mit einem kammartigen Aufsatz doch wieder ganz anders.

„Da haben Sie den deutschen Kollektor“, sagte er und schob das Ding über den Tisch dicht vor Brooker hin. Einen Augenblick verschlug der unvermutete Anblick dem die Sprache. Dann nahm er den Apparat in die Hände, versuchte daran zu drehen und merkte, daß das Oberteil sich abschrauben ließ.

„Seien Sie vorsichtig, Brooker! Verderben Sie nichts daran. Es ist sicher ein recht empfindliches Ding“, versuchte Headstone ihn von seinem Tun abzuhalten. Aber da hielt Brooker bereits das Oberteil in der einen, das untere in der andern Hand, und heraus fiel ein eng beschriebener Zettel. Brooker warf einen Blick darauf und reichte ihn dann Headstone weiter.

„Scheint deutsch zu sein, Mister Headstone. Die Sprache verstehen Sie besser als ich. Lesen Sie mal, was da draufsteht.“

Headstone brachte das Papier dicht vor seine Augen und nahm schließlich sogar eine Lupe zu Hilfe, um die Aufzeichnungen zu entziffern, und je weiter er las, desto vergnügter wurde seine Miene.

„Ein unverschämtes Glück, Brooker!“ rief er, als er mit der Lektüre zu Ende war. „Das ist die vollständige Gebrauchsanweisung für den Strahlkollektor. Ganz genau ist alles angegeben... Die Einstellung der einzelnen Düsen, sogar die Höhe der Kammflammen bis auf den Millimeter genau... by Jove, Brooker, da hat uns Turner mal wieder ein Meisterstück geliefert!“ Die Erregung hielt ihn nicht länger an seinem Platz, er sprang auf und begann in dem Zimmer hin und her zu laufen.

„Der Kerl ist teuer, aber er ist sein Geld wert“, meinte Brooker, während er sich bemühte, den Strahlkollektor wieder zusammenzusetzen. „Möchte gern wissen, wie er's fertiggebracht hat, den Deutschen das Stück auszuspannen. Die halten doch sonst mit ihren Geheimnissen verflucht dicht.“

„Mein lieber Brooker, Klasse bleibt Klasse! Henry Turner ist ein Mann von Qualitäten.“ Während Headstone die Worte sprach, sah er so stolz aus, als ob er den deutschen Kollektor persönlich erobert hätte. „Den habe ich mir aber auch selber herangezogen und bilde mir auf die Erwerbung etwas ein.“

„Wie mag er das Ding nur erwischt haben?“ wiederholte Brooker seine Frage.

„Die Agenten behalten ihre Tricks gern für sich, Brooker, aber diesmal hat Turner in seinem Begleitschreiben doch etwas verlauten lassen. Wissen Sie, wie er's gemacht hat?“ Headstone bog sich über den Tisch und flüsterte, als ob ihn jemand belauschen könnte: „Stellen Sie sich vor, Brooker, in einem deutschen Saloon – einer Schankwirtschaft, wissen Sie – hat er es einem Oberingenieur des deutschen AE-Werkes“, die letzten Worte hauchte Headstone nur hin, „aus der Tasche verschwinden lassen.“

Unwillkürlich fuhr Brooker bei dem Wort zurück. „Aber das wird der andere doch später merken, Ihr Agent wird in Verdacht kommen“, sprudelte er hervor. „Ich weiß nicht, Headstone, so sollte ein tüchtiger Agent meiner Meinung nach doch nicht arbeiten.“

Headstone setzte ein pfiffiges Lächeln auf. „Unterschätzen Sie Turner nicht, Mister Brooker. Der sieht sich seine Leute schon an, bevor er ihnen die Taschen revidiert. Er deutete in seinem Schreiben an, daß der – Sie verstehen – der Betreffende schon einiges hinter die Binde gegossen hatte. Der wird nachher den Teufel was gewußt haben, wo und wann ihm der Kollektor abhanden gekommen ist.“

Brooker nickte verständnisvoll. „Hm, hm, Intoxikation – begreife, Headstone, guter Trick von Ihrem Mann. Jetzt noch die Seile, und wir können mit guter Aussicht von neuem anfangen.“

***

Die Geschichte von der Intoxikation – auf deutsch Betrunkenheit – war eine schnöde Verleumdung des braven alten Zacharias. Stocknüchtern war der nach seinem Schöppchen Bier aus dem Heidekrug gegangen und gemächlich die Dorfstraße entlang gebummelt. Erst als er Turner mit seinem Auto abbrausen und an der andern Seite des Dorfes verschwinden sah, machte er halt und kehrte langsam in den Krug zurück. Dort hatte er den Wirt allerlei zu fragen, was ihn interessierte, und auf manche Frage bekam er auch Antwort. Wer zum Beispiel außer dem Amerikaner noch in der Wirtschaft gewesen wäre? Das war schnell gesagt. Nur zwei Lastwagenchauffeure mit ihren Beifahrern: Krischan Jürgen aus Hildesheim und Hannes Schulte aus Nienburg. Schon seit Jahren rollten sie mit ihren Lastzügen zwischen der Reichshauptstadt und dem Rheinland hin und her und pflegten, wenn es irgendwie paßte, in dem Heidekrug Station zu machen.

Wohin sie jetzt führen, wollte Zacharias weiter wissen. Genau konnte der Wirt es ihm nicht sagen. Etwa nach Düren oder Aachen, glaubte er gehört zu haben. Und dann – der Wirt schien großen Wert darauf zu legen, dem Alten gefällig zu sein – ließ er einen Ratschlag einfließen:

„Gewöhnlich machen die beiden auf ihrer Tour in Strömen Mittag. In zwei bis drei Stunden könnte man sie da vielleicht telephonisch erreichen.“ –

Turner fuhr auf der breiten spiegelglatten Landstraße nach Westen. Öfter als einmal unterlag er der Versuchung, den Fuß auf den Gashebel zu setzen, und in wenigen Sekunden kletterte sein Tachometerzeiger dann über die hundert Kilometer herauf, aber jedesmal zog er ihn bald wieder zurück. Es hatte keinen Sinn, so zu jagen, wenn er die Lastwagenchauffeure bei ihrer nächsten Rast treffen und nach Möglichkeit ausholen wollte. Die machten mit ihren schweren Zügen höchstens sechzig Kilometer, und es war angebracht, sich auf diese Geschwindigkeit einzustellen, wenn er seinen Plan vernünftig und vor allen Dingen unauffällig durchführen wollte.

„Pfut, pfut!“ sagten die Straßenbäume jedesmal, wenn sein Wagen an ihnen vorüberschoß. „Pfit, pfit!“ sagten die schmaleren Masten der Telephonleitung, welche die Landstraße begleiteten.

Hätte Mister Turner ahnen können, was sich in den blanken Drähten, auf den weißen Isolatoren da oben abspielte, so wäre er seines Sieges vielleicht etwas weniger sicher gewesen. Bei aller sonstigen Gerissenheit fehlte Turner doch noch einiges technische Material für seinen Beruf. Hätte er zum Beispiel ein Paar Steigeisen besessen und einen kleinen Telephonapparat, den man in jeder Brusttasche bequem unterbringen konnte, so hätten diese Dinge ihm im Augenblick recht nützlich sein können. Er hätte sich dann mit Leichtigkeit in die Straßenleitung einschalten und hören können, was Meister Horn, der Wirt des Heidekrugs, gerade mit dem Rautenwirt in Strömen zu verhandeln hatte, und er wäre zweifellos in einiges Staunen darüber geraten.

„Hör mal tau, Krischan!“ sagte Klas Horn in diesem Augenblick in seiner Krugstube, und der elektrische Strom trug seine Worte getreulich hundertfünfzig Kilometer weiter nach Westen. „So gegen drei Uhr herum werden wohl die beiden Lastwagenchauffeure – du weißt ja, der dicke und der lange –, bei dir Mittag machen. Rop mi an, wenn se da sind!“

„Wird gemacht, Klas“, sagte der Rautenwirt und hängte den Hörer wieder an den Haken.

Mister Turner konnte aus dem bereits erwähnten Grunde von dieser Unterhaltung nichts hören. In einem für seinen schnellen Personenwagen mehr als gemütlichen Tempo fuhr er weiter nach Westen, bis nach geraumer Zeit der Kirchturm von Strömen sichtbar wurde. Enge winklige Straßen nahmen ihn auf. Vielleicht, daß die Leute, hinter denen er her war, hier Rast gemacht hatten. In der Tat brauchte er nicht allzulange zu suchen. Vor der einzigen Kirche des Fleckens war ein größerer Platz, und auf ihm parkten mehrere Lastzüge. Woanders hätten sie in dem reichlich verbauten Städtchen kaum eine Gelegenheit dazu gefunden. Gegenüber dem Platz stand ein alter Gasthof. „Zum Rautenkranz“ war auf dem Schild zu lesen, und die Umrahmung bildete das sprechende Wappen dazu.

Also wollen wir's hier mal versuchen, dachte Turner, während er sein Auto neben den Lastwagen abstellte, und ging in die Wirtsstube.

Seine Ahnung hatte ihn nicht getrogen. Da saßen seine vier Freunde, auf die er aus war, mit noch einigen andern von der gleichen Branche an einem langen Tisch zusammen. Offenbar waren die vier letzten erst ganz vor kurzem in die Wirtschaft gekommen, denn sie hatten noch nicht einmal Getränke vor sich stehen, während die andern sich bereits mit ihrem Mittagsmahl beschäftigten. Mister Turner nahm dicht nebenan Platz, versuchte hier und dort eine Bemerkung aufzuschnappen und wartete auf eine Gelegenheit, sich selber ins Gespräch zu mischen.

Allzulange dauerte das nicht. Am andern Tisch kamen sie auf den Heidekrug zu sprechen. Für Mister Turner war das ein gegebener Anlaß, in die Unterhaltung einzuhaken und den Krug über den grünen Klee zu loben. Das wollten die andern aber nicht wahrhaben und ließen allerlei absprechende Bemerkungen über den Kaffee des Heidekruges fallen. Wie von selbst kam das Gespräch dann auf andere Stammlokale der Chauffeure, und ganz unmerklich wußte Mister Turner das Gespräch so zu drehen, daß man dabei immer weiter nach Westen geriet, ins Rheinland hinein. Über Essen und Köln kam man allmählich nach Düren, denn da wollte Mister Turner, wie er zur Erklärung angab, jetzt gerade hinfahren, um einen alten Freund aufzusuchen.

Nun, da konnten die Chauffeure ihm reichlich mit guten Hinweisen dienen. Düren war ja eine ganz ansehnliche Stadt, und sie überstürzten sich mit Ratschlägen, soweit es sich um Wirtshäuser und Hotels handelte. Auch die früher gekommenen Fahrer beteiligten sich lebhaft an dieser Unterhaltung. Offenbar machte es ihnen Vergnügen, Mister Turner, den sie an seinem Akzent schnell als Ausländer erkannt hatten, nützlich zu sein.

Aber dem Agenten Mr. Headstones lag viel weniger an Wirtshäusern als an Industriewerken, und auch darüber hörte er bald manches, was ihm höchst nützlich und wichtig erschien. Aufschreiben konnte er sich's hier nicht, denn dazu saß er zu sehr in Sicht der anderen, aber in seinem Gedächtnis verankerte er es sich. Das große Leichtmetallwerk besonders, von dem aus der eine Chauffeur die Kabeltrommeln nach dem AE-Werk gebracht hatte. Er wußte, als er den Namen hörte, Bescheid. Es war das gleiche Werk, das auch den deutschen Luftschiffbau mit Bauteilen aus einer besonderen Aluminiumlegierung belieferte.

Nur auf eine Sache konnte er sich keinen rechten Vers machen. Die Leute waren nicht nur mit voller Ladung von Düren in die Heide gefahren. Sie hatten auch volle Trommeln dorthin gebracht und später wieder nach Düren zurücktransportiert. Turner versuchte gerade noch etwas Näheres über diesen Vorgang herauszubekommen, als der Rautenwirt auftauchte und einen der Chauffeure anrief: „Hinrich, du sollst mal ans Telephon kommen!"

„Hol der Deibel die Firma!" knurrte der Angerufene ärgerlich. „Wir werden uns bald mal eine andere Kneipe suchen müssen, wenn wir ungestört Mittag essen wollen."

Damit verschwand er in einem Hinterraum, in dem das Telephon hing, fest überzeugt, daß seine Firma ihm irgendwelche Aufträge wegen Übernahme neuer Ladung geben wollte.

Aber nicht die Firma war am Apparat. Dafür hörte er die ihm wohlbekannte Stimme des alten Zacharias, und was der ihm erzählte, stimmte ihn ziemlich nachdenklich.

„Na, was will der Alte?" fragte sein Mitfahrer, als er an den Tisch zurückkam.

„Dumme Sache! Natürlich wieder unbequeme Zuladung. Werden eine Schleife einlegen und unsere Tour ändern müssen", knurrte er den Frager unwillig an. „Ja, Peter, ich muß dir das genau verklaren." Damit zog er ihn zum Fenster und tuschelte ein paar Minuten mit ihm. Als sie wieder an den Tisch zurückkamen, warf der Mitfahrer seinem Nachbar ein paar Sätze in breitestem Platt zu, von denen Mister Turner auch nicht ein einziges Wort zu verstehen vermochte. Der so Angeredete sprach wieder mit dem nächsten, und von diesem Augenblick an wurde die Unterhaltung für Mister Turner höchst unergiebig.

Nicht etwa, daß sie eingeschlafen wäre. Im Gegenteil bemühten sich seine Tischgenossen mehr denn je, dem Amerikaner mit guten Ratschlägen betreffend Unterkunft und Verpflegung zu dienen, und man mußte es ihnen lassen, daß sie auf diesem Gebiet wohlbeschlagene Fachleute waren.

Nur über Industriewerke vermochte Turner nichts mehr in Erfahrung zu bringen. Da glitten alle seine Bemühungen ab wie von einer geölten Wand, und wo er doch einmal etwas erhaschte, konnte er aus seiner eigenen Kenntnis schnell feststellen, daß es wenig Wertvolles und zum Teil sogar Unzutreffendes war.

Mister Turner war zu lange im Fach, um sich nicht seinen Vers auf die veränderte Situation zu machen. Wahrscheinlich hing die Sache mit dem Telephongespräch zusammen, aber daran ließ sich jetzt nichts mehr ändern. Jedenfalls war ihm auch das, was er vor diesem Fernruf gehört hatte, den Aufenthalt hier reichlich wert. Ein Weilchen beteiligte er sich noch an der allgemeinen Unterhaltung, dann empfahl er sich und stieg in seinen Wagen. Düren war jetzt das Ziel, das er sich gesetzt hatte. Bis zum Abend konnte er es bei scharfer Fahrt erreichen. Am nächsten Tage wollte er weiter sehen, was es dort für ihn zu holen gab.

***

Ein Brief mit dem Poststempel „Crippel-Creek, Kolorado“ war auf den Tisch von Mister Headstone in New York geflattert. Ein Schreiben, das die Zustimmung Headstones zu den Vorschlägen Fosdicks und außerdem einen angemessenen Scheck enthielt, ging nach Kolorado zurück, und daraufhin traf Mister Fosdick seine Maßnahmen.

Die Aufgabe, um die es sich drehte, hatte es, wie man so zu sagen pflegt, in sich. Das gefundene Netz aus den Rocky Mountains zu bergen, klang zunächst sehr einfach. Wer es aber einmal miterlebt hat, was ein Stahldrahtseil, von Zug und Zwang befreit und sich selber überlassen, alles anzurichten vermag, der hätte die Aufgabe wohl mit andern Augen angesehen. Daß solch ein Seil sich in den verrücktesten Windungen und Schleifen wie eine tollgewordene Riesenschlange krümmt, ist vielleicht noch das Harmloseste. Im vorliegenden Fall tat die Gegend, in der das entflohene Netz gelandet war, noch das ihrige hinzu. In der hohen Lage von etwa zweitausend Meter gab es Zacken und Felsnadeln von phantastischen Formen, und wo dazwischen einmal ein ebener Hang lag, da war er mit verkümmertem Kieferngestrüpp bewachsen, das seinerseits Verwirrung in das früher einmal so schöne und regelmäßige Netz brachte.

Nach einigen Bemühungen hatte Mister Fosdick einen deutschstämmigen Weißen aufgegabelt, der seit längerer Zeit arbeitslos war und sich in Ermangelung von etwas Besserem für diesen Job anheuern ließ. Der Mann hatte früher einmal Schmidt geheißen, nannte sich jetzt natürlich Smith und war seines Zeichens ein Schmied, paßte also einigermaßen für das Geschäft, das hier zu erledigen war. Außerdem bestand die Mannschaft Fosdicks aus zwei Mischlingen, die wenigstens an das Hochklima gewöhnt waren, während man über ihre Arbeitswilligkeit billig Zweifel hegen konnte, und schließlich gehörten zu der Expedition noch sechs kräftige Mulos, die wohl als die zuverlässigsten Mitglieder des Trupps gelten durften.

„In einem Stück bekommen Sie das Ding bestimmt nicht zu Tal", behauptete Mr. Smith mit Entschiedenheit, als man ihn in die Einzelheiten der Aufgabe einweihte. „Sie werden das Drahtgeflecht in passende Stücke zerschneiden und in einzelnen Maultierlasten abtransportieren müssen."

Auf seinen Rat hatte man sich denn auch reichlich mit kräftigen Blechscheren und anderem Handwerkszeug versehen, dessen Zweckmäßigkeit Fosdick und Cowper nur anerkennen konnten. So ausgerüstet war man aufgebrochen und hatte die Vorberge verhältnismäßig bequem überwunden. Eins der Maultiere trug bei diesem Vormarsch die Ausrüstung, auf den fünf anderen saßen die Mitglieder der Expedition; sie brauchten keine besonderen Reitkünste zu entwickeln, um sich im Sattel zu halten.

Übel wurde es erst, als man am vierten Tage in das eigentliche Hochgebirge kam. Zwar schritten die Mulos auch hier sicher in ihrem Zottelgang weiter, aber der Blick in die dicht neben den schmalen Saumpfaden liegenden Abgründe war für Leute aus der Ebene wenig erfreulich, und den Herren Fosdick und Cowper wurde dabei grün und blau vor Augen. Sie zogen es vor, von nun an zu Fuß weiterzugehen und die Tiere frei hinter sich hertrotten zu lassen.

Es folgte eine Übernachtung im Freien in reichlich zweitausend Meter Höhe, bei der Fosdick sowohl wie Cowper trotz ihrer Wolldecken und trotz eines kräftigen Feuers, das sie die ganze Nacht hindurch brennen ließen, jämmerlich froren.

Als man dann am nächsten Tage einige Stunden weiter gestiegen war, sah man das Netz in ziemlicher Nähe blinken; aber der Anblick, der sich ihnen dabei bot, war alles andere als herzerfrischend.

Gewiß, Fosdick und Cowper hatten es schon vor einer Woche entdeckt und daraufhin ihr Telegramm an Mister Headstone geschickt. Aber damals hatten sie es nur aus einer Entfernung von vielen Kilometern durch ein gutes Fernrohr erblickt und waren nicht näher herangegangen. Jetzt hatten sie es dicht vor sich und konnten sofort feststellen, daß es in einer recht unerfreulichen Art und Weise mit dem Untergrund verwickelt war. Auch hier im Hochgebirge mußten noch wirbelartige Luftströmungen aufgetreten sein, denn anders ließ es sich kaum erklären, daß nicht nur die kurzen Reste der Tragseile, welche noch an den Ballonen hingen, Dutzende von Malen um die Felszacken geschlungen waren, sondern auch das Netz selber an vielen Stellen zusammengedreht war und mit dem Gestrüpp ein fast unentwirrbares Durcheinander bildete.

Mister Smith griff in die Seitentasche und fühlte nach seiner Blechschere. „Es ist genau so, wie ich's mir dachte, Gentlemen, wir kriegen das Zeug nur zu Tal, wenn wir's kurz und klein schneiden", bemerkte er mit einem Blick auf das Bild vor sich. „Ob Ihr Auftraggeber – Headstone heißt der Mann wohl; scheint mir auch so ein richtiger Steinkopf zu sein – ob der viel Freude an dem Kram haben wird, den wir ihm bestenfalls abliefern, ist mir ziemlich zweifelhaft. Na, die Hauptsache ist, daß wir wöchentlich pünktlich unsern Scheck bekommen. Für den Betrag soll er ja gut sein. Na, dann hilft es nichts, dann wollen wir uns mal an die Arbeit machen, das Zeug in passende Traglasten für die Mulos zurechtschneiden und aus dem verdammten Kieferngestrüpp 'rausholen. Schöne Hände wird das geben! Das Zeug ist harzig und sticht ziemlich unangenehm, wenn man unvorsichtig herankommt. – Halt, du Kamel!"

Mister Smith versetzte dem einen Mischblut einen Rippenstoß, daß er der Länge nach hinschlug. „Paß doch auf, Mensch, mit so einer Blechschere kannst du dir den Finger abschneiden, ehe du dich's versiehst! Guck erst ein bißchen zu, wie wir damit umgehen." Damit warf Mister Smith sich auf den

Boden und begann einen langen Schnitt durch das Drahtnetz zu führen, wobei er das Gestrüpp, das ihm dazwischenkam, mit der Schere dicht über dem Erdboden kappte.

„Ich denke mir so ungefähr hundert mal hundert Meter, Gentlemen“, bemerkte er dazu, „das wird nach meiner Taxe gerade eine richtige Maultierlast abgeben.“

Fosdick und Cowper standen dabei und beteiligten sich vorläufig noch nicht an der Arbeit.

Smith bemühte sich, die beiden Mischlinge in dem Gebrauch der Blechscheren anzulernen. Öfter als einmal hatte er dabei Veranlassung, ihnen auf die Finger zu klopfen, weil sie allzu sorglos mit den gefährlichen Werkzeugen hantierten.

„Na, Gentlemen! Jetzt mal 'ran an die Gewehre!“ wandte er sich an die beiden Ingenieure. „Wenn wir vor Einbruch der Dunkelheit sechs Maultierlasten zu Tal bringen wollen, müssen wir uns ein bißchen 'ranhalten.“

Zweifellos war der Plan von Smith ganz zweckmäßig, nur nahm er keine Rücksicht auf die Tragballone. Drei von ihnen waren bei dem Anprall an die scharfen Felsen zerfetzt und hoffnungslose Wracks. Die vier andern aber standen noch prall gefüllt in der Luft, und die Idee, mit ihrer Hilfe einen größeren Teil des Netzes direkt zu Tal zu schleppen, über die Fosdick und Cowper jetzt eifrig debattierten, war an und für sich gar nicht so unvernünftig. Blieb nur die Aufgabe, den dazu bestimmten Teil des Netzes so abzupassen, daß sein Gewicht mit der Tragkraft der Ballone richtig in Einklang stand. Dann konnte es wohl in der Tat so gehen, daß sie mit ihren Maultieren munter zu Tale trabten und den größeren Teil der hier gestrandeten Anlage in der Luft hinter sich herschleiften.

Fosdick war mehr für den Plan von Smith. Er spielte mit dem Gedanken, auch die unversehrt gebliebenen Ballone zu entleeren und das ganze Netz mit allem Drum und Dran auf den Rücken der Tragtiere nach unten zu bringen. Cowper hielt an seiner Idee fest, und da er ein ziemlich gewandter Alpinist war, kletterte er erst mal zu dem zackigen Grat hinauf, an dem die Ballone mit den Resten der Tragseile sich verfangen hatten.

Vergeblich schrie Smith ihm Warnungen nach; sie verhallten in der dünnen Gebirgsluft.

Schon hatte Cowper den Felsgrat erreicht und versuchte, die um die Zacken geschlungenen Ballonseile zu entwirren. Sehr bald mußte er einsehen, daß das nicht so einfach ging, wie er sich's gedacht hatte. Er mußte zur Blechschere greifen und Draht um Draht der schweren Trossen einzeln abkneifen.

Bei der unbequemen Stellung, die er dabei in dem halsbrecherischen Felsgelände einnehmen mußte, war es eine mehr als schwierige Arbeit. Der Schweiß lief in Strömen vom Körper, und auch ein paar tüchtige Blutblasen hatte er sich bei dem ungewohnten Hantieren mit der schweren Blechschere schon zugezogen, als er endlich Erfolg hatte. Der erste Ballon kam frei und riß einen Teil des Netzes aus dem Gestrüpp mit sich empor.

Smith, der mit den beiden Mischlingen inzwischen unentwegt große Quadrate aus dem Netz geschnitten hatte, sah es mit Besorgnis und schrie mit voller Lungenkraft über die dazwischenliegende Schlucht nach dem Felskamm hinüber, aber ebenso wie das erste Mal verhallten seine Warnungen ungehört. Anders stand es mit Fosdick. Der begann jetzt dem Vorgehen Cowpers Geschmack abzugewinnen. Wenn sich die Angelegenheit so erledigen ließ, daß sie einen großen Teil des Netzes mitsamt den Ballonen einfach unzerschnitten abschleppen konnten, war ihm das naturgemäß viel sympathischer als das zwar sichere, aber auch ziemlich umständliche Verfahren von Smith. Nur die Frage, ob der Auftrieb der vier unversehrten Ballone und das Gewicht des noch an ihm hängenden Netzteiles einigermaßen im Gleichgewicht wären, machte ihm noch Sorge, und in diesem Sinne schrie er seinerseits Ratschläge und Warnungen zu Cowper hinüber, die jedoch ebenso vom Bergwind verwischt wurden wie die massiven Flüche von Smith.

Mit der Wut eines Besessenen arbeitete Cowper unentwegt weiter. Stolzerfüllt malte er sich dabei aus, wie er bald mit den vier Ballonen und dem nicht mehr allzu großen Teil des Netzes, der nach der Zerstücklungsarbeit von Smith noch an den Ballonen hing, munter zu Tal traben würde. Deutlich konnte er ja jetzt schon bemerken, wie die Ballone ein Stück Netz nach dem andern vom Boden frei machten. Was Smith da unten mit seinen Mischlingen mühsam Schnitt um Schnitt schaffte, das besorgte der immer kräftiger werdende Zug der Ballone hier ganz von selber. Schon waren etwa tausend Quadratmeter des Netzes bis zu der Stelle hin, wo Smith mit seinen Leuten arbeitete, frei geworden und über das Gestrüpp herausgehoben – da vollzog es sich ganz plötzlich und war bereits geschehen, bevor Fosdick und Smith noch recht begriffen, was passiert war.

Die letzten Schnitte, welche die Mischlinge eben in dem Drahtgewirr vollführten, mochten wohl den Anstoß gegeben haben. Die vier Ballone erhoben sich schnurgerade in die Höhe und nahmen ein gutes Stück Netz mit, in dessen weiten Maschen wie eine Spinne Mister Cowper hockte. Fünfhundert Meter schätzungsweise stiegen sie empor, dann trieben sie unter der Wirkung einer frischen Brise schnell nach Westen ab. Klein und immer kleiner wurden von Minute zu Minute die Ballonkugeln. Nur noch wie ein Punkt sah Cowper aus, der in dem Netz klebte, das sie durch die Luft entführten. Fosdick stand mit aufgerissenem Mund da und schaute der Erscheinung sprachlos nach. Jeden Augenblick fürchtete er, Cowper aus dem Netz abstürzen und auf den Felsen zerschellen zu sehen. In Wirklichkeit war seine Befürchtung unbegründet, denn die Maschen des starkdrähtigen Netzes der ehemaligen amerikanischen Versuchsstation in Kansas hatten reichlich Schenkelweite. Cowper steckte mit beiden Beinen in zwei Maschen, saß verhältnismäßig sicher und blickte mit maßlosem Erstaunen auf die immer kleiner werdende Bergwelt unter sich.

Smith hatte sein Werkzeug fortgeworfen und war aufgesprungen; er fluchte aus vollem Halse, was er an deutschen und englischen Flüchen auf Lager hatte. Es war bemerkenswert und wäre der Aufzeichnung zu Nutz und Frommen späterer Geschlechter würdig gewesen, was er an Kraftausdrücken grobsträhnigster Art zutage förderte, aber an dem Verlauf der Dinge hier in den Rocky Mountains konnte es auch nichts ändern.

Immer winziger, immer filigranhafter wurde das Netz, zu immer kleineren Pünktchen im Äther schrumpften die tragenden Ballone zusammen. Längst war von Cowper, der diese Luftreise unfreiwillig mitmachte, nichts mehr zu sehen, und nun wurden auch die letzten Spuren des Ganzen im blauen Äther undeutlich, lösten sich in nichts auf und waren verschwunden.

Jetzt erst stoppte Smith seine Schimpfkanonade ab, und jetzt endlich fand auch Fosdick wieder Worte. Was er in breitestem Yankee-Englisch vorbrachte, läßt sich auf deutsch wohl am besten durch zwei Sätze wiedergeben: „Da haben wir den Salat! Was nun, Mister Smith?“

Smith war jetzt verhältnismäßig ruhig geworden.

„Wenn Mister Cowper sich in dem Netz hält – das sollte er nach meiner Meinung ganz gut können –, wird er bei der Sache glimpflich davonkommen. Hauptsache, daß er gesund über den Kamm der Rocky Mountains wegkommt. Wenn ihm das glückt, wird er vermutlich ein paar hundert Meilen weiter westlich glücklich landen und höchstens ein paar Schrammen von dem Abenteuer davontragen. Helfen können wir ihm im Augenblick nicht, Mister Fosdick. Ich möchte vorschlagen, daß wir wieder an unsere Arbeit gehen und vor Einbruch der Dunkelheit möglichst viele Maultierlasten fertigmachen. Oder haben Sie Lust, hier noch einmal zu übernachten?“

Schon bei dem bloßen Gedanken an diese Möglichkeit fröstelte es Fosdick.

„Sie haben recht, Smith, wir wollen hier kräftig weiterarbeiten“, meinte er, und in der nächsten Minute waren wieder vier Blechscheren an der Arbeit, das gestrandete Netz in passende Stücke zu zerschneiden.

***

Mister Turner setzte sein Programm in die Tat um. Noch am Abend des gleichen Tages, an dem er im Gasthof „Zum Rautenkranz“ einige für ihn wissenswerte Dinge erfahren hatte, erreichte er Düren, und am nächsten Vormittag ließ er sich dort bei Direktor Kämpf von den Metallwerken melden. Der Amerikaner war in der angenehmen Lage, gewichtige Empfehlungsbriefe auf den Tisch legen zu können: ein Einführungsschreiben von Mr. Headstone und ein anderes von Direktor Brooker. Das waren Namen von gutem Klang in der internationalen Industriewelt und wohl geeignet, jedem, der sich auf sie berufen konnte, Tor und Tür zu öffnen.

Daß Direktor Kämpf außerdem noch vor vierundzwanzig Stunden ein Schreiben von Geheimrat Bergmann bekommen hatte, das sich gleichfalls mit der Person von Mister Turner befaßte, war eine durchaus private

Angelegenheit, von der Mister Turner nichts wußte und die zu erwähnen der Direktor aus triftigen Gründen sich wohl hütete.

Der Empfang war so freundlich, wie es sich bei einem wohlakkreditierten Mann von selbst verstand, und Kämpf wurde noch um einige Nuancen liebenswürdiger, als Turner damit herausrückte, daß er bei den Metallwerken einen größeren Einkauf tätigen wolle.

„Gewiß, Mister Turner, aber mit dem größten Vergnügen", beeilte sich der Direktor auf Turners Mitteilung zu erwidern, und in Kürze war der Tisch, an dem sie saßen, mit Mustern der verschiedenartigsten Seile und Litzen bedeckt. Aber nun begann Turner seinerseits zu mäkeln. Einmal paßte ihm dieses und bald jenes nicht. Hier war ihm das spezifische Gewicht der Leichtmetall-Legierung zu hoch, und dort hatte er wieder an der Festigkeit allerlei auszusetzen. Der Direktor ließ alle Einwände über sich ergehen. Mit unverringerter Bereitwilligkeit ließ er immer neue Muster und Proben heranschaffen, aber nach wie vor war Turner damit nicht zufrieden. „Alles recht gut und schön, Mister Kämpf", meinte er schließlich, „aber das, was ich suche, ist es immer noch nicht."

Direktor Kämpf beugte sich für eine kurze Weile tief über den Tisch, um sein Gesicht nicht sehen zu lassen. Nach den Mitteilungen Bergmanns wußte er genau, was der Amerikaner bei ihm suchte, aber er durfte sich nichts anmerken lassen und dem anderen die Sache nicht unnötig leicht machen.

„Ja, um's Himmels willen, was wollen Sie denn eigentlich haben, Mister Turner?" fragte er endlich, als er seine Mienen wieder in der Gewalt hatte. Turner entschloß sich, mit offenen Karten zu spielen.

„Well, Mister Kämpf", platzte er unvermittelt heraus, „ich suche Leichtmetallseile mit einer Zerreißlänge von hundert Kilometer."

„Hundert Kilometer?! Sie haben sich wohl versprochen, Mister Turner?" Der Direktor ließ sich in seinen Sessel zurückfallen und markierte ein naturechtes Staunen.

„Ich habe mich keineswegs versprochen", fuhr Turner unentwegt fort. „Ich bin mir wohl bewußt, daß es sich um einen außergewöhnlich hohen Wert handelt – aber es ist mir auch bekannt, Herr Direktor, daß Sie solche Seile bereits hergestellt und geliefert haben. Gerade die Sorte suche ich, gerade die will ich von Ihnen haben. Kasse bar auf den Tisch, Mister Kämpf!“ Er machte die Bewegung des Geldzahlens.

Direktor Kämpf fuhr sich mit beiden Händen in die Haare, wobei sein Scheitel schwer in Unordnung geriet, und dachte eine ganze Weile intensiv nach. Erst nach einer etlichen Zahl von Minuten schien ihm die Erleuchtung zu kommen. „Bei Gott, Mister Turner, wo Sie's jetzt so bestimmt behaupten, fällt's mir auch wieder ein. Sie haben recht: Wir haben solche Seile vor einiger Zeit einmal geliefert, aber –“

„Bitte kein Aber!“ fiel ihm Turner ins Wort.

Direktor Kämpf drehte und wendete sich wie ein Aal. „Ja, mein verehrter Mister Turner, ich muß es leider sagen: Das war ein Zufallstreffer. Es ist uns seitdem nicht wieder gelungen, Seile von ähnlicher Qualität herzustellen. Unsere Leute in den Laboratorien arbeiten natürlich fieberhaft daran, aber bis jetzt haben wir den großen Erfolg nicht wieder gehabt.“

Turner hatte Mühe, seinen Verdruß zu verbergen. Da saß er nun glücklich an der Quelle, und jetzt sah es so aus, als ob sie versiegt wäre.

„Haben Sie denn gar nichts mehr auf Lager?“ fragte er, ohne eigentlich viel Hoffnung zu haben.

Direktor Kämpf drückte auf einen Klingelknopf und ließ sich Lagerbücher bringen. In hohen Stapeln häuften sie sich auf seinem Tisch, und eifrig suchte er darin, obwohl das eigentlich besser von dem zuständigen Lagerbuchhalter als von dem leitenden Direktor des Werkes besorgt worden wäre.

Endlich schien er gefunden zu haben, was er suchte. Sein Finger blieb an einer Aufzeichnung haften, während er sich wieder zu seinem Besucher wandte:

„Tatsächlich, Mister Turner! Wir haben von dieser Fabrikation hier noch einen Posten auf Lager. Ich weiß aber –“, er sprach zögernd weiter, „nicht, ob es sich mit den Grundsätzen unseres Werkes vereinbaren läßt, Ihnen diesen Restbestand abzulassen...“

Jeder, der den Brief von Geheimrat Bergmann an Direktor Kämpf kannte, hätte dem letzteren in diesem Augenblick zweifellos das Zeugnis eines vorzüglichen Schauspielers ausstellen müssen, so schön malten sich Zögern,

Abwehr und doch wieder Begehrlichkeit, ein Geschäft abzuschließen, in seinen Zügen.

„Wenn Sie nicht allzuviel davon brauchen, Mister Turner…“, hub er nach einigem Zögern vorsichtig an.

„Wieviel von dem Zeug haben Sie noch vorrätig, Mister Kämpf?“ antwortete Turner mit einer Gegenfrage. Wieder schaute der Direktor in das Buch, als ob er sich genau vergewissern müsse. Dann kam seine Antwort:

„Es sind noch dreitausend – nein, zweitausendneunhundertfünfundvierzig Meter, Mister Turner.“

„Von diesem Seil mit hundert Kilometer Zerreißlänge, Herr Direktor – ist das wenigstens sicher?“

Direktor Kämpf nickte: „Ganz sicher, Mister Turner. Die Daten stehen hier im Lagerbuch verzeichnet. Wollen Sie sich selber überzeugen?“

Turner zog das Buch mit einem Ruck zu sich herüber und starrte auf die Zahlen, auf die gleichen Zahlen, um die es in seiner Korrespondenz mit Headstone nun schon seit Wochen ging. Diese Zahlen, die er nachgerade im Schlaf auswendig hersagen konnte, standen hier mit guter schwarzer Aktentinte ausgeschrieben.

„Ich nehme den Posten! Ich nehme den ganzen Posten! Mister Kämpf, was soll er kosten?“ Turner schrie die Worte heraus.

Wiederum blickte Direktor Kämpf in das Buch, notierte sich einen Hundertmeterpreis, machte eine kurze Multiplikation und nannte schließlich eine Summe, die Turner ohne Gegenrede anerkannte.

„Das Geschäft ist gemacht, Herr Direktor Kämpf!“ rief er und streckte dem andern die Rechte hin.

Der schlug ein. „Gewiß, Mister Turner, der Preis gilt ab Werk. Verpackung, Fracht und Zoll gehen zu Ihren Lasten.“

„Abgemacht!“ nickte Turner.

„Ich freue mich, daß ich Ihnen behilflich sein konnte“, sagte Direktor Kämpf geschmeidig. „Wir wissen die United Electric als Kundschaft zu schätzen.“

Er machte eine halbe Anstrengung, sich zu erheben, als wolle er andeuten, daß die Besprechung nun zu Ende sei, aber Turner war noch nicht fertig. Im Gegensatz zu Kämpf machte er es sich in seinem Sessel bequem, als sollte die eigentliche Besprechung nun überhaupt erst losgehen.

„Ich brauche sehr viel mehr von diesem Seil, Herr Direktor“, nahm er die Unterredung wieder auf. „Alles in allem werde ich ungefähr sechzig Kilometer davon nötig haben.“

Direktor Kämpf gab sich Mühe, überrascht auszusehen. Geheimrat Bergmann hatte ihm diese Zahl bereits in seinem Schreiben genannt und auch den Preis festgesetzt, zu dem man dem Amerikaner die gewünschte Menge im Laufe der nächsten vier Monate liefern könne.

„Wir werden unser möglichstes tun, Mister Turner“, erwiderte Direktor Kämpf dienstbeflissen, „immer vorausgesetzt, daß es uns gelingt, im Laboratorium die Bedingungen wiederaufzufinden, unter denen uns die Fabrikation einmal geglückt ist.“

„Ich hoffe doch, daß das möglich sein wird“, sagte Turner. „Die Leistungen der deutschen Wissenschaftler haben in der ganzen Welt einen guten Ruf. Es müßte ja mit dem Teufel zugehen, wenn es Ihnen nicht gelingen sollte.“

„Ich hoffe es auch, Mister Turner“, beeilte sich Kämpf zu erwidern. „Seit einigen Tagen habe ich sogar bestimmte Gründe, es mit einer ziemlichen Gewißheit zu erwarten. Die letzten Wochen haben uns Fortschritte gebracht, die zu den schönsten Hoffnungen berechtigen. Aber seine Zeit wird es dauern; mit etwa vier bis fünf Monaten Lieferfrist werden Sie sich wohl oder übel abfinden müssen.“

Turner schlug sich ärgerlich auf das Knie.

„Verflucht lange, Mister Kämpf! Läßt sich die Sache nicht beschleunigen?“

Kämpf zuckte die Achseln. „Wissenschaftliche Arbeiten subtilster Art… Sie wissen selbst, Mister Turner, daß so etwas seine Zeit braucht. Man darf nicht scharf antreiben. Es könnte dadurch mehr geschadet als genützt werden. Ich gab Ihnen den Termin an, zu dem ich Ihnen das Gewünschte bestimmt zu liefern hoffe.“

„Der Kilometerpreis wird doch der gleiche sein wie bei dem heutigen Abschluß?" fragte Turner weiter, und wiederum gab es von seiten Kämpfs ein Achselzucken.

„Das kann ich Ihnen heute beim besten Willen noch nicht sagen, verehrtester Herr. Wir müssen neu kalkulieren, müssen die langwierige Entwicklungsarbeit wenigstens zum Teil mit einrechnen; aber Sie dürfen überzeugt sein, daß wir unser möglichstes tun werden, um die United Electric kulant zu bedienen."

Mehr konnte der sonst so tüchtige Turner trotz aller Bemühungen aus dem Direktor nicht herausbekommen; davon, daß der ihm blauen Dunst vormachte und der Preis für die künftige Lieferung neben vielem anderen bereits in dem Schreiben von Geheimrat Bergmann angegeben war, konnte er ja nichts wissen. Ziemlich unbefriedigt verabschiedete er sich endlich. Die Bilanz, die er aufmachte, als er die Treppe des Verwaltungsgebäudes hinabschritt, ging nur teilweise auf. Zwar war es ihm gelungen, ein gehöriges Stück dieses Wunderkabels zu einem annehmbaren Preis zu erwerben, aber die restliche Lieferung schwebte doch noch recht sehr in der Luft.

Als er über den Werkhof zu seinem Wagen ging, erblickte er einen schweren Lastzug, der mit Kabeltrommeln beladen war. Den Chauffeur, der neben dem Zug stand, kannte er noch nicht, und auch der wußte noch nichts von Mr. Turner und daß diesem gegenüber Vorsicht in jeder Beziehung geboten war.

„Na, wo soll die Fahrt denn hingehen?" fragte Mister Turner, während er sich an seinem eigenen Wagen zu schaffen machte.

„Nach Osten 'raus. Mal wieder ins Lüneburgische!" antwortete der Chauffeur.

„Viel Vergnügen, Mister!" meinte Turner, während er seinen Motor anspringen ließ und losfuhr.

Erst unterwegs kam ihm zum vollen Bewußtsein, was er in den letzten Sekunden alles gesehen und gehört hatte. Die Kabeltrommeln auf dem Lastzug waren nur mit einem Draht feinsten Kalibers bewickelt. Um ein verkaufsfertiges Fabrikat aus diesem Draht herzustellen, mußte er nach Mr. Turners Ansicht – der Amerikaner verstand etwas von dieser Technik – erst auf großen Kabelmaschinen, wie sie hier in dem Metallwerk zur Genüge vorhanden waren, zu stärkeren Trossen versponnen werden. Warum fuhr man diese dünnen Drähte jetzt Hunderte von Kilometern ostwärts, bis nach Lüneburg?

Während Mr. Turner noch über die Frage nachgrübelte, erinnerte er sich an eine andere Bemerkung, die er an dem Chauffeurtisch im „Rautenkranz" aufgeschnappt hatte, bevor dort die telephonische Warnung eintraf. Hatte dort nicht einer der Fahrer davon gesprochen, daß er häufiger Trommeln mit dünnen Drähten von Osten nach Düren gefahren hatte?

Wie reimten sich diese beiden Sachen zusammen? Mit Draht – dünnem Litzendraht höchstwahrscheinlich – erst von Westen nach Osten, dann mit dem Zeug wieder nach Westen zurück, wo die Drähte nun erst zu den fertigen Seilen versponnen wurden. Daß die Halteseile für die deutsche Station tatsächlich von Düren her angeliefert worden waren, hatte der fachtüchtige Amerikaner inzwischen sicher herausbekommen. Wozu aber vorher das Hin und Her mit dem halbfertigen Material? Ein Verfahren, das zweifellos auf das Endergebnis verteuernd wirken mußte!

Je länger Mr. Turner seine Beobachtungen hin und her überlegte, um so klarer wurde er sich darüber, daß da ein Geheimnis dahinterstecken mußte und daß die Lösung dieses Geheimnisses in der Heide zu suchen war. Als er zu diesem Schluß gekommen war, gab er Vollgas und ließ seinen Wagen mit höchster Geschwindigkeit nach Osten sausen. Einen genauen Plan hatte er im Augenblick nicht. Nur im großen und ganzen schwebte ihm vor, sich vorerst mal im Heidekrug ins Quartier zu legen und von dort aus seine Nachforschungen zu beginnen.

***

Es mochte etwa um die dritte Nachmittagsstunde sein, als Mr. Turner mit seinem Kombinieren und Überlegen so weit gekommen war. In New York zeigten die Uhren zu diesem Zeitpunkt die neunte Morgenstunde an, und das geschäftliche Leben und Treiben der Riesenstadt fing eben erst an, richtig in Schwung zu kommen. So konnte es geschehen, daß Mr. Headstone, als er mit dem Glockenschlag neun die Redaktionsräume des „Electric Engineer" betrat, den Hauptschriftleiter noch nicht antraf; ein Umstand, der seine an sich schon nicht rosige Laune noch um ein paar Punkte tiefer sinken ließ. Um so eifriger bemühte sich der Zweite Redakteur Mr. Walker, die Wünsche des Gefürchteten zu erfüllen und alle Steine des Anstoßes aus dem Wege zu räumen; denn Mr. Walker wußte ganz genau, was die Persönlichkeit Headstones für die Zeitschrift zu bedeuten hatte: wirtschaftliche Informationen aus den Forschungsstätten der allmächtigen United Electric, die für den redaktionellen Teil von unschätzbarem Wert waren, und außerdem – auch das wußte Mr. Walker sehr genau, obwohl jedermann im Hause sich hütete, es offen auszusprechen – Inseratenseiten, die das wirtschaftliche Rückgrat des Blattes recht wesentlich stärkten. Was hatte Mr. Headstone zu dieser frühen Morgenstunde in der Redaktion des „Electric Engineer" zu suchen? Die Ursache dazu bildete eine kurze, aus einem früheren Heft des „Electric Engineer" herausgeschnittene Notiz, schon reichlich zerknittert und unansehnlich geworden, die Headstone gleich zu Beginn seines Besuches seiner Brieftasche entnommen und dem ratlosen Zweiten Redakteur vor die Nase gehalten hatte.

Wer der Kerl wäre, der diese Notiz der Zeitung geschickt hätte, wollte Mr. Headstone in einem ziemlich unfreundlichen Ton wissen. Eine Verschanzung hinter das Redaktionsgeheimnis war einem Manne wie Headstone gegenüber vollkommen ausgeschlossen, und so bemühte Mr. Walker sich denn, allerlei Bücher und Listen herbeizuschleppen, in denen die Chiffren und Pseudonyme der verschiedenen Mitarbeiter des Blattes verzeichnet standen. Aber vergeblich blätterte er sie von A bis Z durch – die Chiffre J. Z., die unter jenem kleinen Aufsatz stand, befand sich nicht darunter.

Headstones Gesicht wurde von Minute zu Minute roter, und er war dicht daran, zu explodieren, als glücklicherweise Mr. O'Brien, der Chefredakteur des Blattes, auftauchte und die weitere Leitung der Verhandlungen übernahm. Er erinnerte sich denn auch sehr schnell der Einzelheiten, die dem Vorfall zugrunde lagen. Die betreffende Notiz stammte von einem ständigen Mitarbeiter des Blattes, dessen Name in wissenschaftlichen Kreisen einen guten Ruf hatte. Im allgemeinen pflegte er seine kürzeren Beiträge mit der Chiffre Z. V. zu zeichnen.

Warum eine andere Chiffre unter dieser Notiz stünde, wünschte Headstone zu wissen und war dicht daran, aufzubrausen, als er das verlegene Gebaren des Chefredakteurs bemerkte.

Erst nach längerem Hin und Her kam der mit der vollen Wahrheit heraus. Die Notiz war dem Mitarbeiter wissenschaftlich so bedeutend erschienen, daß er sie nicht einfach unter den Tisch fallen lassen wollte, andererseits aber doch wieder so unglaubbar, daß er es ablehnte, sie mit seiner in Fachkreisen wohlbekannten Chiffre zu decken. Schließlich hatte er sich mit Mr. O'Brien darauf geeinigt, sie mit den Anfangsbuchstaben seines deutschen Gewährsmannes zu zeichnen. So war es gekommen, daß die Buchstaben J. Z. unter der Notiz standen.

Die Adresse dieses Deutschen wollte Headstone haben. Mister O'Brien wußte sie nicht und mußte dafür ein paar giftige Bemerkungen über den mangelhaften Betrieb seiner Zeitschrift von seiten des Leiters der United Electric einstecken. Dann wenigstens die Adresse jenes anderen Mitarbeiters mit der Chiffre Z. V.! Die konnte ihm Mr. O'Brien schnell geben. Hinter den beiden Buchstaben steckte Professor Voucher vom Carnegie-Institut in Lander im Staate Wyoming. Das waren immerhin etwas mehr als viertausend Kilometer von New York gerechnet. Durch ein Kabelgramm überzeugte sich Headstone, daß der Professor zur Zeit in seinem Institut war, und bestieg das schnellste Flugzeug, das er in New York auftreiben konnte.

Als die Sonne im Westen versank, saß er Voucher in dessen Studierzimmer gegenüber. Und nun begann eine Unterhaltung, die für Professor Voucher weit eher ein scharfes Verhör als eine einfache Unterredung war. Jene ominöse Notiz, die der gefürchtete Leiter der United Electric vor langen Wochen einmal in Kansas aus einem Heft des „Electric Engineer" herausschnitt, hatte er vor sich auf dem Tisch liegen und außerdem ein kleines Notizheft, in dem er alles Wichtige aufschrieb, was er Wort für Wort aus dem Professor herauspreßte.

Ob Voucher das Wunderseil gesehen hätte, wollte Headstone wissen.

Der Professor mußte es verneinen.

„Wenn ich es gesehen hätte, Mister Headstone, hätte ich gar keine Bedenken gehabt, die Notiz mit meiner Chiffre zu zeichnen“, versuchte er sich zu entschuldigen.

„Hm, so“, knurrte Headstone gereizt. „Da weiß ich ja mehr als Sie. Ich habe das Seil sogar in der Hand gehabt. Hier ist es! Sie können es selber besehen.“

Bei diesen Worten griff er in die Tasche und warf jenes kleine Knäuel, das nun schon seit so vielen Wochen zu beiden Seiten des Atlantik Verdruß und Arbeit machte, mit einer schroffen Handbewegung auf den Tisch.

Das interessierte Professor Voucher nun wieder höchstlich. Er griff danach, begann es abzuwickeln, zerrte daran, holte eine starke Lupe herbei und stand im Begriff, wieder ganz in ein wissenschaftliches Fahrwasser zu geraten.

Aber Headstone ließ es dazu nicht kommen, denn seine Wünsche lagen in einer andern Richtung. Von wem der Professor die Mitteilungen über das Seil bekommen hätte, wünschte er jetzt zu erfahren und wies jeden Versuch Vouchers, abzuschweifen, energisch zurück. Auch hier im Carnegieinstitut hatte der Name Headstones Gewicht, und so blieb dem schwergeprüften Professor nichts anderes übrig, als Farbe zu bekennen.

Wahrheitsgemäß begann er zu erzählen, wie er bei seinem letzten Aufenthalt in Europa in der norddeutschen Heide einen Mann getroffen hätte... Schon bei den ersten Worten spitzte Headstone die Ohren. Da war schon wieder von dieser deutschen Heide die Rede, in der sein Agent Turner das Wunderseil erwischt hatte und in der er sich bereits wieder seit Wochen herumtrieb, ohne rechte Gründe dafür angeben zu können.

Professor Voucher fuhr in seiner Erzählung fort, und je weiter er kam, desto verdrehter erschien Headstone die ganze Geschichte. Was mußte das für ein wunderlicher, um nicht zu sagen verschrobener Kerl sein, mit dem der Professor dort zusammengetroffen war und von dem er seine Weisheit bezogen hatte!

Ein Mensch, der wie ein alter Heidebauer oder Schäfer aussah und sich auch so benahm, ein alter Kerl, dem man allenfalls fünf Cents schenkte, um ihn loszuwerden. Rein zufällig hatte Professor Voucher ihn in seinem reichlich rostigen Deutsch nach einem Weg gefragt, und der Mann hatte ihm in einem guten glatten Englisch Antwort gegeben. Die verwunderte Frage

Vouchers nach dieser Sprachkenntnis hatte der alte Mann mit einer nicht ganz unwahrscheinlichen Bemerkung abgetan. Er wäre mehrere Jahre drüben als Farmer gewesen und hätte es dabei gelernt.

Der Professor hatte sich mit der Antwort zufrieden gegeben. Beim Weitergehen waren sie dann ins Gespräch gekommen, und zu seiner großen Verwunderung mußte der amerikanische Gelehrte feststellen, daß dieser merkwürdige Heidebauer in technischen Fragen, die ihn selber zu dieser Zeit beschäftigten, in einer geradezu unvorstellbaren Art und Weise Bescheid wußte. Der alte Mann, dem Voucher bestenfalls zutraute, hinter einer Schafherde herzugehen, hatte über die modernsten Leichtmetall-Legierungen und ihre weiteren Entwicklungsmöglichkeiten geredet, daß dem Professor einfach die Sprache wegblieb. Unwillkürlich waren sie dabei auch auf Zukunftsmöglichkeiten gekommen, und der Alte hatte von einem Seil mit der Zerreißlänge von hundert Kilometer gesprochen. Er hatte nicht nur die Möglichkeit, solch ein Seil zu schaffen, angedeutet, sondern sogar auch behauptet, daß es bereits vorhanden wäre.

Als sie sich nach einer guten halben Stunde trennten, war Professor Voucher von der Unterhaltung noch völlig benommen. Erst später war er dazu gekommen, sich aus dem Gedächtnis Aufzeichnungen zu machen; und so war eben jene Notiz im „Electric Engineer“ entstanden, die Mister Headstone zu dem langen Fluge nach Wyoming veranlaßte.

Die letzten Minuten hatte Headstone den Professor reden lassen, ohne ihn zu unterbrechen. Nun griff er wieder in die Unterhaltung ein. Den Namen dieses deutschen Wundermannes wünschte er zu erfahren. Das war nun nicht ganz einfach, denn Professor Voucher hatte ihn als nebensächlich erachtet und dementsprechend vergessen. Erst als ihm Headstone die Chiffrebuchstaben der bewußten Notiz unter die Nase hielt, kam ihm die Erinnerung langsam wieder.

J. Z. – ja, John oder Jonny mußte der Mann wohl mit seinem Vornamen geheißen haben. Z – hm, das mußte irgend etwas Alttestamentarisches gewesen sein, Zabakuk – oder Zacharias. Eine ganze Weile sinnierte Professor Voucher hin und her, während Headstone vor Ungeduld zitterte. Endlich entschloß sich Voucher für den Namen Zacharias. Ja, gewiß, jetzt wäre es ihm so gut wie sicher – Zacharias hätte der Mensch geheißen.

Mit dieser Auskunft nahm Headstone Abschied, um noch in der Nacht nach New York zurückzukehren.

***

Während Turner seinen Wagen über die endlose Landstraße ostwärts laufen ließ, versuchte er seine Gedanken zu sammeln und ruhiger zu werden. Aber im Gegenteil wurde er immer aufgeregter. Instinktiv witterte er eine Spur, die, richtig aufgenommen und weiterverfolgt, vielleicht zur Aufdeckung recht wichtiger Dinge führen konnte. Fast hätte er darüber vergessen, was ihm kurz vorher in dem Metallwerk in Düren glückte, und so ganz unwesentlich war das schließlich nicht: Erstens einmal der Kauf von drei Kilometer dieses Wunderseiles, hinter dem der Leiter der United Electric seit zwei Monaten her war wie der Teufel hinter einer armen Seele. Und dann weiter die feste Zusicherung der Metallwerke – in diesem Augenblick lebte Mister Turner in der Überzeugung, daß es tatsächlich eine feste Zusicherung war –, ihm weitere sechzig bis siebzig Kilometer im Laufe der nächsten Monate zu liefern. Das waren auf jeden Fall Erfolge, wert, nach New York gemeldet zu werden.

Im nächsten größeren Ort machte Turner vor dem Postamt halt und ließ ein Kabelgramm an Headstone abgehen. Als nächsten Ort, in dem ihn eine Rückantwort erreichen konnte, gab er Kassel an, wo er zu übernachten gedachte. Bei einbrechender Dunkelheit erreichte er die alte Hessenstadt und gab sofort Auftrag, ihn auch in der Nacht zu wecken, falls etwa ein Telegramm aus Amerika kommen sollte. Dann erst gab er sich der verdienten Entspannung hin und fand, daß die Bilanz des Tages, die er jetzt bei einer guten Mahlzeit und einer Flasche Rheinwein aufmachte, im großen und ganzen ziemlich rosig aussah. Unbedingt würde Mr. Headstone ihn für seine Leistungen loben müssen, und mit Ungeduld sah er dessen Antwort entgegen.

Sie kam schneller, als er es erwartete. Schon bei Tisch wurde sie ihm gebracht, und ihr Inhalt war geeignet, die gute Laune Turners zu zerstören. Da war wenig von Lob drin zu lesen. Um so mehr klang gereizte Ungeduld aus den Worten der Depesche, und schließlich kam der bündige Auftrag, allerschnellstens Material über die Persönlichkeit eines gewissen John Zacharias zu sammeln, der irgendwo in der deutschen Heide hausen müsse.

Mr. Turner gewann aus dem Schriftstück den Eindruck, daß Mr. Headstone wieder einmal maßlos schlechter Laune wäre und daß es ein wahres Kreuz sei, für so einen Menschen arbeiten zu müssen. Die Gründe für den augenblicklichen Gemütszustand Headstones konnte er ja nicht ahnen. Die Tatsache beispielsweise, daß ein Teil des Netzes der amerikanischen Station mit vier Tragballonen und, was das unangenehmste war, mit einem der Ingenieure der Station sich in den Rocky Mountains selbständig gemacht hatte und mit unbekanntem Ziel davongeflogen war, war ihm begreiflicherweise noch unbekannt, während Headstone sie fast gleichzeitig mit der Drahtung Turners erfuhr.

An und für sich hätte ein derartiger Zwischenfall Headstone wenig geschert. Wenn so ein dreifacher Narr wie dieser Cowper in seiner Ungeschicklichkeit mit den Ballonen davonflog, dann mochte er eben selber zusehen, wie er mit heilen Knochen wieder zur Erde zurückkam. Das Üble, das Headstones gallige Laune verursachte, war vielmehr der Umstand, daß die New-Yorker Zeitungen den Fall aufgriffen und mit knallenden Überschriften weidlich ausschlachteten. Headstone schäumte vor Wut, als er die Schlagzeilen hörte, welche die Zeitungsboys am Broadway ausriefen.

„Ingenieur Cowper bei Bergungsarbeiten der AE-Station mit Ballon abgetrieben. Wahrscheinlich verloren!“ oder „Ingenieur Cowper von der AE-Versuchsstation ein Opfer seines Berufes; vom Tornado mit in die Luft gerissen; Leiche noch nicht gefunden!“ Das mochte immerhin noch angehen. Im stillen bedauerte Headstone, als er es hörte, mehr die verlorenen Ballone und Netzteile als diesen Esel von einem Ingenieur. Aber die Sache wurde noch schlimmer.

In dem Bestreben, die Konkurrenz zu übertrumpfen, hatten einige Sensationsblätter das Rührungsregister gezogen, und da wurden die Überschriften für Mister Headstone mehr als peinlich, da machte man Cowper – Headstone wußte zufällig, daß der Ingenieur sieben sehr lebendige Geschwister hatte – zum einzigen Ernährer seiner armen alten Mutter, der nun durch die Herzlosigkeit eines Multimillionärs in den Tod gejagt worden war, und trug auch sonst noch allerlei für die Tränendrüsen der Leser

Erfundenes zusammen, das geeignet war, die Stimmung Headstones tief unter den Nullpunkt sinken zu lassen.

Keinen Augenblick hätte sich James Headstone bedacht, ein von Anfang bis zu Ende erfundenes Dementi von einer wunderbaren Rettung Cowpers in die Welt zu funken, aber er kannte die New-Yorker Presse zur Genüge, um zu wissen, daß es im Augenblick wirkungslos verpuffen würde. Die Nachricht von dem in die Lüfte entführten Ingenieur war viel zu sensationell und nutzbringend auszuschlachten, als daß auch nur eine Zeitung darauf verzichtet hätte. Infolge dieses Umstandes aber fiel die Depesche Headstones an Turner in einer Form aus, daß dem der Wein nicht mehr schmecken wollte, nachdem er das Telegramm gelesen.

Ärgerlich zerknitterte er das Papier mit der unwillkommenen Botschaft und schob es in die Tasche, oder genauer gesagt: er wollte es in die Tasche schieben. Der Umstand, daß es danebenrutschte und zu Boden glitt, entging ihm bei seiner augenblicklichen Gemütsverfassung. Mit einem Ruck stürzte er das letzte Glas Wein hinunter und begann zu überlegen.

Auf Anerkennung für seine Leistungen war seitens der Herren der United Electric nun einmal nicht zu rechnen. Nun gut, man mußte sich eben damit abfinden, daß sie ihn trotz aller, nach seiner Meinung recht wichtigen, Dienste wie einen Schuhputzer behandelten. Dann sollten sie aber für das, was sie zu wissen wünschten, wenigstens tüchtig zahlen. Über diesen alten Tramp – diesen Zacharias – geruhte Mister Headstone jetzt möglichst Ausführliches erfahren zu wollen. Bei dem Gedanken, was er über den Mann bereits alles wußte, wurde Turner beinahe wieder vergnügt. Was er etwa noch brauchte, konnte doch schließlich nur eine Kleinigkeit sein. Wieder in den Heidekrug fahren, sich dort wenn nötig ein paar Tage vor Anker legen und den Wirt und die Gäste systematisch ausholen. Dann sollte Mr. Headstone bald Berichte erhalten, die ihn vielleicht zu einer etwas umgänglicheren Tonart veranlaßten. Vor allen Dingen aber sollte er diesmal dafür tief in den Beutel greifen. Das nahm der Agent sich fest vor, und er sah auch schon ungefähr einen Weg, wie er's anfangen müsse, als er sich erhob, um in sein Zimmer zu gehen.

Am nächsten Morgen stieg Turner beizeiten in seinen Wagen und fuhr auf der großen Landstraße nach Osten weiter. Er beabsichtigte es so einzurichten, daß er schon am frühen Nachmittag den Heidekrug erreichte und dort noch am gleichen Tage mit seinen Nachforschungen beginnen konnte. Verschiedentlich hatte er unterwegs Gelegenheit, schwere Lastkraftwagen zu überholen. Daß sie auf ihren Nummernschildern zum großen Teil das Zeichen der Rheinprovinz trugen, brauchte schließlich nichts Besonderes zu bedeuten. Daß sie aber zu einem beträchtlichen Teil große, mit feinem Draht bewickelte Kabeltrommeln geladen hatten, gab ihm allerlei zu denken. Immer wieder kam ihm, wenn er sie beim Überholen genauer ansah, blitzartig jene Spur in die Erinnerung, die ihm zum erstenmal im Hof der Metallwerke aufgeleuchtet war. –

Zu der gleichen Zeit ungefähr, zu der Mr. Turner von Kassel aufbrach, befand sich Zacharias zusammen mit Dr. Frank in dessen Arbeitsraum. Laboratorium konnte man es schon nicht mehr nennen, denn fast fabrikationsmäßig vollzog sich hier ein Vorgang, bei dem eine weit über die üblichen Maße hinausgehende Blitzröhre die Hauptrolle spielte, eine Röhre, die, gut zehn Meter lang und mehr als einen Meter stark, von einem schimmernden, glitzernden Licht erfüllt, den Hauptteil des saalartigen Gemaches ausfüllte.

Zur einen Seite ihres Fußes stand eine jener Kabeltrommeln, über die sich Mr. Turner schon seit achtundvierzig Stunden den Kopf zerbrach. Unablässig lief, von einem Motor getrieben, der feine Draht von ihr ab, passierte das in blendendem Licht leuchtende Feld unter der Röhre und wurde auf der andern Seite wieder auf eine Holztrommel gleicher Art aufgewickelt.

Die Behandlung war einfach und ging verhältnismäßig schnell vonstatten. Es handelte sich nur darum, den mit großer Geschwindigkeit unter der Röhre vorbeilaufenden Draht dem Bombardement der mit annähernder Lichtgeschwindigkeit aus der Blitzröhre tretenden Elektronen auszusetzen. In Bruchteilen von Sekunden erlangte er dadurch jene extreme Festigkeit, um die sich die Herren von der Aluminum Corporation bisher immer noch vergebens bemühten; aber auf die Geschwindigkeit der Elektronen kam es sehr genau an, wenn das wunderbare Ergebnis erreicht werden sollte. Man konnte nicht daran denken, die Anlage einfach automatisch laufen zu lassen. Unablässig stand Dr. Frank vor der Schalttafel und betätigte die Regler, sobald die Spannung auch nur um winzige Bruchteile von dem vorgeschriebenen Wert abwich. Neben ihm stand Zacharias und schaute ihm ohne ein Wort zu sprechen zu.

„Eine schöne Aufgabe habt ihr mir da aufgehalst, Sie, Zacharias, und Geheimrat Bergmann", brach Dr. Frank das Schweigen. „Sind Sie sich klar darüber, was das bedeutet, die Litzendrähte für siebzig Kilometer Kabel elektrisch vorzubehandeln? Wenigstens vierzehn Tage lang werde ich damit zu tun haben, bloß damit die Amerikaner ihre Seile bekommen – und dabei ist anderes, viel Wichtigeres zu tun. Längst sollten die kalten Kathoden für unsere Station fertig sein, aber vorläufig ist gar nicht daran zu denken."

„Die vierzehn Tage werden vorübergehen, Doktor", meinte Zacharias trocken.

Sein Widerspruch reizte Dr. Frank noch mehr: „Und das andere, Zacharias! Das Letzte, das Größte. Sie wissen es; zu Ihnen habe ich davon gesprochen, nur zu Ihnen, Zacharias. Zu keinem anderen bisher. Die deutsche Hochspannungstechnik wird unschlagbar sein, wenn es gelingt – aber jetzt... Die neue große Röhre steht ungenutzt da, um den Kram hier bin ich noch nicht einmal dazu gekommen, sie auszuprobieren. Offen gesagt, alter Freund, ich verstehe den Geheimrat nicht, daß er uns mit solchem Quark belastet, wo wir wirklich Besseres zu tun haben."

Bis jetzt hatte der Alte Dr. Frank ruhig reden lassen. Jetzt hielt er es an der Zeit, einzugreifen.

„Es ist unmöglich, der United Electric Lizenzen zu geben, Doktor. Wir dürfen sie nicht in das Verfahren einweihen und es ihr überlassen, sich die Seile selber herzustellen. Ich habe mit Bergmann lang und breit darüber gesprochen, und wir waren uns vollkommen einig, daß wir die Amerikaner dadurch auf eine Spur setzen würden, und schneller vielleicht, als wir dächten, würden sie auch hinter die andern Dinge kommen, die wir noch vorhaben. Mister Headstone soll die Seile, die er braucht, zu einem erträglichen Preise von uns kaufen, aber in die Karten wollen wir uns von ihm nicht sehen lassen. Er ist ohnehin schon neugieriger, als uns lieb ist. Seine Agenten treiben sich hier in der nächsten Umgebung herum."

Zacharias hatte es ruhig und leidenschaftslos gesagt, aber seine letzten Worte brachten Dr. Frank in Erregung.

„Agenten von Headstone, hier bei uns?! Wie ist das möglich, Herr Zacharias? Warum verhaftet man diese Menschen nicht und macht sie unschädlich?“

Der Alte schüttelte den Kopf. „Glauben Sie, daß es danach besser würde, Doktor Frank? Die neuen Leute, die Headstone dann schicken würde, müßten wir erst allmählich kennenlernen. Die alten sind uns bekannt, und wir wissen genau Bescheid um sie. Was zum Beispiel Mister Turner, die beste Kraft Headstones, hier im Lande tut und treibt, kann ich Ihnen so ziemlich auf die Stunde genau sagen – und wenn man das weiß, Doktor, dann ist es leicht, sich dagegen zu schützen.“

„Ich weiß doch nicht, Herr Zacharias“, warf Dr. Frank zweifelnd ein, „das scheint mir ein reichlich gefährliches Spiel zu sein, das Sie da treiben.“

Das faltige Gesicht des Alten verzog sich zu einem Lächeln.

„Gefährlich kaum, Doktor, aber zuweilen recht amüsant. Sehen Sie mal –“ Er griff in seine Tasche. „Da habe ich zum Beispiel ein ganz lesenswertes Telegramm, das Mister Turner gestern nachmittag in Kassel von Headstone bekam. Sehen Sie mal 'rein, es wird auch Sie interessieren. Turner ist daraufhin schon wieder von Kassel her unterwegs nach dem Heidekrug.“

„Ja, um's Himmels willen, Zacharias –“ Erschrecken malte sich in den Zügen des Doktors, während er dem Alten das Papier abnahm. „Wie sind Sie in den Besitz dieses Telegramms gekommen?“

Zacharias lachte. „Sehr einfach, Doktor. Der Inhalt ist für Turner nicht sehr erfreulich. In seinem Ärger hat er es neben die Tasche gesteckt, und da ist es unter den Tisch gefallen, ohne daß er's merkte. Einer meiner Leute, der schon von Düren aus hinter Turner her war, sah es, nahm es auf, sobald der Amerikaner den Raum verlassen hatte, und hat es mir noch in dieser Nacht gebracht. Sie sehen, die Geschichte erklärt sich sehr natürlich. Man muß nur die Augen offenhalten.“

„Und dabei bekommt man dann so etwas zu lesen!“ Trotz seiner Erregung mußte Dr. Frank lachen, während er die Depesche überflog. „Niedlich hat Mister Headstone Sie darin geschildert. Ein alter Tramp ohne richtigen Beruf, ein abgerissener Heideläufer, der einem Vertreter des ›Electric Engineer‹ in fließendem Englisch wichtige Aufklärungen gibt... Wie soll man das verstehen, Herr Zacharias?"

Der Alte wurde einen Augenblick verlegen. „Ich gebe zu, Doktor, daß ich damals einen Fehler gemacht habe. Ich hätte wahrscheinlich besser getan, mich dumm zu stellen, aber der Yankee war zu neugierig. Da konnte ich nicht widerstehen und habe ihm das Blaue vom Himmel vorgelogen. Ich denke, allmählich wird auch James Headstone die faulen Eier merken, die in dem Kuchen stecken. Dann werde ich für ihn ein simpler Wichtigtuer und wieder ein einfacher Heideläufer sein, und die Geschichte wird damit ihr Ende finden. Das sind Zwischenfälle, mit denen man bei unserm Spiel rechnen muß. Aber lassen wir das, Doktor, ich möchte jetzt etwas anderes mit Ihnen besprechen."

„Bitte, reden Sie, lieber Zacharias!" sagte der Doktor.

Der Alte machte es sich in einem Stuhl bequem und fuhr sich ein paarmal durch seinen grauen Bart. „Wissen Sie, Doktor", begann er nach kurzem Überlegen, „ich möchte mich bei Ihnen vierzehn Tage ins Quartier legen."

„Nanu?!" Dr. Frank fuhr erstaunt auf. „Selbstverständlich sind Sie mir jederzeit als Gast willkommen. Aber was soll inzwischen aus Ihren Blumen und Bienen werden?"

Zacharias winkte mit der Hand ab. „Darüber brauchen Sie sich keine Sorgen zu machen. Ich habe hier einen tüchtigen jungen Menschen im Ort, der das übernehmen wird." Der Alte verlor sich bei den Gedanken daran in Einzelheiten. „Ein prima Gärtner, sage ich Ihnen, Doktor, und ein Imker – einfach erstklassig. Außerdem spricht der Mensch ein Heideplatt, daß Mister Turner sicher kein Wort davon verstehen wird, wenn er auf die Idee verfallen sollte, mich während meiner Abwesenheit zu besuchen. Nur daß ich für längere Zeit nach Braunschweig verreist bin, wird er mit Not und Mühe aus ihm herausbekommen können."

„Kein schlechter Einfall, Herr Zacharias", stimmte ihm Frank lachend zu. „Also betrachten Sie sich für die nächsten Wochen als mein Gast. Räume sind reichlich vorhanden. Meine Bibliothek steht Ihnen selbstverständlich zur Verfügung. Hoffentlich werden Sie sich ohne Ihren geliebten Garten nicht allzusehr langweilen."

„Kein Gedanke daran, Doktor. Ich beabsichtige hier intensiv zu arbeiten."

„Arbeiten, mein lieber Zacharias?" Dr. Frank schüttelte verwundert den Kopf. „Ich denke, Sie haben Ihrer alten Berufsarbeit ein für allemal abgeschworen?"

„Wenn Not am Mann ist, gilt der Schwur nichts, Herr Doktor Frank. Ich halte es in der Tat für verkehrt, daß Sie hier vierzehn Tage mit der Präparation der Drähte vergeuden, die jeder einigermaßen geschickte Laborant ebensogut besorgen könnte. Da wird's der alte Zacharias am Ende wohl auch noch können. Diesen Nachmittag möchte ich Ihnen noch assistieren. Dann können Sie mir die Sache überlassen und sich Ihren wichtigeren Aufgaben widmen."

Dr. Frank zögerte eine Weile. Er wußte sehr wohl, daß kaum ein anderer es besser machen könnte, aber er wollte nicht recht daran glauben, daß Zacharias nur zu ihm kam, um sich vor Mr. Turner unsichtbar zu machen, und glaubte das Opfer zu fühlen, das der Alte der guten Sache brachte. Erst nach einigen sehr deutlichen Worten von Zacharias entschloß er sich, das Anerbieten anzunehmen, und der Pakt wurde mit einem kräftigen Händedruck besiegelt.

***

Was war mit Mr. Cowper geschehen? Er stand auf einer schmalen Felszacke und hatte mit Hilfe einer schweren Zange eben das letzte Tragseil abgekniffen, als er plötzlich einen Stoß bekam, der ihn von der Felszacke hinunterwarf. Instinktiv griff er im Fallen mit beiden Händen um sich und bekam ein paar Maschen des noch an den Ballonen hängenden Netzteiles zu fassen. Im Selbsterhaltungstrieb klammerte er sich daran fest, suchte auch mit den Beinen einen Halt zu finden und geriet dabei in zwei andere Netzmaschen. Schon im nächsten Augenblick konnte er feststellen, daß er auf diese Weise einen guten Halt hatte und verhältnismäßig sicher saß.

Nur eins war ihm unheimlich: Das Netz, das eben noch auf dem Boden lag, zum Teil immer noch in das Kieferngestrüpp verwickelt, kam vollends los und stieg, von den vier noch unbeschädigten Ballonen getragen, in die Höhe. Schon hingen seine letzten Ausläufer frei in der Luft, und immer noch ging der Aufstieg mit beträchtlicher Geschwindigkeit weiter. Klein und immer kleiner wurden von Minute zu Minute die Menschen und die Mulos unten im Tal; jetzt sahen sie nur noch wie Fliegen aus; jetzt verschwammen sie gänzlich in der Umgebung.

Cowper hätte nach rückwärts blicken und sich dabei den Hals verrenken müssen, um sie überhaupt zu sehen, denn er saß in der Flugrichtung, mit dem Gesicht nach Westen hin, in dem Netz. Seine Beine steckten bis zu den Oberschenkeln in zwei Maschen, und der starke Stoff des Overalls verhinderte es, daß die Drähte ihn fühlbar drückten. Mit den Händen konnte er sich bequem an andern Maschen festhalten, und so war seine Lage bei aller Gefährlichkeit immer noch verhältnismäßig gesichert. Aber als er nun vorwärtsblickte, erschrak er tief. Vor ihm erhob sich der Hauptkamm des Felsengebirges bis zu viertausend Meter Höhe, und der auffrischende Wind trieb das Netz mit den Ballonen geradeswegs darauf zu.

Mit wachsender Angst sah er das riesige Felsmassiv immer näher kommen und glaubte schon den Augenblick berechnen zu können, in dem er an ihm zerschellen würde. Auf fünf Kilometer schätzte er den Abstand eben noch, jetzt nur noch auf zwei Kilometer. Unentrinnbar sah er ein Ende mit Schrecken herankommen. Aber unaufhörlich waren inzwischen auch die Ballone mit dem Netz gestiegen. Eine doppelte Kraft trieb sie hier empor: einmal die eigene Tragkraft, die schon an sich völlig ausreichte, den verhältnismäßig geringen Rest des Netzes, der noch an ihnen hing, ein gutes Stück mit in die Höhe zu nehmen, und dann der Aufwind, der sich ja immer bildet, wo eine Luftströmung auf einen Bergzug stößt.

Beängstigend schnell wurde der Aufstieg jetzt. Cowper spürte es an einem Knacken in den Ohren. Er mußte den Mund öffnen und mehrfach kräftig Luft schlucken, um die störenden Erscheinungen zu beseitigen. Auch empfindlich kalt wurde es. Vor einer Viertelstunde bei seiner Arbeit hatte er noch geschwitzt, während er jetzt trotz der dicken Kleidung zu frieren begann.

Fünfhundert Meter noch – jetzt nur noch zweihundert Meter – taxierte er den Abstand von dem obersten Felsgrat, als sein Blick darüber hinweg ins Weite glitt. Die Ballone hatten die Kammhöhe erreicht, und immer noch stiegen sie mit unverminderter Geschwindigkeit weiter. Jetzt standen sie über dem Kamm, jetzt überschritten sie ihn. Mit einem Seufzer der

Erleichterung blickte Cowper in die Tiefe. Schneefelder sah er unter sich, sah, wie die letzten Enden des Netzes Spuren durch den Schnee zogen und ihn in leichten Wölkchen aufwirbeln ließen.

In einiger Entfernung voraus erblickte er noch ein paar niedrigere Bergkämme. Dahinter fiel das Gelände stark ab, und von der Karte her wußte er, daß es in einer Entfernung von etwa hundert Kilometer in eine waldfreie Ebene überging. Noch glücklich bis dahin kommen und dann landen! Das war jetzt der hauptsächliche Wunsch, der ihn beseelte. Dabei setzte die Kälte, die hier wohl mehr als zehn Grad unter Null betrug, ihm immer mehr zu. Mit Geschick fand er eine Möglichkeit, seine starren Hände so in die Ärmel der dichten Arbeitskleidung zu schieben, daß sie wenigstens vor dem schlimmsten Frost Schutz hatten. Aber das Schicksal hatte noch einiges andere mit Mr. Cowper vor, und so schnell, wie er es wünschte, sollte er noch nicht an das Ziel seiner Wünsche gelangen.

Bekanntlich wird ja der Aufwind, der sich an einem Berghang bildet, stets noch ein recht beträchtliches Stück weiter über die Kammhöhe hinaus emporgetrieben, und so ging es auch hier. Hätte Cowper, der da jetzt verloren und verfroren in dem Drahtnetz klebte, so etwas wie einen Höhenmesser bei sich gehabt, so hätte er feststellen können, daß er bereits in einer Höhe von mehr als fünftausend Meter durch die immer dünner und kälter werdende Luft dahintrieb und jetzt bereits bedenklich an die Sechstausendmetergrenze herankam; aber etwas Derartiges führte Mr. Cowper nicht bei sich, und so konnte er nur mit seinen Augen sehen, daß Berge und Schneefelder in einer kaum noch zu schätzenden Tiefe unter ihm lagen, während sein Flug mit gleichbleibender Geschwindigkeit nach Westen hin weiterging.

Hin und wieder sah er Wölkchen vor sich und schwamm für lange Zeit in einem dicken milchigen Nebel, so daß er nicht die Hand vor Augen sehen konnte. Dann wieder lagen die Wolken unter ihm, wogten wie ein gespenstisches Meer hin und her, während er im hellen Sonnenschein dahinflog und angenehm die wohltuende Wärme der Strahlen des Tagesgestirns verspürte.

In solchen Zeiten war er wieder bereit, Mut zu fassen, wenn ihn nur die Höhenkrankheit nicht gepackt hätte. Das Atmen wurde von Minute zu Minute beschwerlicher. Immer schwächer und elender wurde ihm zumute.

Kaum hatte er noch genügend Kraft, sich mit den Armen, die er bis zu den Schultern durch das Netz gesteckt hatte, festzuhalten. Eine ungeheure Schläfrigkeit und Gleichgültigkeit überkam ihn. Loslassen, sich in die Tiefe fallen lassen, das waren die letzten Gedanken, die er noch einigermaßen klar fassen konnte – dann versank er in ein dumpfes Vorsichhindämmern.

Ohne daß er es wußte, hatte Mr. Cowper noch Leidensgefährten auf seinem abenteuerlichen Flug. Das waren die vier Ballone, die das Netz trugen. Sie waren nicht als Freiballone mit einem offenen Füllansatz gebaut, der einen ständigen Druckausgleich zwischen dem Balloninnern und der Außenluft gestattet hätte – vielmehr dazu bestimmt, von Trossen in einer bestimmten Höhe gehalten zu werden, um dort das Netz zu tragen, waren sie wie Fesselballone gebaut, das heißt hermetisch geschlossen. Durch die große Höhe, in der sie jetzt dahinschwebten, wurde der Druck des in ihnen enthaltenen Traggases immer stärker und beanspruchte den Stoff ihrer Hüllen immer mehr – auch diese Ballone litten auf ihre Weise an der Höhenkrankheit, und nach den unverrückbaren Naturgesetzen kam es, wie es kommen mußte.

Ein Knirschen, ein Reißen plötzlich, der Schall einer in der stark verdünnten Höhenluft kaum hörbaren Explosion – der schwächste der vier Ballone war geplatzt. Schlaff flatterte seine leere Hülle in der Luft. Im nächsten Augenblick wiederholte sich das Schauspiel ein zweites Mal: Noch ein weiterer Ballon riß auf und ließ sein Traggas in die Atmosphäre verströmen. Mr. Cowper hörte und sah von alledem nichts. Bewußtlos und verklammt hing er in dem Netz. Nur die günstige Stellung, in der er darin verhakt war, hatte ihn bisher vor dem Absturz behütet.

Aber nun begann sich das, was eben geschehen war, auszuwirken. Die Tragkraft der beiden noch unversehrt gebliebenen Ballone reichte nicht mehr aus, um das Netz zu tragen, um so weniger, als hier auch die Kraft des Aufwindes zu Ende war. In stetem Fall begann es in die Tiefe zu sinken, wobei die Hüllen der beiden geplatzten Ballone wie riesige Fallschirme wirkten und die Heftigkeit des Absturzes milderten. Immer noch in leichter Fahrt nach Westen begriffen, sank das Netz Meter für Meter hinab, während Luftdruck und Temperatur wiederanstiegen.

In tausend Meter Höhe erwachte Cowper aus seiner Erstarrung. Mit dem Hochgefühl wiedergewonnenen Lebens erblickte er grüne Weideflächen an Stelle der früheren Schneeschroffen unter sich. Ständig wurde das Empfinden stärker in ihm, daß der unfreiwillige, wilde Flug seinem Ende und, wie es fast schien, einem glücklichen Ende entgegenging. Schon konnte er Herden und Menschen erkennen, die verwundert nach oben starrten. Und dann kam endlich der Augenblick, da das Netz mit seinen untersten Zipfeln den Boden berührte und sich zum Teil auf ihn hinabsenkte.

Doch jetzt begannen neue Schwierigkeiten, von denen Cowper vorher nichts ahnte. Unter dem Einfluß eines kräftigen Bodenwindes begann eine wilde Schleiffahrt, deren Ende vorläufig nicht abzusehen war. Gelegentlich durch kleinere Hindernisse aufgehalten, wurde das Netz gerüttelt und geschüttelt, daß Cowper seine letzten Kräfte aufbieten mußte, um nicht hinausgeschleudert zu werden. Auf wenigstens dreißig Stundenkilometer schätzte er die Geschwindigkeit, mit der das ganze System dicht über dem Boden dahintrieb, und er betete im stillen so inbrünstig wie seit langen Jahren nicht mehr, daß endlich ein genügend starkes Hindernis der wilden Jagd ein Ende bereiten möge.

Eine ganze halbe Stunde aber mußte er noch aushalten, bevor das, was er so sehnlich herbeiwünschte, endlich kam. Eine mächtige Eiche – wohl an die zweihundert oder dreihundert Jahre mochte sie alt sein – stand einsam auf dem grünen Grund und reckte ihre im Frühlaub prangenden mächtigen Äste wild verzackt in die Luft. Genau in der Fahrbahn des heranschleifenden Netzes stand sie, und als Netz und Eichengeäst zusammentrafen, geschah das Erwartete: Unlösbar verfing sich das Netz mit seinen weiten Maschen in dem Geäst und war fest verankert.

Vergeblich zerrte der Wind an den beiden noch intakt gebliebenen Ballonen. Er drückte sie dabei nur hin und wieder bis zur Erde hinab; in wilden Sprüngen tanzte der Teil des direkt an ihnen hängenden Netzes auf und nieder, und Cowper bekam den Vorgeschmack einer aufkommenden Seekrankheit. Aber auch eine Möglichkeit, sich aus seiner immer noch recht prekären Lage zu befreien, erspähte er dabei.

Mit vieler Not und Mühe gelang es ihm, seine fast fühllosen Beine aus den beiden Netzmaschen freizubekommen. Wie eine Fliege kletterte er von

Masche zu Masche weiter, bis er an den Seitenrand des Netzes gelangte, und dann, als die Ballone unter dem Einfluß einer Wirbelbö wieder einmal auf den Erdboden aufschlugen, ließ er sich seitlich aus dem Drahtgewirr fallen.

Mr. Cowper hatte beträchtliches Glück bei seinem Unternehmen, denn im nächsten Augenblick stand der Netzrand, den er soeben verlassen hatte, schon wieder reichlich zwanzig Meter über dem Erdboden, und aus solcher Höhe hätte sein Absturz wohl üble Folgen gehabt. Auch jetzt, als er nur knapp drei Meter fiel, spürte er nach dem Aufschlag alle seine Knochen, aber trotz allem fühlte er sich endlich geborgen.

Nach einigem Bemühen gelang es ihm, auf die Beine zu kommen. Taumelnd machte er ein paar Schritte und konnte feststellen, daß nichts gebrochen oder verstaucht war. Das Netz, das eben wieder dicht neben ihm auf den Boden schlug, zwang ihn zu einem schnellen Seitensprung, und einmal in Bewegung, beschloß er, sich schleunigst aus der gefährlichen Nachbarschaft zu entfernen. Mochte die alte Eiche zusehen, wie sie mit dem gefährlichen Netz fertig würde! Übel genug sah es in der mächtigen Krone aus, in der das Drahtgeflecht bei seinem Hinundherarbeiten das junge Laub fuderweise absäbelte.

Zunächst einmal griff Mr. Cowper in seine Tasche und fand zu seiner Freude eine genügende Menge Hartgeld darin. Das war in der unbekannten Gegend, in der er sich hier befand, immerhin recht beruhigend. Danach schaute er sich nach allen Seiten um und erblickte in einer nicht allzu großen Entfernung – höchstens zwei Kilometer mochten es sein – eine Häusergruppe, die auf einen kleineren Weiler oder Flecken schließen ließ. Und dann setzte er sich in Bewegung und marschierte automatisch auf das soeben erspähte Ziel los. Seine Gedanken liefen anfangs noch stark durcheinander; erst während des Marsches wurden sie allmählich klarer.

Jedenfalls, so dachte er bei sich, werde ich dort auf Menschen stoßen. Möglicherweise gibt es dort sogar einen Saloon, in dem ich mich stärken kann! Daß er nach diesem aufreibenden Abenteuer eine Stärkung nötig hatte, fühlte Cowper von Minute zu Minute deutlicher – und vielleicht, so dachte er weiter, gibt es dort sogar ein Postamt, so daß ich Fosdick melden kann, wo ich stecke und daß ich glücklich davongekommen bin.

Unter solchem Hinundherdenken erreichte er sein Ziel und traf es noch besser, als er gehofft hatte. Er entdeckte einen ganz annehmbaren Saloon, dessen Inhaber gleichzeitig der Postmeister des Fleckens war. So konnte er sofort ein Telegramm an Fosdick aufgeben und ihm seine Rettung melden. Der Wirt und Postmeister sah ihn reichlich verwundert an, nachdem er einen Blick auf das Telegramm geworfen hatte, und war zunächst geneigt, Mr. Cowper für nicht ganz zurechnungsfähig zu halten. Was da alles auf dem Blatt geschrieben stand, das klang ja so ziemlich wie eine Geschichte aus einem Sensationsmagazin. Aber als Cowper ihn vor die Tür zog und in die Ferne wies, wo deutlich das Aufundabtanzen der beiden Ballone und das wüste Spiel in der Eichenkrone zu erblicken waren, wurde er schnell anderer Meinung. Der Mann, der im Overall, ohne Hut und mit aufgerissenen Händen zu ihm gekommen war, hatte zweifellos ein böses Abenteuer hinter sich und sollte beste Aufnahme und Verpflegung bei ihm finden.

Während der Wirt sich an den Morseapparat setzte und die Taste klappern ließ, stellte ein Bartender ohne besondere Bestellung vor Mr. Cowper, der sich an dem alten runden Wirtstisch niedergelassen hatte, einen Whisky von einer Größe hin, wie er den Verhältnissen des Staates Kolorado angemessen war. Während der Postmeister sich danach wieder in einen Wirt verwandelte und einen tüchtigen Lunch für seinen abenteuerlichen Gast bereitete, ließ Mr. Cowper dem ersten noch einen zweiten und dritten Whisky folgen und beschloß, an diesem gastfreundlichen Ort in Ruhe abzuwarten, was sich weiter ereignen würde.

***

Klas Horn war nicht sonderlich verwundert, als Mr. Turner ihm seine Absicht mitteilte, für ein paar Tage Aufenthalt im Krug zu nehmen. Er fand es vielmehr ganz selbstverständlich und unterstützte seine Meinung durch die Behauptung, daß schon viele Herrschaften mit eigenem Wagen für längere Zeit bei ihm Quartier genommen hätten, um von hier Ausflüge zu machen und die norddeutsche Heide so richtig kennenzulernen. Auch der Preis, den der Krugwirt ihm machte, war annehmbar, so daß das Geschäft schnell zustande kam. Mr. Turner erhielt für seine Person ein schönes, geräumiges Zimmer im ersten Stock und für seinen Wagen einen ausreichenden Teil des Pferdestalles angewiesen und hielt noch am gleichen Tage seinen Einzug in den Krug.

Ganz unerwartet kam er freilich nicht, denn schon am Abend vorher hatte der alte Zacharias Meister Horn beiseitegenommen und in einem abgelegenen Teil der Gaststube eine lange Unterredung mit ihm geführt – ein Gespräch, das die verschiedensten Dinge betraf, sich unter anderem eingehend mit den im Krug einkehrenden Chauffeuren befaßte, außerdem die Mitteilung enthielt, daß Zacharias selber noch am gleichen Abend für ein paar Wochen in einer Erbschaftssache verreisen müsse, und schließlich in die Mahnung auslief, daß Meister Horn sich auch absolut über gar nichts wundern dürfe, mochte passieren was da wolle.

So ganz genehm waren die Vorschläge des Krügers Mr. Turner nicht, denn im Augenblick lag ihm wenig daran, mit seinem Wagen in der Heide umherzufahren. Vielmehr ging seine Absicht dahin, mit den Stammgästen des Kruges anzubändeln und besonders den alten Zacharias kennenzulernen; den dann gründlich auszuholen und womöglich einmal zu ihm in die Wohnung zu kommen, war ja das eigentliche Ziel seines Hierseins. Nun, Mr. Turner hatte einen erfinderischen Kopf und sah bereits Möglichkeiten, seinen Zweck zu erreichen. Auch der beste Wagen konnte mit ein bißchen Nachhilfe einmal eine Panne haben. Das würde dann schon Gelegenheit geben, mit den Handwerkern im Orte, besonders auch mit dem Schmied, von dem er bereits mancherlei gehört hatte, in Verbindung zu kommen. Auch Chauffeure, die zufällig einkehrten, konnten ihm dabei behilflich sein, was wiederum Anknüpfungsmöglichkeiten bot. Kurz und gut: er sah trotz aller Schwierigkeiten doch manche Wege, zu erreichen, was er sich vorgenommen hatte.

Gleich der erste Abend, an dem er in der Gaststube verweilte, brachte ihm eine angenehme Überraschung in Form eines längeren Kabelgramms von Mr. Headstone. Seitdem der Heidekrug stand – das mußte nach der in einem Grundstein eingemeißelten Zahl ungefähr zweihundertfünfzig Jahre her sein –, war hier noch keine Depesche aus Amerika abgegeben worden, aber trotzdem legte sie der Postbote vor Turner auf den Tisch, als ob es sich um eine ganz alltägliche Sache handele.

Naturgemäß war die Depesche in einem der amerikanischen Handelscode verschlüsselt, aber Turner hatte das Codebuch in seinem Koffer und machte sich in seinem Zimmer daran, sie zu entziffern, während die Bauern in der Gaststube allerlei zu tuscheln begannen.

Was der Agent las, als er den Klartext vor sich hatte, war geeignet, ihn manchen Ärger der letzten Tage vergessen zu lassen. Offensichtlich war die Laune Headstones bei der Abfassung dieser zweiten Depesche wesentlich besser gewesen als das letztemal, und auch die Gründe dafür konnte Turner dem Text entnehmen. Da war erstens einmal die Bergung des ganzen Netzes der alten Station mit verhältnismäßig geringen Unkosten gelungen. Selbst der unfreiwillige Flug Cowpers hatte die Spesen nicht allzusehr erhöht. Weiter aber hatte der deutsche Strahlkollektor sich als hervorragend erwiesen. Die Fachleute der United Electric hatten sich sofort eingehend mit dem Apparat beschäftigt, hatten die Einstellung des Flammenkammes genau nach der in dem Apparat enthaltenen Vorschrift vorgenommen und dabei festgestellt, daß er die Leistungen der besten amerikanischen Kollektoren um reichlich das Doppelte übertraf. Das war ein schöner Erfolg, der den sonst immer unzufriedenen Headstone friedlich stimmte, und ein Teil dieses Wohlwollens strahlte aus der Depesche auch auf Turner über.

In wesentlich gehobener Stimmung begab er sich wieder in die Gaststube zurück, entschlossen, bei dem Supper, das er jetzt einnehmen wollte, die beabsichtigten Anknüpfungen zu versuchen. Gleich zu Anfang ließ sich das ganz günstig an. Der Heidewirt nahm seiner Einladung folgend gern an seinem Tisch Platz, empfahl ihm einen sehr trinkbaren Wein, und bald waren die beiden in ein lebhaftes Gespräch über die Verhältnisse des Dorfes und seiner näheren Umgebung verwickelt.

Vieles wußte der Krugwirt; sogar über manche Einzelheiten des deutschen AE-Werkes, die Turner bisher noch nicht bekannt waren, vermochte er ihm Auskunft zu geben, und mit einem gewissen Verdruß entnahm der Amerikaner daraus, wie weit die Deutschen seinen Landsleuten voraus waren.

Schwer begann ihn in Gedanken daran das Telegramm in seiner Tasche zu drücken. Erst jetzt begriff er vollkommen, warum Headstone in dessen letztem Teil noch einmal so scharf auf schleunigste Anlieferung der bewußten Seile gedrungen hatte. Die Kollektoren konnte man jetzt ja Gott sei Dank nach dem von ihm besorgten Muster in Amerika in beliebiger Zahl nachbauen, aber ohne die Seile konnte man das Fangnetz immer noch nicht in der günstigsten Höhe verankern.

Auch der andere Auftrag Headstones, soviel wie möglich über die etwas geheimnisvolle Person des alten Heideläufers zu erfahren, kam Turner dabei wieder in die Erinnerung. Vorsichtig drehte er das Gespräch darauf und mußte die erste Enttäuschung des Abends in Kauf nehmen.

„De olle Kirl is verreist. Soll irgendwo was geerbt haben“, antwortete der Wirt ziemlich unbestimmt auf seine Frage. Turner krampfte die Finger unter dem Tisch zusammen. Ein leises „Dammie!“ schlich sich unwillkürlich über seine Lippen. Ein Glück, daß der Krugwirt es nicht verstand oder wenigstens nicht zu verstehen schien. Das konnte ja seinen ganzen Plan über den Haufen werfen! Wenn der Alte vielleicht wochenlang fortblieb, würde es nicht möglich sein, nähere Bekanntschaft mit ihm zu machen.

Vorsichtig forschte er weiter, wohin er denn verreist wäre; aber auch da war der Krugwirt unsicher. Erst hätte es geheißen, nach Braunschweig, aber zuletzt wäre die Rede von einer Fahrt nach Berlin gewesen. Und das könnte auch recht gut möglich sein, beendete der Krugwirt seine Ausführungen, denn seines Wissens hätte der Alte eine ganze Reihe von Verwandten in Berlin, die schon vor Jahren aus der Heide dorthin gezogen wären.

Verdrießlich starrte Turner in sein Weinglas. Einen Menschen in Berlin zu suchen, das kam auf die bekannte Nadel im Heuschober heraus. Zwecklos, da überhaupt etwas zu unternehmen. Auch über die voraussichtliche Dauer der Abwesenheit des Alten konnte der Wirt nichts Bestimmtes sagen – es mochte ein paar Wochen, aber ebensogut auch Monate dauern.

Ob der Alte denn so ohne weiteres von Hause weg könnte, wünschte Mr. Turner weiter zu wissen. Da konnte der Wirt ihm nun wieder gut Bescheid sagen.

„Aber gewiß, Herr Turner“, meinte er, „das geht schon. Viel hat der alte Einsiedler ja nicht zu versorgen. Nur seinen Garten und seine Bienen. Sie haben vielleicht gehört, daß er ein tüchtiger Imker ist und an die vierzig Stöcke besitzt. Aber die Bienen machen zu dieser Jahreszeit kaum Arbeit, sie finden alles, was sie brauchen, draußen in der Natur, und bis zum nächsten Honigschleudern hat's noch Zeit. Bleibt eigentlich nur noch sein großer Garten. Der braucht natürlich dauernd Pflege und Bewässerung. Dafür hat er sich hier einen Mann im Dorf angenommen. Die Leute sagen, er sei nicht ganz richtig im Kopf, aber – offen gesagt, Herr Turner – ich glaube das nicht. Ich glaube viel eher, daß der Jochen Dannewald schlauer ist als er aussieht. Der muß jetzt in dem Häuschen des Alten schlafen und ihm den ganzen Kram besorgen."

Mr. Turner hatte das Gefühl, daß er im Augenblick nicht gut weiterfragen könnte, ohne die Sache auffällig zu machen. Der Wein ging überdies zu Ende, und andere Gäste waren nicht mehr in dem Raum. Auch der Wirt hatte bereits ein paarmal recht deutlich gegähnt. So beschloß Turner, für heute Feierabend zu machen. Noch ein kräftiges „Gute Nacht!", und er stieg die knarrende Treppe zu seinem Zimmer empor.

Knarrende Treppen waren Mr. Turner ebensowenig sympathisch wie quietschende Türen. Zu den Requisiten seines Koffers gehörte ein Ölkännchen, mit dem er auch die widerspenstigsten Türen und Fenster schnell zu einem lautlosen Schwingen brachte; denn sein Beruf brachte es mit sich, daß er auch gelegentlich des Nachts auszugehen wünschte, ohne dabei die Aufmerksamkeit seiner Nachbarn zu erregen. Aber bei dieser aus uraltem Eichenkernholz gezimmerten Treppe gab es keinerlei Mittel, sie zum Schweigen zu bringen. Vergeblich versuchte er es beim Hinaufstieg, indem er bald auf der einen, bald auf der andern Seite ging – bei jedem Tritt gab das alte Gebälk Töne von sich, die durch das halbe Haus schallten. Ziemlich verdrossen ließ der Agent sich oben in einen alten Ohrenstuhl fallen.

Die Hoffnung, noch einen kleinen Abendspaziergang zu unternehmen, mußte er unter den gegebenen Umständen fallenlassen. Überhaupt war die Hausordnung im Heidekrug nicht ganz nach seinem Geschmack. Der Wirt schien ein Frühvogel zu sein, der mit den Hühnern aufstand, aber auch zeitig ins Bett kroch. Auch einen Hausschlüssel hatte Mr. Turner nicht erhalten, und die Erfindung einer sogenannten Nachtglocke war wohl überhaupt noch nicht bis in das weltentlegene Dorf gedrungen. Mr. Turner war gleicherweise mit der Hausordnung des Krugwirts wie mit der ganzen Weltordnung unzufrieden, als er sich langsam zu entkleiden begann. –

In ganz anderer Laune waren zwei Leute, die wenige Kilometer von Mr. Turners derzeitigem Aufenthalt entfernt in einem Laboratoriumssaal zusammensaßen.

„Hat der Kerl wirklich die Frechheit aufgebracht, hierherzukommen?“ fragte Dr. Frank.

Johannes Zacharias nickte und kraulte sich vergnügt seinen langen Rübezahlbart. „Vorschriftsmäßig ist er eingetroffen, genau so wie wir's erwarteten, und hat drüben bei Horn für einige Tage Quartier genommen. Auch ein Telegramm aus Amerika hat er bereits erhalten. Ich will morgen versuchen herauszubekommen, was drinsteht.“

Dr. Frank schüttelte abweisend den Kopf. „Ich kann Sie nicht begreifen, mein lieber Zacharias, daß Sie den gefährlichen Menschen hier in nächster Nähe sein Unwesen treiben lassen. Irgendein unvorhergesehener Zufall kann ihm doch Sachen in die Hände spielen, die wirklich nicht für fremde Augen bestimmt sind. Ich glaube auch nicht, daß Headstone sich die dümmsten Leute für seine Zwecke aussucht. Ich bin überzeugt, daß der Bursche reichlich ausgekocht ist.“

Zacharias wand sich in seinem Sessel vor Vergnügen hin und her. „Selbstverständlich, Doktor Frank. Wir sind weit davon entfernt, Mister Headstone und seine Leute zu unterschätzen. Sein Agent hat's faustendick hinter den Ohren. Aber das Schöne an der Geschichte ist ja, daß wir ihn genau kennen und daß er selber trotz aller seiner Gerissenheit keine Ahnung davon hat, wie genau wir ihn kennen und überwachen. Jetzt zum Beispiel hat ihn unser Freund Horn in seine Obhut genommen; Sie dürfen sicher sein, daß er keinen Schritt tun kann, ohne daß es uns gemeldet wird.“

„So? Sind Sie dessen so sicher, Herr Zacharias?“ fragte immer noch mißtrauisch der Doktor. „Wenn der Mensch sich beispielsweise des Nachts heimlich aus dem Krug schleicht und sich hier in der Umgebung herumtreibt, was könnte er da nicht alles entdecken?“

Der Alte brach in ein lautes Gelächter aus. „Ihre Frage ist köstlich, Herr Doktor Frank. Man merkt, daß Sie den alten Heidekrug nicht kennen. Ist auch schließlich von Ihnen nicht zu verlangen. Aber Sie können ganz beruhigt sein. Keinen Schritt könnte Mister Turner des Nachts in dem alten

Fachwerkbau tun, ohne daß Meister Horn davon wach würde und ihm auf die Sprünge käme. Seien Sie überzeugt, des Nachts ist der Abgesandte Mister Headstones da nicht nur gut, sondern auch recht sicher aufgehoben."

„Aber bei Tage, Herr Zacharias? Da verdrückt er sich einfach mit seinem Wagen, stellt die Karre irgendwo in der Heide ab und schnüffelt nach Herzenslust herum. In Ihrem Hause wird er schließlich nicht allzuviel entdecken können, obwohl auch dort manches für ihn Wissenswerte liegen dürfte. Aber stellen Sie sich einmal vor, daß er bei solcher Gelegenheit auch unser Haus hier entdeckte! Groß und massig genug steht der Bau ja schließlich in der Heide. Was dann, Herr Zacharias?"

Bisher hatte der Alte vergnügt vor sich hingelacht; jetzt wurde er ernst.

„Verehrtester Herr Doktor Frank, es ist ganz selbstverständlich, daß Mister Turner diesen Bau einmal sehen wird; er soll ihn sogar sehen. Daß Sehen noch längst nicht drin sein heißt, wissen Sie besser als ich. Wir haben doch zur Genüge vorgesorgt, daß ein Unbefugter sich bei dem Versuch, einzudringen, wie in einer Falle fangen muß und uns dann wehrlos ausgeliefert ist."

Dr. Frank nickte. Er erinnerte sich der zahlreichen raffinierten Sicherungen, die einen unerwünschten Gast bis zu einer bestimmten Stelle vordringen ließen und dann festhielten.

„Sie haben recht, Zacharias", sagte er zustimmend, „aber der Mensch wird nicht mehr Ruhe geben, sobald er einmal unser Haus entdeckt hat. Was soll danach werden? Mit einem ruhigen, unbeobachteten Arbeiten ist es hier dann vorbei."

Der alte Zacharias machte es sich in seinem Stuhl bequem, als ob er darin übernachten wolle. „Herrgott, Doktor", meinte er schließlich leicht gähnend, „manchmal sind Sie etwas schwer von Begriff! Sie wissen doch, was Bergmann mit Headstone und der United Electric vorhat. Headstone will spionieren und – sprechen wir es ruhig aus – stehlen, das wissen wir zur Genüge. Wir aber wollen ihm unsere – ich sage in diesem Falle vielleicht besser Ihre – Erfindungen, Herr Doktor, zu einem angemessenen Preis verkaufen. Es dreht sich um Objekte, die in die Millionen gehen, und deshalb finden wir Mister Headstones Vorgehen an sich ganz begreiflich. In der

Beziehung sind wir moralisch nicht angesäuert, aber wir sind auch nicht gewillt, uns von den Amerikanern über das Ohr hauen zu lassen. Zur gegebenen Zeit wird die United Electric ganz gehörig in den Beutel greifen müssen, sobald die Herren nämlich eingesehen haben, daß sie ohne unsere Hilfe nicht weiterkommen. Aber bis dahin wird's natürlich noch mancherlei Aufregung und allerlei mehr oder minder gerissene Streiche der Agenten Headstones geben."

„Ein paar Handvoll Dynamit sollte man unter die Bande werfen!" knurrte Dr. Frank ingrimmig vor sich hin.

„Aber warum denn nur, lieber Doktor?" fragte Zacharias beschwichtigend. „Die Sache geht ja bisher ganz nach unserm Wunsch. Sehen Sie, die Seile zum Beispiel kauft uns Headstone jetzt schon zu dem von uns geforderten Preise ab. Die kalte Kathode wird er ebenfalls von uns erwerben müssen, sobald er erst einmal dahintergekommen ist, daß wir ihn mit dem Flammenstrahler geleimt haben. Eine bessere Mittelsperson als Mister Turner ließe sich kaum denken, um ihm das beizubringen. Ob wir ihm auch das letzte noch verkaufen, wird sich später finden, wenn wir erst einmal so weit sind. Das hat vorläufig noch Zeit."

„Erst müssen wir unser eigenes AE-Werk mit der neuen kalten Kathode ausrüsten", warf Dr. Frank dazwischen. „Dank Ihrer Mithilfe bin ich damit gut vorwärtsgekommen. Die Hälfte davon ist bereits fertig. Aber auch Ihnen muß ich mein Kompliment machen, mein lieber Zacharias. Sie haben tüchtig geschafft. Im Laufe des nächsten Vormittags können wir zwei vollbeladene Lastzüge mit präpariertem Litzendraht nach Düren abgehen lassen." –

Während diese Unterhaltung in dem Laboratoriumsbau stattfand, war Mr. Turner noch mit seiner Toilette für die Nacht beschäftigt. Während er in seinem Koffer nach einem Pyjama suchte, fiel ihm eine Strickleiter in die Hände. Es war ein Musterstück ihrer Art, aus bester Naturseide geflochten und bei aller Feinheit doch stark genug, die Last einer Person vom Gewicht Mr. Turners sicher zu tragen.

Spielend ließ er sie durch die Finger gleiten, trat dann an eins der Fenster und öffnete es. Ein Blick in die Tiefe überzeugte ihn davon, daß die Länge der Leiter völlig ausreichte, um den Boden zu erreichen. Seine Gedanken gingen hin und her. Sollte er die Nacht noch zu einem Spaziergang benutzen? Der Umstand, daß er dann während der ganzen Zeit seiner Abwesenheit die Leiter zum geöffneten Fenster hinaushängen lassen mußte, machte ihn unschlüssig, fast noch mehr die Tatsache, daß ein feiner warmer Regen niederging, der sicherlich für die Felder und Wiesen sehr nützlich war, aber weniger angenehm für einen nächtlichen Spaziergänger. Er steckte die Leiter wieder in seinen Koffer und schloß das Fenster, zur selben Zeit etwa, da Klas Horn, von einer Rasselglocke neben seinem Bett geweckt, ärgerlich vor sich hinfluchte: „To'm Düwel ok, wat het de verrückte Amerikaner bi Nacht de Fenster optorieten!"

***

James Headstone und Direktor Brooker machten mit ihren Wagen vor dem besten Hotel in West-Saginaw halt. Es war ihrem Fahrzeug anzusehen, daß sie eine lange und ziemlich wilde Fahrt hinter sich hatten. In der Tat hatte sie ihr Weg bereits in den nördlichsten Teil des Staates Michigan geführt bis zu jener Stelle etwa, wo Michigansee und Huronensee sich vereinigen. Gute Wege sind dort oben selten, und noch heute, nach mehr als zwei Menschenaltern, leidet das Land an der brutalen Waldverwüstung, die es im Laufe weniger Jahrzehnte aus einem geschlossenen Hochwald in ein ödes und zum größten Teil versumpftes Gebiet verwandelte.

Jetzt machten die beiden es sich in einem gemütlich ausgestatteten Privateroom bequem und bestellten sich einen Lunch. Headstone breitete eine Landkarte auf dem Tisch aus, auf der ein Flecken Landes rot umrissen war, und deutete mit dem Finger darauf.

„Schön ist die Gegend bei Gott nicht, Brooker. Ist mir zweifelhaft, ob wir unsere Leute da dauernd halten können."

Direktor Brooker machte eine abweisende Bewegung. „Ah, bah, Headstone! Es laufen genug Ingenieure ohne Stellung in den Staaten herum, die heilfroh sind, wenn sie einigermaßen anständig unterkommen können. Wollen wir um einen Whisky wetten, daß auch unsere alten Leute, Fosdick und Cowper, dort gern hingehen?"

James Headstone schüttelte den Kopf. „Möchte lieber nicht wetten, Brooker. Am Ende sind die Kerle wirklich blöde genug, die Stellung anzunehmen.“

Brooker schlug auf den Tisch. „Was heißt blöde, Headstone? Denken Sie an die Zukunftsaussichten der beiden Leute; wenn es hier klappt, haben sie alle Aussicht, die nächsten größeren Stationen zu bauen und zu leiten. Manch einer würde sich um solch eine Stellung reißen.“

„Warum haben Sie sich gerade auf das minderwertigste Gebiet kapriziert, Brooker? Ist ja versumpft von vorn bis hinten.“

Brooker lachte. „Weil es für ein Butterbrot zu haben sein wird, Headstone. Ich habe mich vorher erkundigt. Das Land gehört einem früheren Sägewerksbesitzer, der schon vor Jahren mit seinen Maschinen weiter nordwärts in die Wälder von Kanada gezogen ist. Er hat es überhaupt nur behalten, weil er's auf keine Art und Weise loswerden konnte, und wird jeden Dollar, den er dafür bekommt, als einen unverhofften Gewinn betrachten. Selbstverständlich müssen wir geschickt vorgehen; er darf nicht ahnen, daß die United Electric sich für sein Froschparadies interessiert. Wir müssen einen passenden Strohmann nach Kanada schicken. Ich habe einen brauchbaren Menschen dafür in Aussicht, der die Sache schnell und billig für uns fingern wird. Sobald wir die neuen Seile haben, schaffen wir alles, was von der alten Station noch brauchbar und transportabel ist, dorthin und bauen von neuem.“

Headstone beschäftigte sich mit einer Poularde, die, auf französische Art zubereitet, der Hotelküche alle Ehre machte.

„Nicht wahr, Brooker“, bemerkte er dabei, „das hat unser Turner wieder mal gut gemacht? Ich erhielt gestern seinen letzten Bericht. Wir bekommen die Seile – siebzig Kilometer im ganzen – in der gewünschten Qualität in kürzester Frist von dem Dürener Metallwerk geliefert.“

Direktor Brooker schob ein Steak, mit dem er nicht ganz einverstanden zu sein schien, beiseite und fuhr sich mit der Serviette über den Mund. „Sehr schön gesagt, Headstone: ›Wir bekommen geliefert.‹ Hätten wir uns das Zeug selber machen können, dann hätten wir von den rund zweihunderttausend Dollar, die es uns kostet, zwanzig bis fünfundzwanzig Prozent gespart. Ich muß es Ihnen mal ganz offen sagen, Mister Headstone, wenn es Ihnen vielleicht auch wehtut: Ihr Mister Turner ist in meinen Augen ein großes Kamel.“

Mit einem Ruck setzte sich Headstone aufrecht und warf seine Serviette zu Boden.

„Wie können Sie das behaupten, Mister Brooker?“ sprudelte er aufgeregt heraus. „Turner ist der beste von meinen Leuten in Europa. Hat er bisher nicht alle Aufgaben gelöst, die wir ihm stellten? Er hat die Firma herausbekommen, welche die Seile fabriziert...“

Brooker winkte mit der Hand ab. „Das hätten wir hier in Amerika mit Hilfe unserer Kartei wahrscheinlich ebensogut ausfindig gemacht. Die Metallwerke in Düren sind eine Tochtergesellschaft des Bergmann-Konzerns. Jetzt streicht der Generaldirektor – Sie kennen ihn vielleicht... ein gewisser Geheimrat Bergmann ist es – den Gewinn von fünfzigtausend Dollar ein, die in unsere Kassen geflossen wären, wenn dieser Mister Turner uns eben das Verfahren besorgt hätte.“

„Es ist ja nur eine einmalige Ausgabe“, versuchte Headstone zu beschwichtigen.

„Stellen Sie sich nicht so naiv, Headstone!“ sagte Brooker aufgebracht. „Sie wissen ganz genau, daß wir später weiterbauen, daß wir andere, größere Stationen errichten wollen. Sollen wir da etwa wieder von diesem alten Geheimrat kaufen, der sich wahrscheinlich über unsere Ungeschicklichkeit amüsiert?“

Headstone sah ziemlich ratlos aus.

„Ich will Ihnen noch etwas anderes erzählen“, fuhr Brooker fort. „Ich habe hinter den langweiligen Kerls von der Aluminum Corporation etwas Feuer gemacht und kann Ihnen versichern, daß es geholfen hat.“

Headstone sah Brooker fragend an.

„Ja, da wundern Sie sich wohl“, fuhr der fort. „Ich kann Ihnen sogar verraten, daß Ihr Mister Turner, über den ich im übrigen mein Urteil nicht zu ändern wünsche, ein wenig dazu beigetragen hat.“

„Turner?! Also doch Turner!“ Unwillkürlich entfuhren die Worte Headstone.

„Allerdings war es Mister Turner“, nahm Brooker den Gedankengang wieder auf. „Ich habe seine Berichte ebenfalls gelesen und fand etwas darin, was Ihnen vielleicht entgangen ist.“

Headstone versuchte sich zu verteidigen. Er hatte die Berichte des Agenten Wort für Wort studiert und konnte sich nicht vorstellen, daß er etwas Wichtiges übersehen haben könnte.

Brooker ließ ihn nicht zu Worte kommen. „Ich meine jene Stellen der Berichte“, fuhr er unbeirrt fort, „in denen Turner die Tatsache mitteilt, daß die dünnen Litzendrähte von Düren her erst irgendwohin in die Heide transportiert und später nach Düren zurückgebracht werden, wo man dann die Kabel aus ihnen spinnt. Er hat es berichtet, aber keine Erklärung dafür gegeben. Sehen Sie, Headstone, diese Bemerkungen haben mir ein paar schlaflose Nächte bereitet, aber dann bin ich den Leuten von der Aluminum Corporation zu Leibe gegangen. Ich habe sie gezwungen, über diese Mitteilung gründlich nachzudenken, und heute, das kann ich Ihnen auch schon sagen, sind sie dabei, die Litzendrähte nach einem Elektronenverfahren zu bearbeiten, das zu den besten Hoffnungen berechtigt. Ich hoffe, in Zukunft werden wir nicht mehr genötigt sein, unsere Seile von Geheimrat Bergmann zu beziehen.“

Der Wirt erschien selbst, um die Reste der Fleischgerichte abzuräumen und den Nachtisch zu servieren. Sobald er den Raum verlassen hatte, fand James Headstone die Sprache wieder.

„Also war es doch unser Turner, dem wir diesen Erfolg verdanken. Vergessen Sie nicht, Brooker, unter wie schwierigen Verhältnissen er zu arbeiten hat. Ein einziger unvorsichtiger Schritt, und er wäre ein für allemal erledigt.“

„Ach was!“ knurrte Brooker ärgerlich. „Für einen Mann von der Sorte finden sich leicht zehn andere. Wenn er eben alles riskiert hätte, hätten wir fünfzigtausend Dollar gespart. Agenten, die nicht aufs Ganze gehen, sind in meinen Augen nicht viel wert.“

Headstone beschloß, das Thema zu wechseln; unter keinen Umständen durfte er sich mit Brooker, dem Geldmagnaten, von dessen guter Laune die weitere Entwicklung der amerikanischen AE-Stationen abhing, überwerfen.

„Sie scheinen von Turners Fähigkeiten nicht besonders überzeugt zu sein", fuhr er vorsichtig fort. „Aber sagen Sie doch, bitte, was Sie von seiner letzten Leistung halten. Einem Oberingenieur des deutschen AE-Werkes einfach den neuesten Strahlkollektor aus der Tasche zu eskamotieren! Ich meine, das ist ein Meisterstück, das ihm so leicht kein anderer nachmacht! Mit einem Schlage haben wir die Leistungsfähigkeit unserer Station dadurch um beträchtlich mehr als die Hälfte verbessert."

Brooker beschäftigte sich eine Zeitlang mit seinen gefrorenen Früchten, bevor er sich zu einer Antwort aufraffte.

„Nun ja, Headstone", meinte er endlich, „das war ein gutes Stück von dem Mann, durch das er sich wieder einigermaßen rehabilitiert hat. Aber denken Sie daran, daß die Deutschen unaufhörlich weiter an der Verbesserung ihres AE-Werkes arbeiten. Was heute das Neueste und Beste ist, kann morgen vielleicht schon überholt sein. Daran muß Ihr Mann stets denken. Ein Ausruhen auf früheren Lorbeeren gibt es in seinem Beruf noch weniger als in irgendeinem anderen. Unterlassen Sie es nicht, ihn in Ihrer nächsten Instruktion darauf aufmerksam zu machen. Auch was wir hier bei der Verbesserung der Seile in Erfahrung gebracht haben, können Sie ihm mitteilen. Vielleicht pulvert ihn das ein bißchen auf und er entdeckt endlich die Stelle, an der die Deutschen nach dem Elektronenverfahren arbeiten. Daß es irgendwo in der Heide sein muß, geht ja aus seinen Berichten deutlich hervor. Aber er hat es an der nötigen Energie fehlen lassen, sonst müßte er den Platz schon längst gefunden haben."

Headstone stieß im stillen einen Seufzer der Erleichterung aus. Gott sei Dank, die Sache zwischen Brooker und Turner schien wieder ins Lot zu kommen, doch für alle Fälle nahm er sich vor, sehr ernstlich an Turner zu schreiben und keinen der Punkte auszulassen, die ihm Brooker eben im einzelnen aufgezählt hatte.

Das Wetter hatte sich inzwischen merklich gebessert, und heller Sonnenschein fiel durch die kleinen Fenster des Raumes.

„Wie wäre es, Brooker, wenn wir jetzt aufbrächen und in einer Tour nach Detroit durchführen?“

Brooker schüttelte den Kopf. „Nicht nach Detroit, Headstone. Wir wollen über Port Huron nach Buffalo fahren. Wenn der Chauffeur sich dranhält, können wir vor Werkschluß dort ankommen. Ich möchte mich wieder mal davon überzeugen, wie weit die Herren der Aluminum Corporation mit dem neuen Elektronenverfahren gekommen sind. Das letztemal ließ die Zerreißlänge noch zu wünschen.“

Brooker erhob sich, und Headstone folgte seinem Beispiel. Zusammen bestiegen sie den starken Wagen. In der nächsten Minute brauste er in einem Höllentempo in östlicher Richtung aus der Stadt.

***

Mr. Turner hatte jenen Brief, zu dem die Aussprache zwischen Headstone und Direktor Brooker die Anregung gab, noch nicht erhalten, aber das vorhergehende Kabelgramm Headstones lag ihm schwer im Magen. Obgleich ihm Meister Horn bei dem wundervollen Wetter dringend zu einem Autoausflug in die Heide riet, benutzte er einen der nächsten Vormittage dazu, sein Zimmer gründlich zu untersuchen, und vielleicht hätte Direktor Brooker sein herbes Urteil über den Agenten doch gemildert, wenn er bei dieser Untersuchung zugegen gewesen wäre.

Systematisch suchte Turner die Wände des Zimmers ab, wobei er trotz des hellen Morgens den Gebrauch einer Taschenlampe nicht verschmähte. Nicht lange war er bei seiner Tätigkeit, als er auch schon auf etwas stieß, das ihn stark interessierte. Ein fast haarfeiner, mit grüner Seide besponnener Kupferdraht lief geschickt verborgen in einer Rille der ähnlich gefärbten Tapete entlang.

Das Weitere vollzog sich planmäßig. Sehr schnell konnte Mr. Turner feststellen, daß der Draht durch die Tür von jener so niederträchtig knarrenden Treppe her in das Zimmer führte. Bald entdeckte er in der Nähe des ersten noch einen zweiten Draht, und dann machte es keine besonderen Schwierigkeiten mehr, den beiden Drähten, obwohl sie ungemein geschickt verborgen waren, bis zu den beiden Fenstern des Zimmers zu folgen.

Zu den Künsten, die Mr. Turner für seinen Beruf benötigte, gehörte auch ein wenig Elektrotechnik, und er hatte mancherlei dazu erforderliches Gerät in seinem Koffer. Mit Leichtigkeit gelang es ihm, festzustellen, daß die geheime Leitung Ruhestrom führte, daß es also an irgendeiner andern Stelle des Heidekruges klingeln oder rasseln mußte, sobald man eines der beiden Fenster öffnete und dadurch den Strom unterbrach.

Im stillen beglückwünschte sich Turner nach dieser Entdeckung dazu, daß er bisher auf nächtliche Spaziergänge verzichtet hatte. Das hätte ja ein unausdenkbares Malheur geben können, wenn es während der Zeit eines solchen Ausfluges im Hause geklingelt hätte und seine Abwesenheit verraten worden wäre. Das weitere war für einen Mann wie Henry Turner einfach. Erst einmal die beiden Drähte unter sich kurzschließen und mit einem feinen Meßinstrument feststellen, daß der Stromfluß in ihnen dadurch unverändert blieb. Danach öffnete er die Fenster und entdeckte dort, was er bereits als sicher vorausgesetzt hatte: In die Fensterangeln waren ebenfalls sehr feine und auf den ersten Blick kaum zu erkennende Kontakte eingebaut, die den Strom schlossen, solange die Fenster geschlossen blieben, ihn aber sofort unterbrachen, sobald sie geöffnet wurden.

„Ungeschickte Anfänger!“ murmelte der Agent vor sich hin, während er das Machwerk betrachtete. „Ein Glück, daß diese Heidemenschen noch nichts von einem Dreileitersystem mit Arbeitsstrom und Ruhestrom wissen, sonst hätte die Geschichte etwas ekliger aussehen können!“ Zufrieden mit dem Erfolg, schloß er seinen Koffer wieder zu und kam nun doch zu dem Entschluß, dem guten Rat des Krugwirtes zu folgen. Gemächlich holte er sein Auto aus dem Stall, tankte, als ob er eine große Tagestour vorhätte, und fuhr gemütlich davon.

„Johannes Zacharias“ – der Name hatte an letzter Stelle in Headstones Depesche gestanden und drückte ihn täglich mehr. Erst mal 'rausbekommen, was das eigentlich für ein Bursche war, wo er hauste und was er trieb. Nach Turners Einschätzung mußte es doch wohl so eine Art von Schäfer sein. Er hatte sich inzwischen erzählen lassen, daß die deutschen Wanderschäfer in ihren Herden ein ganz anständiges Kapital besäßen. Jetzt war der Kerl zu allem Überfluß auch noch verreist... Aber halt! Turner fiel das Gespräch mit dem Krugwirt wieder ein. Der hatte ja von einem großen Garten und einer

Menge von Bienenkörben gesprochen. Da mußte doch unbedingt so etwas wie ein Häuschen dazu gehören. Aber wie das herausbekommen? Im Krug durfte er nicht danach fragen. Zunächst einmal fuhr er mit seinem Wagen ein Stückchen in die Heide hinein, bis er ein kleineres Kieferngehölz entdeckte. Dort stellte er ihn gut verborgen ab und schlenderte zu Fuß in das Dorf zurück. Mit Gewalt versuchte er sich dabei seine erste Unterredung mit dem Alten wieder in das Gedächtnis zurückzurufen, damals, als er ihn ein Stück in seinem Wagen mitnahm und sie zuletzt im Heidekrug landeten. Damals hatte der doch auf irgendeine Stelle gezeigt, wo seine Wohnung sei.

Aber die Bemühungen Turners waren vergeblich. Wohl oder übel mußte er sich an Straßenpassanten wenden, die ihm unterwegs begegneten, und dabei ergaben sich neue Schwierigkeiten. Er erhielt zwar Antwort, aber in einem Heideplatt, von dem er günstigenfalls ein paar Worte zu erraten vermochte. Schon war er nahe daran, die Sache als aussichtslos aufzugeben, als ein kleines Mädchen, das mit einem Milchtopf die Straße entlangkam, auf seine Frage stehenblieb und lebhaft auf ein Haus deutete. Was das Kind dazu sagte, war für Mr. Turner noch schwerer zu verstehen als alles Vorhergehende. Aber die Gebärde war unmißverständlich. Wenn nicht alles trog, mußte das Haus, auf das die Kleine wies, das Heim des Gesuchten sein.

Mr. Turner blieb stehen und rieb sich die Augen. Gewiß, dort stand ein Haus, in der ortsüblichen Weise als Fachwerkbau errichtet, für einen wohlhabenden eingesessenen Bauern nicht einmal übertrieben groß. Vielleicht sieben oder acht Zimmer mochte es nach einer oberflächlichen Schätzung Turners enthalten, aber zu dem Bilde, das sich der Agent bisher von dem alten Heideläufer gemacht hatte, stimmte es in keiner Weise. Für einen alten Schäfer bedeutete ein Bau von solcher Größe ein Palais, ja geradezu einen fürstlichen Wohnsitz. Eine Kate mit Stube und Küche hatte er dem Alten allenfalls zugebilligt, aber niemals ein derart geräumiges Landhaus.

Immer mehr kam Turner zu der Ansicht, daß das Kind, das ihm die Auskunft gab, sich geirrt haben müsse – oder vielleicht gab's noch eine andere Möglichkeit: Der Alte konnte hier als Gärtner angestellt sein und irgendeine Turners Blicken vorläufig noch verborgene Hütte in den weit ausgedehnten Gartenanlagen bewohnen. Zweifellos, so mußte es wohl sein.

Von Zweifeln bewegt, überkreuzte Turner die Straße und ging zu dem Zaun des Anwesens hinüber. Er traf zunächst auf den gleichen Holderbusch, hinter dem einige Wochen früher Geheimrat Bergmann und Professor Livonius den alten Zacharias bei seiner Gartenarbeit beobachtet hatten, und ebenso wie diese beiden hielt er es für vorteilhaft, von hier aus erst das Gelände ein wenig zu rekognoszieren. Aber beim besten Willen konnte er nichts für ihn besonders Wichtiges entdecken. Er blickte in einen Garten, der durch hervorragend schöne Staudenbeete ausgezeichnet war und überdies noch ein Rosarium aufwies, das auch in einem fürstlichen Garten ein Schmuckstück gewesen wäre. Weiter im Hintergrund sah er ein Blockhaus; aber nach allem, was er von der Imkerei verstand – es war leider nur sehr wenig –, konnte das nur jener Bienenstand sein, von dem der Heidewirt gesprochen hatte. Als Wohnhaus für den Alten kam es nach seiner Überzeugung nicht in Frage.

Während Turner noch überlegte, ob er seinen Beobachtungsplatz aufgeben und am Zaun weitergehen solle, sah er einen jüngeren Menschen aus dem großen Haus herauskommen, der ein Fahrrad an der Hand führte. Zweifellos war das der bewußte Jochen Dannewald, jener junge Mann, der während der Abwesenheit des Alten die Wirtschaft versorgte. Turner konnte beobachten, wie er zunächst zu den Bienenstöcken hinging, sich dort allerlei zu schaffen machte und schließlich noch einen merkwürdigen hölzernen Kasten in nächster Nähe der Stöcke auf einen Stuhl stellte. Dann schwang der junge Mann sich auf sein Rad und fuhr nach hinten weiter. Offenbar hatte der Garten nach der nächsten Straße hin noch einen zweiten Ausgang.

„Gut, sehr gut!“ murmelte Turner vor sich hin. „Den einzigen Menschen, der im Hause ist, sind wir los. Jetzt wollen wir mal ein wenig an Ort und Stelle nachsehen.“ Er verließ seinen Beobachtungsposten und ging weiter an dem Zaun entlang, bis er zur Gartentür kam, und hier mußte Mr. Turner wieder einmal eine Enttäuschung erleben. Nur ein einziges Namensschild befand sich an der Tür, und auf dem stand der Name, der ihn nun schon seit Tagen verfolgte. „Johannes Zacharias“ war dort in einfachen Buchstaben zu lesen. Also mußte der Alte doch in dem großen Hause wohnen, und alles, was Turner sich bisher über einen alten Schäfer und Heideläufer zusammengereimt hatte, geriet nunmehr ins Wanken.

Die Tür war, wie Turner sich mit einem schnellen Griff überzeugte, verschlossen. Ein Klingelknopf war daneben angebracht, und der Agent drückte der Sicherheit halber erst ein paarmal kräftig darauf. Wenn es der Teufel wollte, konnte ja am Ende noch jemand in dem Gebäude sein. Aber als sich während der nächsten Minuten niemand meldete, wurde Mr. Turner seiner Sache sicher. Eine verschlossene Tür war für ihn niemals ein Hindernis gewesen, am allerwenigsten eine einfache Gartentür. In wenigen Sekunden hatte er sie geöffnet, betrat das Grundstück und pirschte sich vorsichtig an das Haus heran. Auch hier wieder verschlossene Türen; aber Mr. Turner verfügte über ein wohlassortiertes Aggregat von Sperrhaken. Im Augenblick war die Tür geöffnet. Der Agent blickte sich um, und unwillkürlich entfuhr ihm ein Ausruf des Staunens. Elegante Korbmöbel und mit echtem Holz getäfelte Wände. Dazwischen ein Taburett aus getriebenem Kupfer mit gediegenem Rauchzeug besetzt. Zumindest ein wohlhabender, wenn nicht sogar ein reicher Mann mußte es sein, der sich dies Heim für seine alten Tage errichtet hatte. Alles, was Turner sich bisher über den Alten zurechtgelegt hatte, zerflatterte, als er diese Einrichtung betrachtete.

Abgesehen davon war hier nichts Besonderes zu entdecken. Turner wagte sich weiter und betrat ein Nebengemach. Ein Speisezimmer, ebenfalls sehr luxuriös und gediegen eingerichtet, aber Mr. Turner interessierte es nicht länger als zwei Minuten. Wenn es in diesem Hause überhaupt etwas für ihn zu holen gab, so konnte es nur in dem Arbeitszimmer des Alten sein.

Das hieß es jetzt aufzufinden, und zu dem Zweck mußte er sich entschließen, die Treppe, die von der Diele ausging, emporzusteigen. Zu seiner Freude unterschied sie sich wesentlich von dem knarrenden Ungeheuer im Heidekrug; lautlos gelangte er nach oben und hatte bei seinem nächsten Versuch offenkundig Glück. Das Zimmer, das er jetzt betrat, war zweifellos das Arbeitszimmer des Alten. Das erste, was ihm auffiel und ihn gar nicht erfreute, war ein moderner Stahlschrank. Selbst eine mit modernstem Schweißgerät ausgerüstete Verbrecherbande hätte viele Stunden benötigt, um diesem hochmodernen Safe mit Erfolg zu Leibe zu gehen. Für Turner war die Sache von Anfang an aussichtslos, da er auf etwas Derartiges nicht eingerichtet war.

Der Tresor schied also aus. Mochte der Satan wissen, was der Alte darin für Schätze zu verbergen hatte! Blieb noch die große Bibliothek, die in offenen Regalen in die ebenfalls mit edlem Holz getäfelten Wände eingebaut war. Begierig stürzte sich Turner darauf, um hier wenigstens Anhaltspunkte zu finden, und wieder einmal – wie oft nun schon! – erlebte er eine Enttäuschung. In der Hauptsache enthielt diese Bibliothek, die schätzungsweise aus mehreren tausend Bänden bestand, nur Werke aus dem Gebiet der Hortikultur. Diese allerdings waren mit einer fast märchenhaften Reichhaltigkeit vertreten. Nicht nur die besten Erscheinungen der deutschen Literatur auf diesem Gebiete, sondern auch die englischen und französischen Standardwerke über Gartenbaukunst und Blumenzucht waren hier so gut wie vollzählig vertreten.

Wieder und immer wieder griff Turner in die Regale, aber nur Fachwerke der genannten Art fielen ihm in die Hände. Ärgerlich schob er schließlich den letzten Band wieder zurück. Daß hier nichts von Bedeutung für ihn zu holen war, hatte er bald begriffen, und irgendwelches Interesse für die Gartenbaukunst konnte man Mr. Turner beim besten Willen nicht zusprechen, wenn sich ihm sonst auch mancherlei und nicht immer Lobenswertes nachsagen ließ.

Ein anderer Gedanke kam ihm dabei, als er einen Blick auf die Standuhr in dem Raum warf. Schon mehr als eine Viertelstunde weilte er jetzt in dem verlassenen Haus. Der junge Mensch war mit einem Rad fortgefahren, vielleicht nur, um eine kleine Besorgung in der Nähe zu machen. Unter Umständen konnte er in jedem Augenblick zurückkehren, und dann sah die Lage für Mr. Turner wenig freundlich aus. Vorsichtig schloß er alle Türen hinter sich, war bald auch mit der Eingangstür fertig und stand bereits im Garten.

Auf kürzestem Wege gedachte er wieder über den Rasen zu der Gartentür zu gehen, als sich etwas ereignete, das weder der junge Mann, der während der Abwesenheit des alten Zacharias das Haus verwaltete, noch Mr. Turner selbst voraussehen konnten.

Eins der Bienenvölker war schwarmlustig. Das hatte der brave Jochen vor seinem Weggang noch entdeckt, aber beim besten Willen war es ihm nicht möglich, im Garten zu bleiben und das Ereignis abzuwarten, denn er hatte für den Haushalt eine dringende Besorgung im Dorf zu verrichten. In höchstens zwanzig Minuten gedachte er sie mit Hilfe seines Fahrrades zu erledigen und gab sich der Hoffnung hin, daß der Schwarmflug wohl noch so lange auf sich warten lassen würde.

Immerhin hatte er vor seinem Fortgang noch eine leere Beute, eben jenen eigenartigen Holzkasten, den Turner von seinem Beobachtungsplatz hinter dem Holderbusch bemerkte, in nächster Nähe des Stockes auf einen Stuhl gestellt. Ging die Sache gut, dann würde der ausfliegende Schwarm wahrscheinlich nach Jochens Rückkehr in den Beutekasten einziehen, der zur besseren Sicherheit noch mit einigen Wabenwänden ausgerüstet war. Ging die Sache andersrum, was freilich das wahrscheinlichere war, so würde der Schwarm sich in nächster Nähe der Stöcke an irgendeinem Baum oder Busch anhängen, und Jochen Dannewald würde bei seiner Rückkehr vor der schon so oft von ihm gelösten Aufgabe stehen, ihn mit einem Schwarmkasten einzufangen und in einen leeren Stock einzusetzen.

Ein kleiner Umstand sollte diesen Gang der Dinge durchkreuzen – ein Umstand, von dem Jochen Dannewald nichts ahnen konnte und Mr. Turner fast noch weniger, weil seine ganze Bienenkenntnis sich überhaupt nur auf die geringen Honigproben beschränkte, die es in den Hotels zum Frühstück gab. Dieser Umstand war ein in lichtestem Gelb schimmernder Panamahut, den Mr. Turner mit einem gewissen Stolz zu tragen pflegte. Nach einer in Florida durchpokerten Nacht, in der sich ihm das Glück ausnahmsweise einmal hold erwies, war er am nächsten Morgen, von guten Vorsätzen getrieben, in einen der vornehmsten Läden gegangen und hatte sich für diverse hundert Dollar einen echten Panamahut erstanden.

Daß der fällige Bienenschwarm inzwischen ausgeflogen war und in beträchtlicher Höhe über Mr. Turner seinen Hochzeitsflug vollführte, während der über den Rasen stelzte, davon hatte der Agent in diesem Augenblick keine Ahnung. Sein einziges Bestreben war darauf gerichtet, die Gartentür zu erreichen und wieder ins Freie zu gelangen.

Aber auf den Weisel, die Bienenkönigin, schien dieser so schön in der Junisonne schimmernde Panamahut eine besondere Anziehungskraft auszuüben. In jähem Sturzflug stieß sie aus der Höhe hinab und ließ sich darauf nieder, und nun ist es ja eine allgemein bekannte Tatsache, daß dorthin, wo die Königin sich zur Ruhe setzt, ihr der ganze Schwarm folgt und im Laufe weniger Minuten die bekannte lebende Traube von zehntausend und noch mehr Bienen bildet, die während des Schwärmens besonders stechlustig sind.

Ehe Mr. Turner noch eine Ahnung davon hatte, daß die Königin des jungen Schwarmes sich ausgerechnet seinen Stolz, seinen schönen Panamahut, zum Ruheplatz gewählt hatte, spürte er bereits ein von Sekunde zu Sekunde wachsendes Gewicht, und bald hingen ihm von der Hutkrempe hinab dichte Mengen von summenden Bienen um die Ohren. Und dann – er mochte wohl unwillkürlich eine Abwehrbewegung mit den Händen gemacht haben – fühlte er ein unerträgliches Stechen im Gesicht, das ihn jede Vorsicht und Überlegung vergessen ließ.

Mit einem jähen Ruck riß er sich den Hut vom Kopf und schleuderte ihn weit von sich, was ihm wiederum ein halbes Dutzend Stiche in die Hände eintrug. Einen Augenblick brummte der Schwarm stärker auf, dann aber – die Königin hatte ihren Platz offenbar nicht verlassen – ballte er sich wieder zu einer dichten Traube zusammen, so daß jetzt von dem feinen Strohgeflecht überhaupt nichts mehr zu sehen war.

Zerstochen, von starken Schmerzen gepeinigt, war Turner im Augenblick nicht in der Lage, klar zu denken. Allerlei wilde Geschichten aus seiner Jugendzeit von wütenden Bienenschwärmen, die ein ausgewachsenes Pferd, ja sogar einen Büffel zur Strecke gebracht hätten, kamen ihm in die Erinnerung. Nur das eine war ihm klar: daß es nicht ratsam war, sich noch einmal in die Nähe dieses entsetzlichen Hutes zu wagen, auf dem nun der ganze Schwarm sich niedergelassen hatte.

Soweit er noch sehen konnte, begannen dort einige der fleißigen Immen schon mit dem Bau von Wachswaben: aber mit dem Sehen von Mr. Turner war es ziemlich traurig bestellt. Sein eines Auge war durch einen Stich in das Oberlid vollkommen zugeschwollen, und auch das andere konnte er nur mit Not und Mühe noch einigermaßen aufbekommen.

Flucht war sein einziger Gedanke. Mit ein paar schnellen Schritten erreichte er die Gartentür und verzichtete in seinem augenblicklichen Zustand notgedrungen auf den Gebrauch von Sperrhaken. Mit einer kräftigen Flanke schwang er sich über den Zaun; daß der Stacheldraht seiner Person und Bekleidung dabei noch einige weitere Verletzungen zufügte, fühlte er gar nicht mehr. Halb geblendet tastete er sich die Dorfstraße entlang und war froh, daß ihm unterwegs niemand begegnete.

Eine qualvolle Viertelstunde kostete es ihn, bevor er endlich den Dorfausgang erreichte und auf die Heide kam. Mit Mühe entdeckte er das Kieferngehölz, in dem er seinen Wagen abgestellt hatte, mit noch größerer Mühe schließlich auch den Wagen selbst. Ein weiteres Kunststück war es, die Wagenschlüssel in seiner Jackentasche zu fassen und den Wagen aufzuschließen. Daß sich bei seinem Abenteuer auch einige matte Bienen in seine Rocktasche verirrt hatten und sich noch zu guter Letzt durch ein paar kräftige Stiche bemerkbar machten, nahm er als unabwendbares Schicksal hin.

Erschöpft ließ er sich auf das Polster des Hintersitzes fallen, um erst einmal wieder zu Kräften und zur Besinnung zu kommen. Aber entsetzt fuhr er wieder auf, als er sein Gesicht in einem an der Wagenwand gegenüber befestigten Spiegel erblickte. Heiliger Himmel, wie hatten ihn diese elenden Insekten zugerichtet! Wohl ein rundes Dutzend von Bienenstichen umrahmte sein Gesicht, und fast auf das Doppelte seines früheren Umfanges war es dadurch angeschwollen.

Er hatte das bittere Gefühl, daß ihn jedes bessere Varieté in New York bei seinem jetzigen Aussehen sofort zu einer hohen Gage als Exzentrikclown engagieren würde. Und das war nicht einmal das Schlimmste. Durch einen Stich auf das rechte Augenlid hatte sich dies Auge vollkommen geschlossen, und auch das linke mußte er nun schon mit der Hand öffnen, wenn er überhaupt noch sehen wollte; denn auch hier nahm die Schwellung ständig zu. Wie er in diesem Zustand auch nur bis zum Heidekrug kommen sollte, war ihm im Augenblick vollkommen schleierhaft und egal. Zuerst einmal überkam ihn hier in seinem Wagen ein Gefühl von Geborgenheit, das fast wohlig zu nennen gewesen wäre, wenn die Immenstiche nicht so niederträchtig geschmerzt hätten.

Schicksalsergeben streckte er sich auf dem bequemen Wagenpolster aus, und ganz allmählich kamen seine Gedanken wieder einigermaßen in Reih und Glied. Ganz dunkel erinnerte er sich, daß irgendwo, in einer rechten oder linken Seitentasche des Wagens, eine Art von Reiseapotheke oder Verbandkästchen stecken müsse. Bisher hatte er sich noch niemals darum gekümmert. Jetzt begann er danach zu suchen und entdeckte es nach kurzer Zeit.

Sogar noch mehr, als er ursprünglich erwartete, enthielt das schlanke Kästchen aus vernickeltem Leichtmetall. Wenn man es genauer betrachtete, war's eine recht nette Reiseapotheke mit allerhand Fläschchen und Geräten. Das erste, was Mr. Turner ins Auge fiel, war ein geschliffener Spiegel auf der Innenseite des Deckels, und mit Schaudern mußte er feststellen, daß sein Äußeres während der letzten Minuten noch ein gutes Teil grotesker geworden war, und noch etwas bemerkte er, was ihm bisher entgangen war: In jeder der Stichstellen steckte noch der Stachel mit der Giftblase und einem Teil der Eingeweide, die sich die stechende Imme ja bekanntlich aus dem Leibe reißt.

Mr. Turner empfand, daß hier etwas geschehen müsse, und der nächste Griff in das Kästchen führte ihm auch gleich ein dazu geeignetes Instrument in die Hände, eine ebenfalls fein vernickelte Pinzette, mit der es unter Zuhilfenahme des Spiegels nicht schwer war, die einzelnen Stacheln zu greifen und sauber aus den Wunden zu ziehen. Es war eine ziemlich schmerzhafte Angelegenheit, aber sobald Turner sie einmal hinter sich hatte, verspürte er auch eine gewisse Linderung; wenigstens das unerträgliche Brennen und Jucken ließ merklich nach.

Durch diesen ersten Erfolg ermutigt, suchte er in der nützlichen Schatulle weiter und entdeckte ein zweites Fläschchen. Auf dem Etikett stand: „Salmiakgeist; äußerlich unverdünnt anzuwenden bei Insektenstichen und Schlangenbissen.“ Eilig griff Turner nach dem Fläschchen, ein Wattebausch wurde getränkt, und eifrig begann er sich sein zerstochenes Gesicht damit abzutupfen. Schon nach wenigen Minuten konnte er die Wirkung spüren. Das Brennen ließ fast völlig nach, und auch die Geschwulst ging wenigstens so weit zurück, daß er jetzt das eine Auge aufbekam, ohne die Finger zu Hilfe nehmen zu müssen.

Einmal so weit, begann sein Geist sich bereits mit den nächsten jetzt akut werdenden Fragen zu befassen. Wohin zunächst? In den Heidekrug zurückzukehren, war bei seinem derzeitigen Aussehen ausgeschlossen.

Glücklicherweise hatte er am Morgen im Krug für eine lange Tour getankt, und das kam ihm jetzt recht gut zupasse. Sein Entschluß war schnell gefaßt: Erst einmal wenigstens einige sechzig Kilometer nordwärts in die Heide fahren. Wenn es nicht anders ging, im Wagen selbst übernachten, lieber noch in irgendeiner Wirtschaft einkehren und dort die Nacht verbringen, bis er sich wieder einigermaßen unter Menschen sehen lassen konnte. In der Reiseapotheke hatte er noch ein Fläschchen mit essigsaurer Tonerde entdeckt; damit wollte er kräftig kühlen, sobald er ein passendes Quartier fände, und dann würde morgen, spätestens übermorgen hoffentlich wieder alles in Ordnung sein.

So schnell, wie Turner seinen Entschluß gefaßt hatte, führte er ihn auch aus. Schon wenige Minuten später sprang der Motor an, der Wagen schlängelte sich ein wenig unsicher – man fährt mit einem Auge nicht so gut wie mit zweien – aus dem Kiefernkamp heraus, lief noch ein Stück über die Heide und erreichte dann eine nach Norden führende Landstraße, auf der er in schnellerem Tempo weiterfuhr.

***

Etwa zehn Minuten, nachdem Turner den Garten des alten Zacharias verlassen hatte, kehrte Jochen Dannewald von seiner Besorgung zurück. Sein erster Weg ging zu den Bienenständen, und ein einziger Blick überzeugte ihn davon, daß sich hier nichts verändert hatte. Der leere Beutekasten stand leer wie vorher auf dem Stuhl vor den Stöcken. Aber Jochen war ein zu alter und erprobter Imker, um sich durch Nebensächlichkeiten täuschen zu lassen. Nach seiner Erfahrung war es viel wahrscheinlicher, daß der Schwarm sich an irgendeinem der vielen Bäume des Gartens niedergelassen hatte. Er stellte das Fahrrad mit seinen Einkäufen vor dem Wohnhaus ab und begann danach systematisch den Garten zu durchwandern, wobei kein Baum und Strauch seinen prüfenden Blicken entging. Schon hatte er den größten Teil des Geländes auf diese Weise durchstreift und war nahe daran, die Sache als zwecklos aufzugeben, als sein Blick plötzlich wie gebannt an einer Stelle auf dem Rasen zwischen einem Rosenbeet und der vorderen Gartentür haftenblieb.

Da war ja der lang gesuchte Schwarm! Aber nicht in Gestalt einer Traube hing er an einem Baumast, sondern in Form einer großen Halbkugel hatte er sich unmittelbar auf dem Rasen niedergelassen. So etwas hatte Jochen Dannewald in seiner langen Praxis noch nicht erlebt. Überdies mußte er feststellen, daß die Immen ungewöhnlich wild und aufgeregt waren.

Vorsicht ist das bessere Teil der Tapferkeit. Nach diesem Grundsatz handelte auch Jochen und zog sich ein gutes Stück von dem angriffslustigen Schwarm zurück. In sicherer Entfernung begann er zu überlegen, was wohl zu tun wäre. Erst einmal die Spritze holen und die gefährlichen Insekten durch einen feinen kalten Wassersprüh beruhigen. Das war zweifellos das Notwendigste; denn im andern Falle mußte er mit der Möglichkeit rechnen, daß der Schwarm wieder aufstieg und Gott weiß wohin weiterflog. Und wie hätte Jochen dann mit seinen Imkerkünsten vor dem alten Zacharias dagestanden!

Doch während er ging, um die Spritze und einen Wassereimer zu holen, kamen ihm neue Sorgen. Fürs Einfangen hatte der Schwarm eine sehr ungünstige Form. Während eine am Ast hängende Traube sich mit Leichtigkeit in den Fangkasten bringen läßt, würde es hier große Schwierigkeiten machen. Stoßend und schiebend mußte Jochen von der Seite her mit dem Kasten herangehen und schließlich versuchen, das ganze Bienenvolk mit einem Gänseflügel in den Kasten zu fegen.

Ob die Sache gut ausgehen würde, blieb recht zweifelhaft; nimmt man doch schon beim Einfangen eines richtig am Ast hängenden Schwarmes im allgemeinen zwei Leute zu Hilfe. Während Jochen Dannewald sich die nötigen Gerätschaften zusammensuchte, überlegte er wieder hin und her. War es nicht am Ende richtiger, den kurzen Weg zu riskieren und zu dem alten Zacharias zu gehen? Er wußte, daß er den sicher bei Dr. Frank treffen konnte. Aber würde der Alte ihn wegen eines solchen Wunsches nicht auslachen? Durfte er den überhaupt bei seinen wichtigen Arbeiten stören, die er mit dem Doktor zusammen vorhatte?

Nach längerem Hin und Her entschloß sich Jochen, die Sache auf seine eigene Kappe zu nehmen. Zunächst suchte er sich den nach seiner Meinung geeignetsten Fangkorb aus. Dann verpaßte er sich einen breitkrempigen Strohhut mit einem Schutznetz. Danach setzte er eine Tabakspfeife in Brand, deren Qualm allein schon genügte, um Menschen und Tiere schwach zu machen. Schließlich griff er nach Eimer und Spritze, vergaß auch den Gänseflügel nicht und marschierte energisch an den Tatort.

Die Spritze leistete, was Jochen von ihr erwartete. Unter dem Einfluß des feinen kalten Wassernebels schrumpfte der Schwarm, der inzwischen recht beweglich und lebhaft geworden war, schnell auf die Hälfte seiner bisherigen Größe zusammen. Mit einer flinken Bewegung gelang es Jochen weiter, die offene Wand des Fangkastens von der Seite her bis reichlich unter den halben Schwarm zu schieben. Während er dicke Strahlen aus seiner Imkerpfeife ausstieß, fegte er dann mit eiligen Strichen den Rest der wild aufbrausenden Immen in den Fangkasten hinein und ließ die Rollklappe der bisher offenen Wand herunterfallen.

So, das wäre gelungen, und schneller und besser, als er es zu hoffen gewagt hatte. Ein Stein fiel dem biederen Jochen vom Herzen, als die Rollwand niederfiel. Daß noch ein paar hundert Bienen in der Luft umherschwirrten, störte ihn nicht weiter. Die würden erfahrungsgemäß sehr bald durch das Flugloch auf der anderen Seite in den Kasten einziehen und sich mit dem übrigen Schwarm vereinigen. Glücklich gefangen war die ganze Gesellschaft nun einmal, und vorläufig konnte Jochen den Fangkasten ruhig ein bis zwei Stunden an Ort und Stelle stehenlassen. Das andere, die Überführung des eingefangenen Schwarms aus dem Fangkasten in einen regelrechten Bienenstock, würde dann später kommen.

Jochen Dannewald war stolz darauf, daß er die keineswegs ganz einfache Angelegenheit ohne Hilfe des alten Zacharias geschafft hatte. Auch ohne nennenswerte Stiche war die Sache abgegangen, da er sich gut geschützt hatte. Er hatte in dem Kampf mit dem Schwarm eine wesentlich bessere Rolle gespielt als Mr. Turner, der sich zu dieser Zeit in seinem Wagen eben die letzten Bienenstacheln aus seinem zerstochenen Gesicht zog.

Während Jochen sich die Vorgänge noch einmal vergegenwärtigte, kam ihm ein eigenartiger Umstand in die Erinnerung, auf den er während des Fangens in der Aufregung kaum geachtet hatte. Als er vorhin den Fangkorb unter den Schwarm schob, hatte er für eine kurze Zeit einen starken Widerstand überwinden müssen, als ob etwas besonders Schweres mitten in dem Schwarm steckte. Vergeblich zerbrach er sich den Kopf, was das wohl sein möchte. Auch der Umstand, daß mehrere hundert Bienen von dem Gewicht des Fangkastens totgedrückt an dieser Stelle auf dem Rasen lagen, gab ihm ein Rätsel auf, ohne daß es ihm gelang, eine einleuchtende Erklärung zu finden.

Nur das eine wurde ihm immer sicherer: Irgend etwas Größeres, Schweres mußte an dieser Stelle auf dem Rasen gelegen und den Schwarm veranlaßt haben, sich gerade dort niederzulassen. Zweifellos befand es sich auch jetzt mit dem Schwarm im Fangkasten, und vielleicht gab es beim Überschieben in die eigentliche, endgültige Beute noch unerwartete Schwierigkeiten. Fürs erste hatte Jochen Dannewald noch reichlich Zeit. Er benutzte sie, um zunächst sein Rad und seine Einkäufe in das Haus zu bringen und sich davon zu überzeugen, daß dort alles in bester Ordnung war. Mr. Turner war nach altem Grundsatz sehr vorsichtig gewesen, und nichts verriet etwas von seinem heimlichen Besuch. Nur einem sehr genauen Kenner der Bibliothek hätte es vielleicht auffallen können, daß ein französisches und ein englisches Werk über Gartenkulturen ihre Plätze in den Regalen vertauscht hatten.

Während Jochen in der Küche saß und seine Einkäufe auspackte, geriet er noch einmal ins Nachdenken mit dem Effekt, daß er seinen früheren Entschluß nun doch änderte. Plötzlich warf er das Messer, mit dem er gerade Rüben putzte, beiseite und sprang auf. Kurz darauf saß er auf seinem Rade und fuhr fort. Diesmal wählte er den Weg, der von der Behausung des alten Zacharias zu Dr. Frank führte. Zu Fuß waren es zehn Minuten, auf dem Rad konnte er es bequem in drei Minuten bewältigen.

Jochen besaß einen Schlüssel zu dem Gebäude. Er trat in den Vorraum und ging weiter. Die nächsten Schritte brachten ihn in den ersten Laboratoriumsraum, in dem Johannes Zacharias seit Tagen die Litzen für die amerikanischen Tragseile behandelte. Aber Zacharias war nicht darin, die Blitzröhre war ausgeschaltet, die ganze Apparatur stand still. Jochen Dannewald wußte sich keinen Vers darauf zu machen, doch unverrichteter Dinge wollte er auch nicht umkehren. So ging er weiter durch Räume, die er bisher noch niemals betreten hatte, und gelangte schließlich in den letzten Saal, in dem die größte und neueste Blitzröhre aufgestellt war.

Was er hier sah, ließ ihn im Augenblick alle seine Sorgen um Bienen und Bienenschwärme vergessen. Das Unterteil der Röhre, in dem sich eine geringe metallisch schimmernde Masse befand, war zerborsten. Es machte den Eindruck, als ob hier eine Explosion von einer ziemlichen Gewalt stattgefunden hätte. Dicht vor der Röhre hingestreckt lag Dr. Frank auf dem Boden, bleich und bewegungslos. Auf den ersten Anblick ließ sich nicht entscheiden, ob er noch lebte oder tot war. Nach weiterem Suchen entdeckte Jochen auch den alten Zacharias. Es machte fast den Eindruck, als ob er durch die Explosion zur Seite, zum Fenster hin geschleudert worden sei. Halb lag, halb hing er dort in den Falten des Fenstervorhangs, ebenso blaß und regungslos wie Dr. Frank.

Durch einen Blick auf die Schaltwand überzeugte Jochen Dannewald sich davon, daß kein Strom mehr in der Anlage war. Die Zeiger sämtlicher Meßinstrumente standen auf Null, die mächtigen Druckgasschalter, die fast die ganze dritte Wand des Raumes einnahmen, befanden sich in Ausschaltestellung. Das Bild, das sich das Faktotum des alten Zacharias von den Vorgängen machte, war durchaus logisch konstruiert und bewies im Gegensatz zu der Behauptung des Heidekrügers, daß er doch ganz richtig im Kopfe war.

Nach seiner sicheren Meinung war durch einen im Augenblick nicht festzustellenden Vorgang der untere Teil der mächtigen Blitzröhre in Trümmer gegangen. Dadurch mußte naturgemäß auch das Hochvakuum der Röhre zerstört werden, und im Augenblick änderten sich die elektrischen Verhältnisse in ihrem Innern von Grund auf. Der Röhrenstrom stieg zu einer unheimlichen Höhe an, und dann waren eben die Druckgasschalter in Tätigkeit getreten und hatten den Strom abgeschaltet. So und nicht anders mußte es nach dem, was Jochen dem alten Zacharias bei seinen Arbeiten mit der kleinen Röhre in dem vorderen Raum gelegentlich abgeguckt hatte, gewesen sein.

Aber jetzt galt es keine mehr oder weniger richtigen Theorien aufzubauen, sondern den Verunglückten tatkräftige Hilfe zu bringen. Der erste Griff Jochens galt Dr. Frank. Er hob ihn auf, trug ihn in den Nachbarraum und legte ihn dort auf ein Ruhebett. Mit wenigen Strichen und Griffen überzeugte er sich davon, daß noch Leben in dem Körper war. Von der elektrischen Hochspannung hatte der Doktor bestimmt nichts abbekommen; vielleicht handelte es sich nur um eine Schockwirkung infolge der Explosion. Jochen öffnete ihm die Kleidung und begann die Herzgegend mit einer Geschicklichkeit zu massieren, die man dem simplen Gärtner und Bienenvater kaum zugetraut hätte, und bald stellte sich der Erfolg ein.

Der Puls schlug stärker, der Körper versuchte ein paar Bewegungen zu machen, und jetzt öffnete Dr. Frank bereits die Lippen und brachte einige Worte hervor, schwer verständlich zunächst noch, aber doch schon artikuliert und, wie es schien, eine Frage bedeutend. Eben schickte sich Jochen Dannewald an, darauf zu antworten, als aus dem andern Raum her eine Stimme an sein Ohr drang; eine Stimme, etwas rostig und knarrig, aber dem braven Jochen seit vielen Jahren nur allzugut vertraut.

„He, Jochen, verdammtiger Kerl, wat kümmerst du di nich um mi? Wat heft du oller Döskopp hier zu söken?" hörte er ungefähr aus den Worten heraus. Mit ein paar Sprüngen war er wieder im Nebenraum, um auch dort zu helfen, und hatte bei dem, was er sah, einigen Grund, sich zu wundern. Johannes Zacharias hatte sich selbst aus dem breiten Vorhang herausgewickelt, stand vorläufig noch etwas wacklig auf seinen Beinen und schickte sich eben an, ein paar knorrige Flüche vom Stapel zu lassen, als er den herbeieilenden Jochen erblickte.

Das Donnerwetter, das sich über den Flachskopf Jochens ergoß, war derart kräftig, daß der sich sofort über eines sicher war: Irgendwelche Hilfe brauchte sein Herr nicht mehr; denn wer so kräftig schimpfen und poltern konnte, der mußte schon wieder gut bei Kräften sein. Immer wieder tauchte dabei in der Suada des Alten die Frage auf, was Jochen in diesem Raum zu suchen habe. Man habe es ihm doch ein dutzendmal gesagt, daß er nur die vorderen Räume betreten dürfe.

Vergeblich suchte Jochen sich damit zu entschuldigen, daß er Herrn Zacharias dringend brauche und in dem ersten Raum nicht angetroffen hätte. Alle seine Erwiderungen prallten an der ärgerlichen Laune des Alten ab, bis plötzlich Dr. Frank an der Schwelle des Saales erschien, ebenfalls wieder verhältnismäßig schnell erholt, und dem Streit der beiden andern mit ein paar Worten ein Ende machte.

„Er hat es doch gut gemeint", versuchte er Jochen zu entschuldigen. „Und im übrigen –", er zog Zacharias beiseite bis an das Fenster und sprach im

Flüsterton mit ihm, und je weiter er kam, um so mehr verschwand auch die schlechte Laune des Alten.

„Sind Sie sicher, daß es tatsächlich gelungen ist?“ fragte er flüsternd zurück.

„Außer allem Zweifel!“ gab der Doktor ebenso leise zurück. „Wir hatten das Gewicht des neuen Stoffes nicht berücksichtigt, obwohl es uns theoretisch bekannt war. Seine Schwere hat die Röhre zermalmt. Beim nächstenmal werden wir uns besser vorsehen.“

Zacharias kraulte seinen grauen Rübezahlbart. „Das wird wieder viel Zeit kosten, Doktor. Viele Wochen, vielleicht Monate werden vergehen, bevor wir eine neue Röhre hier haben.“ Mißmutig wollte er sich abwenden, als Dr. Frank ihn bei der Schulter zurückhielt.

„Keine Sorge, Zacharias! Ich habe einen bestimmten Plan. Bereits in wenigen Wochen hoffe ich eine neue Röhre in Betrieb setzen zu können, aber schon heute bin ich überzeugt, daß wir unser Ziel erreicht haben.“

„Na, da wäre hier vorläufig nichts mehr zu tun“, meinte der Alte, und während er es sagte, fiel sein Blick auf Jochen, der wartend auf der Schwelle stand.

„Ja, Mensch, wat steihst du denn ümmer noch hier?“ fuhr er ihn an. „Ick denke, du büst schon längst wedder im Goaren?“

Jochen nahm seinen Mut zusammen. Jetzt, da er hier keine unmittelbare Gefahr mehr sah, fielen ihm seine Bienensorgen wieder mit doppelter Gewalt in den Sinn.

„Ach, Herr Zacharias, dat is wegen der Immen“, begann er vorsichtig, „ein Stock het schwärmt...“

„Und du oller Döskopp heft den Schwarm heidi gahn laten?“ fiel ihm Zacharias ärgerlich ins Wort.

„Nee, Herr Zacharias, so is dat nich“, versuchte Jochen sich zu verteidigen. „Ick hew em in'n Fangkasten... aber –“ Und nun erzählte Jochen Dannewald dem Alten des langen und breiten, was für Erfahrungen er mit dem verdammten Schwarm bereits gemacht hatte und wie er nur hergekommen wäre, um sich Hilfe zu holen...

Der Alte lachte Jochen aus und gab ein paar Bemerkungen zum besten, die keine Lobsprüche für Jochens Imkerkunst bedeuteten.

„Wär gelacht, Jochen, wenn wir den Schwarm nicht in den Stock bekämen", brachte er seine Rede zu Ende. „Ick hew jetzt gerade Tid; wollen gleich mal 'rübergehen."

Während Jochen sein Rad an der Hand führte, gingen sie zusammen den Feldweg zurück und standen bald an der Gartentür. Der Alte ließ Jochen aufschließen und vorangehen. Er selbst blieb am Gartenzaun stehen und betrachtete sorgfältig einige Flöckchen eines lodenartigen Kleiderstoffes, die an den Zacken des Stacheldrahtes hing. Ja, er nahm sich sogar die Mühe, eines von dem Draht zu zupfen und sorgfältig durch eine Lupe zu betrachten. Danach wickelte er es in ein Stückchen Papier und steckte es in seine Brieftasche.

„Wenn man wüßte, zu wem der Anzug gehört, wäre man ein Stück weiter", murmelte er dabei vor sich hin. Dann ging er über den Rasen zu der Stelle, wo der Kasten mit dem gefangenen Schwarm stand.

„Ick möch blot weten, Herr Zacharias, warum dat Ludertüg sick hier gerad up den glatten Rasen sett' hat?" empfing ihn Jochen Dannewald.

„Ick ok, min Söhn", beantwortete Zacharias kurz die Frage.

„Ick will gahn un all's herhalen", sagte sein Gehilfe. Zacharias winkte ab. Eine geraume Weile stand er vor dem Schwarmkasten, und es bedurfte keiner besonderen Beobachtungskunst, um ihm anzusehen, daß er über irgendwas scharf nachdachte.

„Nee, lat man, min Söhn, ick will dat sülwst halen, du kannst hierblieben und töwen", meinte er, nachdem er mit seinen Überlegungen zu Ende war, und marschierte auf die Vorratskammer neben dem Bienenstand zu. Kopfschüttelnd schaute ihm Jochen nach. Er wußte doch nachgerade genau genug, was man in diesem Falle brauchte – warum ließ der Alte ihn hier stehen und trottete selber los?

Er mußte geraume Zeit warten, bis er ihn zurückkehren sah, und dann trug Zacharias auch ganz andere Geräte, als Jochen erwartete, Dinge, die er in seiner ganzen bisherigen Imkerpraxis überhaupt noch nicht gesehen hatte.

Da war zum Beispiel ein metallenes Gerät, das etwa an eine Lampe erinnerte. Wenn man wollte, konnte man sogar eine entfernte Ähnlichkeit mit den deutschen Strahlkollektoren herausfinden. Ferner noch ein metallenes Aufsatzrohr, ein Stück Gummischlauch und einiges andere mehr.

„Dat helpt nu nix, Jochen“, sagte Zacharias, als er die Verwunderung des anderen bemerkte. „Wir müssen den Schwarm drangeben.“ Dann zündete er die Lampe an. Sie brannte mit einer blaßblauen Flamme und verbreitete einen zu unaufhörlichem Husten reizenden scharfen Qualm, wenn man in ihre Nähe kam. Zacharias schob den Metallaufsatz, eine Art sehr großen Lampenzylinders, über die Flamme, schob weiter noch das Gummirohr über den Metallaufsatz und führte es bis zum Flugloch des Fangkastens. Es paßte genau in das Flugloch, so daß dieses dicht verschlossen war.

„Soo, min lewer Jochen, nu möt wi en beeten töwen. 'ne halw Stund ward det duern.“

Damit ließ er sich auf einer in der Nähe befindlichen Gartenbank nieder und lud Jochen ein, neben ihm Platz zu nehmen. Die Folgen seiner Maßnahmen waren schnell zu bemerken. Bisher war es ziemlich ruhig in dem Fangkasten gewesen. Jetzt aber erhob sich in ihm ein Summen und Brausen, daß es für eine kurze Weile fast den Eindruck machte, als wolle der eingefangene Schwarm die Wände seines Gefängnisses sprengen. Erst nach geraumer Zeit wurde es ruhiger und schließlich vollkommen still in dem Kasten.

Jochen konnte vor Neugier nicht länger an sich halten. „Wat het dat to bedüten, Herr Zacharias?“ fragte er. Der Alte ließ sich Zeit mit der Antwort, und durch das, was er schließlich sagte, wurde Jochen nicht klüger.

„Dat geiht di nix an, Jochen“, meinte er ziemlich kurz angebunden, „ein guter Imker braucht davon überhaupt nix zu wissen. Aber es gibt Ausnahmefälle...“ Er unterließ es, den Satz zu Ende zu bringen, und horchte wieder nach dem Fangkasten hin, aus dessen Fugen ein grauer Dampf drang. Er stand auf, ging zu der Lampe, löschte sie aus und entfernte den Aufsatz und das Gummirohr.

„So, nun kannst du mir mal helfen, den Fangkasten zum Stand zu bringen“, forderte er Jochen auf. Zusammen setzten sie den Kasten vorsichtig auf einen

Arbeitstisch. Jochen, neugierig bis zum Platzen, blieb stehen und erwartete weitere Befehle, aber der Alte schickte ihn ziemlich knurrig weg. „Hier is nix mehr för di to dauhn, go int Hus und kümmer di üm de Wirtschaft!“

Betrübt schob der brave Jochen ab und konnte gerade noch hören, wie der Alte hinter ihm die Tür zweimal verschloß.

Kaum war Zacharias allein, als er die hintere Rollwand des Kastens öffnete. Nichts Lebendes war mehr darin vorhanden. Eine wenig schöne Masse von toten Bienen, Honig und geschmolzenem Wachs floß ihm entgegen. Mit einem Spachtel begann er den Kasten weiter auszuräumen, und schon nach kurzer Zeit erblickte er den Gegenstand, über den er sich vorher auf dem Rasen den Kopf zerbrochen hatte, bevor er sich zu dem radikalen Entschluß aufraffte, den ganzen Schwarm durch Schwefelgas zu töten. Mitten in dem Gewimmel von toten Bienen und Honig lag etwas Gelbes, Strohartiges, schon stark mit Wachswaben bebaut.

Ein Hut vermutlich, den der Unbekannte getragen haben mochte. Durch einen Zufall hatte der Schwarm sich darauf niedergelassen. In seiner Verzweiflung hatte der Eindringling sich das Ding vom Kopf gerissen und war dann über den Stacheldrahtzaun entflohen, an dem er nochmals Wolle ließ. So malten sich die Dinge in der Vorstellung des Alten. Wie dieser Mensch jetzt ungefähr aussehen mußte, das konnte Zacharias sich nach seiner langen Imkerpraxis ebenfalls deutlich vorstellen. Zerstochen und verschwollen bis zur Unkenntlichkeit. Wenn man ihn jetzt nur hätte, würde es eine Kleinigkeit sein, seine Täterschaft mit Sicherheit festzustellen.

Wer konnte es sein? Unwillkürlich hakten die Gedanken des Alten bei Mr. Turner fest. Es konnte nicht schwerfallen, herauszubekommen, wo er sich jetzt aufhalten mochte. Er eilte ins Haus ans Telephon und rief den Heidewirt an.

„Mister Turner, der Amerikaner? Ja, gewiß, Herr Zacharias! Er hat heute früh bei mir für eine Zweitagetour getankt und ist losgefahren. Wo er steckt, kann ich nicht sagen. Unbestimmt habe ich gehört, daß er nach Norden zu in die Heide wollte.“

„Danke schön, Herr Horn!“ Ärgerlich legte Zacharias den Hörer wieder auf. Selbst wenn dieser Sendbote Mr. Headstones mit dem Bienenabenteuer etwas zu tun hatte, würde man es ihm nach zwei Tagen nur noch schwer nachweisen können. Und wer wußte, ob der Fuchs nicht noch länger fortblieb, bis auch die letzten Spuren verschwunden waren? Das einzige Beweismittel blieb der Hut in dem ausgeschwefelten Fangkasten. In reichlich schlechter Laune kehrte Zacharias dorthin zurück.

Mit Hilfe des Spachtels und einer jener hölzernen Zangen, wie sie zum Herausnehmen und Einsetzen der Wabenrahmen in der Imkerei vielfach gebraucht werden, holte er sich das Corpus delicti aus dem Fangkasten heraus und brachte es zunächst für längere Zeit unter einen mäßig laufenden Wasserleitungshahn. Alles was noch an Honig und toten Bienen vorhanden war, wurde dadurch restlos herausgewaschen. Aber was zurückblieb, war immer noch wenig geeignet, dem Alten Freude zu machen. Die schwärmenden Immen mußten den Hut Mr. Turners geradezu für eine Strohbeute angesehen haben; denn mit einem auf andere Weise überhaupt nicht erklärlichen Eifer hatten sie sofort begonnen, Wachswaben darin und außenherum zu bauen.

Auch jetzt nach der gründlichen Ausspülung wog der feine leichte Panama, der normalerweise vielleicht zwanzig Gramm schwer sein mochte, immer noch ein reichliches Pfund. Und dies Übergewicht war reines Wachs, ein Stoff, der sich nur in sehr wenigen Chemikalien und auch dann langsam und meistens nur in der Wärme löst.

Johannes Zacharias erkannte die ganze Schwierigkeit der Aufgabe. Er lief in das Haus zurück und durchwühlte vergeblich seine Bibliothek nach Werken über die Imkerei. Was er in den Bänden entdeckte, konnte ihm nicht helfen und sagte ihm kaum etwas Neues. Keines der Projekte, die er während der letzten Monate mit Dr. Frank erörterte, hatte ihm auch nur halb soviel Schwierigkeiten gemacht wie diese lächerliche Aufgabe, einen alten Panamahut wieder auf neu aufzuarbeiten. Jochen hatte Glück, daß er ihm nicht in den Weg lief; denn in diesem Augenblick war die Stimmung des Alten alles andere als rosig.

Aber ein Entschluß mußte gefaßt werden, und nach langem Hin und Her erschien es Zacharias immer noch am praktischsten, das vermaledeite Ding einfach in Wasser auszukochen. Das Strohgeflecht würde durch das Wasser viel weniger angegriffen werden als durch scharfe chemische Lösungsmittel.

Wenn er die Temperatur des Wassers vorsichtig auf etwa siebzig Grad hielt, würde schließlich doch alles Wachs zerschmelzen und auf dem Wasser schwimmen, so daß er es abschöpfen könnte. Nach diesem Plan beschloß er zu handeln.

Bald stand ein genügend großer mit Wasser gefüllter Emailletopf über einem Gasbrenner. Mit einem Thermometer kontrollierte Zacharias die Wassertemperatur und drückte den Hut nach unten. Mit einer Schöpfkelle war er unermüdlich beschäftigt, das freiwerdende Wachs abzuschöpfen und in ein anderes Gefäß überzufüllen.

So ging das eine Weile ganz gut, und der Alte wunderte sich über die Unmengen von Wachs, die bei dieser Prozedur zutage kamen. Schon war der Hut wieder so leicht geworden, daß es schwerhielt, ihn auf dem Boden des Topfes zu halten; verschiedene Male war Zacharias auch bereits genötigt gewesen, neues Wasser nachzufüllen, als er plötzlich eine neue unliebsame Entdeckung machen mußte. Das Schweißleder vertrug die Behandlung weniger gut als das Strohgeflecht. Schon zeigte das Wasser eine verdächtige Färbung, und im nächsten Augenblick strudelten Lederteilchen in die Höhe. Vor den Augen von Zacharias löste sich das ganze Schweißleder in wenigen Sekunden in Wohlgefallen auf.

„Dreck! Mist! Irgendein faules amerikanisches Kunstleder!" knurrte er unwillig vor sich hin. „Ich hätte früher dran denken sollen und es heraustrennen! Nun ist nichts mehr zu machen!" Nur noch Schaum bildete sich jetzt auf dem heißen Wasser. Schließlich hörte auch das auf. Der Alte hatte sein Ziel erreicht: Auch von den letzten Wachsspuren war der Hut befreit; aber wie sah er nun aus, als er ihn aus dem Gefäß herausnahm! Die Form, die er früher einmal gezeigt haben mochte, hatte bei der Behandlung schweren Schaden gelitten, aber der Alte ertrug diesen neuen Schlag mit einer merklichen Gelassenheit. Er war schon wieder dabei, neue Pläne zu schmieden. Wenn er das mißgestaltete Gebilde erst einmal halb trocknen ließ und dann vorsichtig mit einem elektrischen Bügeleisen behandelte, dann mußte ihm das doch schließlich die alte Form wiedergeben. Irgendein passendes Schweißleder würde sich schließlich euch noch auftreiben lassen, und dann würde man weiter sehen können.

Er trug den Hut, das bedauerliche Opfer so vieler Kämpfe und Mühen, in das Haus zurück und wies Jochen, der in der Küche saß, an, alles im Vorratshaus sauber zu machen und auch die vorher gebrauchten Geräte dorthin zu bringen. Und dann verspürte er eine gewisse Ermüdung und war auf die Dauer unfähig, ihr zu widerstehen. Er fühlte, daß dieser Tag doch etwas reichlich viel Aufregung gebracht hatte: die Explosion der großen Röhre, danach die Geschichten mit Jochen und alles, was damit zusammenhing. Den Hut stellte er an einem geeigneten Platz zum Trocknen auf, dann machte er es sich auf einem Sofa bequem und wartete darauf, daß ihm die Augen zufallen sollten.

Aber vorläufig kam es auch dazu noch nicht. Immer wieder mußte er auf die Bücherreihen seiner Bibliothek blicken Da stimmte doch irgend etwas nicht? Da standen doch das große englische und das entsprechende französische Werk anders als sonst? Immer wieder suchte er eine Erklärung dafür, ohne sie mit Sicherheit finden zu können. Er war vorher ziemlich aufgeregt in die Bibliothek gekommen, hatte alle möglichen Werke über Imkerei herausgegriffen und, wie er jetzt feststellen mußte, nicht wieder genau an ihren alten Platz gebracht. Sollte ihm dabei auch der Irrtum mit den beiden andern Werken unterlaufen sein? Während er noch darüber hin und her sinnierte, kam endlich doch der Schlaf über ihn, und er fand die gesuchte Ruhe.

***

Mr. Turner erging es ähnlich wie Zacharias. Das Fahren mit einem geschlossenen und einem immer noch stark verquollenen Auge war auf die Dauer keine reine Freude. Mehrere Stunden war er unentwegt nordwärts gefahren, bis er eine mittelgroße Stadt erreichte. Immer stärker war sein Wunsch nach Ruhe und Ausspannung geworden. Wie ein Wunschtraum schwebte ihm ein halb verdunkeltes kühles Zimmer vor, in dem er sich behaglich strecken und seine Wunden pflegen könnte.

Ein mittleres Hotel am Marktplatz veranlaßte ihn, haltzumachen. Mit Mühe und Not brachte er seinen Wagen in die Garage und stolperte in die Gaststube.

„Herr! Wie sehen Sie aus?“ empfing ihn der Wirt. „Sind wohl unterwegs in einen Bienenschwarm geraten? Ja, ja, in der Heide ist jetzt Schwarmzeit. Ist schon manchem Autofahrer so ergangen wie Ihnen.“

Mr. Turner bestätigte die Meinung des Wirtes; erzählte von einem Haufen Bienen, die ihm unterwegs plötzlich um den Kopf geschwirrt wären, und fragte nach einem Zimmer. Das konnte er bekommen, und fast genau so, wie er's sich gedacht hatte: kühl, halbdunkel, behaglich.

Schnell wurde er mit dem Wirt handelseinig. „Sie müssen sich ausruhen, lieber Herr, gleich zu Bett legen, vor morgen mittag nicht aufstehen und fleißig kühlen. Haben Sie was Passendes da? Sonst will ich Ihnen etwas aus der Apotheke besorgen lassen.“

Turner erzählte von der essigsauren Tonerde in seiner Reiseapotheke.

„Die heben Sie sich besser auf“, meinte der Witt. „Ich lasse Ihnen eine ordentliche Buddel aus der Apotheke holen und werde Ihnen eine Waschschüssel mit Kompressen an Ihr Bett stellen. Sie sind ja doll zerstochen, lieber Herr. Machen Sie sich's man gleich bequem. Ich komme wieder 'rauf, sowie ich das Zeug aus der Apotheke habe.“

Wenige Minuten später streckte sich Turner behaglich in seinem Bett, und bald kam auch der Wirt zurück und brachte ihm alles Nötige.

„Wenn Sie irgend etwas haben wollen, klingeln Sie zweimal. Ich lasse Ihnen das Essen 'raufbringen. Ist aber besser, wenn Sie vorläufig nichts essen. Die Hauptsache ist, daß Sie ruhig liegen und kühlen“, wiederholte er seinen ersten Ratschlag. „Morgen – spätestens übermorgen werden Sie dann wieder ganz menschlich aussehen.“

Wohlig fühlte Mr. Turner die kühlen Kompressen auf seinem Gesicht, und bald ging es ihm ebenso wie siebzig Kilometer südwärts dem alten Zacharias: Er lag in einem angenehmen Schlaf. –

Ganz anders fühlte sich Dr. Frank. Das Ereignis am Vormittag hatte ihn nicht niedergeworfen, sondern im Gegenteil mit neuer Energie und Schaffensfreude geladen. Erst einmal gab er ein längeres Telegramm an Geheimrat Bergmann auf. Dann kehrte er in den großen Saal zurück und betrachtete, jetzt durch keine Gesellschaft mehr gestört, noch einmal in aller Ruhe das Schlachtfeld.

Wüst genug sah es aus. Die untere kolbenartige Teil der riesigen Blitzröhre war wie unter der Einwirkung einer mächtigen Last gesplittert und zerbrochen. Mit einiger Mühe gelang es ihm, mehrere der Quarzscheiben beiseite zu räumen, aber nur bei wenigen, die blank schimmerten und frei von jedem metallischen Niederschlag waren, glückte es ihm. Andere Stücke, die mehr oder minder stark mit einem metallischen Überzug bedeckt waren, setzten seinen Versuchen unüberwindlichen Widerstand entgegen und rührten sich kaum vom Fleck, als er einen schweren stählernen Hebebaum zu Hilfe nahm. Das einzige, was er erreichte, war, daß der Quarzkörper der zerstörten Röhre dabei noch an mehreren andern Stellen zu Bruch ging.

Sinnend blieb sein Blick an den Instrumenten der Schaltwand hängen. Ausnahmslos standen die Zeiger jetzt auf Null. Aber er wußte sich noch recht genau der Zahlen zu erinnern, die sie erreicht hatten, als am Vormittag die Katastrophe eintrat und die große Röhre plötzlich zu Bruch ging. Die Riesenspannung von 35 Millionen Volt hatte bei dem Versuch auf ihr gelegen, während die Stromzeiger zwischen zehn bis fünfzig Milliampere hin und her zitterten. Die letzten Reservemaschinen hatte er einschalten müssen, um die elektrische Leistung heranzuschaffen, welche die Röhre in diesem Zustand zu schlucken willens war.

Bis dann plötzlich – vollkommen klar erinnerte sich Dr. Frank jetzt wieder der gewaltigen Spannung und Stromstärke und eilte zum Tisch, um sie zu notieren – bis dann plötzlich die große Metalladung der Röhre mit einem Schlag ins Fließen und Schäumen geriet, dabei klein und immer kleiner wurde und schließlich auf einen winzigen Bruchteil ihres früheren Umfanges zusammenschrumpfte.

Und dann kam das Unheil. Knirschend und splitternd ging die Röhre zu Bruch. Augenblicks war das Hochvakuum zerstört, im gleichen Moment schossen die Stromzeiger bis hoch in die vollen Ampere empor, und dann hatten glücklicherweise die Hochdruckschalter in der gleichen tausendstel Sekunde funktioniert und die Riesenspannung von 35 Millionen Volt abgeschaltet.

Was im andern Falle vielleicht geschehen wäre, daran wagte Dr. Frank auch jetzt noch nicht zu denken. Ein Riesenbrand, eine Zerstörung des ganzen Gebäudes wären wohl das mindeste gewesen, und unter den Lebenden würden dann nach menschlicher Voraussicht weder Dr. Frank noch der alte Zacharias mehr weilen.

Einerseits fühlte sich Dr. Frank von dem Gefühl gehoben, daß ihm eine Entdeckung gelungen war, die geeignet schien, der ganzen Elektrotechnik ein neues Gepräge zu geben, eine Erfindung, die sich wohl nur mit derjenigen der Dynamomaschine oder des Akkumulators vergleichen ließ, eine Schöpfung, nach seiner Meinung wohl geeignet, eine völlig neue Ära in der Technik der Hochspannung heraufzuführen.

Aber andererseits wurde ihm schwül bei dem Gedanken, daß der Versuch, der heute früh gelungen war, aber doch mit einer Katastrophe geendet hatte, noch Dutzende von Malen wiederholt werden mußte, bevor man die neue Technik vollkommen beherrschen würde. Wie viele Jahre hatte er an der Theorie gearbeitet, gerechnet, Versuche gemacht und wieder gerechnet, bis er das Gemenge zusammenhatte, jenes genau dosierte staubförmige Gemisch, das unter dem Hagel der mit Lichtgeschwindigkeit heranstürmenden Elektronen zusammengesintert, -gehämmert und -geschmiedet werden sollte, bis der neue Stoff daraus entstand, den es bisher auf der Erde noch nicht gab, jener wunderbare Stoff, von dessen Vorkommen die Astrophysiker überhaupt nur auf einem einzigen, viele Lichtjahre von der Erde entfernten dunklen Stern wußten...

Dr. Franks Gestalt raffte sich straffer auf, als er an die Zukunft dachte. Neben den ganz großen Namen der Forschung, neben Physikern wie Helmholtz und Hertz, wie Lord Kelvin und Ramsay, wie Curie und anderen würde sein Name auf der Erde unsterblich sein, solange noch denkende Menschen auf ihr lebten. –

Ein Geräusch aus dem Vorraum riß ihn aus seinem Sinnen. Sollte der Geheimrat auf sein Telegramm hin schon hier sein? Es war kaum denkbar, selbst wenn Bergmann sich sofort ein schnelles Flugzeug genommen hätte. Er ging durch den Vorraum und das Portal ins Freie. Ein Chauffeur war dort vorgefahren und fragte nach einem Herrn Zacharias. Mit der Antwort, daß der jetzt nicht hier wäre, gab der Mann sich nicht zufrieden. Er käme aus

Düren, erklärte er, sei die ganze Nacht durchgefahren und wolle jetzt neue Ladung für die Metallwerke holen. Litzendraht auf Kabelrollen.

Dr. Frank, der den unerwarteten Besuch als eine nicht unwillkommene Ablenkung empfand, sagte, er wolle einmal nachsehen, ging in den Raum, in dem Zacharias gearbeitet hatte, bis zum letzten Moment eigentlich, als ihn Dr. Frank zu der großen Röhre rief, um ihm seinen Erfolg zu zeigen, worauf dann fast unmittelbar die Katastrophe folgte. Dr. Frank blickte sich in dem Arbeitsraum von Zacharias um und staunte. Wie ein Berserker mußte der Alte in den letzten Tagen gearbeitet haben, um das zu schaffen. Eine ganze Reihe von Trommeln stand dort zum Abtransport bereit; genügend viel, um den Lastkraftwagen und seinen Anhänger voll zu beladen.

Ungelegen kam es ihm, daß er den Chauffeur und seinen Mitfahrer in den Raum hineinlassen mußte, um die Trommeln herauszubringen. Bisher war Jochen Dannewald für solche Sachen zu Hilfe genommen worden. Aber wo den in aller Eile herbekommen? Wer mochte wissen, an welcher Stelle im Dorf er augenblicklich steckte? Aber schließlich war ja nicht viel zu sehen. Die Blitzröhre war außer Betrieb, die Kabeltrommeln standen in ziemlicher Entfernung davon.

So entschloß sich der Doktor, die Fahrer hereinzurufen, und gab ihnen Auftrag, das fertige Gut zu verladen. Das nahm nicht allzulange Zeit in Anspruch. In einer knappen Viertelstunde war alles erledigt, und die Lastwagen rollten knatternd und puffend davon. Eine gute Weile noch stand Dr. Frank vor dem Gebäude, blickte in den blauen Himmel und ließ sich von der Sommersonne bescheinen. Nach der harten Arbeit der letzten Tage tat solche Ausspannung auch einmal wohl.

Während er noch stand und blickte, bemerkte er ein weißes Pünktchen am blauen Himmel, das schnell näher kam und sich bald als ein kleines ultraschnelles Verkehrsflugzeug entpuppte. Gespannt beobachtete er, wie es auf dem glatten Rasen neben dem Gebäude niederging und ausrollte, und dann konnte er Bergmann kräftig die Hand schütteln. Sein Telegramm hatte dem Geheimrat doch keine Ruhe gelassen. Auf schnellstem Wege war er hierher geeilt, um mit eigenen Augen zu sehen, was der Doktor erreicht hatte. Eine Weile wartete dieser, ob nicht noch ein anderer aus dem Flugzeug herauskäme. Kopfschüttelnd fragte er schließlich: „Wie kommt das, Herr Geheimrat: Diesmal ohne Herrn Livonius?"

Der Geheimrat lachte. „Manchmal muß es auch ohne den Professor gehen, Herr Doktor. Der Mann hat allerhand im Werk zu tun, und bis zum Nehmen der Patente ist wohl noch einige Zeit. Aber ich selber wollte doch sehen, was Sie erreicht haben. Wenn auch nur die Hälfte von dem zutrifft, was Sie nach Ihren Theorien voraussagen, dann, glaube ich, Herr Doktor, wird unser Konzern sich von Grund auf umstellen müssen, und –" wiederum lief ein Lächeln über die Züge des Geheimrats, „was unseren alten Freund Headstone anbelangt, glaube ich, daß ihn der Schlag treffen wird, wenn er den leisesten Wind von unsern Erfolgen bekommt. Die United Electric muß danach in Abhängigkeit von uns geraten."

Dr. Frank ging voraus, und Geheimrat Bergmann folgte ihm in den großen Raum. Schweigend stand er eine ganze Weile vor dem Bild der Verwüstung, das sich seinen Blicken bot.

„Nun, und der Effekt?" fragte er schließlich.

Dr. Frank wies auf ein Stückchen Metall von etwa der Größe einer Streichholzschachtel, das zwischen den Quarzsplittern der Röhre auf dem Zementboden der Halle lag.

Unwillkürlich bückte sich Bergmann und wollte das Stück aufnehmen, aber jeder Versuch war vollkommen vergeblich. Er hatte den Eindruck, als ob es irgendwie mit dem Boden verschraubt wäre. Dr. Frank konnte seine Belustigung über die erfolglosen Bemühungen Bergmanns nicht länger verbergen.

„Sie vergessen das spezifische Gewicht, verehrtester Herr Geheimrat", unterbrach er dessen zwecklose Versuche. „Das Stückchen da wiegt immerhin mehr als zweitausend Kilo. Wir wollen es mit einem Kran aufheben." Er ging zu einem Deckenkran, der für die Montage der Riesenröhre eingebaut war, und manövrierte ihn bis über das Metallstückchen hin, so daß er schließlich eine kräftige Froschklemme an das Stückchen heranbringen konnte. Dabei sprach er weiter.

„Ich zweifle auch, Herr Geheimrat, daß Sie das Stückchen in Ihrem Flugzeug mitnehmen können; selbst wenn Ihre Maschine fähig wäre, noch eine zusätzliche Belastung von zwei Tonnen zu tragen, glaube ich doch nicht, daß es eine Stelle in der Konstruktion Ihres Flugzeuges gibt, die diese fest auf einen Punkt konzentrierte Last aufzunehmen vermag, ohne vollkommen deformiert zu werden."

Während der Doktor sprach, bückte er sich und schob die Backen der Klemme über zwei Seiten des kleinen Metallklotzes.

„Wollen hoffen, daß die Klemme hält", meinte er und setzte die Kette des Kranzuges in Bewegung. Bergmann konnte beobachten, wie die gezahnten Klemmenbacken auf dem neuen Metall knirschten und wie die Kette sich unter der Hantierung des Doktors stark straffte. Wie hypnotisiert starrte er auf das winzige Stückchen Metall, dem alle diese Anstrengungen galten, und nun konnte er auch bemerken, wie es sich ganz langsam Millimeter um Millimeter vom Boden hob und allmählich in die Höhe stieg.

Geheimrat Bergmann war ein guter Fachmann und verstand zu beurteilen, was ein Differentialflaschenzug von der hier benutzten Art zu leisten vermochte. Erregt sprang er näher hinzu und griff selbst in die Kette, um sich zu überzeugen, welche Kraft notwendig war, um sie zu bewegen und mit einer Übersetzung von etwa eins zu tausend dieses in seiner Winzigkeit geradezu lächerlich wirkende Metallstückchen millimeterweise in die Höhe zu wuchten.

„Vorsicht, Herr Geheimrat!" Während Dr. Frank die Worte herausstieß, packte er Bergmann bei der Schulter und riß ihn ein Stück zur Seite. Keinen Augenblick zu früh. Die Zahnung der Klemmbacken war von dem Metallstück abgeglitten; aus einer Höhe von rund einem Meter stürzte es zu Boden. Wenn eine gewöhnliche Streichholzschachtel aus dieser Höhe niederfällt, pflegt das im allgemeinen eine sehr harmlose Sache zu sein. Aber der Vorgang bekommt ein anderes Aussehen, wenn solch ein Stück das kaum vorstellbare Gewicht von mehr als zwei Tonnen hat. Krachend schlug das Metall auf den Betonboden auf. Wie ein Geschoß fast drang es zur Hälfte in ihn ein, während sich zackige Risse von der Aufschlagstelle nach allen Seiten hin erstreckten.

Dr. Frank war blaß geworden. „Das ist noch einmal gut gegangen, Herr Geheimrat", brachte er atemlos hervor. „Wir haben es mit einem ganz außergewöhnlichen Stoff zu tun. Es dürfte Ihnen jetzt wohl klar sein, wie allein das Gewicht dieser Masse die Röhre zerbrechen mußte, sobald das Gewicht bei der Umwandlung sich auf einige wenige Stellen konzentrierte."

Auch der Geheimrat fand nur langsam die Sprache wieder. „Es ist wunderbar, Doktor Frank, über alle Vorstellungen hinaus wunderbar, was Sie geleistet haben!" sagte er, während er die Hände des Doktors ergriff. „Ich sehe auch ein, daß gar nicht daran zu denken ist, das hier vorhandene Metall in meinem Flugzeug mitzunehmen. Wir werden schwere Lastwagen nötig haben, um es in unser Werk zu bringen. Aber was soll danach weiter damit geschehen?"

„Es gibt nur eine Möglichkeit", erwiderte Dr. Frank nach kurzem Überlegen. „Sie müssen versuchen, es in erhitztem Zustand in möglichst feinen Lamellen auszuwalzen. Eine Bearbeitung mit andern Werkzeugen, und wären es die allerbesten Drehstähle, halte ich für ausgeschlossen. Aber wenn es gelingt, es so fein wie möglich, am besten auf Bruchteile eines Zehntelmillimeters, auszuwalzen, haben wir gewonnenes Spiel. Es übertrifft alle bekannten Isolierstoffe um ein Vielzehntausendfaches. Wir werden dann in der Lage sein, Kondensatoren zu bauen, von denen die Welt sich heute noch nichts träumen läßt. Schicken Sie sobald wie möglich geeignete Transportmittel her und beginnen Sie recht bald mit Bearbeitungsversuchen. Alles Weitere wird von ihrem Gelingen abhängen. Ich werde inzwischen hier eine neue Röhre bauen, die bei den nächsten Versuchen besser standhält."

„Gut, Herr Doktor, ich werde alles schnellstens veranlassen." Der Geheimrat sah sich fragend um. „Sagen Sie, Doktor, wo steckt denn unser alter Zacharias? Er schrieb mir, daß er aus gewissen Gründen für vierzehn Tage Ihr Gast sein, sich gewissermaßen unsichtbar machen wolle."

Dr. Frank konnte ein Lächeln nicht unterdrücken. „Was helfen die besten Vorsätze, wenn Schwarmzeit in der Heide ist! Bis Mittag war er hier. Dann brachte ihm sein Faktotum, das zur Zeit die Wirtschaft für ihn besorgt, die Nachricht, daß ein Schwarm zu fangen wäre, und da ließ sich der Alte natürlich nicht mehr halten. Ohne jede Vorsicht lief er mit Freund Jochen nach seinem Hof rüber. Ich bin überzeugt, daß Sie ihn dort auch jetzt noch finden werden."

Der Geheimrat sah auf die Uhr. „Zeit hätte ich schließlich genug“, meinte er danach. „Das Flugzeug kann gut ein Stündchen warten. Ich will doch einmal nachsehen, was mein alter Johannes da drüben treibt. Auf Wiedersehen, Herr Doktor! Es wird alles nach Ihren Wünschen besorgt werden.“

Wenige Minuten später stand er an der ihm wohlbekannten Gartentür und drückte auf den Klingelknopf. Jochen Dannewald erschien und gab seiner Freude über den Besuch in einer Weise kund, die zweifellos echt war.

Wo Herr Zacharias stecke, wollte der Geheimrat wissen. Jochen gab sich in seiner Antwort ungemein wichtig.

„Der Herr Zacharias schläft“, meinte er flüsternd, „mußte heute mittag einen Schwarm fangen. War ganz grauslich, Herr Geheimrat. Ich selber hätte es überhaupt nicht fertiggekriegt.“

„Wo ist er denn?“ fragte Bergmann ungeduldig.

„Drinnen, Herr Geheimrat, auf der Scheese – auf der Scheeselonk.“ Der wackere Jochen bemühte sich zum soundsovielten Male vergeblich, das fremdländische Wort für das Möbelstück auszusprechen. Auch diesmal gelang es wieder vorbei, und Bergmann hatte seine stille Freude daran.

„Tüchtige Leute seid ihr“, meinte er halb scherzend. „Den schönsten Sonnenschein verdöst und verschlaft ihr. Kannst ruhig hierbleiben, ich werde selber nach deinem Herrn sehen.“

In der Bibliothek entdeckte er seinen Freund Zacharias, wie es Jochen schon angedeutet hatte, in einem gesunden Schlaf. Bergmann hätte vielleicht jede weitere Bemerkung unterlassen, wenn er um die vielen Nächte gewußt hätte, die Zacharias in der letzten Zeit für die Fertigstellung der amerikanischen Halteseile geopfert hatte. So aber ließ er seiner Laune freien Lauf, trat an den Alten heran und rüttelte ihn mit einiger Mühe wach.

„Was ist denn...? Du hier, Franz? Was ist denn los?“ brachte Zacharias schließlich immer noch schlaftrunken heraus.

„Ja, da wollte ich dich gerade nach fragen“, antwortete der Geheimrat. „Ihr verschlaft hier den schönen Sommertag, und die Amerikaner warten auf die Kabel.“

Zacharias war inzwischen völlig munter geworden. „Die Kabel sind fertig. Franz. Die letzte Ladung kann nach Düren abgehen..." Der Alte hatte sich, während er sprach, aufgesetzt und fand nun endlich Gelegenheit, Franz Bergmann die Hand zu schütteln.

„Sind fertig, alter Junge – aber ich kann dir versichern, eine saure Arbeit war's. Wäre nicht so Not am Mann gewesen, ich hätte euch den Gefallen weiß Gott nicht getan."

„Aber du hattest doch den Doktor, konnte der nicht –?"

Es war dem Alten anzusehen, daß er sich über die Frage ärgerte. „Der Doktor hatte Wichtigeres zu tun", erwiderte er schroff. „Die Strahlkollektoren mußten fertiggemacht werden, und sie sind auch fertig... was, da staunst du wohl? Wir sind nicht faul gewesen. Auch die dritte große Aufgabe scheint gelöst zu sein. Ich nehme an, du bist schon drüben gewesen. Da wirst du das Ergebnis wohl schon gesehen haben?"

Der Geheimrat nickte. „Ich habe es gesehen, Johannes, und wenn mich nicht alles täuscht, stehen wir vor einer vollkommen neuen Epoche unserer Technik." Während er es sagte, betrachtete er den Alten genauer und bemerkte mit Bedauern, wie sehr ihm diese letzten arbeitsreichen Tage doch zugesetzt hatten. Er wollte ein paar Worte darüber sprechen, als Zacharias schon wieder fortfuhr:

„Um ein Haar wäre mir auch noch ein Schwarm bei der Gelegenheit durch die Lappen gegangen. Na, den habe ich Gott sei Dank noch im letzten Augenblick bekommen. Ein wahres Glück war das."

„Ich bitte dich, lieber Johannes, was kommt es bei den soviel wichtigeren Dingen, die uns jetzt beschäftigen, auf einen Bienenschwarm mehr oder weniger an! Du hast doch wahrhaftig genug von dem Zeug hier."

„Falsch geraten, Franz. Der Schwarm interessiert mich ganz ungeheuer, und ich bin überzeugt, bald wirst du dich genau so dafür interessieren."

Der Geheimrat schüttelte den Kopf. „Verzeih mir, lieber Johannes, aber hier kann ich nicht mit. Deine Vorliebe für Ackerbau und Viehzucht geht bisweilen über meinen Horizont. Was in aller Welt soll mich gerade einer von deinen Schwärmen interessieren?"

„Der Schwarm nicht, aber was darin war, mein Lieber. Sieh mal da drüben hin! Für was hältst du das?“

Der Geheimrat wandte den Kopf in der angedeuteten Richtung. Auf der Heizung hing etwas Gelbes, Spitziges, über das er sich nicht sofort klarwerden konnte. Er trat heran, nahm es in die Hand und drehte es hin und her. „Nun, was meinst du, Franz?“

„Keine Ahnung, mein lieber Johannes. Irgendein undefinierbares Etwas; fühlt sich fast wie ein Strohgeflecht an. Raten kann ich es nicht, also sage nur schon, was es vorstellen soll.“

„Einen Hut natürlich, einen hochfeinen Panamahut. Das hättest du doch auf den ersten Blick sehen müssen.“

Der Geheimrat machte eine hilflose Gebärde, während er das Stück in den Händen hin und her drehte.

„Lieber Johannes“, meinte er nach einiger Zeit, „du hättest einen Zettel mit einer Aufschrift daran befestigen sollen wie an Museumsstücken.“

„Ach was“, fuhr Zacharias ungeduldig fort, „das muß jeder vernünftige Mensch sofort sehen, daß das ein Panamahut ist. Die Frage bleibt nur offen, ob er unserem Freund Turner gehört.“

„Turner?!“ Das Wort ließ den Geheimrat aufhorchen, Eifriger fuhr er fort: „Wie kommst du auf die Idee, daß dies Wrack hier dem Amerikaner gehören könnte?“

„Aus tausend berechtigten Gründen, mein lieber Franz. Ich habe den begründeten Verdacht, daß der Mensch hier bei mir uneingeladen zu Besuch war, während Jochen im Dorf zu tun hatte. Ich vermute weiter, daß ein Schwarm, der gerade auskam, sich diesen Hut zum Ruhepunkt erwählte. Ich hege weiter die Hoffnung, daß der Amerikaner bei der Gelegenheit nach allen Regeln der Kunst zerstochen worden ist, sich in seiner Verzweiflung den Hut vom Kopfe riß und von dem Grundstück flüchtete.“

Geheimrat Bergmann hatte die Behauptungen seines alten Freundes aufmerksam mit angehört, freilich nicht, ohne bisweilen den Kopf zu schütteln.

„Viele Vermutungen, Johannes, viele Behauptungen – aber wo bleiben die Beweise?“ fragte er zweifelnd.

Johannes Zacharias griff nach seiner Brieftasche und brachte ein Fleckchen Stoff hervor.

„Daß der Mensch Hals über Kopf geflüchtet ist, kannst du hieran sehen“, erklärte er Bergmann. „Er hat weder Kraft noch Zeit mehr gehabt, die Gartentür mit einem Sperrhaken zu öffnen, sondern ist einfach über den Zaun gesetzt. Ich fand diese Flöckchen später an dem Stacheldraht, den ich erst vor kurzem erneuern ließ. Wie du siehst, hat er seine Schuldigkeit getan und den unerwünschten Besucher, gleichviel ob's nun Turner oder ein anderer war, übel mitgenommen. Wer der Besucher war... ja, siehst du, Franz, dazu muß man erst wissen, wem der Hut da gehört, denn daß er dem Besucher gehört, steht außer Zweifel.“

„Ja, hast du dich denn nicht erkundigt, wo Mister Turner zur Zeit steckt?“

„Habe ich natürlich getan. Franz. Habe beim Heidekrug angerufen, ehe ich mich ein bißchen aufs Ohr legte, bekam zur Antwort, daß der Amerikaner kurz vorher von außerhalb angeklingelt und mitgeteilt habe, daß er eine mehrtägige Tour mit seinem Wagen vorhabe.“

Zacharias lachte, während er weitersprach. „Das kann ich mir sehr lebhaft vorstellen, daß der keine Lust hat, sich die nächsten Tage hier sehen zu lassen, wenn ihn meine Bienen so vorgehabt haben, wie ich hoffe.“

Geheimrat Bergmann nickte vor sich hin. „Ich muß sagen, Johannes, je länger du mir die Geschichte vorträgst, um so wahrscheinlicher wird sie mir. Jetzt käme also alles darauf an, Mister Turner als den bisherigen Besitzer dieses Dinges hier – nun, wir wollen einmal sagen, dieses Hutes hier festzustellen. Was gedenkst du in der Angelegenheit weiter zu tun?“

„Ich wollte mich weiter mit der Sache beschäftigen, nachdem ich endlich mal wieder ordentlich ausgeschlafen habe. Es handelt sich ja nur darum, dem Hut seine alte Form zurückzugeben. Das wird sich mit einem elektrischen Bügeleisen wohl erreichen lassen.“

Der Geheimrat sah ihn verwundert an, während die Worte langsam von seinen Lippen kamen. „Johannes! Johannes, mein lieber alter Junge, du scheinst mir hier doch langsam aber unaufhaltsam zu verbauern! Solche Vorschläge würdest du früher bei unsern Sitzungen in Berlin nicht gemacht haben."

„Bitte mache bessere!" erwiderte Zacharias, ohne sich über den Vorwurf seines alten Freundes weiter aufzuregen.

„Ich muß den Hut natürlich zu dem besten Spezialgeschäft, das wir in Berlin haben, mitnehmen. Mit allen Schikanen der Neuzeit, die es da gibt, muß er behandelt werden. Gedämpft... in Formen gepreßt... was weiß ich, was die Leute da alles für Mittel haben! Aber das weiß ich, alter Freund: Du hättest hier mit deiner primitiven Methode den größten Unfug angerichtet. Ich will jetzt wieder nach Berlin zurückfliegen. Kannst du mir das Monstrum ein bißchen einwickeln, damit ich mich wenigstens vor meinem Piloten nicht zu schämen brauche? Ich werde die Sache sehr eilig machen und hoffe, dir das Ding in vier bis fünf Tagen zurückschicken zu können."

Nicht ohne inneren Widerstand trennte sich Zacharias von dem Beutestück, aber schließlich mußte er den Gründen Bergmanns recht geben. Ein kurzer herzlicher Abschied noch, und der Geheimrat ging den Weg zu seinem Flugzeug zurück. An Stelle von Proben des neuen, in jeder Hinsicht so merkwürdigen Stoffes nahm er ein Gebilde mit auf die Reise, dem er auch jetzt noch nicht die Bezeichnung „Hut" zuerkennen mochte.

***

Am Abend des zweiten Tages hielt es Mr. Turner nicht mehr länger auf seinem Krankenlager aus. Die Schwellungen waren dank der unausgesetzten Kühlung so stark zurückgegangen, daß er schon wieder einigermaßen menschlich wirkte, obwohl ihm immer noch manches zu seinem früheren Aussehen fehlte. So entschloß er sich, nach einem guten Abendessen noch in der Nacht loszufahren. Seine Absicht war, wieder einmal nach Düren vorzustoßen und sich dort an Ort und Stelle vom Stand der Dinge zu unterrichten. Im Unterbewußtsein hatte er nebenher das dunkle Gefühl, daß im Heidekrug wahrscheinlich schon wieder ein paar unangenehme Briefe oder Depeschen von Mr. Headstone auf ihn warteten. Er hoffte, sie durch einen guten Bericht aus Düren übertrumpfen zu können. Diese Aussicht festigte ihn in seinem Entschluß.

Zu früher Morgenstunde rollte er bei Köln über die große Brücke und beschloß, sich zunächst einmal durch ein handfestes Frühstück zu stärken. Mit Befriedigung konnte er, als er in einem Rheinuferrestaurant saß, feststellen, daß ihm die nächtliche Fahrt recht gut bekommen war. Interessiert durchflog er beim Frühstück die Morgenzeitungen und stutzte, als er auf ein Inserat stieß, das Herrenhüte in allen Formen und Qualitäten anpries. Bis jetzt war ihm noch gar nicht zum Bewußtsein gekommen, daß er seinen alten Hut verloren hatte. Dafür kam's ihm aber jetzt wieder doppelt stark in die Erinnerung. Bei dem nichtsnutzigen Abenteuer mit dem Bienenschwarm hatte er ihn ja fortgeschleudert. Vielleicht hatten die bissigen Insekten ihn mit Stumpf und Stiel aufgefressen – Mr. Turner wußte nichts darüber; von der Imkerei verstand er nichts.

Immerhin aber, darüber war er sich doch klar, mußte man mit der Möglichkeit, ja sogar Wahrscheinlichkeit rechnen, daß der Hut dem Besitzer dieses verdammten Schwarmes in die Hände gefallen sei. Zweitens mußte man auf jeden Fall wieder einen Hut haben, und drittens war es hocherwünscht, wenn der neue Hut dem alten so ähnlich wie möglich sah, wäre es auch nur, um einen unliebsamen Verdacht zu zerstreuen.

Während Mr. Turner mit seinem Frühstück allmählich zu Ende kam, formten sich seine Gedanken zu einem Entschluß. Er schrieb sich die in dem Inserat angegebene Adresse heraus, erkundigte sich beim Bezahlen nach dem Wege dorthin und erfuhr, daß es ganz in der Nähe sei. Daraufhin ließ er seinen Wagen vorläufig stehen und machte sich zu Fuß nach der Innenstadt auf.

Gleich bei der ersten Seitengasse mußte er zur Seite springen, um sich vor einem schweren Lastzug in Sicherheit zu bringen. Wie fasziniert haftete sein Blick an der Ladung. Sie bestand aus Kabeltrommeln, mit der gleichen silbrig schimmernden Litze bewickelt, aus der, wie er nun schon seit längerem mit Bestimmtheit wußte, in Düren die Halteseile für die United Electric gesponnen wurden. Auch das Kennzeichen des vorbeibrausenden Zuges konnte er sich noch merken. Es war das der Rheinprovinz. Aus der Fahrtrichtung ließ sich schließen, daß der Lastzug aus dem Osten kam.

Einen Augenblick zögerte Turner, ob er seinen alten Plan aufgeben und dem Lastzug sofort folgen müsse. Nach einigem Überlegen kam er wieder davon ab. Bis Düren waren es rund vierzig Kilometer. Wenn die Fahrer unterwegs einkehrten, würde er sie immer noch mit seinem schnellen Personenwagen einholen können. Wenn sie nicht einkehrten – ja, dann war eben nichts zu machen. Turner verließ sich auf sein gutes Glück und verfolgte seinen Weg in die Innenstadt weiter.

Bald hatte er auch das Geschäft entdeckt und brachte seine Wünsche vor. Schnell türmten sich ganze Berge von Hüten vor ihm auf, aber Mr. Turner war von dem, was man ihm zeigte, nicht besonders entzückt. Es war im günstigsten Fall ein Ersatz, wie er in den schweizerischen Industriestädten hergestellt wird. Mr. Turner schob die ihm vorgelegten Muster mit einer mißbilligenden Bewegung beiseite und wurde deutlicher. Einen echten anständigen Panamahut wolle er haben, erklärte er energisch, wobei sein amerikanischer Akzent stärker als sonst durchschlug. „Einen echten Bombonaxa, you know, Gentlemen", schloß er seine Erklärung, woraufhin die Verkäufer, die vorher schon ein verschwenderisches Maß an Höflichkeit aufgebracht hatten, ihn behandelten, als ob sie es mit einem Sohn von Vanderbilt oder Ford zu tun hätten. Sogar englisch versuchten sie mit ihm zu sprechen, was er sich aber energisch verbat. Und dann wurden ein paar Hüte gebracht, welche die Verkäufer wie Kostbarkeiten zum Ladentisch trugen. Es machte fast den Eindruck, als hätten sie sie eben erst aus dem Tresor geholt.

„Echt Bombonaxa, Sir", sagte der erste Verkäufer vor innerer Ergriffenheit fast flüsternd.

„Das Kostbarste, was wir von früher her noch auf Lager haben", erklärte der zweite mit einer Ehrfurcht, die zum Teil Mr. Turner, zum Teil den Hüten galt. Der Amerikaner ließ sich weder durch das eine noch durch das andere imponieren. Ziemlich respektlos faßte er zu und überzeugte sich mit ein paar Griffen, daß er es zwar mit einer guten Ware zu tun hatte, daß sie aber an den alten Hut, der ein Opfer von Zacharias' Bienen geworden war, nicht heranreichte.

Ein wenig mißmutig begann er die Hüte zu probieren und fand bald einen, der ihm vorzüglich paßte. Das besserte seine Laune schon wesentlich. Aber fast noch mehr erfreute ihn der Stempel im Schweißleder, der Stempel der gleichen amerikanischen Firma, von der sein alter Hut stammte. Gleichmütig zog er ein Bündel Banknoten aus der Brieftasche, zahlte ohne weiteres den geforderten Preis und verließ mit kurzem Gruß den Laden.

Während die Verkäufer noch die Köpfe zusammensteckten und über den offensichtlich ebenso reichen wie spleenigen Amerikaner tuschelten, befand sich Turner bereits auf dem Wege zum Rheinufer. Wenige Minuten später saß er in seinem Wagen und rollte auf der Landstraße nach Düren dahin.

Mit Absicht fuhr er nicht allzu schnell. Ein einziger Wunsch bewegte ihn während der Fahrt: daß die Boys von dem Lastzug unterwegs Station machen und tüchtig frühstücken möchten.

Etwa fünfundzwanzig Kilometer weiter glaubte Mr. Turner gefunden zu haben, was er suchte. Vor einem Dorfkrug hatte ein Lastzug haltgemacht. Schon von weitem erkannte der Amerikaner, daß die Fahrzeuge Kabeltrommeln geladen hatten, aber bei näherer Betrachtung erlebte er eine Enttäuschung. Nicht mit jenem Litzendraht, dem er auf der Spur war, sondern mit voll ausgesponnenen starken Trossen waren die Trommeln bewickelt. Es hätte kaum Zweck für ihn gehabt, hier haltzumachen und einzukehren.

Nun, hoffentlich später, versuchte er sich zu trösten, während er weiterfuhr, auf dem Wege bis nach Düren stehen ja noch mehrere Schenken an der Landstraße. Diese Betrachtung Mr. Turners war zweifellos richtig, nur etwas hatte er dabei übersehen: Es gab nämlich in den Metallwerken eine gut eingerichtete Kantine, die auch die Lieferanten der Werke benutzen durften, und gerade darauf spekulierten die Fahrer, hinter denen Turner her war. Deswegen waren sie die ganze Nacht hindurch gefahren, um zur Mittagsstunde in Düren einzutreffen und zu einer guten und doch billigen Verpflegung zu gelangen.

So war das Unternehmen Turners ein Fehlschlag, und zwar ein doppelter. Nicht nur die Fahrer waren ihm entgangen, er kam auch selbst gerade um die Mittagsstunde an und mußte lange warten, bevor es ihm gelang, die Herren zu treffen, die er sprechen wollte.

Nun saß er endlich Direktor Kämpf gegenüber, und was er von dem zu hören bekam, war wenig erfreulich für ihn.

„Ich will ganz offen mit Ihnen reden“, eröffnete der Generaldirektor die Unterhaltung. „Wir wissen nicht mehr, was wir von Ihnen halten sollen.“

Turner bekam einen roten Kopf. „Ich verstehe Sie nicht, Herr Direktor“, antwortete er unsicher.

„Dann will ich's Ihnen deutlicher sagen, Mister Turner. Sind Sie der Generalbevollmächtigte Mister Headstones oder sind Sie ein –“ Er verschluckte das Wort „Schwindler“, das ihm auf den Lippen lag.

„Natürlich bin ich der Generalbevollmächtigte, bitte, Herr Direktor Kämpf.“

Turner suchte eine Weile in seiner Brieftasche, bis er ein gestempeltes Papier fand, das er nun ausbreitete und vor Direktor Kämpf hinlegte. Es war eine vor einem amerikanischen Notar aufgenommene Verhandlung, die ihm in der Tat weitgehende Vollmachten erteilte, unter anderem auch die, Käufe und Verkäufe für die United Electric in Europa abzuschließen.

Der Generaldirektor las das Schriftstück und reichte es seinem Gegenüber zurück.

„Sie sind in der Tat bevollmächtigt, Mister Turner. Ich nehme alles zurück, was ich etwa gegen Sie gesagt haben sollte; um so unverständlicher ist mir das Vorgehen Ihres Vollmachtgebers.“ Er griff nach einem Schrank und brachte ein Aktenstück zum Vorschein.

Auf den ersten Blick erkannte Turner die charakteristischen Schriftzüge Headstones.

Zwischen Briefen lagen auch Kabelgramme, deren Anblick allein genügte, um ihm die gute Laune zu verderben. Der Reihe nach las Kämpf sie vor, und im stillen konnte der Agent sich nicht enthalten, der Meinung des Direktors über Headstone beizustimmen.

Was in diesen Briefen und Depeschen stand, ließ sich wohl am besten durch die bekannte französische Redensart ausdrücken: Ordre, contreordre, désordre. Volle Zustimmung hatte Headstone zu dem ersten Kauf des noch greifbaren Materials durch Turner gegeben und sofort durch eine europäische Bank eine größere Anzahlung angewiesen. Schon wenige Tage später folgte ein Brief mit zahlreichen Beanstandungen und Bemäkelungen des vereinbarten Preises. Dann kam ein Telegramm, mit der Fabrikation sofort aufzuhören. Schon wenige Stunden später folgte ein zweites, sie wiederaufzunehmen, und so ging es noch ein paarmal in der gleichen Art und Weise hin und her.

Irgendeine vernünftige Erklärung für diese Korrespondenz konnte Mr. Turner ebensowenig finden wie Direktor Kämpf, denn beide wußten nichts von den verschiedenen Zwischenfällen, die sich inzwischen in der Aluminum Corporation in Buffalo ereignet hatten und gelegentlich geeignet waren, Mr. Headstone bis an den Rand des Wahnsinns zu bringen.

Eben noch die erfreulichsten Nachrichten, daß die neuartige elektrische Behandlung die Festigkeit der Seile in unerwarteter Weise erhöht habe. Dann schon wieder, wenige Stunden später, die Nachrichten von schweren Fehlschlägen. Oft auch waren die Litzen nach der elektrischen Behandlung noch schlechter als vorher. Es kam eben auf die genaueste Innehaltung einer bestimmten Spannung der Blitzröhre und eine bestimmte Spezialtechnik heraus, die Dr. Frank in seinem Laboratorium in jahrelanger Arbeit entwickelt hatte. Von allen diesen Dingen hatten die Herren in Buffalo begreiflicherweise keine Ahnung. Sie tappten noch völlig im Dunkeln. Kleine Erfolge und dann wieder grobe Fehlschläge lösten sich in bunter Reihe ab, und die Korrespondenz Headstones mit dem Dürener Werk war gewissermaßen ein Barometer, dessen Stand sich danach richtete.

Kämpf klappte das Aktenstück wieder zu. „Was halten Sie davon, Mister Turner?“ fragte er.

Der schüttelte den Kopf. „Keine Ahnung, Herr Direktor Kämpf. Aber zu meiner Freude sehe ich daraus, daß Mister Headstone ja schließlich doch alle meine Abmachungen mit Ihnen gutheißt.“

„In dem letzten Kabelgramm, das vor drei Tagen einlief, tut er das allerdings“, erwiderte Direktor Kämpf. „Aber wer garantiert uns dafür, daß er morgen oder vielleicht schon heute seine Meinung nicht wieder geändert hat?“

Turner schüttelte verzweifelt den Kopf. „Solche Art, Geschäfte zu führen, ist ja einfach unmöglich!“ brach es impulsiv aus ihm hervor. „Darf ich Sie fragen, was Sie daraufhin unternommen haben?“

Der Direktor lachte. „Das ist schnell gesagt. Wir haben uns um den ganzen Kram nicht geschert, sondern die von Ihnen neubestellten siebzig Kilometer einfach fabriziert. Der letzte Rest von wenigen Kilometern ist eben in den Kabelspinnmaschinen und dürfte bis morgen fertig sein. Wir haben aber die drei Kilometer Restkabel trotz der seitens der United Electric darauf geleisteten Zahlungen noch hierbehalten. Wenn Mister Headstone bis morgen bei seiner jetzigen Meinung bleibt, wird er eine Kabelnachricht von uns erhalten, daß der Auftrag ausgeführt ist und das gesamte Kabel gegen Zahlung der vereinbarten Summe noch am gleichen Tage an die Adresse der United Electric verfrachtet wird. Wenn er seine Meinung wieder einmal ändert, gelten alle bisher geleisteten Anzahlungen als verfallen, und für uns ist die Angelegenheit damit erledigt."

„Ja aber, Herr Direktor, wie geht denn das?" fragte Turner. „Dann sitzen Sie auf dreiundsiebzig Kilometer eines Spezialkabels, das an anderer Stelle schwer abzusetzen sein dürfte."

Wieder lachte der Direktor. „Machen Sie sich darüber keine Sorgen, mein lieber Herr Turner", meinte er immer noch lachend. „Wir haben mehr Abnehmer dafür, als Sie denken. Wenn Ihr etwas wunderlicher Mister Headstone nicht umgehend zugreift, geht die Ware schon wenige Tage später in andere Hände über. Ich will Ihnen einen Vorschlag machen", fuhr er nach kurzem Ueberlegen fort. „Ich halte es für das richtigste, Sie überzeugen sich hier im Werk, daß das Kabel bis auf einen geringfügigen Teil tatsächlich fertig ist. Sie können bei der Gelegenheit auch gleich an einigen beliebig herausgegriffenen Proben Abnahmeversuche an der Zerreißmaschine machen, und dann depeschieren Sie selber sofort von hier aus an Mister Headstone, daß er sich nun umgehend entschließen müsse, das Kabel abzunehmen, widrigenfalls wir anders darüber verfügen würden."

Kein Vorschlag konnte Turner gelegener kommen als dieser. Gab er ihm doch die erwünschte Gelegenheit, seinem Auftraggeber ein wichtiges Telegramm zu schicken und gleichzeitig wieder einmal seine Tüchtigkeit und Unentbehrlichkeit ins rechte Licht zu setzen. Mochte Headstone ihm in diesen inhaltsreichen Tagen auch mancherlei Unangenehmes telegraphiert haben, wenn die Sache jetzt klappte, dann stand er, Turner, trotz alledem wieder ganz groß da.

In diesem Sinne nahm er den Vorschlag von Direktor Kämpf mit Vergnügen an. Es folgte ein kurzer Rundgang durch das Werk, bei dem Turner sich auf wenige Zerreißproben beschränkte, die ihn völlig von der Güte der abzunehmenden Ware überzeugten. Dann ging ein langes und inhaltreiches Kabelgramm an Mr. Headstone ab, bei dessen Abfassung Turner nicht mit Worten sparte, wo es galt, seine eigenen Verdienste ins rechte Licht zu setzen. Um halb vier Uhr mitteleuropäischer Zeit kam es auf den Draht. Um etwa halb zehn amerikanischer Ostzeit würde es Headstone also bekommen. Wenn er bald zurückkabelte, konnte seine Antwort in spätestens zwei Stunden hier sein.

Turner faßte deshalb den Entschluß, die Nacht in Düren zu bleiben; eine schleunige Rückantwort hatte er in seinem Kabelgramm besonders dringlich gemacht. Wesentlich besserer Stimmung, als er die Metallwerke betreten hatte, verließ er sie, um sich nach getaner Arbeit eine passende Unterkunft zu suchen.

Was James Headstone nach seinem letzten Besuch in Buffalo über die Elektriker und Chemiker der Aluminum Corporation dachte, war nicht geeignet, laut ausgesprochen oder gar gedruckt zu werden. Er war sich klar darüber, daß noch Jahre vergehen würden, bevor die Corporation einmal dazu kommen könnte, etwas den deutschen Seilen Ebenbürtiges zu schaffen, und er formulierte das in seiner robusten Manier etwa in der Art, daß er es bei der Corporation mit ausgewachsenen Idioten zu tun habe.

In dieser Stimmung hatte er eine Reihe von Telegrammen an Turner geschickt, der jedoch während der letzten achtundvierzig Stunden aus den bekannten Gründen unerreichbar war, und hatte auch jenes letzte Telegramm an die Metallwerke losgelassen, das man seinem Agenten dort vor kurzem zeigte.

Wie ein Alp fiel es ihm deshalb von der Brust, als er nun das neue Telegramm von Turner aus Düren erhielt, und unverzüglich griff er zu. Nur noch der Form halber eine kurze Rücksprache mit Direktor Brooker, und dann ging ein von beiden unterzeichnetes Telegramm in doppelter Ausfertigung über den Ozean: das eine Mal an die Metallwerke, das andere Mal an Turner unter der von ihm angegebenen Adresse.

Turner saß eben beim Essen, als unvermutet Direktor Kämpf auftauchte und ein Fernschreibeblatt vor ihm auf den Tisch legte.

„Sehen Sie, Mister Turner“, rief der Direktor gutgelaunt, „nun ist's auf einmal gegangen. Ein bißchen nachdrücken hilft immer. Hier ist die Auftragsbestätigung, gleich mit zwei Unterschriften und Bankanweisung. Alles läuft in bester Ordnung. Morgen früh bringen wir die Sendung auf den Weg. Diesmal hat sich Ihr Besuch bei uns doch gelohnt.“

Während er sprach, hatte der Direktor sich Turner gegenüber an den Tisch gesetzt und ließ sich eine kleine Erfrischung geben. Der Agent las das Blatt ein paarmal durch, bevor er es zurückgab.

„Ich bin etwas überrascht“, begann er nachdenklich, „daß ich selbst noch keine Nachricht habe. Hoffentlich geht nun auch wirklich alles in Ordnung.“

Direktor Kämpf lachte. „Sie vergessen, mein lieber Turner, daß unser Werk direkte Fernschreibeverbindung mit dem Hauptpostamt hat. Dadurch kommen die Telegramme bei uns etwa eine Viertelstunde früher an. Deswegen bin ich ja herübergekommen, um Ihnen die frohe Botschaft sofort zu bringen. Wenn Mister Headstone gleichzeitig an Sie gekabelt hat, dürfte die Nachricht Sie hier wohl auch im Laufe der nächsten Minuten erreichen.“

Er hatte seinen Satz kaum beendet, als auch schon ein Depeschenbote in den Raum kam und nach einem Mr. Turner rief.

„Da haben Sie es schon!“ meinte Direktor Kämpf, während Turner das Telegramm aufriß. Seine Befürchtung, daß noch irgendein für ihn unerfreulicher Passus darin enthalten sein könnte, bestätigte sich erfreulicherweise nicht. Es war in der Tat nur eine wörtliche Wiederholung der bereits von Direktor Kämpf mitgebrachten Depesche. Diesmal schien Headstone mit den Maßnahmen seines Agenten wirklich restlos zufrieden zu sein. Mit besserem Appetit als zuvor machte er sich über seine Mahlzeit her, während Direktor Kämpf in das Werk zurückkehrte.

* * *

Die Herren Fosdick und Cowper hatten wieder Arbeit. Nach einem gelegentlichen Ausspruch Cowpers sogar viel mehr Arbeit, als der menschlichen Natur auf die Dauer gut und bekömmlich sei.

In der Tat, es gab viel zu tun auf jenem alten versumpften Grundstück, das Headstone und Brooker vor einigen Monaten für die Anlage der neuen amerikanischen AE-Station erwarben.

Wie hatte sich hier in kurzer Zeit alles von Grund auf gewandelt! Ein System von Kanälen schaffte dem Grundwasser, das bisher an vielen Stellen offen zutage trat, einen bequemen Abzug nach den Seen hin.

Es war eine harte Arbeit, ausgeführt von aus allen Staaten der Union angeworbenen Kolonnen unter dem Kommando von erfahrenen Schachtmeistern, denen der Revolver Tag und Nacht nicht von der Seite kam. Nicht um etwa wildwestliche Sitten zu demonstrieren trugen die Leute die Waffen, sondern der Klapperschlangen halber, die in diesem Gebiet fast auf Schritt und Tritt auftauchten und ungemütlich zu werden pflegten, wenn man etwa aus Versehen auf sie trat. Trotzdem waren mehrere Unfälle nicht zu vermeiden gewesen, bis endlich das Grabensystem zu funktionieren begann und das Wasser nach den Seen hin verschwand.

Die ersten, die ihm folgten, waren die Frösche, für die der Sumpf hier bisher ein wahres Paradies bedeutet hatte. Sehr bald darauf machten sich auch die Klapperschlangen auf die Reise, denn die Frösche waren ja ihr Futter. Sie verschwanden ebenfalls nach Norden, und nun wurde das Arbeiten auf dem entwässerten Gelände etwas bequemer.

Rauh genug blieb es trotzdem noch, denn jetzt traten die Betonmischmaschinen in Tätigkeit. Es hieß die Riesenblöcke für die neuen Halteseile in ausgehobenen Gruben fertigzustellen, und als auch das geschehen war, ging es an die Errichtung des neuen Stationsgebäudes, das ebenfalls in Stampfbeton errichtet wurde. Anders und wesentlich größer sah es aus als das alte in der von dem Tornado zerstörten Station.

Drei Ruhetage gab es danach, welche die Herren Fosdick und Cowper für eine dringende Erholung benutzten. Dann kamen die neuen Maschinen. Da staunten beide, obwohl sie sich schon auf einiges gefaßt gemacht hatten. Neunhundert Kilowatt hatte die alte Station im günstigsten Falle geliefert. Sechstausendvierhundert würde die neue jetzt geben, wenn man das Netz mit Hilfe der in Deutschland gekauften Seile in acht Kilometer Höhe verankerte und es außerdem mit den deutschen Strahlkollektoren besetzte.

Eine Woche und noch eine halbe gingen ins Land, während in Tag- und Nachtschichten gearbeitet wurde. Dann standen die Maschinen in dem neuen Hause, die Schalttafeln waren montiert, alles war richtig zusammengeschaltet. Wieder war damit ein Teil des Arbeitsplanes erledigt. Nun kam der letzte, der für Mr. Cowper aus begreiflichen Gründen wenig sympathisch war.

Es galt die Teile des alten, bei den Bergungsarbeiten zerschnittenen Fangnetzes auf dem Gelände auszulegen und wieder richtig zusammenzuflicken. Bis dahin war man von Besuchen Mr. Headstones so gut wie verschont geblieben. Nur ein einziges Mal, ganz zu Beginn der Arbeiten, war er zur Besichtigung gekommen und wollte eben ein schwer definierbares Etwas, das sich unmittelbar vor ihm auf einem Rasenstück bewegte, mit seinem Regenschirm untersuchen, als unmittelbar neben ihm ein Schuß krachte. Erschrocken blickte Headstone sich um und sah einen Schachtmeister mit noch rauchendem Revolver neben sich stehen. Ehe er noch etwas sagen oder fragen konnte, deutete der Mann mit seiner Waffe auf den Rasen, wo das Gekringel, das Headstone eben interessiert hatte, sich im Todeskampf zu einer Klapperschlange von fast einem Meter Länge ausdehnte.

Blaß und schweigend hatte Headstone danach den Platz verlassen und war schleunigst davongefahren. Dies Stückchen war auch für seine Nerven zu stark. Aber inzwischen mochte er wohl gehört haben, daß mit der Klapperschlangenplage aufgeräumt sei, und gerade jetzt, als die Arbeiten an dem Netz begannen, erschien er wieder einmal auf der Baustelle. Mister Cowper versuchte ihm nach Möglichkeit aus dem Wege zu gehen, aber er mußte doch ein paar bissige Bemerkungen über seine unfreiwillige Freiballonfahrt in Kauf nehmen und überdies noch die Frage, ob er wiederum eine Extratour auf Kosten der United Electric vorhabe.

Mit erhobenen Händen wehrte Cowper die Frage ab. „Niemals, Mister Headstone! Es war das erstemal schlimm genug. Jetzt aber in achttausend Meter Höhe...“ Er schüttelte sich wie von einem Schreck gepackt und beugte sich wieder über seine Arbeit.

Headstone wanderte weiter über den Platz. Es lag nun einmal in seiner Natur, derartige Bosheiten an seine Untergebenen auszuteilen, und je mehr er merkte, daß er damit getroffen hatte, um so wohler fühlte er sich. Unter Führung von Fosdick besichtigte er noch das Stationsgebäude und die Maschinenanlagen und betrachtete mit einem zweifelvollen Gesicht die neuen Strahlkollektoren, die dort aufgestapelt waren. Dabei konnte er die Bemerkung nicht unterdrücken, daß die Deutschen doch vielleicht ein Stückchen weitergekommen seien und man hier wieder nachhinke.

„Ich glaube gehört zu haben, daß wir gerade in Deutschland über einen vorzüglichen Dienst verfügen...“, erlaubte sich Fosdick zu bemerken.

Headstone ließ ihn nicht zu Ende kommen, sondern unterbrach ihn ziemlich barsch: „Wer Ihnen das gesagt hat, ist der größte Lügner seines Jahrhunderts, Mister Fosdick. Unser Nachrichtendienst in Deutschland ist unter aller Kritik. Ich fürchte, wir werden noch schwere Nackenschläge haben, wenn es nicht gelingt, darin Wandel zu schaffen.

Sehen Sie zu, daß wenigstens hier alles in Ordnung geht und die Station bald arbeitet. Sie wissen, Mister Fosdick, was für Ihre Stellung und für Ihre Zukunft davon abhängt.“

Damit hatte Headstone für diesmal so ziemlich alles Gift verspritzt und machte sich auf den Heimweg. Cowper schlug drei Kreuze, als er den Wagen in der Ferne verschwinden sah.

„Gott sei Dank, daß er fort ist!“ atmete er leichter auf. Danach besahen sie sich zusammen den Rest der Arbeiten, die bis zur Inbetriebsetzung der Station noch zu bewältigen waren, und sie fanden, daß es ein gerüttelt und geschüttelt Maß voll wäre. An Ruhe war weder für Fosdick noch für Cowper in der nächsten Zeit zu denken. Nach wie vor würde der Tag noch sechzehn Arbeitsstunden für sie haben. Und viele solcher Tage, ja vielleicht Wochen würden verstreichen müssen, bis die neue Station wirklich einmal arbeitsfähig war. Galt es doch erst einmal, die sechzig neuen Strahlkollektoren an dem Netz anzubringen; blieb es doch ferner noch notwendig, die feine Brennstoffleitung zu allen diesen Kollektoren hinzuleiten und ferner an einem der Halteseile nach unten zu führen, so daß man später den Brausebrennern der Strahlkollektoren den Brennstoff von unten her zupumpen konnte. Und schließlich würde es sich dann noch darum handeln, dies ganze Riesennetz mit Hilfe der Tragballone bis zu einer Höhe von acht Kilometer emporzulassen.

Eine große und gewaltige Arbeit! Aber hätten die Herren Fosdick und Cowper eine Ahnung von dem gehabt, was sich ungefähr zur gleichen Zeit in der norddeutschen Heide abspielte, so hätten sie sich wohl der Länge nach in das üppig wuchernde Gras ihres Stationsplatzes geworfen und keinen Handschlag mehr getan. Denn um ein Vielfaches würde dort in Bälde die Leistung übertroffen werden, die sie hier im günstigsten Fall erreichen konnten.

Aber sie wußten nichts davon. Sie wußten nur, daß Mr. Headstone sich auch in New York intensiv um die Station kümmerte und wenigstens jeden dritten Tag ausführlichen Bericht über den Fortgang der Arbeiten verlangte, und so arbeiteten sie unverdrossen, obwohl Mr. Cowper öfter als einmal seiner Meinung dahin Ausdruck gab, daß es die Neger in den Baumwollplantagen der Südstaaten wesentlich besser hätten als Ingenieure der United Electric.

***

Gedanken ähnlicher Art bewegten auch Mr. Turner, als er nach mehrtägiger Abwesenheit nun doch wieder im Heidekrug auftauchte und neben anderer Post auch verschiedene Telegramme Headstones vorfand. Gewiß, die Angelegenheit der Halteseile war glücklich erledigt und hatte sogar mit einem Lob für den Agenten geendigt. Um so ungestümer waren die übrigen Wünsche, die James Headstone in seiner üblichen wenig rücksichtsvollen Weise zum Ausdruck brachte. Über den alten Heideläufer wünschte er endlich gründlich Auskunft zu bekommen. Was es Neues auf der deutschen Station gebe, wollte er wissen, und zum Schluß war in diesen Telegrammen noch eine Mitteilung enthalten, die Turner als eine persönliche Zurücksetzung empfand. Headstone schien Turner allein die Lösung dieser Aufgaben nicht mehr zuzutrauen und kündigte ihm die Ankunft eines amerikanischen Professors Voucher an, der sich in den nächsten Tagen bei ihm im Heidekrug melden werde.

Im ersten Aufbrausen zerriß Turner die Depesche und wollte sie zum Fenster hinauswerfen. Erst im letzten Augenblick besann er sich und verbrannte die Papierstückchen sorgfältig im Ofen. Erregt lief er danach im Zimmer hin und her und überdachte die neue Lage... Professor Voucher... Turner hatte keine Ahnung, was für ein Mensch das sein mochte, den ihm Headstone da auf den Hals schickte, aber immer fester verrannte er sich in die Meinung, daß seine Stellung dadurch verschlechtert werden würde.

Eben warf er sich ärgerlich in den alten Lehnstuhl in seinem Zimmer, als es an der Tür klopfte. Sollte das schon der unerwünschte Professor sein?

„Come in!“ rief er verdrießlich. Die Tür ging auf, aber kein amerikanischer Professor erschien in ihrem Rahmen, sondern der Turner wohlbekannte junge Bursche, der in der Gaststube an der Theke als Aushilfe tätig war.

„Es ist was für Sie abgegeben worden, Mister Turner“, sagte er und legte eine bauschige weiße Tüte auf den Tisch.

„Abgegeben...? Für mich?... Von wem?“

Er erhielt auf seine Fragen keine Antwort. Der junge Mensch hatte die Tür schon hinter sich ins Schloß geworfen, und die knarrende Treppe verriet zur Genüge, daß er nach unten eilte. Neugierig erhob sich Turner aus seinem Sorgenstuhl und ging zum Tisch hin. Da lag die Tüte weiß wie frischgefallener Schnee, ohne irgendeinen Firmenaufdruck. Er griff danach, hob sie empor, und eine dunkle Ahnung überkam ihn, als er das geringe Gewicht fühlte. Seine Hände zitterten merklich, als er sie öffnete. Das feine Geflecht eines Panamahutes leuchtete ihm daraus entgegen. Mit raschem Griff zog er ihn heraus. Während er das leichte Geflecht mit den Fingern wog, stand sein Entschluß schon fest.

Unter keinen Umständen durfte dies sein alter Panamahut sein, und wenn er es auch zehntausendmal wäre. Aber war er es denn überhaupt? Das Strohgeflecht hatte durch die etwas derbe Behandlung, die Zacharias ihm hatte angedeihen lassen, merklich an Feinheit verloren, und alle Künste des Berliner Hutmachers, dem Bergmann den Hut später anvertraute, hatten diesen Schaden nicht wieder wettmachen können.

Gewiß, es war immer noch ein recht anständiger Hut, aber jetzt bestimmt nicht mehr besser als jener andere, den der Agent sich auf seiner Fahrt in Köln kaufte. Er blickte in das Innere und besah sich das Leder.

„Allzu schlau macht wieder dumm“, lachte er vor sich hin und drückte auf die Klingel. Schon kurze Zeit danach kam der Krugwirt selber in das Zimmer.

„Sie wünschen, Mister Turner?“

„Ich wünsche zu wissen, Herr Horn, was das hier bedeuten soll. Man hat hier einen fremden Hut bei mir abgegeben.“

Klas Horn stutzte einen Augenblick, bevor er eine Antwort fand.

„Fremden Hut, Mister Turner? Na, dat is doch ganz bestimmt Ihr oller Panama. Ich habe ihn doch oft genug gesehen.“

Mr. Turner ging zum Kleiderschrank, holte seinen neuen Hut hervor und hielt ihn dem verblüfften Krugwirt unter die Nase.

„Das hier ist mein richtiger Hut, Herr Horn“, erklärte er energisch. „Hier sehen Sie das Leder. Hier ist der Stempel der amerikanischen Firma, bei der ich ihn gekauft habe...“

Mit einem eleganten Schwung setzte er sich den Hut auf und fuhr fort: „Das andere Ding geht mich nichts an. Weiß der Teufel, wem es gehören mag! Nehmen Sie es bitte wieder mit, ich will es nicht in meinem Zimmer haben!“

Wohl oder übel mußte der Krugwirt mit dem zweiten Exemplar abziehen. Ein paar Entschuldigungen murmelnd, verließ er das Zimmer. Lachend schaute ihm Turner nach, bis die Tür ins Schloß fiel. Dann wurde seine Miene mit einem Schlage ernst.

Verteufelt, das war hart auf hart gegangen! Welches Glück für ihn, daß er sich rechtzeitig ein Duplikat besorgt hatte! Aber trotz alledem blieb die Lage noch reichlich kritisch. Derjenige, der ihm den alten Panama zuschickte, mußte einen bestimmten Verdacht auf ihn haben. Wer mochte es sein? Immer wieder kam er in seinen Überlegungen auf den alten Zacharias zurück. Aber der sollte ja verreist sein... oder war er inzwischen mit seiner Erbschaftsangelegenheit zu Rande gekommen und schon wieder zurück?

Der Hieb ist die beste Parade! Die Wahrheit dieses alten Satzes hatte Turner öfter als einmal in seiner Laufbahn bewährt gefunden; auch jetzt beschloß er danach zu handeln. Sein Plan war sehr einfach: Den neuen Hut aufgesetzt, dann frisch und frech dem Alten in den Weg gelaufen und dann... über das Weitere machte er sich im Augenblick keine Gedanken. Das würde sich finden, wenn er ihm erst gegenüberstand. Mit diesem Entschluß verließ er sein Zimmer und nahm den Weg durchs Dorf. Seine Hoffnung, daß der Alte ihm auch diesmal wieder irgendwo über den Weg laufen würde, erfüllte sich jedoch nicht.

Zacharias befand sich zu dieser Zeit bei Dr. Frank und ließ sich den Bericht Bergmanns über die ersten Erfahrungen mit dem neuen Schwerstoff vorlesen, der mit der Frühpost gekommen war.

Bei jedem Satz, den der Doktor las, wurde der Alte vergnügter. Über Hoffen und Erwarten hinaus war alles, was Dr. Frank als wahrscheinlich und möglich hingestellt hatte, in Erfüllung gegangen.

Zwar mit spanabhebenden Werkzeugen ließ sich der neue Stoff, dessen Moleküle ja tausendmal dichter gelagert waren als die aller anderen bekannten Stoffe, nicht bearbeiten. Er ließ sich nicht bohren oder fräsen, aber er ließ sich bei mäßiger Rotglut zu allerfeinsten Blechen auswalzen, und das war es ja, was Dr. Frank wollte. Bis zu Filmen von Seidenpapierstärke hatte man das neue Material in den Laboratorien des Bergmann-Konzerns ausgewalzt, und auch diese, man konnte wohl sagen, hauchfeinen Schichten zeigten eine weit über alles Bekannte hinausgehende Isolierfestigkeit. Es war weiter auch gelungen, diese kaum ein Hundertstel Millimeter starken Bleche zu stanzen und durch Falzung zu verbinden.

Zacharias konnte nicht länger an sich halten. „Großartig, Doktor!“ schrie er vergnügt und schlug mit der Hand auf den Tisch. „Das ist es, was wir brauchen. Das wird die Kondensatoren geben, die uns unser AE-Werk vor jedem Blitz schützen. Mit denen werden wir unser Wunder erleben. Wenn wir sie nur erst hätten!“

„Halt, halt, mein lieber Zacharias, nicht so eilig! Bergmann schreibt hier weiter, daß er gleichzeitig den ersten Probekondensator mit der Post abgesandt habe. Ich wundere mich, daß er noch nicht hier ist.“

„Wird ein bißchen zu schwer für einen Landbriefträger gewöhnlicher Bauart gewesen sein“, lachte Zacharias vor sich hin. „Vermutlich haben sie das Stück auf der Post irgendeinem Fuhrwerk mitgegeben, das hier vorbeikommt. Sollte mich nicht wundern, wenn sie's wieder mal dem

Milchwagen aufgeschwenkt hätten. Der muß ja gewöhnlich als Notnagel dienen."

Dr. Frank sah auf die Uhr. „Den Meiereiwagen meinen Sie, Zacharias? Der müßte jetzt ungefähr fällig sein."

Zusammen mit dem Alten trat der Doktor ans Fenster und blickte den Feldweg entlang.

„Richtig, Doktor, Ihre Vermutung trifft zu. Da hinten kommt der Wagen schon; es sieht aber nicht so aus, als ob die brave alte Liese davor übertrieben schwer zu ziehen hätte."

„Ein Paket für Herrn Doktor", sagte der Kutscher, als das Fuhrwerk vor der Rampe hielt, „ist aber verflucht schwer, das Ding." Dabei deutete er auf eine kräftige Holzkiste von mäßiger Größe. „Die Herren müssen schon mithelfen, allein schaff' ich's nicht." Dr. Frank griff kräftig zu, auch Zacharias zeigte, daß er noch über einige Kräfte verfügte, und zu dritt schafften sie die Kiste mit ziemlicher Anstrengung bis zum Tisch. Johannes Zacharias griff in die Tasche, und der Kutscher bedankte sich viele Male; ein so üppiges Trinkgeld hatte er von dem Alten noch niemals bekommen, seitdem der hier im Dorfe war. Kaum war das Fuhrwerk verschwunden, als die beiden sich über die Kiste hermachten. Schnell war der Deckel abgenommen, und dann sahen sie Holzwolle. Wieder und immer wieder Holzwolle. Büschelweis zogen sie sie heraus. Jetzt endlich war die größte Menge dieses Füllstoffes beseitigt. Ein winziger Pappkarton kam zum Vorschein, kaum so groß wie eine Streichholzschachtel. Sie griffen danach, aber vergeblich war ihr Bemühen, das Päckchen aus der Kiste herauszubekommen. Immer wieder entglitt es infolge seiner Schwere ihren Händen... bis Dr. Frank endlich Werkzeug holte, mit dem sie es unterfangen und gemeinsam herausheben konnten. Schnell war jetzt die Papphülle entfernt. Noch einmal kam Holzwolle, dann Seidenpapier, und schließlich lag es vor ihnen: dunkel, metallisch schimmernd, ein winziger Block in der Größe eines normalen Taschenfeuerzeuges etwa.

Mit weißem Lack war etwas auf der einen Flachseite aufgepinselt. Zacharias mußte eine Lupe zu Hilfe nehmen, um es zu lesen. Wenige Worte nur: „Ein Mikrofarad, dreißig Millionen Volt Spannung."

Dr. Frank legte die Stirn in die Hand und blickte eine geraume Weile auf den winzigen Apparat. Nur ein kaum merkliches Spiel seiner Mienen, ein leichtes Wiegen des Hauptes verrieten, wie die Gedanken in ihm arbeiteten. „Wissen Sie, was das bedeutet, Zacharias?“ brach er endlich das Schweigen.

„Was das bedeutet, Doktor?“ antwortete Zacharias in einem fast triumphierenden Tone. „Es bedeutet, daß wir jeden Blitz, der unserer Station schaden will, wie in einer Mausefalle einfangen können. Jetzt haben wir das letzte überwunden, Doktor Frank, was uns bei dem AE-Werk noch Sorge machte. Wir beherrschen den Blitz jetzt, wie ihn einst der Götterkönig Jupiter beherrschte.“ Er griff nach dem winzigen Kondensator. „Wir halten ihn in unserer Faust und schleudern ihn nach unserm Willen.“

Mit stillem Vergnügen bemerkte Dr. Frank die vergeblichen Bemühungen von Zacharias, den kleinen Kondensator zu bewegen, der trotz seines geringen Umfanges immer noch reichlich einen Zentner wiegen mochte. „Geben Sie es auf, Zacharias“, meinte er lächelnd. „Ihre Prophezeiungen mögen stimmen, aber Ihre Faust ist nicht so kräftig wie die des Zeus. Sie vermag die Blitzkeile nicht so zu schwingen wie der alte Götterkönig.“

„Aber recht habe ich doch, Doktor!“ verteidigte sich Zacharias.

„Ich will's Ihnen nicht bestreiten“, fiel der Doktor ihm ins Wort, „aber mit meiner Frage vorhin meinte ich etwas anderes. Ich wollte Sie fragen, was es bedeutet, daß in diesem neuen Kondensator eine Elektrizitätsmenge von dreißig Coulomb auf den geringen Raum von wenigen Kubikzentimetern konzentriert wird. Ich will's Ihnen sagen“, fuhr er fort, als der Alte den Kopf schüttelte. „Es bedeutet etwas Ungeheures, etwas nie Dagewesenes. Es wird elektrische Erscheinungen geben, die wir bisher noch niemals beobachten konnten, Erscheinungen, an denen unsere Gelehrten noch jahrzehntelang studieren werden. Ich bin neugierig auf die ersten Versuche mit diesem Apparat. Hält er, was er verspricht, dann stehen wir an einer Wende unserer Technik.“

„Ich glaube es Ihnen, Doktor“, sagte der alte Zacharias, „aber –“, ein Lächeln schlich über seine faltigen Züge, „ich möchte gern wissen, was unser Freund Headstone zu dieser Sache sagen würde.“

„Der Tag wird kommen, mein lieber Zacharias, an dem er davon wissen soll, sogar wissen muß, um die Lizenzen für die United Electric zu erwerben. Doch bis dahin hat es noch gute Wege. Wenn es aber so weit ist, sollen Sie wieder derjenige sein, der ihm davon Kenntnis gibt, ihm oder seinem Agenten Turner. Sie haben ja schon einige Erfahrungen auf diesem Gebiet, Herr Zacharias."

Der Alte streckte ihm die Hand entgegen. „Abgemacht, Doktor – *den* Spaß möchte ich auf keinen Fall missen!"

Er erhob sich und ging, von Dr. Frank geleitet, zum Ausgang; er wollte sich eben verabschieden, als der Bursche vom Heidekrug angetrabt kam. Vor der Rampe machte er halt und reichte Zacharias eine weiße Tüte hin.

„Wat schall dat, Hinrich?" fragte Zacharias.

„Ja, Herr, de Amerikaner, de bi uns wahnt, seggt, dat wär gar nich sin Hot, he hätt Herrn Horn ok sinen richtigen mit'm amerikanischen Stempel zeigt, und dat hier ginge em nix an. Da hebb'n Se em wedder." Ehe er sich's versah, hielt Zacharias die Tüte in seiner Hand, und der Bursche trabte schon wieder zum Heidekrug los.

„Reingefallen, lieber Zacharias!" lachte Dr. Frank, der das Ganze schweigend mit angehört hatte. „Ihr dürft den guten Turner nicht für ganz dumm verkaufen. Diesmal hat er sich aus der Affäre gezogen, aber –", die Miene des Doktors wurde ernst, als er weitersprach, „der Verdacht bleibt natürlich bestehen, und eins ist bestimmt: In dieses Haus hier darf der Agent niemals kommen. Er würde bei dem ersten Versuch etwas erleben, gegen das sein Abenteuer mit Ihren Bienen harmlos wäre. Und nun –", der Doktor sprach fast vergnügt weiter, „nun gratuliere ich Ihnen zu Ihrem schönen Panamahut, mein lieber Zacharias! Verbrauchen Sie ihn mit Gesundheit, aber setzen Sie ihn nicht beim Schwarmfangen auf! Sie wissen, daß das bisweilen schiefgehen kann."

Ein wenig bedrückt nahm der Alte Abschied von dem Doktor. Der schaute ihm noch ein gutes Stück Weges nach und mußte unwillkürlich lächeln, als er Zacharias mit der Tüte in der Hand über den Feldweg dahintrotten sah.

***

Verdrießlich kehrte Turner in den Heidekrug zurück, nachdem er das Dorf und die ganze Umgebung vergeblich durchstreift hatte. Beim Eintreten überlegte er sich gerade, ob er es riskieren könnte, noch einmal nach dem alten Zacharias zu fragen, als ihm der Wirt mit einer andern Nachricht entgegenkam.

„Herr Turner, es ist ein Landsmann von Ihnen angekommen, ein Mister Votsch – oder so ähnlich. Ich habe den Namen nicht recht behalten. Der Herr spricht nur wenig deutsch; ich habe nur herausgehört, daß er ein guter Bekannter von Ihnen ist und Sie erwarten will…“

Der verdammte Professor, den mir Headstone auf den Hals schickt! schoß es Turner durch den Kopf.

„Ich vermute, es wird mein Freund Professor Voucher sein“, antwortete er dem Heidekrugwirt, ohne sich seine Erregung anmerken zu lassen. „Wo ist der Herr?“

„Auf Ihrem Zimmer, Mister Turner“, erwiderte Klas Horn. Im stillen ärgerte sich Turner über die Eigenmächtigkeit des Wirtes, einen x-beliebigen Fremden in sein Zimmer zu lassen. Laut sagte er: „Es ist gut, ich werde hinaufgehen.“

Über die unvermeidlich knarrende Treppe trat er den Weg nach oben an, öffnete die Tür und sah sich einer ihm unbekannten Person gegenüber.

„Ich vermute, Herr Professor Voucher?“ eröffnete er die Unterhaltung. Der andere erhob sich aus einem Sessel und schüttelte ihm kräftig die Hand.

„Ganz recht, Mister Turner. Ich bin Professor Voucher und komme im Auftrage von Mister Headstone. Ich bringe einen Brief an Sie mit, gewissermaßen mein Einführungsschreiben…“ Er lachte leicht, während er Turner ein verschlossenes Kuvert übergab.

Der Agent hatte inzwischen Gelegenheit gehabt, den ihm wenig willkommenen Sendboten Headstones zu betrachten. Das typische amerikanische Professorengesicht. Ein paar scharfe Brillengläser, leicht ergrautes Haar, ein glattrasiertes Gesicht, sonst kaum etwas besonders Auffallendes.

„Bitte, behalten Sie Platz, Herr Professor!“ sagte er mit einer einladenden Handbewegung, während er sich selbst niederließ und das Schreiben Headstones öffnete. Zusehends verdüsterte sich seine Miene beim Lesen des umfangreichen Schriftstückes. Wieder die alte Litanei: Aufträge, die Headstone schon wiederholt gegeben hatte und die immer noch nicht erfüllt waren. Zum Schluß die für Turner besonders unangenehme Mitteilung, daß er von jetzt an mit dem Professor zusammen und nach dessen Direktiven zu arbeiten habe.

Er ließ das Schriftstück fallen und wandte sich an Voucher, „Kennen Sie den Inhalt dieses Schreibens?“

Der Professor nickte. „Jawohl, Mister Turner. Mister Headstone hat mich über alles informiert.“

„Und wie denken Sie über die Angelegenheit?“

„Oh, ich halte sie für ziemlich einfach“, meinte der Professor. „Erst werde ich mir das deutsche AE-Werk ansehen und dann –“

Turner lachte laut auf.

„Das deutsche AE-Werk ansehen, Professor? Wie denken Sie sich das? Beim ersten Versuch, es zu betreten, wird man Sie festhalten und zum mindesten als lästigen Ausländer abschieben, falls Ihnen nicht –“, Turner machte eine Pause, um den Eindruck seiner Worte zu verstärken, „nicht noch etwas Schlimmeres bevorsteht.“

Professor Voucher lächelte leicht vor sich hin. „Ich glaube, Sie sehen die Dinge zu schwarz, Mister Turner. Ich werde mit offenen Karten spielen und mich als Mitarbeiter des ›Electric Engineer‹ anmelden und legitimieren.“

Oh, du ahnungsloser Engel! dachte Turner bei sich. Sie werden dich schon an der Tür höflich, aber sehr bestimmt zurückschicken. Laut fuhr er fort: „Ich fürchte, Herr Professor, daß Sie auf diesem Wege nicht zum Ziele kommen. Mister Headstone verlangt Unmögliches. Ich habe die Schwierigkeiten in den letzten Monaten zur Genüge kennengelernt.“

„Zweitens“, fuhr Voucher unbewegt fort, „muß die etwas rätselhafte Persönlichkeit dieses alten Heideläufers erforscht werden. Mister Headstone war sehr unwillig, daß Sie immer noch nichts in Erfahrung gebracht haben.“

„Sie meinen Mister Zacharias, Professor? Er ist leider seit mehreren Tagen verreist. In einer Erbschaftsangelegenheit nach Berlin, wie ich hörte, sonst hätte ich Mister Headstone wahrscheinlich schon über ihn berichten können."

„Hm, das ist freilich störend, Mister Turner. Wissen Sie ungefähr, wann er zurückkehren wird?"

Turner zuckte die Achseln. „Völlig unbestimmt, Professor. Ich kann auch nicht direkt fragen – es könnte Verdacht erregen."

Der Professor nickte. „Sie haben recht, Mister Turner. Verdacht dürfen wir unter keinen Umständen erregen. Wir werden eben abwarten müssen, bis der Mann wiederkommt."

Turner sprach nicht aus, was er dachte. ›Wenn du wüßtest, wieviel Verdacht hier schon besteht, wie verdammt heiß der Boden hier schon geworden ist, du würdest anders reden‹. Eine kurze Weile überlegte er, ob er Voucher nicht gleich die bedenkliche Kontaktverbindung an den Zimmerfenstern zeigen solle, beschloß jedoch, vorläufig davon abzusehen.

„Drittens", fuhr Voucher fort, „muß es hier in der Nähe einen neuen Bau geben. Ein ganz neues Haus, wissen Sie. Mister Headstone hat Gründe zu der Vermutung, daß dort die Neuheiten für das deutsche AE-Werk ganz im geheimen entwickelt werden."

Turner fuhr sich nachdenklich über die Stirn. „Ein neues Haus, Professor? Nicht daß ich wüßte. Die Häuser in der Gegend hier haben meistens ihre hundert Jahre auf dem Rücken. Da hat man Mister Headstone falsch unterrichtet..." Er überlegte eine Weile, bevor er fortfuhr. „An neueren Baulichkeiten gibt es hier nur das AE-Werk und außerdem – wenn Sie das als Haus rechnen wollen – die große Umformerstation für die Elektrizitätsversorgung. Es ist ein ziemlich massiver Betonbau, in den die Hochspannungsleitungen hineingehen und die Mittelspannungsleitungen herauskommen. Das Umformerwerk steht außerhalb des Dorfes auf freiem Felde. Ich habe es mir einmal von weitem angesehen. Dort etwas anderes als die übliche Großtransformatorenstation zu vermuten – etwa eine Erfinderbude, wie Mister Headstone vielleicht annimmt – halte ich für ganz ausgeschlossen. Ein bißchen Blick für solche Dinge habe ich denn doch,

Professor. Die ein- und ausgehenden Leitungen lassen gar keinen Zweifel über den Zweck dieses Bauwerkes zu."

„Das ist Ihre Meinung, Mister Turner", erwiderte Professor Voucher. „Ich will aber auf alle Fälle sichergehen. Ich werde mir das Gebäude aus der Nähe ansehen und womöglich auch von innen. Die Nachrichten, die Mister Headstone von einer dritten Stelle bekommen hat, sind so bestimmt, daß ich das für nötig halte."

Turner schüttelte den Kopf. „Tun Sie meinetwegen, was Sie nicht lassen können, Professor. Aber sehen Sie sich vor; ich habe unter der Hand gehört, daß die Hochspannungsleitung mit dreihundertsiebzigtausend Volt in die Umformerstation hineinkommt. Solche Spannungen sollen recht ungesund sein."

„Weiß ich, Mister Turner, ist mir durchaus nicht unbekannt. Trotzdem muß die Sache klargestellt werden. Ich werde die nächste Nacht dazu benutzen. Schließlich kann mir niemand verbieten, einen nächtlichen Spaziergang in die Heide zu machen..."

Nun hielt es Turner doch für angebracht, dem Professor die Kontaktvorrichtung an seinem Fenster zu zeigen. „Ich weiß nicht, welches Zimmer man Ihnen geben wird", sprach er weiter, „aber ich würde mich nicht wundern, wenn dort die gleiche sinnvolle Einrichtung vorhanden wäre."

„Sehr primitiv, Mister Turner, aber trotzdem bedenklich", meinte Voucher, nachdem er von den Gegenmaßnahmen Turners unterrichtet worden war. „Well, Mister Turner, ich werde mir ein Zimmer neben Ihrem geben lassen und dann bei Nacht für einige Zeit verschwinden."

Zu Abend speisten Turner und Professor Voucher gemeinsam im Gastraum. Wie vorher verabredet, unterhielten sie sich nur über belanglose Dinge, denn die Möglichkeit, daß sich unter den Gästen des Heidekrugs jemand befände, der englisch sprach, war nach den Erfahrungen, die Voucher vor Monaten mit dem alten Heideläufer gemacht hatte, zum mindesten nicht ausgeschlossen.

Gegen zehn Uhr abends gingen sie nach oben und machten sich einen Spaß daraus, die alte Treppe stärker denn je knarren zu lassen. Oben angelangt, kam Voucher sofort mit in Turners Zimmer. Die Kontaktanlage wurde mit den bewährten Mitteln Turners wirkungslos gemacht, die Strickleiter aus dem Koffer des Agenten am Fensterkreuz befestigt.

„Wenn Sie zurückkommen, pfeifen Sie dreimal ›Columbiam Hail‹," sagte Turner, nachdem er dem Professor noch einmal genau den Weg nach der Umformerstation beschrieben hatte. Dann kletterte Voucher schnell und gewandt die Leiter hinab. Als er wieder auf festem Boden stand, zog Turner die Leiter zurück und schloß das Fenster.

Besorgt warf er sich in den alten Lehnstuhl und sinnierte vor sich hin. Der Professor ist ein Greenhorn ersten Ranges. Er hat keine Ahnung, wie gefährlich der Boden hier ist. Ich werde kein Auge zutun können, bis er wieder zurück ist. Er versank in tiefes Grübeln und malte sich alle denkbaren Fährnisse aus, die dem andern zustoßen könnten.

Inzwischen marschierte Professor Voucher auf dem angegebenen Weg munter seinem Ziel entgegen. Wo die Beschreibung Turners nicht mehr ausreichte, nahm er einen Taschenkompaß mit leuchtender Skala zu Hilfe, und bald konnte er in dem schwachen Mondlicht in der Ferne die Umformerstation in undeutlichen Umrissen erkennen. Vorsichtig pirschte er sich näher heran und war geneigt, Turner recht zu geben. Die Hochspannungsleitungen, die hier hineinliefen, andere Leitungen, die wieder herausgingen, ließen das Ganze in der Tat als eine Transformatorenstation erscheinen. Auch die Größe der Baulichkeit sprach nicht dagegen.

Schon ein paarmal hatte er das Haus umkreist, ohne einen rechten Entschluß fassen zu können, als er wieder an das Eingangsportal gelangte. Lange stand er davor und überlegte. Dieses Portal war das einzige, was ihm nicht recht zu stimmen schien. Professor Voucher hatte in seinem Leben genügend viele Umformerstationen gesehen, um zu wissen, daß sie ausnahmslos durch schwere eiserne Schiebetüren verschlossen waren, die das internationale Zeichen eines roten gezackten Blitzes und die Worte „Achtung! Hochspannung! Lebensgefahr!" trugen. Das fehlte hier. Dafür war eine kräftige Holztür vorhanden, die nur eine einfache Klinke trug.

Immer noch zögerte der Professor. Ihm war gar nicht mehr wohl zumute, doch andererseits scheute er sich, unverrichteter Dinge zurückzukehren. So raffte er sich endlich zu einem Entschluß auf, trat an die Tür heran und drückte die Klinke herunter in der unbestimmten Hoffnung, doch vielleicht in die Station hineinzukommen.

Außerordentlich schwer beweglich war die Klinke. Der Professor mußte beide Hände zu Hilfe nehmen, um sie vollständig herunterdrücken zu können, und dieser Widerstand hatte seine guten Gründe. Während Professor Voucher die Klinke bewegte, führte er zwangsläufig gleichzeitig eine Schaltung aus. Er brachte eine in dem Gebäude vorhandene, auf Höchstspannung geladene Kondensatorbatterie aus Parallel- auf Serienschaltung. Im Augenblick addierten sich dadurch die einzelnen Kondensatorspannungen, und eine Spannung von mehr als hundert Millionen Volt entstand. Aber der Professor hatte keine Gelegenheit mehr, sich darüber Gedanken zu machen, denn im selben Moment stand der Himmel in hellem Feuer. Ein Riesenblitz zuckte über dem Gebäude auf, und im gleichen Augenblick folgte auch schon ein Donnerschlag von ohrenbetäubender Mächtigkeit. War es der Blitz, war es der krachende Donner, war es der plötzlich auftretende Luftdruck – Professor Voucher wurde einige zwanzig Meter beiseite geschleudert und blieb bewußtlos auf dem Rasen liegen.

Trotz seinen Sorgen war Turner doch leicht eingenickt, als ein schwerer Donner ihn jählings weckte. Erschrocken fuhr er empor, eilte zum Fenster und blickte hinaus. Seine Erwartung, einen dunklen Gewitterhimmel zu sehen, wurde enttäuscht. Kein Wölkchen war am Firmament, in leichtem Mondschein lag die Landschaft friedlich vor seinen Augen. Kopfschüttelnd wankte er zu seinem Stuhl zurück, und jetzt war ihm der Schlaf wirklich vergangen. Eine dunkle Ahnung, daß dieser Blitz aus heiterem Himmel – nach der Stärke des Donners zu schließen mußte es ganz in der Nähe eingeschlagen haben – irgendwie mit dem waghalsigen Unternehmen Vouchers zusammenhing, wurde immer stärker.

Professor Voucher hatte keine Gelegenheit mehr gehabt, zu erkennen, was wirklich geschah. Nicht vom Himmel her schlug dieser so unvermutete und so über alle Maßen gewaltige Blitz in die Stange auf dem Dach des Gebäudes ein. Umgekehrt fuhr er aus ihr heraus in die freie Atmosphäre, in der die entfesselte Energie sich einen Ausgleich suchte.

Der Professor wußte nicht, wieviel Zeit vergangen war, als er wieder zu Bewußtsein kam. Immer noch halb betäubt, zog er mit zittrigen Händen seine Uhr hervor und sah, daß sie stand. Kein Schütteln und Rütteln half dagegen. Unbeweglich blieb der Sekundenzeiger auf seinem Platz. Voucher griff nach seinem Taschenkompaß und sah, daß auch der irre geworden war. Die Nadel zeigte keine feste Richtung mehr an.

Mühsam raffte er sich auf, suchte sich nach den Sternen zu orientieren und gelangte schwankend und wankend in das Dorf und zum Heidekrug zurück. Der Pfiff, den er verabredetermaßen über die Lippen brachte, war recht kläglich und schwach, aber Turner war wach und auf der Hut. Sofort öffnete er das Fenster und ließ die Strickleiter hinab. Doch Voucher war nicht imstande, sie allein zu erklimmen. Turner mußte hinabsteigen und den immer noch halb Ohnmächtigen emportragen.

Er atmete auf, als er ihn in seinem Zimmer hatte, legte ihn auf das Bett und schloß vor allen Dingen wieder das Fenster. Dann wandte er sich zu ihm.

„Wasser! Geben Sie mir Wasser, Turner!" stöhnte Professor Voucher. Gierig trank er das Glas aus, das Turner ihm reichte, und erholte sich danach ein wenig. Turner versuchte Fragen zu stellen, aber er bekam nur stammelnd und zusammenhanglos Antworten. Zum zweiten Male griff er nach dem Glas, füllte einen tüchtigen Schuß Kognak ein und zwang Voucher zu trinken. Der scharfe Alkohol verfehlte seine Wirkung nicht. Jetzt kam der Patient erst wieder recht zur Besinnung.

„Nun, wie war es, Professor?" wiederholte Turner seine Frage.

„Entsetzlich, Turner!" erwiderte der andere mit leisem Stöhnen. Helle Schweißperlen standen auf seiner Stirn, während er weitersprach. „Grauenhaft! Das ist keine Umformerstation – ein Haus des Satans ist es!" stieß er erregt hervor und versuchte trotz seiner Schwäche sich aufzurichten.

Mit leichtem Druck zwang ihn Turner in die Ruhelage zurück und sprach weiter: „Ein Haus des Satans, sagen Sie, Voucher? Ich bin immer noch der Meinung, daß es eine einfache Umformerstation ist."

Ein heiseres Lachen kam aus Vouchers Kehle. „Umformerstation – ein Teufelshaus, ein Spukhaus, das Blitze in den Himmel schleudert, wenn man die Türklinke berührt!" Seine frühere Schwäche machte jetzt einer wachsenden Erregung Platz. „Tausendmal recht hat Headstone!“ schrie er. „Das ist der Platz, an dem die Deutschen ihre Erfindungen machen – Erfindungen, von denen wir in Amerika noch nichts ahnen – oh, sie wissen sich zu schützen“, er knirschte mit den Zähnen, „die Hunde, die verfluchten! Blitz und Donner werfen sie auf jeden, der hinter ihre Geheimnisse zu kommen versucht...!“

Er atmete tief auf und streckte sich wieder lang aus. Von neuem überkam ihn die Schwäche. Schweigend saß Turner an seinem Lager. Erst nach langen Minuten fragte er wieder:

„Was gedenken Sie zu tun, Professor?“

Die Stimme Vouchers war matt, als er antwortete. „Ich werde Headstone schreiben, daß es unmöglich ist, seinen Auftrag zu erfüllen.“

„Ich fürchte, Mister Headstone wird das nicht gern hören“, warf Turner ein.

„Mag er es gern oder ungern hören“, erwiderte Voucher, „ich werde ihm schreiben, daß seine Vermutung richtig war, daß in diesem Betonhaus die Stelle ist, an der deutsche Erfinder am Werke sind, und ich werde ihm auch mitteilen, daß sie sich mit übermenschlichen Mitteln geschützt haben und daß jeder Versuch, dort eindringen und spionieren zu wollen, barer Wahnsinn ist.“

Turner erhob sich, ging an seinen Koffer und holte aus der Reiseapotheke ein gleichzeitig beruhigendes und stärkendes Medikament, das er Voucher einflößte. Wie ein Kind nahm er ihn auf die Arme, trug ihn in sein Zimmer und bettete ihn. Geduldig wartete er, bis der Professor eingeschlummert war. Leise kehrte er danach in seinen eigenen Raum zurück. Doch er war noch zu erregt, um an Ruhe denken zu können. Wieder warf er sich in den alten Lehnstuhl, in dem er bereits die halbe Nacht verbracht hatte, und hing seinen Gedanken nach.

Sie waren von zweifacher Art. Einmal tat ihm der Professor wirklich leid; denn es war außer Zweifel, daß er bei dem Abenteuer haarscharf am Tode vorbeigegangen war. Andererseits aber empfand er auch eine gewisse Freude darüber. Als Konkurrenten, ja gewissermaßen als Vorgesetzten hatte ihm Headstone den Mann hierhergeschickt, und gleich der erste Tag hatte diesen krassen Mißerfolg gebracht. Langsam begann er in Gedanken eine Bilanz aufzumachen. Was hatte er selber in den Monaten geleistet, die er hier auf dem gefährlichen Gelände schon tätig war! Die Höhe des deutschen Fangnetzes hatte er erkundet. Hinter das Geheimnis der deutschen Halteseile war er gekommen, und einen deutschen Strahlkollektor hatte er unter reichlich aufregenden Umständen erbeutet. Das waren Aktivposten von einer nicht zu unterschätzenden Bedeutung...

Der andere dagegen, die neue Kraft – Turner lächelte leicht vor sich hin –, war gleich am ersten Tage plump in die Falle getappt, weil er die Lage vollkommen verkannte. Bei Headstone mußte er, Turner, jetzt sicher eine gute Note haben, davon war er überzeugt. Nur eine Sorge beschäftigte ihn: ob nicht die Ungeschicklichkeit Vouchers die Lage so verschärft hatte, daß sie beide guttaten, Deutschland so schnell wie möglich zu verlassen.

Das Frührot schimmerte schon durch die Fenster, als er sich endlich entschloß, zur Ruhe zu gehen. –

Dr. Frank und der alte Zacharias hatten beide einen gesunden Schlaf, aber der Donner, der jenem künstlichen Blitz folgte, wäre imstande gewesen, Tote aufzuerwecken. Gleichzeitig fuhren beide von ihrem Lager empor und kleideten sich in Eile an.

„Es ist jemand an der Torklinke gewesen“, sagte der Doktor, als Zacharias über die Schwelle seines Zimmers trat.

„Das habe ich auch schon gedacht“, lachte der Alte. „Sollte vielleicht unser Freund Turner derjenige sein, welcher...“

„Man müßte es feststellen“, meinte Dr. Frank. „Ernstlich Schaden gelitten kann er kaum haben, eine Ohnmacht halte ich nicht für ausgeschlossen. Kommen Sie mit, Zacharias, Sie kennen den Amerikaner persönlich. Wir wollen uns davon überzeugen, was geschehen ist.“

Während sie zusammen durch die Säle des Hauses gingen, schaltete der Doktor die Blitzsicherungen aus. Ungefährdet konnte der Alte das Tor öffnen und trat ins Freie. Das Mondlicht war stark genug, um die Umgebung erkennen zu lassen. Johannes Zacharias brauchte nicht lange zu suchen, um in einiger Entfernung einen auf dem Rasen liegenden menschlichen Körper zu erblicken. Lautlos ging er näher heran. Staunen malte sich in seinen Zügen, als er den Körper schärfer ins Auge nahm. Sein Freund Turner war es zwar nicht, wohl aber jemand anders, der ihm auch nicht unbekannt war. Vorsichtig beugte er sich nieder, brachte sein Ohr an den Mund des Liegenden und stellte fest, daß dessen Atem noch ging. Dann kehrte er ebenso leise, wie er gekommen war, in das Haus zurück.

„Nun, wie steht's, wer ist's?“ empfing ihn Dr. Frank.

„Harmlose Sache, Doktor. Nur eine Ohnmacht. Turner ist's nicht; aber – sollte man es für möglich halten? – der amerikanische Professor vom ›Electric Engineer‹ ist's...“

„Dem gegenüber Sie sich einmal etwas verplappert haben, lieber Zacharias? War es nicht so?“ unterbrach ihn der Doktor und drohte ihm scherzend mit dem Finger. Dem Alten war die Erinnerung nicht angenehm, und er suchte den Vorfall zu seinen Gunsten zu wenden.

„Wer weiß, wofür das damals gut war, Doktor! Dadurch wissen wir jetzt wenigstens, mit wem wir es zu tun haben. Wir kennen den neuen Agenten, den Mister Headstone nach Deutschland geschickt hat; ich werde Geheimrat Bergmann schleunigst davon in Kenntnis setzen.“

„Tun Sie's in Gottes Namen, lieber Zacharias. Ich halte es kaum für nötig. Ich glaube, der Neue wird von der ersten Probe genug haben und sich schleunigst wieder in die Staaten verziehen.“

Während sie langsam durch die Säle zurückgingen, schaltete der Doktor die Blitzkondensatoren wieder ein.

„Für alle Fälle“, meinte er lachend, „falls noch ein anderer Lust haben sollte, bei uns Besuch zu machen. Kommen Sie, wir wollen wieder schlafen gehen.“

Viel früher als Turner und Professor Voucher im Heidekrug lagen Dr. Frank und der Alte wieder in ihren Betten und bald in festem Schlummer.

***

Mr. Fosdick und Mr. Cowper waren so ziemlich am Ende ihrer Kräfte, als sie nach weiteren zwei Wochen schwerster Arbeit an James Headstone drahten konnten: „Fangnetz zum Auflassen bereit.“

Umgehend kam die Antwort: „Mit Auflassen warten. Komme übermorgen selbst.“ Fosdick warf das Telegramm seinem Kollegen hin.

„Der Boß sollte bleiben, wo der Pfeffer wächst. Will übermorgen selber kommen... höchst überflüssig. Stört uns hier nur." Auch Cowper machte ein süßsaures Gesicht, während er den Text überflog. Dann begann er an den Fingern zu rechnen und verkündete triumphierend das Ergebnis.

„Vierzig Stunden, Fosdick, bevor der Boß uns hier beglücken wird. Das ist das einzige Gute an der Geschichte. Für die nächsten vierundzwanzig Stunden bin ich für niemand zu sprechen."

„Was haben Sie vor?" fragte Fosdick verwundert.

„Einen Dauerschlaf, Fosdick! In den letzten Wochen sind wir nur auf Stunden ins Bett gekommen. Ich rate Ihnen: Machen Sie es ebenso! Desto frischer werden wir später dem Boß entgegentreten können."

Cowper hielt, was er versprach. Vierundzwanzig Stunden hindurch bekam ihn niemand zu Gesicht. Fosdick besaß diese Ruhe nicht. Schon am nächsten Morgen war er wieder auf den Beinen und lief den Stationsplatz nach allen Richtungen ab, um sich zu überzeugen, daß alles bis ins kleinste in Ordnung war.

Da lag das mächtige Netz wieder vollkommen instand gesetzt und mit den neuen Strahlkollektoren ausgerüstet. Da standen auf sieben gewaltigen Betonblöcken gigantische Seilwinden, und bei jeder Windentrommel lagen acht Kilometer des neuen Seiles. Da schwebten sieben Tragballone dicht über den Winden, schlaff und schrumpelig, nur zum Teil mit Heliumgas gefüllt. Die Füllung war genau berechnet. Bei dem viel geringeren Luftdruck in acht Kilometer Höhe würde das in den Ballonhüllen eingeschlossene Gas sich ausdehnen. Prall und rund würden die Ballone dort im Äther stehen.

Von allen Einzelheiten überzeugte sich Fosdick. Er setzte die Brennstoffleitung unter Druck. Er ließ die Brausebrenner der Strahlkollektoren arbeiten und war erst zufrieden, als alles bis ins kleinste klappte.

Und dann kam der große Tag. Das Auto, das von der Straße her anrollte, brachte James Headstone und Direktor Brooker. Weit abseits von dem Stationsgebäude in der Nähe eines der Rundballone mußte es halten, um nicht auf das Netz zu geraten. Zum Empfang standen Fosdick und Cowper bereit. Headstone schien gegen seine sonstige Gewohnheit in bester Laune zu sein; Direktor Brooker sah nachdenklich aus, während er seinen Blick über das mächtige Fangnetz hin bis zu den weit entfernten Ballonen am andern Rande schweifen ließ.

„Alles in Ordnung?“ fragte Headstone.

„Alles in Ordnung, Mister Headstone!“ kam die Antwort von Fosdicks Lippen.

„Fangen Sie an!“ befahl Headstone. Fosdick gab ein Kommando in das vor ihm stehende Mikrophon. Von hundert am Rande des Netzes verteilten Lautsprechern kamen seine Worte echoartig zurück. Von allen Seiten her liefen Werkleute mit brennenden Fackeln über das Netz, bei jedem Strahlkollektor machten sie einen Moment halt, und eine blaue, im hellen Licht des sonnigen Morgens kaum sichtbare Flamme brannte auf, wenn eine Fackel einen Kollektor berührte.

Ein neues Kommando in das Mikrophon, und die Werkleute verließen eilends das Netz.

„Winden laßt an!“ sprach Fosdick in das Mikrophon, und gleichmäßig begannen die mächtigen Elektromotoren der sieben Winden zu arbeiten. Langsam lief Seil von den Windentrommeln ab, ließ die Ballone steigen und nahm das Netz mit sich. Schon stand es an den Rändern mannshoch über dem Rasen, während es mit seinem mittleren Teil noch darauflag, als Fosdick wieder ein Kommando in das Mikrophon gab.

Zum zweiten Male eilten die Werkleute von den Rändern des Netzes her hinzu, aber jetzt standen sie unter ihm, und während es sich langsam weiter hob, drangen sie allmählich nach der Mitte hin vor, machten es hier und dort von einer Unebenheit des Bodens, in die es sich verfangen hatte, frei, zündeten an der einen oder anderen Stelle Kollektoren an, die bei dem ruckweisen Losreißen vom Boden erloschen waren. Nun trafen sie in der Mitte des Platzes an dem Stationsgebäude zusammen. In seiner ganzen Ausdehnung schwebte das Netz jetzt frei in der Luft. Wieder ein Kommando in das Mikrophon, und schneller liefen die Motoren, schneller stieg das Ganze, von den sieben Ballonen getragen, in die Höhe. Jetzt schon hundert – zweihundert – jetzt fünfhundert Meter hoch. Von dem eigenartigen Schauspiel gebannt, starrten Headstone und Brooker schweigend nach oben.

„Wir können jetzt in die Station gehen", wandte sich Fosdick an Headstone.

„Was gibt es da zu sehen?" fragte Direktor Brooker, der sich von dem Anblick des in den Äther emporschwebenden Fangnetzes nur schwer zu trennen schien.

„Wir könnten immer schon die Apparatur einschalten und das Steigen der Spannung mit wachsender Höhe verfolgen", gab Fosdick zur Antwort.

„Ja, das wollen wir auch!" warf Headstone energisch dazwischen und zog den widerstrebenden Brooker kurzerhand mit sich. Gefolgt von Fosdick und Cowper traten sie in das Stationshaus, und war Brooker schon vorher nachdenklich gewesen, so wurde er es jetzt noch mehr, als er vor der neuen für eine Leistung von neuntausendsechshundert Kilowatt bestimmten Umformeranlage stand. Headstone sah neugierig zu, wie Fosdick und Cowper an den Schalttafeln arbeiteten.

Ein Voltmeter wurde eingeschaltet und sprang auf zweihunderttausend Volt.

„Das Netz ist im Augenblick tausend Meter hoch", erklärte Cowper, während er weiter schaltete. Schnurrend setzte sich der Elektromotor in Bewegung, der den von den Kollektoren gesammelten und durch das Mittelseil zur Station fließenden Gleichstrom zerhackte, bevor er dem Transformator zugeführt wurde. Danach wurden auch die Strommesser mobil; ihre Zeiger begannen zu klettern. Die neuen Kollektoren hielten auch im freien Äther, was sie im Laboratorium versprochen hatten.

Die Viertelstunden verstrichen und summierten sich zu halben und ganzen Stunden, während die Spannungs- und Stromzeiger unaufhörlich stiegen. Längst hatten die Voltmesser die Million überschritten, jetzt kamen sie bei 1,6 Millionen Volt zur Ruhe. Die beabsichtigte Höhe war erreicht. In achttausend Meter Höhe schwebte das Netz über der Station. Die vorausberechnete Leistung von neuntausendsechshundert Kilowatt ging von der Niederspannungsseite des Transformators in die Drähte, die vom Stationshaus zur Überlandleitung führten. Alles, was man errechnet und erstrebt hatte, war erreicht.

„Sind Sie zufrieden, Mister Headstone?" fragte Fosdick seinen Chef.

Headstone nickte. „Ich finde nichts daran auszusetzen, Mister Fosdick. Ich werde später mit Ihnen darüber sprechen", unterbrach er sich, als er das nachdenkliche Gesicht Brookers bemerkte.

Von Brooker begleitet, verließ er das Stationshaus und trat ins Freie. Wie anders sah es hier aus als vor wenigen Stunden! Ein paar silbergraue, nur bei schärfstem Hinschauen erkennbare Pünktchen am Himmel – das mochten wohl die Tragballone sein, die noch vor kurzem in der Größe vielstöckiger Häuser hier auf dem Boden standen. Etwas unsicher zwischen ihnen Flimmerndes konnte vielleicht das Netz bedeuten, in dem die Strahlkollektoren die von der Sonne her unaufhörlich in die Erdkugel geschleuderten Elektronen wieder in den Äther zurückwarfen. Headstones Phantasie entzündete sich bei dem Anblick. Als ein modernes Perpetuum mobile, als ein unmittelbar von der Sonnenenergie gespeister Riesenmotor erschien ihm die Anlage in diesem Augenblick.

„Sie sagen gar nichts, Brooker?" stieß er seinen Gefährten an, der mit zusammengekniffenen Lippen dastand.

„Ich sage zweierlei, mein lieber Headstone", antwortete der Direktor auf die Frage. „Technisch mag diese Anlage vorzüglich sein, aber wirtschaftlich langt sie nicht hin und nicht her. Um neuntausendsechshundert Kilowatt zu erzeugen, bedarf es einer so teuren und ausgedehnten Anlage nicht. Das läßt sich mit einfacheren Mitteln billiger erreichen."

James Headstone überlegte eine ganze Weile, bevor er sich zu einer Antwort entschloß; alles hing davon ab, daß der Geldmann Brooker nicht etwa verschnupft wurde und das neue Problem der AE-Stationen als wirtschaftlich unmöglich aufgab.

„Ich würdige Ihre Bedenken, Mister Brooker", begann er zögernd, „doch dürfen wir nicht vergessen, daß es sich hier um etwas vollkommen Neues handelt..."

„Weiß ich, Headstone", gab Brooker trocken zurück. „Professor Voucher hat mir vor seiner Abreise nach Deutschland einen langen Vortrag darüber gehalten. Ich gebe zu, daß die Idee recht verführerisch klingt, Sonnenenergie aus der Atmosphäre unmittelbar als Elektrizität zu gewinnen, aber der Erfolg steht in keinem Verhältnis zum Aufwand. Ja, mein lieber Headstone, das kleine Einmaleins läßt sich nicht vergewaltigen. Kaufmännisch betrachtet scheint mir die Sache nicht sehr aussichtsreich."

James Headstone erschrak bei den letzten Worten Brookers bis ins Innerste. Nicht aussichtsreich?! Was hieß das anderes, als daß Brooker keine Mittel für die Weiterentwicklung des Problems zur Verfügung stellen würde! Öfter als einmal schon hatte er Versuche, nachdem sie Millionen verschlungen hatten, kurzerhand abgebrochen und die Kosten auf Verlustkonto abgebucht. Geschah das auch hier, dann würden sich kaum andere in den Staaten mehr für das Projekt interessieren lassen. Was George Brooker einmal verworfen hatte, war für Wallstreet ein für allemal erledigt. James Headstone war entschlossen, es nicht dahin kommen zu lassen.

„Denken Sie an das deutsche AE-Werk, Mister Brooker!" nahm er die Unterredung wieder auf. „Drüben hält man das Problem nicht für aussichtslos. Ich habe neue Nachrichten, daß Tag und Nacht in der deutschen Station gearbeitet und verbessert wird. Sollen wir uns wieder einmal von den Deutschen übertrumpfen lassen?"

Brooker zuckte die Achseln. Headstone wollte weitersprechen, als er einen Depeschenboten auf einem Motorrad herankommen sah. Kurz vor den beiden stoppte der Bote ab und fragte:

„Ist Mister Headstone hier?"

„Ich bin es selbst!" antwortete Headstone, bekam ein Telegramm und quittierte den Empfang. Er konnte seine Bewegung kaum meistern, während er es aufriß, und wurde noch erregter, als er es las.

„Sehen Sie, Brooker", rief er und hielt es dem Direktor hin, „da haben wir die Bestätigung! Lesen Sie selbst, was Professor Voucher drahtet! Die Erfindung wird in Deutschland in nächster Nähe des AE-Werkes weiterentwickelt. Laboratorium mitten in der Heide. Unheimliche Sicherungen... künstliche Blitze von ungeheurer Stärke. Jedes Eindringen vollkommen unmöglich... Da haben wir die Geschichte! Die Deutschen wissen genau, was sie wollen, und arbeiten unentwegt weiter. Wir dürfen die AE-Station nicht aufgeben, Brooker, es wäre Verrat an unserm Lande!"

Während Headstone sich in steigende Erregung hineinredete, hatte Brooker das Telegramm Vouchers mehrmals gelesen. Nun ließ er es sinken und fuhr sich nachdenklich über die Stirn. Langsam und stockend kamen die Worte von seinen Lippen, als er zu sprechen begann:

„Sie haben recht, Headstone! Die Deutschen arbeiten weiter. Erinnern Sie sich, daß ich schon vor Wochen die Vermutung aussprach, daß die Strahlkollektoren, die Ihr Agent uns beschaffte, vielleicht schon längst überholt sind?“

„Wir müssen der Sache nachgehen!“ warf Headstone dazwischen.

Brooker deutete auf das Telegramm von Professor Voucher. „In das Laboratorium kommt ein Fremder nicht lebendig hinein. Das steht hier klipp und klar...“

Headstone war blaß vor Arger und Wut. „Mögen die verdammten Narren sich verbarrikadieren, wie sie wollen“, schrie er, „einmal müssen Sie uns doch kommen...!“

Brooker sah ihn verständnislos an. „Wie meinen Sie das, Headstone?“

„Schließlich müssen sie doch einmal Patente auf ihre Erfindungen anmelden! Zuerst natürlich in Deutschland; mit den Auslandspatenten pflegen sie sich fast immer Zeit zu lassen. Ich werde meine Agenten beauftragen, die deutsche Patentliteratur noch sorgfältiger als bisher zu verfolgen...“

„Was wollen Sie damit erreichen?“ fragte Brooker abweisend.

Headstones Züge verzogen sich zu einer Grimasse. „Was von den Deutschen in Berlin angemeldet wird, melden wir in Washington – unter Decknamen natürlich – ebenfalls sofort an. Dadurch sichern wir uns die Priorität. Wenn die Deutschen dann mit ihren Anmeldungen auf USA-Patente kommen, können wir Einspruch erheben. Es gibt Prozesse, Brooker, und der Teufel soll mich holen, wenn unsere Anwälte sie nicht für uns gewinnen! Ich bin überzeugt, daß wir den Deutschen auf die Manier die Suppe versalzen können. Verstehen Sie, wie ich es meine?“

Brooker schüttelte den Kopf. „Vergessen Sie eins nicht, Headstone: Die Deutschen verstehen es meisterhaft, Patente anzumelden, die ihnen vollen Schutz für ihre Erfindungen gewähren, ohne doch das wirkliche Geheimnis zu verraten. Es gibt Beispiele genug dafür.“

Headstone blieb hartnäckig. „Mag es sein, wie es will, Brooker. Es ist der letzte Weg, der uns bleibt. Vielleicht können wir auf diese Weise das Spiel doch noch gewinnen!“

***

Professor Voucher schlief nach seinem nächtlichen Abenteuer bis tief in den Tag hinein. Turner war schon früh wieder auf den Beinen; hatte er am vorhergehenden Abend die Bilanz über seine bisherigen Leistungen gezogen, so überdachte er jetzt beim Frühstück auf seinem Zimmer seine gegenwärtige Lage. Daß an irgendeiner Stelle ein Verdacht gegen ihn bestand, ließ sich nicht leugnen. Die Tatsache, daß man ihm seinen alten Hut zugeschickt hatte, sprach zu deutlich dafür. Aber was konnte man ihm beweisen? Er faßte den schlimmsten Fall ins Auge: daß er etwa verhaftet und langwierigen Verhören unterworfen werden könnte. Man würde dann auch seine Korrespondenz beschlagnahmen. Unwillkürlich mußte er bei dem Gedanken lächeln. Außer ein paar harmlosen Familienbriefen würde man nichts bei ihm finden. Jedes Telegramm und jedes Schreiben von Headstone hatte er nach dem Empfang unverzüglich verbrannt und die Asche in alle Winde verstreut. Seit Jahren war ihm dies Verfahren in Fleisch und Blut übergegangen. Er tat es so mechanisch, wie jemand etwa des Abends seine Taschenuhr aufzieht.

Dunkel kam ihm, während er sich die Vorgänge der letzten Monate in die Erinnerung zurückrief, der Gedanke an ein Telegramm Headstones, das er in Kassel erhalten hatte. Er konnte sich nicht entsinnen, wann und wo er es vernichtet haben mochte.

Der Sicherheit halber kramte er noch einmal die gesamte Korrespondenz in seinem Koffer durch: Das Telegramm befand sich nicht darunter. Also hatte er es natürlich ebenfalls vernichtet.

Der übrige Kofferinhalt? – Die Strickleiter würde bei einer Durchsuchung gerade nicht eine Empfehlung für ihn sein. Er beschloß, sich ihrer auf einer seiner nächsten Fahrten zu entledigen. Ein paar Steine darangebunden – und sie würde auf dem Grund irgendeines Flußlaufes für immer verschwinden.

Seine Sammlung von Sperrhaken? – Es wäre schlimm, wenn sie in die Hände der Polizei fiele! Aber trotzdem, er vermochte sich vorläufig noch nicht davon zu trennen, obwohl sie – darüber gab er sich keinem Zweifel hin – in dem sonst so sauberen Bild des harmlosen amerikanischen Touristen Henry Turner einen bedenklichen Flecken bedeutete. Eine übelwollende Behörde konnte daraufhin vielleicht geneigt sein, ihn für einen internationalen Einbrecher zu halten. Nun, das Risiko mußte er laufen, wenn er sich nicht aller seiner Hilfsmittel berauben wollte; aber die Strickleiter mußte schleunigst fort.

Er wickelte sie sich um den Leib, knöpfte die Weste darüber zu und ging hinunter zu seinem Wagen. Dort zog er zunächst die Karte zu Rate, um ein für seinen Zweck geeignetes Wässerchen zu finden. Nach Osten hin schien es deren mehrere zu geben, und gegen seine sonstige Gewohnheit nahm er deshalb den Weg nach Osten.

Nur etwa fünfzehn Kilometer Fahrt, und er hatte gefunden, was er suchte: einen ziemlich breiten Fluß, der in etwa hundert Meter Entfernung neben der Landstraße herlief. Kurz entschlossen lenkte Turner seinen Wagen in die Wiese und fuhr ein Stück querfeldein bis zu einem Tannenhag, der ihn gegen die Sicht von der Landstraße her gut deckte. Ein paar Steine waren bald gefunden; klatschend flog die Strickleiter in den Fluß und verschwand in der Tiefe.

Mr. Turner weinte ihr keine Träne nach. Er kehrte zu seinem Wagen zurück und wollte eben den Motor anlassen, als ein dröhnender Lärm von der Landstraße ihn aufhorchen ließ. Mit einem Sprung war er wieder draußen und pirschte sich zwischen den Bäumen hindurch bis an den Rand der Schonung, von wo er die Landstraße beobachten konnte, ohne selber gesehen zu werden.

Ein mächtiges Motorgefährt keuchte dort in der Richtung nach Westen dahin. Turner nahm sein gutes Glas zu Hilfe, um alle Einzelheiten genau betrachten zu können. Es war einer jener riesigen Spezialwagen, wie man sie in neuerer Zeit für den Transport besonders großer und schwerer Maschinenteile benutzt.

Während der Agent sein Glas schärfer einstellte, kam er aus dem Staunen nicht heraus: Sechzehn Achsen zählte er am Vorderteil des Gefährts, nochmals sechzehn am hinteren Ende. Zweiunddreißig Achsen…

vierundsechzig Räder! Was für ein mächtiges Stück mußte das sein, was dort auf der Straße transportiert wurde! Schwer und mächtig hing es in der Mitte des Spezialwagens, reichte nach unten fast bis zum Straßenplanum, erhob sich nach oben so weit, wie es in Rücksicht auf zu passierende Straßenunterführungen eben noch möglich war, und erstreckte sich – Turner vermochte aus der Entfernung nur zu schätzen – wohl an die dreißig Meter in die Länge.

An einen Riesentransformator erinnerte das gewaltige Werkstück. Turner verrenkte sich fast die Augen, um die weißen Schriftzeichen zu entziffern, die auf dem schwärzlichen Untergrund aufgezeichnet waren. „Bergmann-Werke" glaubte er einmal zu erkennen, war aber seiner Sache bei der Entfernung nicht völlig sicher, da das Fahrzeug inzwischen ein Stück weitergekommen war.

Schon wollte Turner zu seinem Wagen zurückgehen, als neues Geräusch aus der Ferne ihn auf seinem Platz verharren ließ. Ein zweites Fahrzeug der gleichen Art kam herangerasselt, und als das vorüber war, noch ein drittes. Jetzt hatte er Gelegenheit, die Buchstaben auf den Werkstücken mit Sicherheit zu entziffern. Die Sendung kam in der Tat von den Bergmann-Werken. Geduldig wartete er in seinem Versteck, bis die Luft wieder rein war. Dann fuhr er zur Landstraße. Langsam ließ er seinen Wagen auf ihr nach Westen zurückrollen und versuchte, sich eine Erklärung über das eben Gesehene zu machen. Was waren das für Riesenmaschinen? Für welchen Zweck waren sie bestimmt? Die Zahlen: zweiunddreißig Achsen, vierundsechzig Räder, wollten ihm nicht aus dem Kopf.

Er versuchte zu rechnen. Ein Raddruck von fünf Tonnen war bei den gigantischen Doppelreifen dieser Spezialwagen wohl denkbar. An die dreihundert Tonnen mochte jedes der mächtigen Werkstücke wiegen. Für die drei, die er gesehen hatte, waren das neunhundert Tonnen. Vielleicht kam noch etwas dazu, und alles ergab einen Transformator von tausend Tonnen Gewicht. Henry Turner verstand genug von der Elektrotechnik, um sich die Leistung auszurechnen, die solch eine Mordsmaschine hergeben konnte, und er kam dabei zu Zahlen, die über sein Verständnis gingen.

Unwillkürlich hatte er seinen Wagen etwas schneller laufen lassen und war bis auf wenige hundert Meter an die Spezialwagen herangekommen. Jetzt drosselte er den Motor wieder und blieb etwas zurück. Sein Plan war gefaßt. Er wollte nach seinem alten, so oft bewährten Rezept vorgehen: den Fahrzeugen folgen, haltmachen und einkehren, wo die Fahrer einkehrten, und nicht ruhen, bis er den Bestimmungsort in Erfahrung gebracht hatte. Mochte die Fahrt dauern, so lange sie wollte, sein Tank war gut gefüllt.

Doch nicht allzulange wurde seine Neugier gespannt. Jetzt näherte sich der Zug jenem Seitenweg mit dem merkwürdigen Verkehrszeichen, der ihm schon früher einmal Rätsel aufgegeben hatte – und hier geschah es. Die Fahrer der drei großen Spezialwagen kümmerten sich nicht um diese Sperre. Einer der Wagen nach dem anderen bog von der Landstraße ab, fuhr auf dem Feldweg quer in die Heide hinein, und bald waren sie zwischen Bäumen und Büschen verschwunden.

Das Herz schlug Turner bis an den Hals, als er ihnen nachblickte. Das war ja der Weg zu dem deutschen AE-Werk! Für dies Werk war die gewaltige neue Maschinerie bestimmt! Er konnte es nicht fassen und mußte es doch glauben, wenn er seinen Augen überhaupt noch trauen durfte. Wild gingen ihm die Leistungszahlen, die er vor kurzem errechnet hatte, im Kopf herum. Noch halb benommen wendete er seinen Wagen und nahm Kurs auf den Heidekrug. In der Gaststube fragte er nach Professor Voucher.

„Hei sitt buten im Goaren", antwortete ihm der Bursche an der Theke. Turner verstand zur Not, was gemeint war, und ging hinaus. Sah, stand und stockte. Auf der Bank unter der Linde saß der Professor und neben ihn, – zum zweitenmal an diesem Tage glaubte Turner seinen Augen nicht trauen zu dürfen – der alte Heideläufer. Sie saßen zusammen – das mochte immer noch hingehen –, aber sie waren auch in einem eifrigen Gespräch begriffen, und das gab Turner den Rest. Er wußte, daß der Professor nur ein paar dürftige Brocken Deutsch sprach, etwa genug, um sich nach einem Wege zu erkundigen oder im Hotel etwas nach der Speisekarte zu bestellen. Wie war es möglich, daß die beiden so lebhaft miteinander plauderten? So interessiert waren sie dabei, daß sie Turner noch gar nicht bemerkt hatten. Vorsichtig ging er von der Seite näher heran und stand vor einer neuen Überraschung. Der alte Heideläufer sprach ein gutes Englisch mit unverkennbarem amerikanischen Akzent. Unwillkürlich griff Turner sich an die Stirn, trat ein paar Schritte weiter vor und verursachte dabei ein Geräusch. Voucher hörte es, blickte auf und sah ihn.

„Hallo, Mister Turner! Habe hier einen alten Bekannten getroffen! Vermute, Sie kennen ihn auch schon!" rief er ihm auf englisch zu.

„Gewiß, ich hatte bereits das Vergnügen", bestätigte Johannes Zacharias die Vermutung des Professors in der gleichen Sprache und schaute Turner vergnügt an. Der Agent spürte es fast körperlich, wie die Blicke des Alten seine Gestalt umfaßten, über sein Gesicht glitten und schließlich an seinem Hut hängenblieben, jenem Panamahut, der ihm in den letzten Wochen so mancherlei zu schaffen gemacht hatte.

„Sie sprechen englisch, Mister Zacharias?" war alles, was er überrascht und verlegen herausbringen konnte.

„Aber natürlich, Mister Turner!" gab Zacharias trocken zur Antwort. „Ich war lange genug in den Staaten."

Während Turner sich setzte, sprach der Alte weiter. War das, was er Professor Voucher bei ihrem ersten Zusammentreffen erzählt hatte, schon ein recht ansehnliches Lügenbündel gewesen, so hatte das, was er jetzt vorbrachte, noch weit weniger mit der Wahrheit zu tun. Geheimrat Bergmann wäre vielleicht für seinen alten Freund Johannes errötet, wenn er es mit angehört hätte. Eine lange und zum Teil recht rührsame Geschichte legte der Alte den beiden Amerikanern auf den Tisch, ohne mit der Wimper zu zucken.

Von seinem Aufenthalt in den amerikanischen Weizenstaaten berichtete er. Wie er erst als einfacher Landarbeiter begonnen und allmählich so viel Dollar gespart habe, daß er eine eigene Farm erwerben konnte. Von wachsenden Erfolgen erzählte er weiter, von der Gründung einer Familie in den Staaten – der alte Zacharias war niemals verheiratet gewesen –, wie seine teure Kitty dann gestorben sei und die Sehnsucht nach der alten Heimat ihn wieder in die Heide zurückgebracht hätte. Sauber und klar fügte sich jeder Satz seiner Erzählung an den anderen. Ein Durchschnittsschicksal war es, wie es auch mancher andere deutsche Auswanderer erlebt haben mochte, und begierig sog Turner jedes Wort in sich hinein. Jetzt endlich hatte er die Unterlagen, die Headstone so dringend forderte. Jetzt konnte er einen

Bericht machen, der ihm einen guten Punkt bei Headstone einbringen würde.

Daß die Sache in Wirklichkeit ganz anders lag, daß Zacharias in seinen jungen Jahren längere Zeit in der amerikanischen Elektroindustrie tätig war, bevor er nach Deutschland zurückkehrte, in den Bergmann-Konzern eintrat und es hier bis zum Generaldirektor brachte, davon hatte der Alte wohlweislich kein Wort verlauten lassen, und füglich konnte Turner auch nichts davon wissen. Doch was er hier gehört hatte, genügte ihm vollkommen. Er hatte das Bestreben, recht bald wegzukommen und an seinen Bericht zu gehen. Auch Professor Voucher schien von ähnlichen Wünschen beseelt zu sein. Dem Alten, der die beiden Amerikaner unter halb gesenkten Lidern beobachtete, entging es nicht, und er kam ihnen auf seine Art entgegen.

„Essenszeit für mich, Gentlemen, muß nach Hause!“ sagte er unvermittelt und stand auf. Ein kräftiger Händedruck, und er verließ den Garten.

„Gott sei Dank, jetzt weiß ich über den alten Kerl endlich Bescheid!“ sagte Turner, als Zacharias verschwunden war.

Voucher zuckte die Achseln. „Vielleicht, vielleicht auch nicht, mein lieber Turner. Ich frage mich, woher der Alte seine elektrotechnischen Kenntnisse hat.“

„Du lieber Himmel, Professor“, schob Turner den Einwand beiseite, „alle unsere Farmer drüben sind halbe Elektrotechniker und Ingenieure! Müssen es ja wegen der Motorisierung unserer Landwirtschaft sein. Das wundert mich gar nicht.“

Zögernd gab Voucher die Möglichkeit zu, zum Teil deswegen, weil er etwas anderes Dringendes mit Turner zu besprechen hatte.

„Kommen Sie mit mir auf mein Zimmer“, meinte er, „ich habe Ihnen etwas Wichtiges zu zeigen.“

Oben angekommen, kramte der Professor eine Zeitlang zwischen einem Stapel von Papieren. „Sie wissen, Turner“, sagte er dabei erklärend, „daß Mister Headstone seit kurzem die deutschen Patentanmeldungen durch seine Agenten besonders sorgfältig verfolgen läßt? Sein Auftrag geht dahin, alles, was möglicherweise mit dem deutschen AE-Werk zusammenhängen könnte, zu beschaffen…" Mit einem leichten Seufzer hob er das Bündel Papiere empor. „Sehen Sie, Turner, das ist das Resultat davon! In ihrem Übereifer haben die Leute auf Tod und Teufel alle möglichen und unmöglichen Anmeldungen herausgeschrieben, und ich habe das Vergnügen, mich durch den Wust durcharbeiten zu müssen. Neunundneunzig Prozent davon sind natürlich Unfug, aber eine Anmeldung habe ich hier doch gefunden" – er zog ein Blatt aus dem Bündel –, „die Anmeldung eines Doktor Frank auf eine kalte Kathode."

„Kalte Kathode, Professor? Ist doch alles Schwindel! In den Staaten haben wir wenigstens tausend Patente auf kalte Kathoden, die sehr schnell wieder in der Versenkung verschwunden sind."

Voucher nickte. „Sie haben recht, Turner. Aber deshalb könnte an der tausendundersten vielleicht doch etwas dran sein. Was mich bei dieser Anmeldung hier stutzig macht, ist so eine gewisse Ähnlichkeit mit dem Verfahren bei der Herstellung der deutschen Halteseile. Auch hier handelt es sich um die Behandlung bestimmter Metallegierungen mit schnell fliegenden Elektronen."

Turner machte große Augen. „Hm, Professor, darf ich die Anmeldung einmal sehen?"

Der Professor reichte ihm das Blatt. „Meinetwegen, mein lieber Turner, aber ich fürchte, Sie werden noch weniger klug daraus werden als ich." Turner begann zu lesen, während Professor Voucher ihm belustigt zusah. Der Agent war noch nicht mit der Hälfte des Schriftstücks fertig, als er es mutlos sinken ließ.

„Vollkommen unverständlich für mich, Professor. Da soll der Teufel draus klug werden! Was kann der Mann damit meinen: Harmonisches Vielfaches zwischen den Geschwindigkeiten der auftreffenden Elektronen und der Außenelektronen der Atome? Da kommen noch Zahlen, daß einem grün und blau vor Augen wird…"

„Und die sicherlich alle falsch sind", warf der Professor dazwischen.

Turner legte das Blatt auf den Tisch zurück. „Amüsieren Sie sich damit, Professor, das ist nicht meine Sache. Kabeln Sie das Zeug nach Amerika 'rüber. Headstone wird schon wissen, was er damit vorhat.“

Voucher nickte. „Ich werde es tun, Turner – den Text – dazu meine Erläuterungen. Es wird ein langes Kabelgramm werden. Verschlüsseln muß ich es auch. Der Nachmittag wird draufgehen. Sie sind zu beneiden, Turner. Ihre Arbeit ist, wie mir scheint, etwas leichter.“

„Glauben Sie vielleicht, Professor. Ich sage Ihnen, Sie täuschen sich. Meine Arbeit ist ein ständiges Hasardspiel. Hat man Glück, gelingt einmal ein Schlag. Hat man Pech, kann man sich Wochen und Monate vergeblich quälen.“

„Im allgemeinen haben Sie aber recht viel Glück gehabt“, meinte Voucher lächelnd. „Sie wissen, Headstone lobt nicht gerne, aber letzten Endes ist er mit Ihnen zufrieden. Den Eindruck hatte ich bei unserm letzten Zusammen–“

„Hören Sie, Professor“, fiel ihm Turner jäh ins Wort, „heute morgen habe ich wieder mal Glück gehabt. Ich konnte beobachten, daß ein neuer Transformator von tausend Tonnen Gewicht in das deutsche AE-Werk gebracht wurde.“

„Tausend Tonnen, Turner?! Irren Sie sich nicht? Das ist doch unmöglich...“

„Ich irre mich nicht, Professor, das Gewicht stimmt. Die ungefähre Leistung dieser Riesenmaschine werden Sie besser schätzen können als ich. Das muß natürlich auch gleich gekabelt werden. Ich mache den Bericht für Sie fertig. Fügen Sie ihn Ihrer Depesche an...“

Bis spät in den Abend hinein waren die beiden Beauftragten von James Headstone in ihren Zimmern mit Berichten und Verschlüsselungen beschäftigt. Die Nacht kam bereits herauf, als Turner sich in seinen Wagen setzte, um zum Telegraphenamt der nächsten größeren Stadt zu fahren. Und es war ein gutes Stück Geld, das die deutsche Post an den Elaboraten verdiente, die er dort aufgab.

***

James Headstone saß in seinem Büro im Verwaltungsgebäude der United Electric in New York, als ihm zwei Kabelgramme im Original auf den Tisch gelegt wurden. Er nahm sich selbst die Mühe, sie zu entschlüsseln. Alle das deutsche AE-Werk betreffenden Meldungen wünschte Mr. Headstone absolut geheimzuhalten und hatte zu diesem Zweck ein raffiniertes Mittel gewählt. Für einen oberflächlichen Beobachter schienen diese Depeschen in dem international zugelassenen amerikanischen Handelscode abgefaßt zu sein. Tatsächlich hatte er jedoch schon seit längerer Zeit für den Verkehr mit seinen Agenten einen Zwischencode ausarbeiten lassen. Nur mit diesem, der für gewöhnlich wohlverschlossen in Headstones Safe lag, ließ sich der wirkliche Sinn der Depeschen entziffern. Hätte irgendein neugieriger Angestellter der United Electric es mit dem gewöhnlichen Handelscode versucht, hätte er nur unverständliches Zeug herausbekommen.

Jetzt lag dieser Geheimcode vor ihm auf dem Tisch, und Wort für Wort entschlüsselte er den Bericht Turners über den alten Heideläufer. Seine Stirn krauste sich leicht, als er damit zu Ende war. Es kann wohl so sein, aber wer weiß, ob es wirklich so ist? ging es ihm durch den Sinn, während er die Depesche beiseitelegte und seine Entzifferung gewohnheitsgemäß in einem großen Marmoraschbecher verbrannte.

Nachdenklich schloß er die Augen. Der Name Zacharias wollte ihm nicht aus dem Kopf. Irgendwo glaubte er ihn schon früher einmal gehört zu haben, versuchte jedoch vergebens, darauf zu kommen, bei welcher Gelegenheit das gewesen sein könnte. Des Grübelns müde, griff er nach dem zweiten Telegramm, und zusehends wuchs sein Interesse, während er Wort für Wort in englischem Klartext niederschrieb.

Das war endlich einmal etwas, diese Anmeldung auf eine kalte Kathode, die Professor Voucher ihm als voraussichtlich wichtig kabelte. Verdruß zeigte sich in Headstones Zügen, als er Vouchers Erläuterungen dazu entzifferte, die den Wert der deutschen Anmeldung wieder zu mindern schienen. Wären Dr. Frank und Professor Livonius in der Lage gewesen, ihn bei seiner Arbeit zu beobachten, sie hätten sicherlich ihr Vergnügen daran gehabt, denn jene Anmeldung, die sie vor Wochen zusammen ausarbeiteten, war wirklich ein kleines Meisterstück. Gab sie doch vollen Schutz für die Erfindung, ohne die letzten Geheimnisse zu verraten.

Verdrießlich ließ Headstone den Bleistift einen Augenblick sinken. Sollte etwa der ganze Rest der Depesche aus solchen Erläuterungen – Nörgeleien nannte er sie bei sich – bestehen? Nun, es half nichts, er mußte sie bis zu Ende entziffern. Mißmutig setzte er seine Arbeit fort und stockte von neuem, nachdem er die nächsten Zeilen zu Papier gebracht hatte. Da kam ja etwas ganz anderes. Ein Bericht Turners über einen Riesentransformator für das deutsche AE-Werk. Diesmal verbrannte er das Papier nicht, als er mit der Entschlüsselung fertig war, sondern griff zum Telephon und rief Direktor Brooker an. –

„Ist es so dringend, Headstone?" fragte Brooker, als er wenige Minuten später in dessen Zimmer trat. „Ich habe Besuch da, möchte den Mann nicht lange warten lassen."

„Sehr wichtig, Brooker. Wer ist denn bei Ihnen?"

„Mister Pellham, der Chef unserer Patentabteilung."

Zum zweitenmal griff Headstone zum Telephon und bat Pellham, in etwa fünf Minuten zu ihm herüberzukommen, wo er auch Brooker treffen würde. Dann reichte er Brooker den Klartext von Vouchers Telegramm. Der Direktor las und nickte dabei.

„Sehr richtig, Headstone, daß Sie Pellham gleich gebeten haben. Patentsachen, da ist er unser bester Mann. Unsere Anmeldung muß noch heute nach Washington abgehen. Das Datum des Poststempels ist entscheidend für die Priorität."

Noch während er sprach, hatte er weitergelesen. Jetzt ließ er das Telegramm sinken und starrte Headstone wortlos an.

„Ja, ja, mein lieber Brooker, die Deutschen sind uns wieder mal ein gutes Stück voraus!" Unmut und doch auch wieder Genugtuung, daß er recht behalten, klangen aus den Worten Headstones. „Neuntausendsechshundert Kilowatt haben wir in unserer Station, der deutsche Transformator –", Headstone warf ein paar Ziffern auf seinen Schreibblock, „Hundertfünfzigtausend bis zweihunderttausend Kilowatt dürfte er haben."

Brooker wühlte mit beiden Händen in seinen Haaren. „Unglaublich, Headstone! – Das Zwanzigfache unserer Leistung! Unmöglich! – Undenkbar!"

Fast wie ein Schrei kamen die letzten Worte von seinen Lippen. Headstone schüttelte den Kopf. „Der Bericht kommt von Turner, Mister Brooker. Er hat nicht immer alles geliefert, was wir verlangten, aber was er uns meldete, war stets richtig."

Brookers Hände lagen auf dem Tisch. Seine Haare waren zerwühlt. Blässe und Röte jagten sich in seinem Gesicht.

„Haben Sie eine Erklärung?" brachte er stöhnend hervor.

Headstone deutete auf den ersten Teil der Depesche. „Da haben Sie die Erklärung, Brooker. Die Anmeldung über die kalte Kathode. Die Deutschen haben die Strahlkollektoren aufgegeben. Die neue Erfindung verzwanzigfacht die Leistung ihres AE-Werks."

In seine letzten Worte klang ein Klopfen an der Tür. Mr. Pellham kam herein.

Während Brooker ihn bat, Platz zu nehmen, griff Headstone nach einer Schere und schnitt den Passus, der von den deutschen Riesenmaschinen handelte, von seinem Manuskript ab. Den Rest schob er Pellham hin.

„Lesen Sie das, Mister Pellham. In zwei Stunden, spätestens mit dem Ein-Uhr-Zug, muß unsere Anmeldung nach Washington gehen."

„Nicht mit dem Ein-Uhr-Zug – bestellen Sie ein Flugzeug!" warf Brooker dazwischen.

Pellham hatte inzwischen den Text der Anmeldung gelesen und war zu den Erläuterungen Vouchers gekommen. Abwechselnd nickte er zustimmend und schüttelte den Kopf, während er sie durchflog.

„Was halten Sie davon?" fragte ihn Headstone ungeduldig.

Pellham lehnte sich in seinen Sessel zurück und sah Headstone voll ins Gesicht.

„Es hat keinen Zweck, sich jetzt auf die Erläuterungen Vouchers einzulassen. Wir würden Tage brauchen, um sie richtig durchzuarbeiten. Kostbare Zeit könnte verlorengehen. Priorität ist die Hauptsache. Ich werde die deutsche Anmeldung nur leicht umarbeiten lassen. In einer Stunde kann sie im Flugzeug abgehen. Zeigt der Zeitstempel, den man im Patentamt in

Washington draufdrückt, nur fünf Minuten weniger als der einer deutschen Anmeldung, haben wir gewonnenes Spiel. Nachmeldungen können wir später in aller Ruhe machen."

Schon während der letzten Worte war Pellham aufgestanden. „Es eilt, Gentlemen."

„Schon recht, Mister Pellham. Machen Sie so schnell wie möglich!" rief ihm Headstone noch nach, als er bereits die Tür hinter sich zuzog. –

Dreißig Stunden später kam Professor Voucher in einem schnellen Flugzeug in New York an. Ein dringendes Kabelgramm Headstones hatte ihn zurückgerufen. Und dann gab es Konferenzen über Konferenzen. Zuerst eine Besprechung zwischen Voucher und Pellham, als deren Resultat ein halbes Dutzend Zusatzanmeldungen nach Washington abgingen. Danach eine große Sitzung der besten Fachleute der United Electric, bei der Headstone präsidierte.

Nach den schlechten Erfahrungen mit der Aluminum Corporation hatte er sich entschlossen, die Weiterentwicklung der Erfindung durch die United Electric selbst zu betreiben, auf dem Fundament, das die deutsche Anmeldung ihm bot, unter Heranziehung aller Mittel des großen amerikanischen Elektrokonzerns selbständig weiterzubauen. An und für sich war das zweifellos ein richtiger Gedanke, doch ließ das Fundament dank der delphisch dunklen Fassung, die ihm Dr. Frank und Professor Livonius gegeben hatten, an Tragfähigkeit viel zu wünschen übrig, und hart prallten die Meinungen der Konferenzteilnehmer in den nächsten Tagen aufeinander.

Daß die Deutschen mit schnell fliegenden Elektronen, ja wahrscheinlich mit sehr schnell fliegenden Elektronen arbeiteten, stand ja bei allem fest. Daß Blitzröhren von bisher noch nicht bekannter Größe und Spannung dazu nötig waren, konnte ebenfalls als sicher gelten – aber wie groß mußten sie werden? Mit welcher Spannung würden sie arbeiten müssen? Mit welcher Geschwindigkeit mußten die Elektronen die umzuwandelnden Metall-Legierungen treffen? Das waren Fragen, über die sich eine Einigung schwer erzielen ließ. Die Zahlen der deutschen Anmeldung ließen eine allzu verschiedene Deutung zu.

„Wir sollten mit einer Röhre von fünf Millionen Volt beginnen“, schlug Chefingenieur Longmans vor.

„Ist meiner Meinung nach zu wenig“, sagte Fred Norton, der Spezialist für Blitzröhren. „Zehn Millionen Volt müssen wir unbedingt haben.“

„Das wird's nicht tun, Gentlemen!“ mischte sich Edward Harding ein, der auf dem Gebiet der Atomzertrümmerung tätig war. „Nehmen Sie eine Röhre für dreißig Millionen Volt und Sie werden der Wahrheit näher kommen.“

Lebhafter Widerspruch der Gegenpartei unterbrach ihn. Zurufe, die fast schon beleidigend klangen, wurden laut.

„Dreißig Millionen Volt? Wie denken Sie sich die Erzeugung dieser Spannung?“ schrie Carrington, der Hochspannungsfachmann, dazwischen. „Wir haben keine Isolierstoffe, die solcher Spannung gewachsen sind. Es ist Wahnsinn, überhaupt daran zu denken!“

Wild brandeten die Meinungen gegeneinander, und Minuten verstrichen, bis Headstone sich wieder Gehör verschaffen konnte.

„Wie stehen Sie dazu, Professor?“ fragte er mit einem Blick auf Voucher. Der Professor rieb sich nachdenklich das Kinn.

„Ich möchte Ihre Frage mit einer Gegenfrage beantworten, Mister Headstone. Kann mir einer der Herren sagen, welche Spannung notwendig ist, um einen Blitz von drei bis vier Kilometer Länge durch die Atmosphäre zu schleudern?“

Von allen Seiten des Tisches her flogen dem Professor Antworten zu, doch keine glich der anderen.

„Zehn Millionen Volt!“ rief Norton.

„Dreißig Millionen Volt!“ überschrie ihn Harding.

„Nonsense!“ knurrte Longmans dazwischen. „So, wie Sie es wollen, läßt sich die Frage nicht beantworten. Es hängt alles vom Zustand der Atmosphäre ab, wie weit sie schon vorionisiert ist. Die verschiedensten Spannungen können einen Blitz von dieser Länge erzeugen.“

„Ich sehe den Grund für Ihre Frage nicht“, wandte sich Headstone an den Professor. „Was hat das mit der andern Frage zu tun, über die wir uns hier den Kopf zerbrechen?“

„Sehr viel, Mister Headstone. Aus einem gewissen Gebäude –“, er blickte James Headstone in die Augen, während er die Worte sprach, „sah ich einen Blitz herausfahren und drei bis vier Kilometer entfernt in die Erde einschlagen.“

Longmans, Norton und die übrigen um den Tisch versammelten Elektriker sahen den Professor verständnislos an. Nur James Headstone begriff.

„Gentlemen“, wandte er sich an die andern, „die Frage Mister Vouchers ist berechtigt. Wissen wir, welche Spannung für einen derartigen Blitz nötig ist, dann wissen wir auch, mit welcher Spannung die deutschen Blitzröhren arbeiten.“

Headstone schwieg, und von neuem brannte der Meinungsstreit auf. Es wurde nach der Bibliothek telephoniert. Bücher, die auf die Frage vielleicht Antwort geben könnten, wurden herbeigeschafft; doch das Ergebnis war wenig befriedigend. Die Zahlen in der wissenschaftlichen Literatur schwankten zwischen zehn und hundert Millionen Volt. Man konnte zu keiner Einigung kommen, bis Headstone schließlich mit der Faust auf den Tisch schlug.

„Genug des Hinundherratens, Gentlemen! Die United Electric wird eine Blitzröhre für dreißig Millionen Volt bauen. Die Transformatorenabteilung wird die dazugehörigen Umformer und sonstigen Teile so schnell wie möglich entwickeln. So schnell wie möglich, sage ich, Gentlemen, das heißt: in Tag- und Nachtarbeit. Wir müssen den Vorsprung der Deutschen einholen. Setzen Sie alles daran, daß wir bald über dreißig Millionen Volt verfügen können!“

Die Abenddämmerung brach bereits herein, als Headstone diese Entscheidung traf. Mit den Worten: „Ich erwarte laufenden Bericht über Ihre Fortschritte“ schloß er die Sitzung. –

Ein paar Tage hatte Turner ursprünglich im Heidekrug bleiben wollen; in der dritten Woche wohnte er jetzt schon dort und konnte sich auch nach der Abreise Professor Vouchers nicht von seinem Quartier trennen, obwohl ein inneres Gefühl ihm sagte, daß der Boden nachgerade reichlich heiß geworden war.

Was ihn festhielt, war die Gaststube des Kruges, in der die Monteure, welche die neuen Maschinen des AE-Werks aufstellten, ihre Mittagsmahlzeiten einzunehmen pflegten. Da konnte man so schön vor einem Glase Bier hinter einer möglichst großen Zeitung sitzen und mit gespitzten Ohren bald von diesem, bald von jenem Tisch her Bemerkungen aufschnappen. An sich mochten die von den deutschen Werkleuten gesprächsweise hingeworfenen Worte belanglos und unwichtig erscheinen, aber Turners regsamer Geist fügte sie zu einem Mosaik zusammen, das schließlich doch ein ziemlich richtiges Bild von dem ergab, was in dem AE-Werk vor sich ging.

Was er auf diese Weise unauffällig in Erfahrung brachte und von der nächsten Stadt aus verschlüsselt an Headstone kabelte, kam ungefähr auf das folgende heraus: „Die Montage der neuen Maschinenanlage geht ihrer Vollendung entgegen. Die Anlage wird eine Leistung von zweihunderttausend Kilowatt haben." So weit bestätigte seine Depesche nur, was Headstone schon wußte oder sich selber denken konnte. Doch weiter erfuhr der Agent auch, daß das Fangnetz des AE-Werks nächstens heruntergeholt werden sollte, eine Bemerkung, auf die er sich keinen Vers zu machen vermochte, während James Headstone bei der Lektüre des betreffenden Kabelgramms sich mancherlei Gedanken über die kalte Kathode machte. Und schließlich klang aus den Tischgesprächen der deutschen Werkleute an den letzten Tagen öfter als einmal das Wort „Mausefalle" auf.

Vergeblich verrenkte sich Mr. Turner die Ohren, um etwas mehr zu erlauschen, irgendeinen Zusammenhang herauszuhören; es gelang ihm nicht. Nur die Namen Bergmann und Frank schnappte er noch gelegentlich auf. Lange überlegte er sich, ob es überhaupt Zweck habe, etwas darüber an Headstone zu kabeln. Schließlich entschloß er sich doch dazu, denn verschiedentlich hatten sich Meldungen, die ihm selbst unbedeutend vorkamen, später als recht wichtig erwiesen.

So ging auch diese Depesche ab und erregte bei Headstone einen gelinden Anfall von Raserei. Wütend schmetterte er sie vor Brooker auf den Tisch.

„Lesen Sie, Brooker!“ schrie er erregt. „Das ist der dritte Trumpf, den die Deutschen jetzt ausspielen, und wir haben nicht einmal eine Ahnung davon, um was es sich handelt.“

Brooker blieb ruhiger. „Daß Geheimrat Bergmann und Doktor Frank existieren, wissen wir doch schließlich, Headstone“, sagte er, nachdem er die Depesche gelesen hatte. „Das Wort ›Mausefalle‹ – nonsense! – ist vielleicht ein Spitzname für irgendeinen Teil der Apparatur. Ich habe mir sagen lassen, daß die Deutschen solche Ausdrücke lieben. Den halben Zoologischen Garten soll es in ihrer Technik geben: ›Wölfe‹ und ›Füchse‹, ›Katzen‹, ›Bären‹ und ›Böcke‹ und was weiß ich sonst noch alles. Der gute Turner scheint mir ein bißchen zu faseln. Ich würde mir an Ihrer Stelle um die ›Mausefalle‹ keine Gedanken machen.“

„Aber ich mache sie mir, Brooker“, fiel ihm sein Partner ins Wort. „Ich will nicht James Headstone heißen, wenn dahinter nicht wieder eine neue Erfindung steckt.“

Brooker zuckte die Achseln. „Was wollen Sie in der Sache machen?“ fragte er ziemlich skeptisch.

„Zuerst die Idioten zum Teufel jagen, die für mich in den Lesesälen des deutschen Patentamtes sitzen!“ brauste Headstone auf. „Andere, bessere Leute werde ich hinschicken!“ –

Mr. Headstone hatte recht und Direktor Brooker unrecht. Vor einer Reihe von Tagen schon war ein Telegramm von Dr. Frank an Geheimrat Bergmann abgegangen. Eine kurze, schlichte Depesche, an der die deutsche Post viel weniger verdiente als an den langen Kabelgrammen Turners. Nur wenige Worte umfaßte es. „Mausefallen sind fertig“, drahtete Dr. Frank an Geheimrat Bergmann. „Ich komme übermorgen“, drahtete der Geheimrat zurück.

Was sich aber hinter den harmlosen Worten verbarg, waren eigenartige Blitzfallen, unter Benutzung des neuen Schwerstoffes konstruierte Kondensatoren, die, an richtiger Stelle angebracht, jeden Blitz, jede übermäßige elektrische Entladung, die das AE-Werk etwa bedrohen konnte, kurzweg aufnahmen, verschluckten und unschädlich machten. Aus einer Laune heraus hatte Dr. Frank den seltsamen Namen dafür gewählt. Die

Werkleute hatten ihn aufgeschnappt. Turners scharfen Ohren war er nicht entgangen, und jetzt konnte sich Mr. Headstone in New York den Kopf darüber zerbrechen.

Am angegebenen Tage traf Geheimrat Bergmann bei Dr. Frank ein, und Johannes Zacharias fehlte bei dieser Zusammenkunft nicht. Einstweilen ließ man die technischen Dinge auf sich beruhen und plauderte bei einer Tasse Kaffee von diesem und jenem.

„Der Kerl, der Turner, ist zähe wie Ochsenleder", meinte Zacharias mit einem leichten Lachen zu Bergmann. „Er sitzt immer noch im Heidekrug und lauscht auf die Weisheiten, die deine Monteure am Biertisch zum besten geben."

„Man sollte den Menschen endlich als lästigen Ausländer über die Grenze bringen", warf Dr. Frank scharf ein. „Der andere Yankee – Sie kennen ihn ja, Zacharias – ist schon freiwillig abgezogen."

„Sie meinen Professor Voucher", sagte der Alte. „Ja, der hatte nach der ersten Probe genug von unserer Bekanntschaft. Ist wieder nach USA zurückgegangen. Aber den andern dürfen wir nicht vergrämen. Sie ahnen nicht, Doktor Frank, wie nützlich der Mann uns ist."

Der Doktor schüttelte abweisend den Kopf. „Ich kann Ihrer Theorie nicht zustimmen, mein lieber Zacharias. Spion bleibt in meinen Augen Spion und kann nur Schaden für uns stiften."

„Sie irren, Herr Doktor", mischte Bergmann sich ein. „Manchmal muß ich mich fragen, ob dieser Turner für uns oder für Headstone arbeitet."

„Ich kann beim besten Willen nicht verstehen, wie Sie das meinen, Herr Geheimrat", antwortete der Doktor, ohne seine Verstimmung zu verbergen.

„Ich will's Ihnen erklären, Doktor", rief Zacharias dazwischen. „Dieser betriebsame Agent macht, ohne es selbst zu wissen, James Headstone für uns mürbe. Durch seine Berichte, die Falsches und Richtiges gemischt enthalten, röstet er ihn auf einem langsamen Feuer, bis er verhandlungsreif sein wird. Übrigens –", Zacharias wechselte das Thema, „hast du neue Nachrichten aus den Staaten?"

„Es liegen neue Berichte unserer Agenten vor“, erwiderte Bergmann. „Unser Freund Headstone hat sein Hauptquartier von New York nach dem Hochspannungswerk der United in Detroit verlegt. Ein ganzer Flügel des Werkes ist für neue Entwicklungsarbeiten frei gemacht worden. Tag und Nacht wird dort mit verstärkter Belegschaft in drei Schichten geschafft. Unsere Leute konnten leider nicht in Erfahrung bringen, um was für Arbeiten es sich handelt. Als sicher meldeten sie, daß Mister Headstone sich vom frühen Morgen bis in die sinkende Nacht in der neuen Abteilung aufhält. Er soll alle seine übrigen Obliegenheiten Direktor Brooker übertragen haben und sich völlig einem neuen Problem widmen.“

Dr. Frank preßte die Lippen zusammen, seine Augen waren halb geschlossen. Zacharias wiegte seinen grauen Kopf leicht hin und her.

„Er will in Wochen nachholen, was wir in Jahren erreicht haben“, sagte er nachdenklich. „Er wird dabei böse Überraschungen erleben.“

„Pah!“ Der kurze scharfe Laut fiel von den Lippen des Doktors. „Die Narren!“ fuhr er wie zu sich selbst sprechend fort. „Sie wollen dreißig Millionen Volt bändigen, ohne die Mittel dafür zu besitzen. Sie haben den Schwerstoff nicht!“

„Es wäre vielleicht doch möglich“, warf Geheimrat Bergmann ein. „Sie könnten es mit den alten Isolierstoffen versuchen, aber die Anlage müßte dann wahrscheinlich größer als die ganze Hochspannungsabteilung werden. Ob James Headstone und seine Ingenieure das einsehen – und danach handeln?“

„Wahnsinn!“ stieß Dr. Frank hervor.

„Wahnsinn, der vielleicht zu einer Katastrophe führt!“ warf Zacharias dazwischen.

„Die United wird nicht Monate, sondern Jahre brauchen, um uns einzuholen“, sagte Geheimrat Bergmann. „Hoffentlich sieht James Headstone schon früher ein, daß er vorteilhafter wegkommt, wenn er mit uns zusammengeht.“

***

Mr. Turner spürte ein wachsendes Unbehagen. Seit Tagen war er ohne Nachricht von Headstone und begann die gewohnten Briefe und Kabelgramme seines Brotgebers beinahe zu vermissen, obwohl sie selten etwas Angenehmes für ihn enthielten. Von den neuen Aufgaben, die Headstone zur Zeit so ganz in Anspruch nahmen, wußte er ja nichts. Um so mehr bewegte ihn die Frage, wie er die Verbindung mit ihm wiederherstellen könne, und bald fand er den einzig möglichen Weg dafür. Er selbst mußte wieder einen Bericht loslassen. Die zweite Frage blieb offen: wo er den Stoff dafür hernehmen sollte.

Die Nachrichtenquelle, die während der letzten Wochen so reichlich floß, war inzwischen versiegt, denn die neuen Maschinen im AE-Werk standen betriebsfertig da, und das Gros der fremden Monteure hatte das Dorf verlassen. So mußten zur Abwechslung wieder einmal die Augen an die Stelle der Ohren treten. Er selbst mußte etwas Neues erspähen. Tagelang trieb er sich mit seinem Wagen in der Heide herum und sondierte das Terrain darauf hin, wie er sich ungesehen und ungefährdet dem deutschen AE-Werk nähern könnte.

Damit hatte es freilich seine Schwierigkeiten, denn ein hoher Stacheldrahtzaun umschloß das Gelände der Station, und es schien Turner nicht geraten, dieses Hindernis zu durchbrechen. Aber ein hübsches lauschiges Plätzchen entdeckte er auf seinen Fahrten, nur etwa hundert Meter von diesem unangenehmen Drahtzaun entfernt, von wo er durch Baumlücken hindurch einen freien Überblick über einen großen Teil des eingezäunten Werkgeländes hatte und sogar das Stationshaus sehen konnte. Der Ort war wie geschaffen für seine Zwecke.

Schon am nächsten Tage, nachdem Turner ihn entdeckt hatte, suchte er ihn wieder auf. Mit dem Auto war es nur eine kurze Fahrt von einer halben Stunde. Ein dichtes Gebüsch bot Gelegenheit, den Wagen zu verstecken. Wenn ihm nicht etwa beerensammelnde Frauen und Kinder über den Weg liefen, war Mr. Turner hier vor einer Entdeckung sicher. Auf einer kleinen Erderhöhung neben einer alten Kiefer ließ er sich nieder, baute vor sich ein Stativ auf und schraubte ein Scherenfernrohr daran fest.

So! Das war doch etwas anderes als die Beobachtung mit unbewaffneten Augen. Das Stationshaus, das von der Beobachtungsstelle des Agenten etwa neunhundert Meter entfernt war, wurde von dem starken Glas auf dreißig Meter herangebracht. Mr. Turner drehte sein Fernrohr nach allen Seiten, sah und staunte. Die Tragballone standen dicht über dem Boden. Wohl ein Dutzend Werkleute liefen auf dem Netz umher und – Turner glaubte seinen Augen nicht trauen zu dürfen – waren eifrig an der Arbeit, die Strahlkollektoren abzuschrauben und fortzubringen. Also doch wieder etwas Neues. Die Deutschen haben schon wieder bessere Kollektoren, ging es ihm bei dem Anblick durch den Kopf. Er überlegte noch, wie er es fertigbringen könnte, sich auch davon ein Muster zu verschaffen, als etwas anderes seine Verwunderung erregte. So scharf er sein Glas auch einstellte, so angestrengt er hindurchschaute, ein Zweifel blieb nicht mehr möglich: Die Werkleute da drüben waren mit scharfen Zangen dabei, die feinen Brennstoffzuleitungen für die Strahlkollektoren von dem Netz zu entfernen. Er konnte es deutlich verfolgen, wie sie die abgelösten Röhrchen zusammenwickelten und achtlos beiseite warfen.

Die Stunden verflossen darüber. Längst wäre es Zeit gewesen, zum Heidekrug zurückzufahren und sich an den Mittagstisch zu setzen, aber Turner dachte nicht daran. Unentwegt verfolgte er die Arbeiten innerhalb der Umzäunung, und jede neue Beobachtung gab ihm neue Rätsel auf. Kleine dunkle Kugeln brachten die Arbeiter angeschleppt und begannen sie an dem Netz zu befestigen. Hatten sie bisher nach den Anordnungen eines einfachen Vorarbeiters geschafft, so erhielten sie ihre Anweisungen jetzt von einem jüngeren Mann in Zivilkleidung, der wohl ein Ingenieur oder Oberingenieur sein mußte. Mit einem Plan und einem Zollstock in der Hand ging er kreuz und quer über das Netz und zeigte den Leuten die Stellen, an denen die geheimnisvollen Kugeln zu befestigen waren.

Die Sonne war bereits merklich nach Westen gerückt. Turner fühlte, daß der Magen knurrte, und biß gierig in ein trockenes Brötchen, während er unablässig durch das Glas starrte – und dann fuhr er jäh vom Okular zurück. Ein anderer Mann war aus dem Stationsgebäude gekommen und neben den Ingenieur getreten. Ein alter Mann mit einem Rübezahlbart. Ein Zweifel war ausgeschlossen: Es war der alte Heideläufer, der dort auf dem gegen jeden Fremden so sorgfältig abgeschlossenen Werkgelände stand und mit dem Ingenieur ein Gespräch begann.

Der Agent griff sich an den Kopf. Während seine Gedanken sich in wilder Jagd überschlugen, fiel es ihm wie Schuppen von den Augen. Lug und Trug war alles, was der Alte ihm erzählt hatte; von jenem ersten Zusammentreffen, wo er Turners Wagen aus dem Graben holte, bis zu jener letzten Zusammenkunft im Heidekrug, wo er ihm, ohne eigentlich dazu gedrängt zu werden, seinen Lebenslauf als Farmer in den Staaten zum besten gab. Falsch war natürlich auch der Bericht, den er, Turner, daraufhin an Headstone gekabelt hatte. Ein Geheimnis umwitterte die Gestalt des Alten, das der Agent ergründen mußte, wenn er sich seine Stellung bei Headstone und der United erhalten wollte. Während sein Hirn Gedanken und Pläne formte, ging er zu seinem Wagen, holte einen kleinen Photoapparat von besonderer Art und schraubte ihn an das eine Okularglas des Scherenfernrohrs. Mit nur einem Auge verfolgte er durch das andere Glas die Vorgänge auf dem Werkgelände. Von Zeit zu Zeit drückte er mit der Rechten auf einen Knopf der Photokamera, und jedesmal kam dabei eine scharfe Fernaufnahme zustande. Der Alte und der „Ingenieur", der niemand anders als Dr. Frank war, wurden mehrfach auf den Film gebannt. Bald darauf auch noch ein Dritter, der inzwischen aus dem Stationsgebäude dazugekommen war.

Turner konnte durch das Fernrohr beobachten, daß der Ingenieur ihn beinahe wie einen Vorgesetzten behandelte, während der Alte freundschaftlich und wie ein Gleichgestellter mit ihm sprach. Dann stellte der Agent das Rohr auf die Werkleute ein und hielt das Bild fest, wie sie dunkle Kugeln an dem Netz befestigten. Noch einmal wollte er auf den Knopf drücken, doch der war blockiert – der Film war zu Ende. Er bedauerte es nicht, denn auch das Tageslicht war zusehends schwächer geworden, die Sonne berührte bereits den Horizont. Turner stand auf, schraubte seine Apparate auseinander und brachte sie zum Wagen zurück.

Wohin jetzt? Sein Magen verlangte nach den Fleischtöpfen des Heidekrugs, aber der Agent widerstand der Forderung. Während er mit einer Zigarette das quälende Hungergefühl zu betäuben versuchte, jagte er auf der Landstraße nach Westen hin der nächsten Stadt entgegen, die an das Luftverkehrsnetz angeschlossen war. Erst als er dort ein an James Headstone adressiertes Päckchen aufgegeben hatte, hielt er sein Tagewerk für beendet und gönnte dem Magen sein Recht.

***

Hätten Geheimrat Bergmann und Johannes Zacharias einen Blick in die große Versuchshalle der United in Detroit tun können, so wären sie doch vielleicht in ihrem Urteil über Headstone schwankend geworden. An das Wunderbare grenzte es, was hier in wenigen Wochen entstanden war. Natürlich hatte die kurze Zeit nicht hingereicht, um etwas vollkommen Neues zu planen und zu bauen. Man hatte behelfsmäßig vorgehen müssen und war den Anweisungen Headstones folgend nach dem Grundsatz verfahren, daß zehn mal drei schließlich auch dreißig ergeben.

Zehn der in hinreichender Menge im Hochspannungswerk vorhandenen Transformatoren für je drei Millionen Volt waren in der mächtigen Halle aufgebaut. Man hatte dabei die besten Isolierstoffe in einer geradezu verschwenderischen Menge verwandt, um die Aggregate gegeneinander und gegen die Erde zu isolieren. Eine Blitzröhre erhob sich in der Mitte der Halle; sie stand in ihren Ausmaßen jener anderen nicht nach, an der Dr. Frank seine Erfindungen gemacht hatte.

Ein neuer Tag brach nach einer arbeitsreichen Nacht an, als die Ingenieure die letzten Verbindungen zwischen der Blitzröhre und den Transformatoren fertigmachten. Kabel wurden dazu benutzt, die von meterstarken Isolierhüllen umgeben waren. So hoffte man die ungeheure Spannung zwingen zu können, auf dem vorgeschriebenen Wege zu bleiben. Und wenn man sich auf die Rechnung und die in Versuchen gesammelten Erfahrungen verlassen durfte, mußte es auf diese Weise wohl gelingen.

Die Werkuhren verkündeten die sechste Morgenstunde, als James Headstone im Werk erschien: übernächtig, einen fieberigen Glanz in den Augen, erregt und gleichzeitig ermattet von der zermürbenden Arbeit der vergangenen Wochen.

„Anlage betriebsfertig!“ meldete Oberingenieur Highfield ihm in der Halle. Durch eine kurze Geste bedeutete ihm Headstone, noch ein wenig zu warten, und trat dicht an die gewaltige Blitzröhre heran. Er mußte den Kopf zurückbeugen, um das obere Ende des schimmernden Kristallgebildes zu erschauen, das in einer gigantischen Isolierhaube verschwand. Langsam ließ er den Blick dann nach unten wandern, den langen Weg entlang, den die

Elektronen in der Röhre nehmen würden, von der Riesenspannung immer mehr beschleunigt, bis sie fast die Lichtgeschwindigkeit annahmen.

Würde es gelingen, mit diesen so unendlich schnellen Elektrizitätsatomen dasselbe zu bewirken, was ein Mann auf der anderen Seite des Atlantiks bereits erreicht hatte? Würde es glücken, bekannte Legierungen dadurch so umzuwandeln, daß neue Stoffe mit ganz neuen Eigenschaften daraus entstünden? James Headstone erhoffte es aus ganzer Seele. Verkrampft schlossen sich seine Hände zusammen. Wie er nun so dastand, Kopf und Blick nach unten geneigt, die Hände gefaltet, sah es fast so aus, als flehe er eine höhere Macht an, seinen Wünschen gnädig zu sein. Sein Gesicht war blaß, als er nach Minuten von der Blitzröhre zurücktrat. Seine Stimme war klanglos, als er den Befehl gab, einzuschalten.

Hände regten sich, Hebel wurden bewegt, Räder gedreht, die Fernschaltung kam in Bewegung, ein dumpfes Brummen und Brausen der unter voller Spannung stehenden Transformatoren erfüllte die Halle, wurde stark und immer stärker, und dann begann es in der Blitzröhre zu zucken und zu leuchten, flammte erst vereinzelt, dann in stetem bläulich fahlem Licht auf. So stark wurde das Brausen der gebändigten Energie, daß Ingenieur Highfield seine Worte Headstone ins Ohr schreien mußte, wenn er ihn verstehen sollte.

Der Ingenieur deutete auf den Spannungszeiger, der auf die dreißig Millionen wies. Er deutete auf den großen Steinsalzblock, der unter der Röhre lag und, von der rasenden Elektronen getroffen, in magischem Licht aufglänzte. Mit einem Kopfnicken bestätigte Headstone, daß er alles sah und hörte, doch seine Gedanken waren nicht bei dem, was der Ingenieur ihm sagte. Nur um den einen Punkt wirbelten sie herum: Ist es erreicht? Haben wir die Deutschen eingeholt?

Sprungweis glitt sein Blick durch die Halle. Bald zu den Transformatoren im Hintergrund, bald wieder zu der leuchtenden, zuckenden Blitzröhre. Zuletzt dann zurück zu einer Schmalwand. Dort lagen schon die Legierungen, die er in diesen kampf- und arbeitsreichen Wochen ebenfalls vorbereitet hatte, Legierungen, die unter dem Elektronenhagel die große Umwandlung erfahren sollten – die neue Stoffe werden sollten, Wunderseile, kalte Kathoden und vielleicht... vielleicht noch ganz etwas anderes... etwas, was die Deutschen noch nicht besaßen...

James Headstones Gedanken begannen zu wandern. Er sah seine Umgebung kaum noch. Von einem kommenden technischen Zeitalter begann er zu träumen mit neuen Werkstoffen von unbekannter, unerhörter Eigenschaft... von neuen großen Leistungen. Während seine Lider geschlossen waren, rollten vor seinem geistigen Auge kommende Jahre und Jahrzehnte wie in einem Film ab.

Ein fremder Ton riß ihn aus seinen Gedanken heraus. Wie ein kurzes Zischen und Krachen klang es, das ihn zwang, die Augen zu öffnen. Matter erschien ihm das Licht der Blitzröhre geworden zu sein, schwächer das funkelnde Glühen des Salzblocks. Anders klang jetzt auch das Summen der Transformatoren, mächtiger, als ob sie unter Überlast liefen, und hier und da zuckte aus den Bergen von Isolierstoffen, die sie umgaben, ein kurzer Blitz auf.

Wie zu einer Bildsäule versteint stand Headstone und starrte auf das veränderte Schauspiel. Immer stärker wurden die Blitze, welche die Isolation durchbrachen. Schon erfüllte ein schwefliger Geruch die Luft.

„Ausschalten!" brüllte Highfield seinen Leuten zu, während er den reglosen Headstone mit Gewalt zurück zur andern Hallenwand riß. Ein Monteur stürzte zu einem Hebel – kam zu spät. Bevor er ihn erreichen konnte, brach die Isolation unter der Riesenspannung nieder. Mit unendlichem Getöse schlug ein einziger mächtiger Blitzstrahl durch die Länge der Halle von einem Ende der Anlage bis zum anderen. Mit unendlicher Gewalt brach die so lange gefesselte Energie sich freie Bahn. In ein einziges Meer wabernder Lohe schien die ganze Halle verwandelt zu sein, als Headstone, von Highfield halb geschleppt, halb gezogen, die Ausgangstür erreichte. Wie eine Stichflamme schoß es hinter ihnen her, packte sie, hob sie empor, trug sie meterweit durch die Luft und schleuderte sie zu Boden.

Halb betäubt lagen sie auf dem Rasen, als neues endloses Krachen sie aufzuhorchen und aufzublicken zwang. Wie ein Kartenhaus stürzte die ganze große Halle in sich zusammen. Rettungslos begraben mußte alles Lebendige sein, was sich noch in ihr befand. – –

Nach langer Benommenheit schlug James Headstone die Augen auf, tastete um sich, versuchte zu erkennen, wo er war. Er lag auf einem bequemen Ruhebett; das Zimmer war halb verdunkelt. Soweit er die Umgebung zu unterscheiden vermochte, befand er sich in einem Kasinoraum des Werkes.

Er versuchte seine Gedanken zu sammeln. Dunkel und verworren kam ihm die Erinnerung, daß vor langer, langer Zeit etwas Entsetzliches geschehen war... Brand... Feuer... Einsturz. Er machte eine Anstrengung, sich aufzurichten, als ein Mann, den er bisher nicht bemerkt hatte, an sein Lager trat... weißer Kittel... rotes... Kreuz... Sanitätspersonal des Werkes! ging es Headstone traumhaft durch den Sinn, während der Mann ihn stützte und ein Glas an seine Lippen brachte. Einen eisgekühlten erfrischenden Trank fühlte Headstone in seinem Munde; er spürte einen aromatischen bitterlichen Geschmack... hatte den Gedanken, daß es wohl eine Arznei sein mochte, die man ihm darreichte.

Noch einmal ließ er sich zurücksinken, streckte sich wohlig und fühlte neue Kraft in seinen Adern rinnen. Wieder vergingen Minuten, ohne daß er sie zählte. Dann plötzlich eine Frage von seinen Lippen: „Wie spät ist es?"

„Gleich sechs Uhr, Mister Headstone!" kam die Antwort seines Pflegers. Mit einem Ruck richtete James Headstone sich auf. Sechs Uhr abends... Vor zwölf Stunden war er ins Werk gekommen... Stunden – kostbare, unersetzliche Stunden hatte er ohnmächtig gelegen! Klarer kam ihm jetzt die Erinnerung an alles Geschehene.

„Ziehen Sie die Vorhänge auf!" rief er dem Pfleger zu. Der tat es; helles Licht flutete herein. Headstone erhob sich, ging etwas schwankend zuerst noch, dann schon sicherer durch den Raum, ließ sich auf einen Sessel nieder. Stück um Stück fiel die Schwäche von ihm ab, sein Blick schweifte durch das Zimmer und blieb an einem Telephon haften.

„Lassen Sie Fernsprechverbindung mit Direktor Brooker, New York, herstellen!" Kurz und knapp kamen die Worte von seinen Lippen. Es war wieder der alte Headstone, der energische Industrieführer, der diesen Befehl gab.

***

Es mochte um die zehnte Vormittagsstunde sein, als Henry Turner langsam die Hauptstraße des Dorfes entlang fuhr. Er hatte die Absicht, sich möglichst ungesehen in die Heide zu schlängeln, um von seinem bewährten Beobachtungsplatz aus zu erspähen, was es etwa Neues im AE-Werk geben möchte. Eben wollte er in einen Seitenweg, der zur Landstraße führte, einbiegen, als er sich beim Namen gerufen hörte.

„Hallo, Mister Turner! Wohin des Wegs?"

Turner stoppte und wandte sich nach dem Rufenden um. Es war der alte Zacharias, der ihm vergnügt zuwinkte und nun dicht an den Wagen herankam.

Turner verschluckte ein „Damned!". Der Alte kam ihm ungelegen in die Quere.

„Nach Neustadt!" erwiderte er, mit der Hand nach Westen deutend, und hoffte Zacharias damit schnell loszuwerden.

„Wollen Sie mich mitnehmen? Ich habe auch in Neustadt zu tun", sagte der Alte, und Turner blieb nichts anderes übrig, als zuzustimmen. Mit dem Ausflug in die Heide war es für heute vorbei. Man muß die Gelegenheiten nutzen, wie sie kommen! dachte der betriebsame Agent, während Zacharias neben ihm Platz nahm. Vielleicht kann ich ihm während der Fahrt – es waren einige vierzig Kilometer bis Neustadt – mal auf den Zahn fühlen?

Gut, daß ich den Kunden mal wieder erwischt habe! dachte Zacharias. Vielleicht komme ich heute dazu, ihm zu sagen, was ich ihm schon lange sagen wollte!

Als der Wagen die Chaussee erreichte, wollte Turner ein schärferes Tempo einschlagen.

„Können wir nicht langsamer fahren?" fragte Zacharias. „Die Heide ist im Sommer so schön!"

„Gewiß, gern, Mister Zacharias!" willfahrte Turner dessen Wunsch. Auch ihm lag daran, Zeit zu gewinnen.

„Sie interessieren sich wohl auch für Technik?" eröffnete Turner die Unterhaltung, während der Wagen langsam auf der Landstraße dahinrollte.

„Gewiß, Mister Turner! Wir alten Farmer sind alle halbe Elektrotechniker."

„Dann muß Sie gewiß auch das neue AE-Werk hier in der Nähe interessieren? Schade, daß man es nicht besichtigen kann!" sprach Turner weiter. „Sie hätten's sicherlich mal gern angesehen?"

„Ich habe es gesehen, Mister Turner. Ich war erst neulich in der Station." Der Alte sprach die Worte harmlos vor sich hin, als ob es sich um eine Selbstverständlichkeit handle.

„Wie ist das möglich?" fragte ihn Turner erstaunt. „Sie dürfen das Werk sehen, obwohl der Zutritt streng verboten ist?!"

Zacharias zuckte die Achseln. „Ein glücklicher Zufall, Mister Turner! Einer der Ingenieure, die kürzlich hier waren, ist ein Verwandter von mir. Der hat's auf seine Kappe genommen, und ich bin mit hineingeschlüpft. Soll natürlich nicht sein, aber man kennt mich hier seit Jahren, weiß, daß ich ein ehrlicher alter Kerl bin..."

Von Sekunde zu Sekunde wurde Turner unsicherer in seinem Urteil. So wie es Zacharias jetzt darstellte, konnte sein Besuch im Werk, den er, Turner, damals durch das Scherenfernrohr beobachtet hatte, in der Tat eine ganz unverdächtige Angelegenheit sein. Der Alte hatte einen der Ingenieure zum Verwandten? – Bei der Erinnerung daran kam Turner eine neue Idee.

„Könnte dieser Ingenieur mich nicht auch einmal unter seine schützenden Fittiche nehmen?" fragte er halb scherzend.

Zacharias schüttelte den Kopf. „Das wird nicht gehen. Sie sind Amerikaner."

„Was hat das mit der Sache zu tun?" fragte der Agent mit gespieltem Erstaunen.

„Sie vergessen Mister Headstone, mein Lieber."

Turner hatte das Gefühl, als ob er einen kräftigen Schlag vor den Magen bekommen hätte.

„Wer ist – wer ist Mister Headstone?" versuchte er möglichst unverfänglich zu fragen.

„Oh, Sie kennen ihn nicht? Mister Headstone, den Schöpfer der amerikanischen AE-Stationen? Das wundert mich. Man hat hier Nachrichten, daß er scharf hinter den Geheimnissen des deutschen Werkes her sein soll. Man spricht sogar von Agenten, die in seinem Auftrag in Deutschland tätig sind. Im Vertrauen gesagt, Mister Turner: Ihr Freund Voucher stand stark im Verdacht, ein Agent Headstones zu sein. Es ist gut für ihn, daß er unser Land schon wieder verlassen hat…“

Von Sekunde zu Sekunde wurde es Turner bei den Worten des Alten unbehaglicher. Er beschloß, dem Angriff durch einen Gegenangriff zuvorzukommen. „Jetzt fehlt nur noch, Mister Zacharias, daß Sie in mir auch einen Agenten dieses – Headstone, sagten Sie wohl? – vermuten!“ fiel er Zacharias ins Wort.

Der machte eine abwehrende Handbewegung. „Durchaus nicht, Mister Turner, kein Mensch denkt daran! Aber Sie werden begreifen, daß man amerikanische Touristen, mögen sie so harmlos sein wie sie wollen, nicht in das Werk läßt.“

„Schade!“ Unwillkürlich war Turner der Ausruf entfahren. „Kein Amerikaner darf das Werk sehen?“

Wieder schüttelte der Alte den Kopf. „Es gibt Ausnahmen. *Einem* Amerikaner würde man das Werk sogar sehr gern zeigen.“

„Einem? Wer ist der Glückliche?“

„Das ist Mister Headstone!“

„Headstone?“ Turner sah den Alten verwirrt an. „Ich verstehe Sie nicht! Der Mann soll Ihr größter Konkurrent sein – und gerade dem würde man das Werk zeigen?“

„Sofort, Mister Turner. Wenn er sich entschließen wollte, hierherzukommen.“

„Aber warum?“

„Headstone ist ein Mann von Verstand und Einsicht. Er würde sehr schnell sehen, was alle seine Agenten nicht gesehen haben.“

Turner fühlte bei den letzten Worten des Alten ein unangenehmes Ziehen im Rückgrat.

„Interessant, Mister Zacharias! In der Tat sehr interessant!" murmelte er vor sich hin. „Darf man wissen, was das wäre?"

„Die klare Tatsache, Mister Turner, daß man in Deutschland der United meilenweit voraus ist. Daß es vollkommen zwecklos ist, den Vorsprung mit mehr oder weniger dunklen Mitteln und Mittelchen wieder einholen zu wollen. Daß ein anständiger Vergleich für alle Teile das Vorteilhafteste wäre." Der Alte wurde lebhafter, während er weitersprach: „Wer das Headstone einmal klar und deutlich sagte, würde sich ein großes Verdienst um die United erwerben. Es müßte allerdings ein Mann sein, dem die Sache über die Person geht, ein Mann, der Headstone nicht aus Angst nach dem Mund redet – ein wirklicher Mann, Mister Turner! Doch den gibt es unter seinen Agenten wohl kaum. Ich fürchte, Headstone wird weiter im Dunkeln tappen müssen."

Turner ließ sich mit der Antwort Zeit. Eine ganze Weile saß er schweigend am Steuer und ließ den Wagen noch langsamer laufen als bisher.

„Ich kenne Mister Headstone nicht", begann er endlich – Zacharias hörte die Lüge an, ohne mit der Wimper zu zucken –, „aber nach allem, was ich von unseren Industriekapitänen gehört habe, würde ein Agent, der so zu ihm spräche, wahrscheinlich sofort auf die Straße fliegen."

„Das müssen Sie besser wissen als ich, Mister Turner!" In seiner trockenen Weise brachte Zacharias den Satz heraus, während ihn Turner verstohlen von der Seite beobachtete. Die Worte konnten ganz harmlos gemeint sein, aber es konnte auch ein gefährlicher Doppelsinn in ihnen liegen. Ohne daß er es wollte, begannen Turners Gedanken sich um einen Punkt zu drehen: Hatte Zacharias Verdacht auf ihn? Wußte der, daß er ein Agent Headstones war? Möglich schien ihm bei diesem wunderlichen Alten nachgerade alles.

Weiter liefen seine Gedanken. Sollte er dem Rat folgen? Daß er damit seine Stellung riskierte, war klar. Nur wenn die späteren Ereignisse ihm recht gäben, würde er bei der United wieder in Ehren aufgenommen werden. Sollte er es darauf ankommen lassen? Sollte er lieber in der bisherigen Weise weiterarbeiten? Ein Mittelweg schien ihm der beste zu sein. Er entschloß sich, das Gespräch, das er heute mit Zacharias hatte, an Headstone zu berichten.

Auch Zacharias war mit seinen eigenen Gedanken beschäftigt. Und so blieben beide für den Rest der Fahrt schweigsam, bis der Wagen Neustadt erreichte.

„Wollen Sie später wieder mit mir zurückfahren?" fragte Turner beim Abschied. Mit dem Bemerken, daß er hier längere Zeit zu tun hätte, lehnte der Alte die Einladung ab.

Verdrossen und unruhig fuhr der Agent allein weiter. „Was soll ich hier in dem elenden Nest? Was mag der Alte hier überhaupt für Geschäfte haben?" brummte er vor sich hin und lenkte seinen Wagen in eine Seitengasse. Auf Umwegen erreichte er die Landstraße und machte sich auf den Heimweg. Er war noch nicht weit gekommen, als ein anderer Kraftwagen ihn im Hundertkilometertempo überholte.

Zwei Personen saßen darin. Viel konnte Turner bei der Kürze der Zeit nicht erkennen. Einen grauen Rübezahlbart sah er bei dem einen, ganz ähnlich wie Zacharias ihn trug. Der andere – Turner kramte in seiner Erinnerung – glich er nicht dem Mann, den er zusammen mit Zacharias und dem Ingenieur im AE-Werk beobachtet hatte?

„Unsinn! Sicher eine Täuschung!" Er strich sich über die Stirn, als wolle er lästige Gedanken verjagen. –

„Hast du unseren Patienten gesehen, Franz?" fragte zur gleichen Zeit Zacharias in dem Hundertpferdigen Geheimrat Bergmann. „Mir scheint, er hat schwer an den Pillen zu verdauen, die ich ihm eingab. Vielleicht helfen sie ihm auf den rechten Weg."

Bergmann schüttelte den Kopf. „Ich glaub's nicht, Johannes. Agent bleibt Agent – stets in der Furcht des Herrn. Wir werden von unserer Seite etwas unternehmen müssen, um Headstone gefügig zu machen." –

Eine halbe Stunde später saßen Bergmann und Zacharias mit Dr. Frank zusammen und beratschlagten über dasselbe Thema, das sie schon auf der Fahrt von Neustadt beschäftigt hatte.

„Professor Livonius landet heute in New York“, meinte Bergmann. „Ich hoffe, er wird gute Arbeit tun.“

Zacharias zuckte die Achseln. „Ich weiß nicht, Franz, ob er's schaffen wird. Er ist zwar ein großartiger Patentexperte –“

„Das ist er!“ warf Doktor Frank zustimmend ein.

„Ich vermute“, fuhr Bergmann fort, „er wird Headstone bis zur Weißglut ärgern. Aber ihn mürbe machen? Dazu wird's noch stärkerer Mittel bedürfen.“

Zacharias kraulte sich nachdenklich seinen Bart und begann zu sprechen, weniger zu den anderen als zu sich selbst: „Der erste Trumpf im Spiel, unser Freund Turner – nur ein schwacher Trumpf; der zweite Trumpf, Professor Livonius – schon stärker, aber nicht stark genug. Der dritte Trumpf –“ Er hielt inne und sah Dr. Frank an.

„Reden Sie doch weiter, Zacharias!“ sagte der Doktor ungeduldig.

„– der dritte und höchste Trumpf, Doktor, der werden Sie selber sein!“

„Ich?“ Dr. Frank wehrte ab. „Ich will mit den Yankees nichts zu tun haben.“

„Es wird nötig werden, Herr Doktor Frank. Wenn die Zeit dafür reif ist.“

Zacharias sprach die Worte wie ein unanfechtbares Urteil aus. Vergebens versuchte der Doktor noch einmal dagegen zu protestieren.

In der Besprechung, die nun folgte, wurde der Plan entwickelt, wie man Bresche in die Festung des Gegners schießen und sie endlich nehmen könne. –

Auch in New York gab es eine lange und inhaltsschwere Unterredung zwischen James Headstone und Direktor Brooker, und verschiedene für Headstone wenig angenehme Dinge hatte Brooker dabei vorzubringen.

„Daß die Hochspannungshalle in Detroit durch Ihr Experiment zum Teufel gegangen ist, muß auf Unkostenkonto AE-Station abgebucht werden“, erklärte Brooker.

Headstone nickte, ohne sich zu äußern.

„Viel Geld hat es auch gekostet, den Zeitungen den Mund zu stopfen“, fuhr Brooker fort. „Am liebsten hätten sie den Unfall mit dicken Schlagzeilen gebracht und die Zahl der Toten verzehnfacht.“

„Gott sei Dank, daß Sie die Bande zum Schweigen gebracht haben!“ sagte James Headstone.

„Daß Sie die gefährlichen Versuche jetzt in unserm Hochspannungswerk in Buffalo fortsetzen wollen, halte ich für bedenklich“, sprach Brooker weiter.

„Nur mit zehn Millionen Volt, Brooker!“ fiel ihm Headstone ins Wort. „Wir wollen Schritt für Schritt vorgehen. Ein zweitesmal wird es keinen Unfall geben.“

„Ich sehe den Sinn der Versuche nicht ein. Für unsere AE-Station brauchen wir diese Spannungen nicht. Was bezwecken Sie eigentlich damit?“ fragte Brooker.

Wahrheitsgemäß hätte Headstone antworten müssen: ›Wir brauchen die Höchstspannungen, weil die Deutschen sie auch haben!‹ Doch solche Antwort durfte er Brooker nicht geben. „Diese Höchstspannungen werden uns bei der weiteren Entwicklung der AE-Stationen sehr von Nutzen sein“, antwortete er ausweichend.

„AE-Stationen...“ setzte Brooker seine Beanstandungen fort. „Wir haben schlechte Nachrichten von unserer Station in Michigan. Die atmosphärische Spannung ist so großen Schwankungen unterworfen, daß der reguläre Betrieb noch nicht aufgenommen werden konnte. Da drüben“, er deutete auf ein Aktenstück, „liegen die Berichte von Fosdick und Cowper. Bis jetzt ist es noch nicht möglich gewesen, die Station an das Überlandnetz zu schalten.“

„Unbegreiflich, Brooker! Unsere alte Station hat doch auf das Netz gearbeitet...“

„Die neue aber nicht, Headstone! Die Spannungsschwankungen sind zu groß. Wir würden das ganze Überlandnetz in Unordnung bringen, wenn wir's versuchten. Hier muß Abhilfe geschaffen werden, und zwar bald.“

Brooker schwieg und begann einen Schreibblock mit Zahlen zu bedecken. Headstone neigte sich etwas vor und versuchte zu lesen, was sein Partner zu Papier brachte. Zahlen und immer wieder Zahlen. Hunderttausende erkannte Headstone und jetzt schon Millionen. Brooker zog den Schlußstrich und begann zu addieren.

„Achtzehn Millionen Dollar, Headstone“, sagte er und warf den Bleistift auf den Block. „Kaum jemals wurde bisher ein solches Kapital für die Entwicklung eines einzelnen Problems verbraucht, und immer noch sind wir weit vom Ziel entfernt. Ich weiß nicht, Headstone, ob wir den richtigen Weg gewählt haben.“

Mit wachsender Bestürzung hörte Headstone die Resignation, die aus den letzten Worten klang. Verlor Brooker die Lust, weiter mitzumachen, dann war das Ende da.

„Wir sind auf dem richtigen Wege, Brooker! Schon in den nächsten Tagen werden wir die zehn Millionen Volt in Buffalo haben. Wir werden die Spannungsschwankungen bezwingen, wir werden den Vorsprung der Deutschen einholen…“

Immer erregter, immer eindringlicher sprach Headstone, als wolle er Brooker durch seine Worte in einen hypnotischen Bann schlagen – und merkte, daß seine Rede nicht wirkungslos blieb. Brooker straffte sich zu einem Entschluß.

„Mein letztes Wort, Headstone: Bis zu zwanzig Millionen Dollar will ich gehen! Arbeitet unsere Station dann auf das Überlandnetz, soll es gut sein, sonst –“

„Sonst?“ fragte Headstone.

„Sonst müssen wir mit den Deutschen paktieren.“

Auf Headstones Schreibtisch hatte sich während seiner letzten Reise nach Buffalo die Post gehäuft. Als erstes fielen ihm die Fernaufnahmen in die Hände, die Turner von dem deutschen Werk gemacht hatte. Sie waren bereits entwickelt und vergrößert. Trotzdem nahm er noch eine starke Lupe zu Hilfe und studierte sie sorgfältig. „Die Deutschen haben neue Kollektoren ohne Brennstoffzuleitung“, das war die erste Erkenntnis, die er daraus gewann. „Sie arbeiten schon mit der kalten Kathode!“ Kaum hörbar kamen die Worte von seinen Lippen, während er sich in seinen Sessel zurücklehnte. „Sie wird auch bei uns arbeiten“, liefen seine Gedanken weiter. „Zehn

Millionen Volt... die Legierung kennen wir aus dem deutschen Patent... wenige Tage noch. Wir werden sie haben."

Nur oberflächlich betrachtete er die nächsten Bilder. Drei Männer waren darauf. Einen davon kannte er, Geheimrat Bergmann; er war öfter beruflich mit ihm zusammengetroffen. Der andere ein junger Mensch – wohl irgendein unbekannter Ingenieur; der dritte mit dem langen Bart – ebenfalls unbekannt. Er schob die Bilder beiseite und machte sich daran, die Berichte und Kabelgramme Turners zu lesen. Neue Mitteilungen über den alten Heideläufer.

„Nonsense!" knurrte er vor sich hin und warf das Blatt zu den Photos, griff zu dem nächsten. Wieder ein Bericht von Turner über seine Fahrt nach Neustadt. Je weiter er las, um so öfter schüttelte er den Kopf. Ein eigenartiger Zug spielte um seinen Mund und die kräftigen Kiefer, als er damit zu Ende war. In halblautem Selbstgespräch versuchte er sich von dem Gelesenen Rechenschaft zu geben.

„Man sucht Anschluß. Man will Geschäfte mit uns machen. So weit sind wir noch nicht, Herr Geheimrat! Wir brauchen euch nicht... wir schaffen's aus eigner Kraft! Ihr werdet noch zu uns kommen und Lizenzen auf unsere Erfindungen nehmen!"

Seine Mienen zeigten Abweisung und Verachtung, als er die Papiere zusammenballte, in die Marmorschale warf und verbrannte. Er wollte sich der übrigen Post zuwenden, als das Telephon läutete. Ein Besuch wurde gemeldet: Professor Livonius vom Bergmann-Konzern.

„Soll zu mir kommen", sagte er und legte den Hörer auf. Ganz anders als vorher sah er jetzt aus, während er immer noch im Selbstgespräch durch das Zimmer hin und her lief.

„Sie scheinen's eilig zu haben, die lieben Deutschen! Erst der plumpe Versuch mit Turner. Jetzt schicken sie mir einen Professor auf den Hals. Wollen hören, was der Mann zu sagen hat."

Er brauchte nicht lange darauf zu warten. Kurz danach wurde Livonius in sein Zimmer geführt. Headstone begrüßte ihn mit gespielter Gleichgültigkeit.

„Freue mich, Sie zu sehen, Herr Professor! Höre, Sie kommen vom Bergmann-Konzern. Sind Sie schon längere Zeit in den Staaten?“

Livonius hielt es für zweckmäßig, die gleiche Uninteressiertheit zur Schau zu tragen.

„Erst seit einigen Tagen, Mister Headstone“, erwiderte er gelassen. „Ich hatte in Washington zu tun.“

„Ah, Sie wollten selbst anmelden, Herr Professor?“ fragte Headstone, unwillkürlich etwas lebhafter.

Der Professor machte eine verneinende Bewegung. „Dafür haben wir unsere Patentanwälte in Washington. Ich wollte nur etwas nachgreifen. Es ist nachgerade Zeit, daß unsere Anmeldungen ausgelegt werden.“

Um Headstones Lippen ging ein Lächeln. „Mit Washington müssen Sie Geduld haben, Herr Professor. Bei wichtigen Patenten kann es Monate dauern, bis das Amt sich zur Auslage entschließt.“

Livonius blieb die Gelassenheit selber, während er antwortete: „Es handelt sich in der Tat um wichtige, ich möchte sagen, grundlegende Patente...“

„Also werden Sie sich in Geduld fassen müssen, mein lieber Professor“, fiel ihm Headstone ins Wort.

„Doch nicht, Mister Headstone. Das Amt hat gestern die Auslegung beschlossen. Unter der Hand erfuhr ich bei der Gelegenheit, daß von Ihrem Konzern ganz ähnliche Anmeldungen vorliegen. Unsere Arbeitsgebiete scheinen sich zu überschneiden.“

„In solchen Fällen entscheidet die Priorität, Herr Professor. Eine Minute früher oder später kann den Ausschlag geben. Ich hoffe, daß die United diese Minute zu ihren Gunsten verbuchen kann.“

Headstone brachte die Worte im Tone der Überzeugung heraus, obwohl seine Hoffnungen angesichts der unergründlichen Miene des Professors schwankend wurden.

„Unsere Anmeldungen werden heute in Washington ausgelegt“, sagte Livonius trocken.

Headstone schwieg und biß sich auf die Lippen. Die deutschen Patente werden ausgelegt. Nichts anderes konnte es bedeuten, als daß die United mit ihren Anmeldungen zu spät gekommen war. Trotzdem gab er das Spiel noch nicht verloren.

„Haben Sie gute Anwälte, Herr Professor?“ fragte er.

„Unser Konzern hat die tüchtigsten Patentanwälte der Staaten für seinen Dienst gewonnen, Mister Headstone.“

Headstone sprach die Gedanken nicht aus, die ihm durch den Kopf gingen. Die Anwälte der United sind gewiß die gerissensten in den Staaten, mein lieber Professor, dachte er. Es wird einen schweren Kampf geben. Wir werden euch die Sache nicht leicht machen. Eine Freilizenz auf Grund der Vorausbenutzung ist das geringste, was dabei für uns abfallen muß. Vielleicht holen unsere Leute noch mehr heraus.

„Wir werden sehen, Herr Professor“, fuhr er laut fort. „Auf Einsprüche von unserer Seite müssen Sie gefaßt sein.“

„Das sind wir, Mister Headstone. Es werden auch noch andere kommen und unsere Rechte beschneiden wollen. Das liegt nun mal im Lauf der Dinge. Es wäre wunderlich, wenn es anders wäre.“

„Also bereiten wir uns auf einen Patentkrieg vor, Herr Professor...“ Headstone gab zu erkennen, daß er die Unterredung beenden wollte, aber der Professor schien es nicht zu merken. Er gab dem Gespräch eine andere Wendung.

„Sie hatten kürzlich einen Betriebsunfall in Detroit, Mister Headstone. Ich hörte von dreißig Millionen Volt.“

Headstone machte eine unwillige Bewegung. „Übertriebene Gerüchte, Herr Professor. Ein Hochspannungstransformator schlug durch. Das kommt in jedem Hochspannungswerk mal vor. Wird wohl auch schon im Bergmann-Konzern passiert sein.“

Unverhaltene Ungeduld sprach aus Headstones Worten. Er hatte den dringenden Wunsch, seinen Besucher loszuwerden, um mit Pellham die Patentangelegenheiten zu besprechen, aber Professor Livonius ließ nicht locker.

„Unter unseren Anmeldungen“, fuhr er mit unerschütterlicher Ruhe fort, „befindet sich auch ein Patent auf einen neuen Isolierstoff, der dreißig Millionen Volt sicher abfängt.“

Headstone machte große Augen. „So? Davon weiß ich noch gar nichts!“ Unwillkürlich waren ihm die Worte entschlüpft. Schon im nächsten Augenblick bereute er es, sich die Blöße gegeben zu haben. Professor Livonius überhörte die Bemerkung.

„Es ist das dritte der großen grundlegenden Patente“, fuhr er fort, als ob er daheim auf dem Katheder stünde, „das mit den beiden anderen zusammen erst die Entwicklung der AE-Werke möglich macht. Drei Dinge sind es, Mister Headstone: die Halteseile, die kalte Kathode und die Schutzkondensatoren gegen Überspannungen.“

Überspannungen! Bei dem Wort kam Headstone das ganze Elend, das er mit der Station in Michigan hatte, wieder in Erinnerung. Schutzkondensatoren! War das der dritte Trumpf der Deutschen, von dem er nur etwas ahnte, ohne Sicheres zu wissen?“

„Sie meinen die Mausefalle, Professor?“ In einer Art von Galgenhumor brachte er die Worte heraus.

Livonius blickte ihn verwundert an. „Merkwürdig, Mister Headstone, daß Sie das Wort kennen! In der Tat ist es die Mausefalle, in der wir alle schädlichen Überspannungen wegfangen wie die Mäuse.“

„Hübsche Erfindung, Herr Professor. Ich denke, wir werden sie in Amerika nicht brauchen. Mit Überschlagstrecken erreichen wir denselben Schutz.“

Headstone sagte es, um etwas zu sagen. Immer stärker überkam ihn das Gefühl, daß er auf einem verlorenen Posten kämpfte.

„Überschlagstrecken? Auch wir haben uns damit beholfen, solange wir nichts Besseres hatten“, fuhr Livonius unentwegt fort. „Der Schutz ist nicht sicher, und viel Energie geht dabei nutzlos in die Erde. Die Mausefalle ist besser, glauben Sie's mir, Mister Headstone!“

James Headstone saß da, von Zweifeln hin und her gerissen. Bald wünschte er den deutschen Professor dahin, wo der Pfeffer wächst, bald war er begierig, noch mehr von ihm zu hören.

Doch der schien jetzt mit seinen Mitteilungen fertig zu sein.

„Ich kam in der Hoffnung hierher, daß eine Einigung zwischen unseren Konzernen möglich wäre“, sagte er und machte Anstalten, sich zu erheben. „Sie wollen erst Ihren Patentkrieg führen; tun Sie in Gottes Namen, was Sie nicht lassen können!“

Livonius war aufgestanden. Er zog seine Aktentasche heran und holte ein Kärtchen heraus. Für eine Besuchskarte hielt es Headstone im ersten Augenblick. In beiden Händen hielt Livonius das Stückchen Karton und legte es mit einer etwas gezwungenen Bewegung auf den Tisch.

„Ich lasse Ihnen eine Probe unseres neuen Isolierstoffes da“, sagte er und reichte James Headstone die Hand zum Abschied. „Lassen Sie es in Ihrem Hochspannungswerk untersuchen. Der Stoff ist nicht uninteressant.“ –

Livonius war gegangen. Headstone saß allein am Tisch und starrte vor sich hin. Der Kopf rauchte ihm von all dem Neuen, das er eben gehört hatte. Unstet gingen seine Blicke hin und her, bis sie an dem Kärtchen haftenblieben, das der Professor zurückließ. Ein eigentümlicher wechselnder Schimmer ging davon aus. Jetzt sah es dunkel, ja fast schwarz aus. Headstone wunderte sich, daß er es vorübergehend für eine Besuchskarte ansehen konnte, doch als er den Kopf etwas zur Seite neigte, glänzte es wieder hell und fast weiß. Kaum größer als ein Blatt Zigarettenpapier war die Probe, auch kaum dicker schien sie zu sein. Headstone griff mit der Hand danach, wollte das Blättchen aufnehmen. Sein Mühen war vergeblich. Wie festgenagelt lag es auf der spiegelnden Mahagoniplatte des Tisches. Ungeduldig griff er nach einem Federmesser. Nicht ohne Schwierigkeiten gelang es ihm, die Klinge unterzuschieben.

Und dann hielt er das hauchfeine Blättchen in seiner Hand und mußte bald die zweite zu Hilfe nehmen. Wohl an die zwanzig Pfund mochte diese Probe des neuen Stoffes wiegen – eine neue Überraschung, ein neues Rätsel. Mit jähem Ruck zog er die Hände zurück, wollte das Blättchen auf den Tisch flattern lassen. Massig schlug es mit lautem Krach auf die Tischplatte auf.

„Schade um die Politur!“ sagte Headstone vor sich hin. Die Lust, mit Pellham zu konferieren, hatte er verloren. Wichtiger war es ihm, den rätselhaften Stoff zu untersuchen. Dreißig Millionen Volt, hatte der deutsche

Professor gesagt, Buffalo zehn Millionen Volt – in den nächsten Tagen würde er sie haben. Er war überzeugt, daß sie den Wunderstoff in Atome zerreißen würden. Er wollte es denen auf der andern Seite des Atlantiks schnell beweisen, daß ihre Erfindung nur ein Bluff war. Kurz entschlossen griff er zum Telephon.

„Mein Pilot soll sich bereit halten. In einer halben Stunde fliege ich nach Buffalo."

***

Zwei Whiskys, Joe!"

Ingenieur Cowper machte die Bestellung an einem sonnigen Herbsttag in einer kleinen Bar in Blanctown, einem Landstädtchen in der Nähe der amerikanischen Station. Die Eichen und Ahornbäume draußen prangten bereits in allen Tönen des Indianersommers, vom grellen Scharlach bis zum Altgold. Ein lichtblauer Himmel lachte über der Farbenpracht, aber die Stimmung Cowpers war ebenso düster wie diejenige Fosdicks, für den der zweite Whisky bestimmt war.

Mit einem Ruck kippte Cowper sein Glas herunter. „Ich suche mir einen andern Job, Fosdick", sagte er, als er das Glas wieder auf den Tisch setzte.

„Joe, noch eine Lage!" befahl Fosdick und sah sich in der Bar um. Außer den beiden Ingenieuren war nur noch ein Gast in dem Raum. Der saß ziemlich weit von ihnen entfernt in einer Fensterecke und war in eine Zeitung vertieft, während er ab und zu an seinem Glas Ingwerbier nippte.

„Leicht gesagt, aber schwer getan!" meinte Fosdick nachdenklich. „Ein guter Job ist heute in den Staaten schwer zu finden. Sie werden sich's noch überlegen!"

Cowper ging seinem zweiten Glas auf den Grund. „Dabei ist nicht viel zu überlegen", sagte er danach. „Was haben wir die letzten Wochen anderes gehabt als Kummer und Elend, schlaflose Nächte und jammervolle Tage..." In seiner Erregung sprach er lauter, ohne auf den Fremden zu achten. „Der Teufel ist in die neue Station gefahren! Keinen Moment können wir die richtige Spannung einhalten. Kaum haben wir sie, wollen die Station auf die Landleitung schalten, da blitzt es schon wieder in der Schutzstrecke. Die

Spannung steigt, wir können nicht schalten. Nein, Fosdick!" Er schlug mit der Faust auf den Tisch. „Ich spiele nicht mehr mit! Headstone soll sich anderswo einen Dummen suchen!... He, Joe", rief er, als sein Blick auf das leere Glas fiel, „noch eine Lage hierher!"

„Trinken Sie nicht zu schnell!" warnte Fosdick.

„Ah, bah!" warf Cowper hin. „Mir dröhnen noch die Ohren von dem ewigen Krach der Funkenstrecke. Heut ist Sonnabend! Endlich mal Feierabend nach der verfluchten Plackerei! Ihre Gesundheit!"

Nach amerikanischer Sitte mußte Fosdick Bescheid tun und die nächste Lage kommen lassen. Dabei lief das Gespräch in der bisherigen Bahn weiter. Cowper hatte viel gegen Headstone auf dem Herzen und machte seinem Ärger gründlich Luft.

Auch Fosdick wurde unter dem Einfluß des Alkohols gesprächig und hielt mit seiner Meinung nicht hinter dem Berge.

Der Dritte im Raum ließ seine Zeitung sinken und folgte interessiert der Unterhaltung. Bald nickte er zu einer Bemerkung, die an dem Tisch der beiden Ingenieure fiel, bald schüttelte er den Kopf zu einer anderen. Fosdick bemerkte es und machte seinen Kollegen darauf aufmerksam. Cowper drehte sich um und prostete dem Fremden zu. Der tat aus seinem Glase Bescheid, ein Wort gab das andere, und nach kurzem folgte er der Einladung, an den Tisch der beiden Ingenieure zu kommen.

Zu dritt ging die Unterhaltung weiter. Obwohl der Fremde ein recht gutes Englisch sprach, erkannten Fosdick und Cowper schnell an seinem Akzent, daß er Deutscher war. Daß er außerdem auch merkwürdig gut über AE-Stationen Bescheid wußte, fiel ihnen in ihrer gehobenen Stimmung nicht mehr auf. Auch entging es ihnen, daß er bei jeder neuen Lage den größten Teil seines Glases geschickt wegkippte. Sie fanden nur, daß der Fremde ein famoser Kerl sei, mit dem man über alle Dinge, die ihnen am Herzen lagen, frei sprechen konnte.

Schräg fielen die Sonnenstrahlen in den Raum, schnell brach die herbstliche Dämmerung herein. Der Barkeeper drehte das elektrische Licht an und warf einen zweifelvollen Blick auf Fosdick und Cowper.

Es war ein langer und stellenweise schwieriger Weg von Blanctown bis zur AE-Station. Der Wirt hatte Bedenken, ob die beiden mit ihrem Wagen heil nach Hause kommen würden. „Merkwürdig, wieviel der Dutchman vertragen kann!" brummelte er vor sich hin und ging wieder hinter seine Theke.

Vorsichtig brachte inzwischen auch der Fremde, der sich im Laufe der Unterhaltung als Dr. Frank bekannt gemacht hatte, das Gespräch auf die Heimfahrt. Zunächst wollten Fosdick und Cowper noch nicht viel davon hören. Sie kamen wieder auf die Station und ihre eigenen Sorgen und Schmerzen zu sprechen.

„Doch nichts einfacher als das, Gentlemen". warf der Doktor unvermittelt hin. „Man schaltet einen Kondensator parallel zur Funkenstrecke."

„Kondensator!" sagte Cowper mit etwas glasigen Augen, steckte den Zeigefinger in einen Whiskyfleck und malte das Wort „Kondensator" auf die Tischplatte.

„So klug sind wir selber, Dok!" erwiderte Fosdick. „Wir hätten's längst getan, wenn's einen Kondensator gäbe, der das aushielte!"

„Es gibt ihn, Mister Fosdick!" entgegnete der Doktor kurz. Fosdick bestritt es. Der Doktor verteidigte seine Meinung. Cowper mischte sich ein und schlug eine Wette vor.

„All right, Dok! Wetten wir um – um tausend Dollar!" nahm Fosdick die Anregung auf.

„Sagen wir tausend von mir gegen hundert von Ihnen!" schlug der Deutsche vor.

Der Barkeeper kam wieder an den Tisch. Er hatte den stillen Wunsch, seine Gäste auf gute Weise loszuwerden, und wußte nicht recht, wie er's anfangen sollte.

„Ich werde meine Freunde nach Hause fahren", sagte Dr. Frank zu ihm. „Ihr Wagen kann bis morgen hier stehenbleiben."

„Gewiß, Sir!" pflichtete der Wirt erleichtert bei. „Ich lasse den Wagen morgen früh zur Station bringen." –

Der Barkeeper stand vor seinem Haus und blickte den Abfahrenden nach. „Die Boys haben verdammt schwer geladen, aber die Achsen werden sie nicht zerbrechen“, lachte er vor sich hin, während das Gefährt in der Ferne verschwand. In der Tat war es ein eigenartiger Wagen, mit dem der Deutsche durch das Land fuhr. Äußerlich zweifellos ein Personenauto, aber so kräftig und massig gebaut, als müsse es eine Last von vielen Tonnen mit sich nehmen.

Sicher steuerte ihn der Doktor, während Fosdick und Cowper es sich auf den Polstern der Hintersitze bequem machten. Die frische Nachtluft tat ihnen wohl und dämpfte die Geister des Alkohols.

„Famoser Kerl, der Dutchy!“ meinte Fosdick.

„Kondensator!“ sagte Cowper und streckte sich bequem in seiner Ecke, um ein Schläfchen zu machen.

Hat wieder zu schnell getrunken, dachte Fosdick und hing schweigend seinen eigenen Ideen nach.

Der Wagen hielt vor der AE-Station. Ein Wächter kam heran und fragte den ihm unbekannten Fahrer, was er hier wolle.

„Bringe meine Freunde Fosdick und Cowper“, sagte Dr. Frank und wies hinter sich. „Helfen Sie ihnen mal ein bißchen beim Aussteigen!“

Der Wächter öffnete die Wagentür. „Hallo, Jacky!“ begrüßte ihn Fosdick und stieg aus. Schwerer ging es mit Cowper. Der Wächter hatte zu tun, ihn munter zu bekommen. Doch dann stand auch der auf seinen Beinen. Dr. Frank traf Anstalten, sich zu empfehlen; doch Fosdick ließ es nicht zu.

„Unsere Wette, Dok. Kommen Sie mit 'rein, wir müssen noch besprechen, wie wir sie austragen wollen.“

„Es ist schon spät, Gentlemen“, versuchte Dr. Frank zu widersprechen.

„Morgen ist Sonntag, da können wir ausschlafen!“ blieb Fosdick hartnäckig.

„Morgen ist Sonntag!“ sekundierte ihm Cowper, den der Schlaf ernüchtert hatte.

Dr. Frank ließ sich nicht länger nötigen und folgte der Einladung. Durch einen Gang führte ihn Fosdick in einen mit behaglichen Klubmöbeln ausgestatteten Wohnraum. Cowper folgte und ließ sich in einen Sessel fallen.

„Endlich mal Ruhe in der verdammten Bude!“ sagte er aufseufzend. Fosdick ging in einen Nebenraum und kehrte nach kurzem mit einem Tablett zurück, auf dem alles stand, was zu einem kalten Büfett gehört. „Bedienen Sie sich, Sir!“ sagte er und schob dem Doktor Teller und Besteck zu.

„Cowper hat recht!“ fuhr er während des Essens fort. „Endlich mal wieder Ruhe.“

„Sie haben das Netz geerdet? Das vernünftigste, was Sie tun konnten!“ meinte Dr. Frank.

„Bis Montag haben wir Ruhe. Danach geht die Plage wieder los“, mischte sich Cowper ein.

„Dauerblitze von zehntausend Kilowatt und mehr. Man muß dabei verrückt werden“, vervollständigte Fosdick die Bemerkung seines Kollegen.

„Wenn man keinen Kondensator dazwischenschaltet“, sagte Dr. Frank trocken.

„Erst haben und dann schalten!“ schrie Cowper verzweifelt.

„Ja, unsere Wette!“ nahm Fosdick den Faden auf. „Wie steht es damit? Wann werden Sie ihn uns bringen, Doktor?“

„Ja wann?“ fragte Cowper.

Dr. Frank schlürfte gemächlich eine eisgekühlte Zitronenlimonade.

„Wann, Gentlemen?“ sagte er, während er das Glas wieder niedersetzte. „Wann Sie wollen. Ich habe den Kondensator in meinem Wagen.“

Gabeln und Messer fielen klirrend auf die Teller, zwei Augenpaare starrten ihn erstaunt an. „Sie haben den Kondensator hier?!“ fragte Fosdick.

„Da können wir die Wette ja sofort austragen!“ fiel Cowper dazwischen.

Dr. Frank nickte. „Wenn Sie wollen, sofort.“

Einen Augenblick zögerte Fosdick. Einen Fremden in die Station lassen – noch dazu einen Deutschen? Es ging wider alle Instruktionen. Die

Erinnerung an seine Verantwortung, an das, was James Headstone vielleicht dazu sagen könnte, kam ihm zurück. Er stand auf und ging in sein Arbeitszimmer nebenan, um mit sich zu Rate zu gehen. Durfte er es riskieren? – Was konnte schlimmstenfalls dabei geschehen?

Nichts! war das Resultat, zu dem er immer wieder kam. Wie alle andern Kondensatoren, die sie schon versucht hatten, würde auch der des Deutschen nach wenigen Sekunden von der Riesenenergie zerstört werden. Dann war die Funkenstrecke wieder kurzgeschlossen, und er konnte tausend Dollar für seine Wette einstreichen.

Unschlüssig blickte er umher, sah auf seinem Schreibtisch ein Telegramm liegen, griff danach und riß es auf. Eine neue dringende Mahnung von Headstone, die Station in Ordnung zu bringen. Fast schon mehr eine Drohung als eine Mahnung. Er zerknitterte die Depesche. Jeder Versuch war jetzt gerechtfertigt. Zum Teufel mit allen Vorschriften und Instruktionen!

Cowper lehnte es ab, mit in den Maschinenraum zu kommen. „Heute ist Feiertag!" erklärte er kategorisch und rührte sich nicht vom Fleck.

„Der Boy ist mit seinen Nerven fertig", flüsterte Fosdick dem Doktor zu.

Zu zweit gingen sie in den Maschinenraum, und mit schnellem Blick musterte Dr. Frank die Anlage. Abgesehen von den Größenverhältnissen unterschied sie sich nicht wesentlich von derjenigen des deutschen Werks. Hier wie dort ein Transformator und ein Vakuumunterbrecher, der den atmosphärischen Gleichstrom zerhackte, um ihn für den Transformator schmackhaft zu machen.

Fosdick ließ den Unterbrecher angehen. Mit einem zweiten Griff beseitigte er den Kurzschluß der Funkenstrecke. Im Augenblick begann der Spannungszeiger zu klettern, erreichte eine Million, stieg weiter auf 1,6 Millionen Volt. Dumpf brummte der Transformator auf, als er die Spannung bekam. Schweigend standen Fosdick und Dr. Frank. Beider Blicke hingen an dem Spannungszeiger. Dieser pendelte langsam hin und her, fiel bald nach unten, stieg bald wieder nach oben. In langsamem Rhythmus schwankte die Spannung des atmosphärischen Stromes um mehrere hunderttausend Volt.

„Sehr ungünstige Verhältnisse haben Sie hier, Mister Fosdick", sagte Dr. Frank, als der Zeiger die zweite Million Volt erreichte. „In Deutschland sind die Schwankungen –"

Der Rest seiner Worte ging in einem krachenden Donner verloren. Die Überspannung war durch die Funkenstrecke außerhalb des Gebäudes als mächtiger Blitz in die Erde gefahren.

Fast unnatürlich erschien die Stille danach. Noch betäubt von dem Donnergrollen, vernahmen die Ohren kaum das tiefe Brummen des Transformators. Nur langsam gewöhnten sie sich an die Ruhe, als der Zeiger schon wieder zu klettern begann, langsam aber sicher der zweiten Million zustrebte – und dann ein zweiter, nicht minder kräftiger Donnerschlag...

Die Tür wurde aufgerissen. Mit verzerrten Mienen stand Cowper auf der Schwelle und gestikulierte wie ein Wahnsinniger.

„Ausschalten, Fosdick! – Ausschalten! Heute ist Feiertag!" brüllte er, bis seine Stimme sich überschlug.

Auf einen Wink des Doktors schloß Fosdick die Funkenstrecke wieder kurz. Fragend blickte er auf Dr. Frank, der eine unerschütterliche Ruhe bewahrte.

„Die Verhältnisse sind ungünstiger als in Deutschland", vollendete der Deutsche seinen Satz. „Trotzdem – es könnte doch gehen."

Er zog sein Notizbuch, ließ sich von Fosdick verschiedene elektrische und magnetische Werte des Transformators geben und machte eine kurze Rechnung auf.

„Es wird gehen, Mister Fosdick", sagte er, während er das Buch wieder zuklappte. „Wir können den Kondensator anschalten." Er sah sich in dem Raum um. „Sie haben hier einen Deckenkran – zehn Tonnen Tragkraft. Das genügt. Ich müßte mit meinem Wagen hier hereinfahren. Ist das möglich?"

Fosdick drückte auf einen Hebel. Ein Elektromotor lief an. Eine breite eiserne Schiebetür öffnete sich und gab eine Einfahrt frei, durch die ein großer Lastwagen passieren konnte.

Zwei Minuten später fuhr Dr. Frank mit seinem Auto in den Maschinenraum. Eine Blechhaube am hinteren Teil des Wagens wurde geöffnet. Neugierig schaute Fosdick hinein. Ein Kasten aus einem dunkel glänzenden Metall stand darin, kaum größer als ein mittlerer Handkoffer.

„Bringen Sie den Kran heran, Mister Fosdick!" sagte Dr. Frank. Fosdick tat es kopfschüttelnd. Es ging ihm nicht in den Sinn, warum man für solch einen kleinen Kasten einen Zehntonnenkran in Bewegung setzen sollte. Langsam kam der Kranhaken herunter; Dr. Frank steckte ihn in eine kräftige Tragöse des Kastens, die Fosdick erst jetzt auffiel.

„Anheben!" kommandierte der Doktor. Ächzend und knarrend lief die Krankette über ihre Rollen. An dem Geräusch merkte Fosdick, daß eine beträchtliche Last an dem Kran hängen mußte. Ohne etwas zu sagen, führte er die weiteren Befehle des Doktors aus, bis der merkwürdige Kasten an der gewünschten Stelle stand.

Fosdick brachte den Kran an seinen alten Platz zurück, und Dr. Frank schickte sich an, seinen Wagen wieder herauszufahren.

„Lassen Sie den Wagen doch hier", sagte Fosdick. „Wenn Ihr Transformator durchgeschlagen ist, müssen Sie ihn ja doch wieder mitnehmen."

„Er wird nicht durchschlagen!"

War es der Ton der wenigen Worte, war es der Blick, mit dem der deutsche Doktor ihn dabei ansah – Fosdick spürte in diesem Augenblick ein unbeschreibliches Gefühl. Erwartung, Furcht vor dem, was kommen sollte? Er hätte es nicht zu sagen vermocht. Geduldig wartete er, bis Dr. Frank zurückkam. Rollend fuhren die eisernen Schiebetüren wieder zusammen.

Zwei lange Drähte gingen von dem geheimnisvollen Kasten aus. Sie schienen aus dem gleichen dunkel schimmernden Metall zu bestehen wie dieser; nur an ihren Enden ließ sich erkennen, daß sie im Innern aus Kupfer bestanden und jenes Dunkle nur ein dünner Überzug war. Mit wenigen Griffen befestigte Dr. Frank den einen Draht an der blanken Erdleitung, befahl dann eine Leiter, um den andern Draht oberhalb des mammutförmigen Isolators anzubringen, in dem der Transformator nach oben endete.

„Helfen Sie mir, Mister Fosdick!" bat er, als er, den Draht hinter sich herziehend, die ersten Leitersprossen erklommen hatte. Fosdick griff zu und wunderte sich. Der dünne Draht hatte das Gewicht eines schweren Bleikabels. Er mußte wuchten und ziehen, um ihn in die Höhe zu bringen. Die Leiter zitterte unter seinen Tritten, während er emporstieg.

Dann war auch das geschafft. Fosdick brachte die Leiter beiseite und wischte sich den Schweiß von der Stirn. Unfaßbar war ihm das Ganze. Da lag ein dünner Draht auf der Erde, kaum stärker isoliert als ein gewöhnlicher Klingeldraht, und in ihm sollte eine Spannung von mehr als zwei Millionen Volt auftreten, sobald man den Kurzschluß von der Funkenstrecke fortnahm.

„Machen Sie den Kurzschluß auf!" befahl Dr. Frank. Fosdick sah ihn scheu an und zögerte. Im Geiste sah er die entfesselte Energie hier im Saal ausbrechen. Sah Tod und Verderben über sie kommen...

Und dann war es geschehen, Dr. Frank hatte selbst den Hebel bewegt, den Kurzschluß aufgehoben. Schon gingen die Spannungszeiger in die Höhe. Bei 1,6 Millionen blieben sie stehen. Langsam pendelten sie um diese Zahl herum, aber geringfügig waren jetzt die Schwankungen. Als mächtiger Ausgleicher wirkte der Zauberkasten, den der Doktor dort hingestellt hatte. Kein Blitzen und Donnern mehr. Der Kondensator fraß die überschüssigen Elektronen in sich hinein und gab sie wieder zurück, sobald die atmosphärische Spannung abfiel, Dr. Frank zog sich einen Schemel heran, setzte sich und sah auf seine Uhr. Fosdick lehnte sich gegen die Wand und griff sich an den Kopf.

„Unfaßbar, Doktor!"

„Eine Viertelstunde wollen wir warten. Dann telephonieren Sie in die Zentrale nach Detroit, daß wir die Station auf die Überlandleitung schalten."

Fosdick wollte etwas erwidern. Er fühlte, daß ihm die Zunge am Gaumen klebte. „Noch eine Viertelstunde..." brachte er heiser hervor und ging in den Wohnraum zurück. Langsam folgte ihm Dr. Frank. Cowper sah sie kommen.

„Endlich wieder Ruhe!" sagte er mit einem wilden Blick auf den Doktor. „Ruhe bis Montag – Montag werde ich nicht mehr hier sein."

„Warum nicht, Mister Cowper?" fragte Dr. Frank sehr ruhig.

„Weil kein Mensch das aushalten kann!" schrie Cowper aus. „Ich bin fertig! Headstone, der Schuft, hat mich auf dem Gewissen. Lieber Tramp auf der Landstraße als hier Ingenieur..."

Dr. Frank griff nach einem Glas und zwang Cowper, ein paar Schluck Eiswasser zu trinken. Fosdick sah es, griff nach einem andern Glase, trank es aus einen Zug aus und warf sich in einen Sessel. Sein Blick fiel auf die Wanduhr.

„Noch zehn Minuten, Doktor."

„Noch zehn Minuten, Mister Fosdick. Dann..."

„Dann!? Was dann...?" schrie Cowper dazwischen.

„Dann schalten wir unsere Station auf das Überlandnetz, mein lieber Cowper."

„Nein!" fuhr Cowper auf. „Ich laufe sofort weg, wenn Sie die Funkenstrecke wiederaufmachen."

Er wollte sich erheben, aber Dr. Frank drückte ihn in den Sessel zurück.

„Keine Sorge, Mister Cowper. Die Station arbeitet bereits, die Funkenstrecke ist offen." Verzweifelt preßte Cowper die Hände an die Ohren, als fürchte er jeden Augenblick einen neuen Blitz, ein neues Krachen. Dr. Frank sah es und lächelte.

„Keine Furcht, Mister Cowper! Wir haben eine Mausefalle hingestellt, die alle Blitze wegfängt. Sie können ruhig schlafen."

„Ruhig schlafen..." flüsterte Cowper vor sich hin. Er fühlte plötzlich eine große Mattigkeit und sank in sich zusammen.

„Es wird Zeit, Mister Fosdick", sagte Dr. Frank mit einem Blick auf die Uhr, „telephonieren Sie mit Detroit!"

Fosdick ließ sich die Verbindung geben. Ein kurzes Hin und Her am Telephon. Er legte den Hörer auf und stand wieder mit dem Doktor im Maschinenraum. Ein kurzes Schaltmanöver. Als die Phasenlampen dunkel wurden, schlug Dr. Frank den Hebel ein. Gebändigt strömte die atmosphärische Elektrizität in die Überlandleitung, um irgendwo, Hunderte von Kilometern entfernt, nützliche Arbeit zu leisten.

Mitternacht schlug die Werkuhr, als Dr. Frank aufstand. „Ich muß weiter, Gentlemen. Sie können die Nacht ruhig schlafen, die Station braucht keine Aufsicht."

„Unmöglich, Herr Doktor! Sie können nicht einfach fortgehen. Wir müssen nach New York berichten. Müssen verrechnen..."

„Ach so, ganz richtig, Mister Fosdick", lachte der Doktor. „Die Wette habe ich gewonnen, um hundert Dollar möchte ich gebeten haben."

„Selbstverständlich, Herr Doktor!" Fosdick kramte in seiner Brieftasche, brachte hundert Dollar zusammen und gab sie dem Doktor.

„Ist mir lieber, als wenn ich tausend von Ihnen bekommen hätte. Aber der Kondensator? Was kostet der?"

„Nichts, Mister Fosdick."

„Nichts?! Wie soll ich das verstehen?"

Wieder ging ein Lächeln über das Gesicht des Deutschen. „Eine kleine Aufmerksamkeit für Mister Headstone. Bestellen Sie ihm einen Gruß von mir, wenn Sie ihn sehen."

„Sie kennen Headstone?"

„Noch nicht persönlich, Mister Fosdick; doch ich denke bald mit ihm zusammenzutreffen."

Dr. Frank machte sich zum Fortgehen fertig.

„Ihre Adresse wenigstens, Herr Doktor!" forderte Fosdick dringlich.

„In Gottes Namen! Hier haben Sie sie." Dr. Frank drückte ihm eine Karte in die Hand und ging zu seinem Wagen.

In einer traumhaften Stimmung kehrte Fosdick in das Haus zurück. Wild gingen seine Gedanken durcheinander. Er kam in den Wohnraum und sah Cowper in seinem Sessel schlafen. Er ließ sich in einen andern fallen und seufzte tief auf. Bald ging sein Seufzen in ein Gähnen über, und der Schlaf überkam auch ihn.

***

Seit Tagen befand sich James Headstone in Buffalo. Unter seiner Aufsicht wurde in der Hochspannungsabteilung der United die neue Versuchsanlage für zehn Millionen Volt zusammengestellt. Schritt für Schritt überwachte er den Aufbau und kümmerte sich um jede Einzelheit. Hätte er nicht Kragen, Schlips und Cut getragen, man hätte ihn für einen der Ingenieure oder Werkleute halten können, die hier in weißen und blauen Kitteln tätig waren.

Noch eine letzte arbeitsvolle Nacht, und die Anlage war fertig. Zu kurzer Rast verließen die Werkleute die Abteilung; James Headstone blieb allein zurück. Ein ähnliches Bild bot sich seinen Blicken wie Wochen vorher in Detroit. Auch hier Transformatoren und die große Blitzröhre. Schalter und Meßinstrumente an der Wand. Ein Hebeldruck würde genügen, um den Weg freizugeben, zehn Millionen Volt auf die Blitzröhre loszulassen. Würde die Anlage diesmal standhalten?... Headstone schloß die Augen. Auch mit geschlossenen Lidern sah er ein Bild der Verwüstung... ein Flammenmeer... Energie, die ihre Fesseln sprengte... Brand und Einsturz... Würde es hier wieder so gehen wie damals in Detroit...?

„Mister Headstone!" Der Ruf riß ihn aus seinem Sinnen. Ein Bote stand vor ihm und hielt ihm eine Depesche hin. Headstone riß sie auf und las: „AE-Station arbeitet seit vierundzwanzig Stunden gut auf Überlandnetz. Fosdick."

. . . Die Station arbeitet... gut... James Headstone fühlte eine Erleichterung von dem schweren Druck, unter dem er seit Wochen daherging. Die Station arbeitet! Das hieß, daß Brooker bei der Stange bleiben würde... daß die Arbeit so vieler Wochen und Monate nicht verloren war. Nur den Geheimnissen der Deutschen mußte man jetzt noch auf die Spur kommen... mußte herausbekommen, mit welchen Mitteln sie ihre Legierungen behandelten, bis solche Wunderdinge daraus entstanden wie Halteseile, kalte Kathoden und anderes mehr.

In ganz anderer Stimmung war James Headstone jetzt nach dem Empfang der Depesche von Fosdick. Ein Glückstag war heute, an dem auch noch mehr gelingen mußte. Mit schnellem Schritt ging er zur Wand und legte einen Schalter um. In magischem Licht schimmerte die große Röhre, in allen Farben leuchtete der Stein unter ihr. Dumpf und gleichmäßig erfüllte das tiefe Brummen der Transformatoren den Raum.

In sich versunken stand Headstone vor der funkelnden Röhre, als die ersten Ingenieure und Werkleute zurückkamen. Leise Bemerkungen flogen zwischen ihnen hin und her, als sie die Anlage schon in Betrieb sahen. Headstone achtete nicht darauf. Mehr mit Gesten als mit Worten erteilte er seine Befehle. Metallitzen, die schon bereitlagen, wurden herbeigeschafft und auf den leuchtenden Stein gelegt, wo die aus der Röhre rasenden Elektronen sie mit voller Wucht treffen mußten. Unbeweglich wie eine Statue stand Headstone dabei. Nur sein Blick wanderte hin und her zwischen den feinen Metalldrähten und dem Zeiger der Uhr. Gedanken an Blutopfer längst vergangener Zeiten liefen ihm durch den Sinn. War der leuchtende Stein vor ihm nicht auch solch ein Opferstein? Schienen sich die Drähte auf ihm unter der Qual des Elektronenhagels nicht auch zu winden und zu bewegen wie einst einmal gefesselte Gefangene unter dem Messer des Schamanen?

Ein Blick auf die Uhr rief ihn in die Gegenwart zurück.

„In die Zerreißmaschine!“ befahl er knapp und scharf. Schon schnitten seine Ingenieure das bestrahlte Stück aus der Litze heraus und spannten es in die Maschine. Mit hydraulischer Macht fuhren die Backen der Zerreißmaschine auseinander und strafften die Litze. Mit angehaltenem Atem verfolgte Headstone den Zeiger des Kraftmessers, sah ihn steigen und immer weiter steigen... fünfzig Prozent... siebzig Prozent... achtzig Prozent von der Festigkeit der deutschen Halteseile waren erreicht – da riß die Litze.

Achtzig Prozent!... Viel mehr, als die Leute von der Aluminum Corporation jemals erreicht hatten... aber immer noch nicht die deutsche Leistung. Von wechselnden Gefühlen wurde Headstone hin und her gerissen, bis das Bewußtsein überwog, daß er auf dem rechten Wege war. In tausend Variationen würden seine Ingenieure diesen Versuch wiederholen, bis der deutsche Rekord erreicht... vielleicht überboten wurde.

Etwas anderes kam ihm in die Erinnerung: jenes eigenartige Blättchen mit dem rätselhaften Gewicht, das der deutsche Professor ihm gab. Er erteilte Auftrag, es zu holen, ließ es wie ein Fensterchen in eine mächtige Platte aus Isolierstoff einfügen, die zehn Millionen Volt sicher aushielt, gab danach Befehl, zehn Millionen Volt auf das hauchdünne Blättchen loszulassen. Kopfschüttelnd taten seine Ingenieure, was er forderte, und standen wie versteint, als sie sahen, was geschah. Wie blaues Elmsfeuer lief die Millionenspannung über das Blättchen hin – aber zu durchschlagen vermochte sie es nicht. Über die große Isolierplatte züngelte sie weiter dahin, bis sie den Rand erreichte und unter Blitz und Donner ihren Ausgang durch die Luft fand.

„Ein neues Wunder!" stammelte Headstone, als die Anlage stillgesetzt war. Er ließ das Blättchen wieder herausnehmen. Mit einem Staunen, in das sich fast abergläubische Furcht mischte, betrachteten es seine Ingenieure.

Dieser Hexenstoff mußte chemisch untersucht werden. Das war nach Headstones Meinung das nächstliegende. Er ließ das Blättchen auf einen Amboß legen. Mit Meißel und Hammer sollte ein dünner Streifen für das chemische Laboratorium abgetrennt werden. Ein Werkmann setzte den schärfsten und härtesten Meißel, den sie hatten, auf das Blättchen, ein zweiter schlug zu: erst mit einem einfachen Handhammer, dann mit schweren und immer schwereren Vorschlaghämmern. Das Blättchen blieb unversehrt. Aufgestaucht und verdorben war der Meißel, als ob er aus weichem Blei und nicht aus härtestem Edelstahl bestünde.

Vor einem neuen Rätsel standen Headstone und seine Ingenieure. Allen Versuchen, die sie unternahmen, allen Anstrengungen, die sie machten, schien dies unscheinbare Blättchen zu spotten. Es zerbrach das schwerste Messer der großen Maschinenschere, in die sie es brachten. Es ließ eine schwere Stanze zu Bruch gehen, mit der sie es danach versuchten. Es verdarb jeden Werkstahl, mit dem sie es ritzen wollten.

„Man müßte versuchen, es zu schmelzen", sagte jemand. Headstone griff den Ratschlag auf. Eine Platinschale wurde gebracht; schwer fiel das Blättchen hinein und ließ sie erklingen. Knallgasbrenner wurden entzündet. Blau und heiß züngelten ihre Flammen um die Schale. Schon glühte sie rot auf, strahlte bald in heller Weißglut. Man mußte achtgeben, daß man das Platin in der Hitze nicht zum Schmelzen brachte. Nur noch auf das Blättchen waren jetzt die heißen Flammen gerichtet. Würde es auch einer Glut von viertausend Grad widerstehen?

Leicht begann es sich zu krümmen und zu kräuseln. Zu gewaltig wurde die Wärmebewegung der Moleküle. Die Fessel, in die Dr. Frank die Atome seiner

Legierung schlug, als er den Schwerstoff herstellte, begann zu reißen. Einen Augenblick wogte und kochte es in der Schale. Verschwunden war das Blättchen. Verzwanzigtausendfacht hatte sich in Sekunden sein Volumen. Glutflüssig und brennend lief es über den Rand der Schale, lief auf den steinernen Boden und brannte lodernd weiter. Ein wenig Dampf und Rauch war alles, was übrigblieb... Ebenso plötzlich und unerwartet, wie der zauberische Schwerstoff in Headstones Hände gekommen war, war er wieder verschwunden. Es gab keine Möglichkeit mehr, ihn zu untersuchen. Nur noch von seinen märchenhaften Eigenschaften, von dem Wunderbaren, das so viele Augen in diesen Minuten gesehen hatten, würden sie reden können, wenn nicht...

. . . Wenn es nicht gelang, neue Proben aus Deutschland zu beschaffen. Klar stand dieser Gedanke in Headstones Kopf, als er sich anschickte, den Raum zu verlassen. Fürs nächste hatte er hier nichts mehr zu tun. Tage und Wochen würden Ingenieure und Laboranten ja zu schaffen haben, um erst einmal das Geheimnis der deutschen Tragseile zu ergründen.

Neue Proben des Schwerstoffes... Wer war der rechte Mann, sie zu beschaffen? In Gedanken wählte Headstone und verwarf. Immer wieder kam er auf Turner zurück. Wenn überhaupt jemand, dann vermochte es nur der. Neue Befehle und Instruktionen, von Headstone selbst verschlüsselt, gingen am gleichen Tage nach Deutschland.

***

Johannes Zacharias war in seinem Garten dicht am Zaun in der Nähe der Tür. Jochen Dannewald hielt die Leiter, auf der er stand. Zacharias' Tätigkeit galt einem Pflaumenbäumchen. In der linken Hand hielt er ein Fläschchen mit einer dunklen Flüssigkeit, in der rechten einen Pinsel, den er immer wieder in das Fläschchen tauchte, um die letzte einsame Frucht, die der Baum noch trug, damit zu bestreichen.

„War verkehrt, Jochen, daß wir so dicht an den Zaun gepflanzt haben", sagte er zu seinem Faktotum. „Vier Pflaumen haben die Bengel mir schon weggeholt. Na, wer die fünfte maust, der kann sich den Mund wischen!"

Einfache Jodtinktur war in dem Fläschchen. Der Alte wußte, daß er auch die letzte Viktoriapflaume nicht vor den Dorfjungen retten konnte, aber er wußte auch, daß Jod schlechter als schlecht schmeckt; deshalb stand er hier und pinselte, bis die Türglocke ihn in seiner Beschäftigung unterbrach. Er drückte Jochen das Fläschchen und den Pinsel in die Hand und ging zur Pforte. Der Briefträger stand draußen.

„Ein Brief aus Amerika für Sie, Herr Zacharias."

In der Aufschrift erkannte der Alte die Züge von Dr. Frank. Eilig griff er nach dem Brief und warf dabei einen Blick in die Tasche des Postboten.

„Da haben Sie ja noch einen andern Brief aus den Staaten."

„Ist für den Amerikaner im Heidekrug", erwiderte der Beamte.

„So so! Der ist immer noch hier..." meinte Zacharias nebenhin.

„Scheint hier ansässig werden zu wollen", sagte der Postmann lachend und empfahl sich. Zacharias setzte sich auf eine Gartenbank und las seinen Brief.

„Headstone ist störrisch wie ein Maulesel", schrieb Dr. Frank. „Es ist bei ihm zu einer fixen Idee geworden, unsere Erfindungen noch einmal von sich aus zu machen."

Er wird wenig Glück damit haben, dachte der Alte.

„Brooker ist umgänglicher", ging es in dem Brief weiter. „Er ist Kaufmann und hat Verständnis dafür, daß es vorteilhafter sein kann, eine Erfindung fertig zu kaufen, als sie selbst zu machen. Vorläufig ist er jedoch noch stark im Schlepptau von Headstone. Wir müssen den Ausgang der Patentangelegenheit abwarten, bevor wir weitere Schritte tun können."

Ungeduldig las Zacharias weiter. Er brannte darauf, etwas über das Schicksal des Schwerstoff-Kondensators zu erfahren, den der Doktor in die Staaten mitgenommen hatte, und schließlich kam Dr. Frank in seinem Brief auch zu diesem Thema. Zacharias schmunzelte vergnügt, als er die Schilderung las.

„Großartig gemacht!" murmelte er vor sich hin. „Die beiden Burschen beim Wochenend abgefangen... das Kuckucksei in das fremde Nest gelegt... ich möchte das Gesicht von Headstone sehen, wenn er in die Station kommt!" –

Zur gleichen Zeit studierte Turner in der Gaststube des Heidekruges seinen Brief, und er war weniger vergnügt dabei als Zacharias. Von einem fabelhaften Schwerstoff schrieb Headstone... unbedingt notwendig, eine Probe davon zu beschaffen, mit allen Mitteln versuchen... auf Biegen oder Brechen.

Seufzend faltete Turner das Blatt wieder zusammen und warf einen Blick in den leuchtenden Herbsttag. Innerlich verwünschte er die Stunde, in der er sich Headstone verschrieben hatte... sinnierte darüber, wie anders alles sein könnte, wenn er jetzt einen netten klaren Job in den Staaten hätte, anstatt hier in Deutschland dunklen Geschäften nachgehen zu müssen.

Eine Probe des neuen Stoffes beschaffen?... Natürlich wurde das Teufelszeug in dem unheimlichen Bau hergestellt, mit dem Voucher so üble Erfahrungen machen mußte. Es grauste Turner vor dem Gedanken, dort etwas zu unternehmen. Aber der Stoff blieb ja nicht dort. Professor Livonius hatte Headstone etwas davon gegeben. Man brachte ihn also von der Erzeugungsstelle nach den Bergmann-Werken, vermutlich um ihn dort weiterzuverarbeiten.

Turner führte seine Schlußkette weiter. Lastautos würden das Zeug transportieren. Von hier bis zu den Bergmann-Werken war ein langer Weg. Nur während des Transportes konnte man es versuchen... so einen Wagen ausfindig machen... sich mit den Chauffeuren anfreunden. Es würde nicht leicht sein... vielleicht den einen oder anderen betrunken machen... nicht so einfach. Die Leute waren auf ihren Fahrten ja stocknüchtern. Vielleicht andersrum?... Turners Gedanken wanderten zu der Reiseapotheke in seinem Auto, die neben manchem anderen auch ein paar ganz hübsche Schlaf- und Betäubungsmittel enthielt. Es war eine Möglichkeit, aber – darüber war der Agent sich nicht im unklaren – eine verzweifelte, er riskierte Kopf und Kragen, wenn die Sache schiefging. Doch vergeblich sann er auf einen andern Weg. Kein brauchbares Mittel wollte ihm einfallen. Den Kopf in die Hände gestützt, starrte er verdrießlich vor sich hin, als die Tür geöffnet wurde.

Turner blickte erst auf, als er eine Hand auf seiner Schulter spürte. Der alte Zacharias stand neben ihm.

„Morgen, Mister Turner! Erlauben Sie?“ Er ließ sich an den Tisch von Turner nieder. „Schlechte Laune heut? Sehen so verdrießlich aus. Haben Sie unangenehme Nachrichten aus USA?“

Turner dachte an den Brief in seiner Tasche. Unwillkürlich nickte er: „Geht manches nicht so, wie man möchte, Sir."

„Wird sich bald ändern, mein lieber Turner. Ich bekam heute auch einen Brief aus den Staaten."

„Auch?" fragte Turner verwundert.

„Ja, Mister Turner. Ich sah bei der Gelegenheit, daß der Postbote auch einen für Sie in der Mappe hatte."

Turner sann auf eine Ausflucht. „Sie haben richtig gesehen, Mister Zacharias. Es war ein Brief von meinen Verwandten in Oswego."

Ungeschickter Schwindel! dachte der Alte, der den Poststempel „Buffalo" deutlich auf dem für Turner bestimmten Brief gesehen hatte.

„Erinnern Sie sich noch an unsere letzte Fahrt nach Neustadt, Mister Turner?"

Der Agent machte eine zustimmende Bewegung. Die Unterhaltung während dieser Fahrt kam ihm wieder in den Sinn. Er hatte Headstone darüber berichtet, doch der war mit keinem Wort darauf eingegangen.

„Sie sprachen damals von einem Mister – Mister Headstone", sagte Turner zögernd, als müsse er sich auf den Namen besinnen.

„Ganz recht, von James Headstone. Es ist höchste Zeit, ihm die Augen zu öffnen. In wenigen Tagen kann es dafür zu spät sein."

Turner sah den Alten unsicher an. „Ich verstehe absolut nicht, was Sie meinen, Mister Zacharias."

Der Alte fuhr unbeirrt fort: „Headstone interessiert sich jetzt für einen neuen Schwerstoff, der in Deutschland hergestellt wurde. Er verlangt von seinen Agenten, daß sie ihm Proben davon verschaffen..."

Turner wurde abwechselnd rot und wieder blaß. War der Alte, der ihm schon so viele Rätsel aufgegeben hatte, mit dem Teufel im Bunde? Konnte er durch den Anzugstoff hindurch lesen, was in dem Brief Headstones stand? Unwillkürlich griff Turner nach seiner Brusttasche und fühlte das leise Knistern des Papiers.

„Headstone würde seine Agenten nicht mit solchen Aufträgen bemühen“, sprach Zacharias gelassen weiter, „wenn er wüßte, daß er den neuen Stoff schon tonnenweise in seiner AE-Station hat. Aber er weiß es nicht. Ein Mann müßte kommen... ein Mann ohne Furcht, Mister Turner, der es ihm sagte. Der Mann könnte vielleicht sein Glück machen...“

Turner saß mit offenem Munde da und starrte den Alten wie ein Gespenst an. „Ich habe damals –“ ›unsere Unterredung an ihn berichtet‹, wollte Turner herausschreien und preßte im letzten Moment die Lippen zusammen.

„In Deutschland wird der Stoff nicht mehr zu beschaffen sein“, sagte Zacharias. „Was davon vorhanden ist, liegt in den Bergmann-Werken unter doppeltem und dreifachem Verschluß. Auch der tüchtigste Agent könnte nicht herankommen.“

Turner schwieg. Er sah den Plan, mit dem er sich vor kurzem noch beschäftigte, wie ein Kartenhaus zusammenfallen...

„Warum erzählen Sie mir das alles?“ Gequält kamen die Worte aus Turners Mund; er saß mit halb geschlossenen Augen da und wagte es nicht, seinem Gegenüber ins Gesicht zu sehen. So sah er auch nicht das eigenartige Lächeln, das um dessen Lippen spielte.

„Ich dachte, es könnte Sie interessieren, Mister Turner. Ich sagte Ihnen schon, daß ich heute auch einen Brief von drüben erhielt. Die Verhandlungen zwischen dem deutschen Konzern und der United haben begonnen. Der Erfinder des Schwerstoffes ist seit einiger Zeit in den Staaten. Mit Direktor Brooker hat er bereits gesprochen. Mit Headstone wird er auch bald zusammenkommen. Dann, Mister Turner, wird es für den Mann in Deutschland zu spät sein, das befreiende Wort zu sprechen...“

Turner empfand jedes der Worte wie einen gegen ihn gerichteten Schlag. Gewaltsam raffte er sich zusammen.

„Wer sind Sie, Mister Zacharias?“

Der Alte blieb gelassen. „Sie kennen meine Geschichte, Mister Turner. Ich bin ein alter Farmer, der hier in der Heide seinen Lebensabend verbringt.“

„Nein! Sie sind nicht, was Sie scheinen wollen. Sonst könnten Sie nicht um alle diese Dinge wissen!“ Erregung zitterte in den Worten des Agenten. Der alte Zacharias ließ sich nicht aus seiner Ruhe bringen.

„Gestatten Sie mir eine andere Frage, Mister Turner: Wer sind Sie?“

Der Gegenschlag traf Turner unerwartet. Unsicher kam seine Antwort.

„Ich bin ein amerikanischer Tourist, Mister Zacharias.“

Der Alte lachte. „Lassen wir's dabei, Mister Turner. Ich bin Farmer, Sie sind Tourist! Auf Wiedersehen ein andermal! Ich will gehen, habe einen Brief an meine Freunde in Amerika zu schreiben.“ –

Turner saß allein am Tisch und hatte das Gefühl, als ob der eichengedielte Boden unter ihm wankte... Nun und nimmer war der Alte das, was er zu sein vorgab. Viel zuviel wußte er um die Geschehnisse zwischen der United und dem deutschen Konzern. Das war für den Agenten jetzt sicher. Aber auch ihn hatte der alte Mann, der sich hier als Bauer und Heideläufer tarnte, durchschaut. Zu deutlich war der Doppelsinn seiner letzten Worte. Wie eine Warnung hatte es aus ihnen geklungen, das unfruchtbare Spiel hier aufzugeben und einen andern Weg zu gehen, bevor es zu spät war... zu spät, wenn die andern dem nicht länger untätig zuschauten... wenn sie zugriffen, ihn packten.

Mit dem Entschluß, seine Rolle hier aufzugeben, stand Turner auf.

***

In verdrossener Laune kam James Headstone von Buffalo her in seinem Flugzeug in New York an. Die Versuche im Hochspannungswerk hatten zu keinen weiteren Fortschritten geführt. Es blieb bei den Werten, die man schon im ersten Ansturm erreicht hatte und die zwanzig Prozent unter den deutschen Leistungen lagen. Headstone zerbrach sich den Kopf, woran es liegen könne, und kam immer wieder auf denselben Gedanken zurück: Die Spannung über die zehn Millionen Volt hinaustreiben, größere, stärkere Blitzröhren nehmen... Gewiß hatten's die Deutschen ebenso gemacht und auf diese Weise ihre Wunderseile hergestellt.

Während ihn das Auto vom Flugplatz zum Hause der United brachte, gingen ihm andere Fragen durch den Kopf. Die Auslegung der deutschen

Patente in Washington bedeutete einen schweren Schlag. Zwar hatte die United sofort Einspruch gegen die Anmeldungen erhoben, und wer die Ausführungen ihrer Patentanwälte las, mußte den Eindruck gewinnen, daß dem amerikanischen Konzern durch die Deutschen blutiges Unrecht angetan worden sei. Aber Headstone selbst machte sich keine Illusionen mehr, nachdem er die Eingangsdaten der deutschen Anmeldungen gesehen hatte... und die letzte große Erfindung, der fabelhafte Schwerstoff – davon hatte man bei der United bis zu jenem Besuch von Livonius überhaupt nichts gewußt. Hatte danach erst in aller Eile ein paar reichlich verschwommene Ansprüche angemeldet... Nur wenn es gelang, ihn in Buffalo wirklich herzustellen, bestand eine winzige Aussicht, auch patentrechtlich etwas zu erreichen.

Mit dem Gedanken an diesen Schwerstoff betrat Headstone sein Arbeitszimmer. Ein Telegramm aus Deutschland lag auf seinem Tisch. Er riß es auf und ging daran, es zu entschlüsseln.

War Turner wahnsinnig geworden? Was kabelte der Mensch?

„Mehrere Tonnen des neuen Schwerstoffes befinden sich in Michigan in der AE-Station." Headstone griff nach seinem Hut und eilte aus dem Raum. Ein Auto brachte ihn zum Flugplatz zurück.

„Michigan, Flugplatz Blanctown!" befahl er dem Piloten. Motorknattern, Propellerschwirren, das Flugzeug stieg auf.

Die Ingenieure Fosdick und Cowper hatten ein Schachbrett zwischen sich stehen und spielten geruhsam eine Partie.

„Achten Sie auf Ihre Dame, Cowper!" sagte Fosdick, als das Geräusch eines anfahrenden Autos die friedliche Stille des Herbsttages unterbrach.

„Wir bekommen Besuch", meinte Cowper und wandte sich nach dem Fenster hin. „Ein Auto. Wenn ich richtig sehe, der Wagen unseres Barkeepers in Blanctown. Will uns der alte Giftmischer hier eine Visite machen?"

Auch Fosdick war aufgestanden und blickte auf den Platz hinaus, zuckte plötzlich zusammen und packte seinen Kollegen bei der Schulter.

„Heiliger Geist, steh uns bei! Da klettert Headstone aus dem Wagen!"

Mit einem Satz sprang Cowper zurück und ließ Schachbrett und Figuren in einem Schrank verschwinden, griff nach einer Bürste und tat damit einige Striche über seinen Rock, drückte sie dann dem andern in die Hand.

„Mut, Fosdick! Der Boß ist da! Flucht unmöglich! Wir müssen dem Unheil die Stirn bieten."

Headstone war noch ein Stückchen von dem Stationsgebäude entfernt, als Fosdick und Cowper heraustraten und den Chef mit einer höflichen Verbeugung empfingen. Zusammen gingen sie in das Haus zurück, und Fosdick begann zu rapportieren.

„Die Station arbeitet nach wie vor gut, Mister Headstone. Von der Zentrale in Detroit liegen keine –"

„Weiß ich, Fosdick!" unterbrach ihn Headstone kurz. „Deswegen bin ich nicht gekommen."

Fosdick schwieg. Mit Befremden bemerkte er, wie Headstone sich unaufhörlich nach allen Seiten hin umsah, als ob er etwas suche.

Was hat der Alte bloß? dachte Cowper, während sie über den Flur gingen. Was guckt er so wunderlich in den Schirmständer und hinter die Schrankecken? Wieder mal eine verrückte Laune vom Boß.

Durch Flur und Vorraum kamen sie in den Maschinensaal, und auch hier standen Headstones Augen keinen Moment still. Nur flüchtig glitten seine Blicke über die Meßinstrumente, dann blieben sie an einem metallisch dunkel schimmernden Kasten haften, der neben dem Transformator stand.

„Was ist das, Fosdick?"

„Ein Kondensator, Mister Headstone, mit dem wir die Spannungsschwankungen abfangen."

„Wo haben Sie den her? Hat die United ihn geliefert?"

Fosdick biß sich auf die Lippen. „Nein, Mister Headstone. Wir haben ihn von einer andern Stelle bekommen", sagte Cowper.

„Hm! Arbeitet gut?" Headstone hörte kaum auf die Antwort Cowpers und ging weiter. Es war unverkennbar, daß er etwas suchte. Jeden Schrank und jede Schublade im Maschinenraum riß er auf, kramte minutenlang in den Metallabfällen von einer Feilbank.

Verdrossenheit malte sich in seinen Zügen, als er sich wiederaufrichtete. Noch einmal blickte er sich prüfend in dem Saal um. Hier war das verwünschte deutsche Schwermetall nicht. Er erinnerte sich, draußen einen Haufen Eisenschrott gesehen zu haben. Sollte es am Ende dazwischengeraten sein? Er schob den Hut ins Genick und schickte sich an, zur Tür zu gehen, als sein Fuß gegen einen dünnen Draht auf dem Fußboden stieß. Mit einer lässigen Beinbewegung wollte er ihn beiseite schieben und wäre dabei um ein Haar zu Fall gekommen, wenn Fosdick ihn nicht gestützt hätte.

„Was ist das, Fosdick?“

Headstone bückte sich und griff nach dem Draht. Nicht stärker als eine mäßige Schnur war der, doch Headstone staunte über das Gewicht, als er ihn anhob.

„Was ist das?“ fragte er zum zweitenmal.

„Eine Verbindungsleitung vom Kondensator zum Transformator, Mister Headstone.“

Mit beiden Händen packte Headstone den Draht, riß ihn mit Gewalt empor, folgte ihm, wie ein Jäger einer Spur folgt, bis er vor dem schwarzen Kasten stand. Der eigenartige dunkle metallische Schimmer... hatte nicht das Blättchen, das Professor Livonius ihm gab, ganz ähnlich ausgesehen?

Seine Hände fuhren über die glatte Fläche des Kondensators, sie strichen über die starke Kranöse. James Headstone wußte, daß er gefunden hatte, was er suchte.

„Wo haben Sie den Kondensator her?“ Er sah, wie Fosdick blaß wurde und Cowper betreten zu Boden blickte.

„Kommen Sie mit!“ Headstone ging voraus in den Wohnraum; schweigend folgten ihm die beiden Ingenieure.

„Nehmen Sie Platz!“ Headstone sagte es, während er sich selbst in einen Sessel niederließ. Zögernd folgten Fosdick und Cowper seinem Beispiel.

„Ich verlange jetzt absolute Offenheit von Ihnen", hub Headstone an. „Bei der ersten Unwahrheit liegen Sie auf der Straße. Wenn Sie die volle Wahrheit sagen, kann die Sache zu Ihrem Vorteil ausschlagen. Ich frage noch mal: Wo haben Sie den Kondensator her?"

Fosdick war unfähig, ein Wort herauszubringen. Cowper hatte so oft mit dem Gedanken gespielt, selber zu gehen, daß ihn die Drohung Headstones nicht schreckte.

„Von Doktor Frank, Mister Headstone", beantwortete er die Frage.

Headstone pfiff durch die Zähne. Ein Doktor Frank von dem deutschen Konzern war bei Brooker gewesen... Dr. Frank? Waren nicht die deutschen Patente in Washington auf den gleichen Namen angemeldet? Verschwommen noch wie durch einen Nebel, aber doch schon ungefähr erkennbar glaubte Headstone einen Zusammenhang zu erblicken, und die plötzliche Erkenntnis ließ seinen Herzschlag einen Augenblick stocken... Dr. Frank, der deutsche Erfinder?... Der Inhaber der Patente?... Dr. Frank hier in seiner Station, ohne daß er, Headstone, etwas wußte, auch jetzt noch ohne Ahnung wäre ohne das Kabelgramm Turners? Für einen Augenblick bedauerte er es fast, daß er oft unnötig schroff zu dem Agenten gewesen war.

Er setzte das Verhör fort: „Wie sind Sie an Doktor Frank gekommen?"

Nur zögernd und bruchstückweise kamen die Antworten. Von einem Wochenend in Blanctown sprach Cowper und verschwieg, wieviel dabei getrunken wurde.

„Also eine Bekanntschaft am Biertisch?" warf Headstone dazwischen. „Und den Mann nehmen Sie so ohne weiteres in die Station mit?"

„Unser Auto hatte eine Panne", log Cowper, „Doktor Frank hat uns in seinem Wagen hierher gebracht. Er hörte von unsern Sorgen. Er schien etwas von AE-Werken zu verstehen..."

Headstone murmelte etwas durch die Zähne. „Idioten!" glaubte Cowper herauszuhören.

„Doktor Frank ist der Fachmann, verstehen Sie, der erste Fachmann des deutschen AE-Werkes!" platzte Headstone dann heraus. „Den Menschen lassen Sie hier in unsere Station! Unglaublich, Fosdick – was haben Sie sich dabei gedacht? Waren Sie betrunken?“

Fosdick wußte nichts zu erwidern. Er hielt den stechenden Blick Headstones nicht aus und wandte den Kopf zur Seite. Cowper beschloß, alles auf eine Karte zu setzen.

„Warum soll ich's leugnen, Mister Headstone? Ein paar Whiskys hatten wir zum Wochenend genommen. War ganz gut, daß Doktor Frank uns nach Hause fuhr. Noch besser, daß er uns den Transformator hier ließ. War ein Glück, sonst säßen wir immer noch auf dem alten Fleck. War ein Glück, Mister Headstone, wie es nur Betrunkene haben können.“

So, du altes Ekel, dachte Cowper, als er zu Ende war, jetzt wirf mich in Gottes Namen 'raus – meine Meinung hast du gehört!

Schweigend wiegte Headstone den Kopf hin und her.

Cowper griff nach seinem Hut. „Soll ich gehen, Mister Headstone, mir einen andern Job suchen?“

„Unsinn, Sir!“ Headstone warf ihm einen Blick zu, der selbst den zu allem entschlossenen Cowper einschüchterte. „Sie und Fosdick bleiben hier. Sie machen hier Ihren Kram weiter... und halten den Mund über den Kondensator und den Doktor zu jedermann. Das will ich mir ausgebeten haben. Kommen Sie jetzt!“

Sie gingen in den Maschinenraum zurück. Headstone besah sich noch einmal den Draht. Er war reichlich lang. Man könnte wohl ein Stück davon abschneiden und mit dem Rest immer noch die Verbindung zum Transformator wiederherstellen.

Auf seine Anordnung setzten die beiden Ingenieure die Station still und machten sich daran, ein Stück von dem Draht abzutrennen. Der Versuch war vergeblich; Meißel zersplitterten, Zangen zerbrachen, sie hätten es ebensogut unternehmen können, harten Stahl mit einem Hornmesser zu schneiden. Entmutigt standen sie zwischen den Trümmern der verdorbenen Werkzeuge.

Wie spielend ließ Cowper eine abgebrochene Zangenbacke von einer Hand in die andere gleiten, fuhr mit den Fingern über die Schneide, während seine Lippen Worte formten:

„Naturharter Edelstahl… zerdrückt wie Blei… unausdenkbar…“

„Philosophieren Sie nicht! Handeln Sie, Cowper!“ herrschte Headstone ihn ärgerlich an.

Cowper ließ das Stück fallen. „Was wünschen Sie, daß wir tun sollen, Mister Headstone?“

Headstone knirschte vor Wut mit den Zähnen. „Bringen Sie Schweißbrenner her! Wir werden das Stück abschmelzen.“

Fosdick und Cowper führten den Befehl Headstones aus. Die heißen Flammen der Knallgasbrenner zischten auf und richteten sich gegen jene Stelle des Drahtes, von welcher der beste Stahl eben wirkungslos abgeglitten war. Rot glühte es, gelb und hellweiß danach. Auf blauweiße Hitze kam die Stelle. Längst wäre jedes andere Metall in solcher Höllenglut zerschmolzen. Der wunderbare Schwerstoff Dr. Franks hielt stand, bis plötzlich die Wärmebewegung der Moleküle zu gewaltig wurde. Der Draht blähte sich an der erhitzten Stelle auf, gewann in Bruchteilen einer Sekunde an Stärke, brannte im nächsten Augenblick mit heller Flamme.

„Weg mit den Brennern!“ schrie Headstone.

Fosdick und Cowper sprangen zurück, schlossen die Brennerhähne, starrten auf das Schauspiel, das sich ihren entsetzten Blicken bot.

Die Glut fraß weiter an dem Draht. Funken sprühend, blendendes Licht verbreitend floß geschmolzenes Metall auf den Boden. Wie der Brand einer entzündeten Lunte lief das Feuer weiter. Eben noch ein feiner schwarz schimmernder Draht, im nächsten Augenblick eine weißglühende Riesenschlange… und dann schmelzendes, brennendes Metall und wabernde Lohe, so kroch es auf den Kondensator zu.

Bis an die Wand des Saales mußten die beiden Ingenieure und Headstone zurückweichen, um sich vor der strahlenden Hitze zu schützen. Wurden auch hier bedroht, rannten zur Tür, rissen sie auf, sahen, wie das fressende Feuer den Kondensator Dr. Franks erreichte. Würde es hier zum Stillstand kommen? Für einen Augenblick schien es fast so... doch nur für einen Augenblick. Das Feuer schien zu verlöschen. Sie konnten nicht sehen, daß es sich in das Innere des Kondensators weiterfraß. Sie sahen nur, wie ein leichtes Zittern durch den schwarzen Kasten ging. Ein leichtes Beben schien es zuerst, ein Zittern dann – und dann –

Sie glaubten, daß ein böser Spuk am hellen Tage sie äffe. Der Kasten begann zu wachsen. In die Höhe und Breite quoll er auseinander... Wuchs und dehnte sich... eben noch ein Kasten, jetzt schon ein massiger Würfel... unaufhaltsam quoll es weiter, erreichte die Höhe des Transformators, stieß auch in die Breite wachsend gegen ihn vor... glühte plötzlich hell auf, floß schmelzend auseinander, endlose Flammenbäche in den Raum versendend.

Headstone fühlte es kaum, wie seine Ingenieure ihn in das Freie hinausrissen. Fühlte nicht, daß seine Kleidung von der strahlenden Glut versengt war, hier und da zu glimmen begann.

Mit geschlossenen Augen stand er da. Wild jagten seine Gedanken und kreisten um eine andere Szene. Ein winziges Blättchen nur war es damals, das in der Hitze der Blaubrenner in feurigem Brand zerging. Tausendmal größer war hier die Masse des rätselhaften Schwerstoffes, den er durch seinen unbesonnenen Versuch der Fesseln entledigt hatte. Tausendmal größer auch waren Glut und Verheerung, die notwendig erfolgten.

Er hätte es wissen müssen... er selbst hatte das Unheil verschuldet.

Benommen schlug er die Augen wieder auf – sah die Fensterscheiben des Stationshauses klirrend zerspringen, sah grellen Feuerschein dahinter.

Vom Fundament bis zum Giebel war das Stationshaus aus Eisenbeton erbaut. Es konnte nicht brennen, es hielt den Gluten stand; aber zu Asche verging alles Brennbare, das sich in ihm befand. Verkohlte Brandreste, zerschmolzene Meßinstrumente, ein zerstörter Transformator – das war alles, was in dem Gebäude übrigblieb. Auch die zweite amerikanische AE-Station war ein Opfer entfesselter Naturgewalten geworden... weil ein Vorwitziger sich an einen Stoff gewagt hatte, den er nicht zu meistern vermochte.

James Headstone hatte sich auf einen Baumstumpf niedergelassen. In sich zusammengesunken, die Hände vor den Augen, saß er da wie ein

Träumender. Eine Stimme riß ihn in die Gegenwart zurück, eine Stimme, die Cowper gehörte.

„Was sollen wir jetzt tun, Mister Headstone?“ fragte der Ingenieur. Er mußte die Frage ein zweites und drittes Mal wiederholen, bis Headstone ihn verstand.

„Sie haben Urlaub, Cowper. Sie und Fosdick auch...“

Wird wohl ein Urlaub für immer sein, dachte Cowper.

„Gehen Sie vorläufig nach Blanctown“, sprach Headstone weiter. „Warten Sie dort, bis die neuen Maschinen kommen.“

Mit eigenartig steifen, fast marionettenhaften Bewegungen ging Headstone zum Kraftwagen.

„Flugplatz Blanctown“, rief er dem Fahrer zu.

Kaum war das Auto entschwunden, als Cowper einen Freudensprung riskierte. „Unbegrenzten Urlaub!“ schrie er Fosdick zu und schlug ihm auf die Schulter.

„Vollbezahlten Urlaub, Cowper“, sagte Fosdick.

„Gott sei Dank, daß der Boß selber die Station ruiniert hat! Herr des Himmels – wenn wir das gewesen wären, Fosdick?! Entsetzlicher Gedanke! Ich glaube, der Alte hätte uns mit Haut und Haaren gefressen.“

„Ich möchte wissen, wie sich Direktor Brooker dazu stellen wird?“ sagte Fosdick nachdenklich. „Ob er die Gelder für einen dritten Versuch zur Verfügung stellt?“

„Er wird, er muß!“ rief Cowper zuversichtlich. „Ein Glück, daß unser Wagen nicht mit verbrannt ist. Jetzt geht's in den Urlaub nach Blanctown, Fosdick!“

***

„Wohin, Sir?“ fragte der Pilot in Blanctown.

James Headstone zögerte mit der Antwort. „Nach New York“, wollte er sagen, sprach aber die Worte nicht aus. Jetzt nach New York gehen? Brooker und den anderen an der AE-Station Beteiligten die neue Hiobspost bringen? Er scheute davor zurück. Es würde eine böse Auseinandersetzung werden. Er würde schwere Vorwürfe einstecken müssen wie schon einmal nach der Katastrophe in Detroit. Brooker würde sicherlich wieder von groben Versehen sprechen, die nicht vorkommen dürften.

Im Geiste sah er die Szene schon vor sich. Ein Tribunal von zähen Geldleuten, deren Gott der Dollar war. Er selbst, Headstone, als Angeklagter gezwungen, Leuten Rede und Antwort zu stehen, die er durchschaute und innerlich verachtete... Den bitteren Gang aufschieben, wenigstens eine Galgenfrist gewinnen...

„Wohin, Sir?“ fragte der Pilot zum zweiten Male.

„Nach Buffalo“, kam Headstones Antwort. Er klammerte sich an die Hoffnung, daß seinen Ingenieuren dort vielleicht etwas gelungen sein könnte, geeignet, seine Stellung gegenüber den Geldgebern zu stärken. Konnte er in New York Halteseile auf den Tisch legen, die den deutschen gleichkamen, war schon viel gewonnen. Hatten seine Leute in Buffalo auch mit dem Stoff für die kalte Kathode Erfolge, dann konnte er der unvermeidlichen Aussprache in New York einigermaßen getrost entgegensehen.

Gewaltsam bot Headstone den flüchtig dahineilenden Gedanken Einhalt. Positive Tatsachen brauchte er, und in Buffalo würde er sie, so Gott wollte, finden. –

Kurs Südost zu Ost nahm das Flugzeug James Headstones seinen Weg über die blauen Fluten des Huronensees, während zur gleichen Zeit ein anderes die nördlichen Ausläufer der Rocky Mountains überquerte.

Es war eine der Lastmaschinen, deren sich die United Electric für den Schnelltransport schwerer Stücke zu ihren Werken in New York, Detroit und Buffalo zu bedienen pflegte. Äußerlich glich sie dem Typus der schwersten Bomber, obwohl sie für durchaus friedliche Zwecke erbaut war. Zwischen den Schwingen enthielt ihr gewaltiger Rumpf den Frachtraum, im hinteren Ende war ein kleines Abteil für Begleitmannschaften vorgesehen. Nur zwei Fluggäste befanden sich darin: Direktor Brooker und Dr. Frank.

„Ich hätte gewünscht, daß Mister Headstone bei unseren weiteren Besprechungen zugegen wäre“, sagte Brooker. „Leider ist die telephonische

Verbindung mit unserer Station in Michigan gestört. Ich habe vergeblich versucht, ihn zu erreichen."

„Wir werden gegen elf Uhr in Buffalo sein, Herr Direktor. Unsere Vorbereitungen dürften etwa eine Stunde in Anspruch nehmen. Vielleicht versuchen Sie es dort noch einmal."

„Diese Störung beunruhigt mich." Brooker sagte die Worte mehr zu sich als zu seinem Begleiter.

Dr. Frank lachte. „Ich gratuliere Ihnen, Herr Direktor, wenn Sie keine andern Sorgen haben. Eine Leitungsstörung im Fernsprechverkehr – das passiert jeden Tag hundertmal."

„Schon recht, Herr Doktor. Aber –", gegen seine sonstige Gewohnheit sprach Brooker dem Deutschen gegenüber seine Gedanken aus, als könne er sich dadurch von einem Druck befreien, der auf ihm lastete, „so war es auch damals in Detroit. Wir konnten keine Verbindung mit Mister Headstone bekommen, weil der Apparat unter den Trümmern der Hochspannungsabteilung lag."

„Und jetzt fürchten Sie etwas Ähnliches, Mister Brooker? Ich glaube, Sie sind nervös."

„Man kann es mit Headstone werden", seufzte Brooker vor sich hin. „Ich habe jedesmal Angst, wenn er auf technische Expeditionen auszieht."

Die Mienen des Doktors wurden ernst, während er antwortete. „Ihre Befürchtungen sind in der Tat berechtigt. Ich habe Ihnen die Gründe dafür in New York auseinandergesetzt, Mister Brooker. Es liegt in Ihrem eigenen Interesse –"

„Ich weiß, was Sie sagen wollen, Herr Doktor", fiel ihm Brooker ins Wort. „Die United soll das, was Ihr Konzern bereits entwickelt hat, zu einem christlichen Preis erwerben und alle waghalsigen Experimente unterlassen."

Dr. Frank schüttelte den Kopf. „Sie haben mich zur Hälfte richtig verstanden, Herr Direktor. Sie sollen übernehmen, was schon vorhanden ist; aber selbstverständlich muß weiter gearbeitet und weiter gewagt werden. Ich tadle Mister Headstone nicht, weil er etwas riskiert, sondern weil er es unnötig riskiert. Unnötig und zwecklos, Mister Brooker. Denn selbst, wenn ihm in Wochen gelänge, wofür wir Jahre gebrauchten, würden ihm unsere älteren Rechte bei der Verwertung im Wege stehen."

„Es wird schwerhalten, Mister Headstone das beizubringen", erwiderte Brooker. „Er läßt sich in seinem Tatendrang nicht zügeln und setzt dabei Kopf und Kragen aufs Spiel. Was soll ich mit dem Mann machen?"

„Gar nichts, Herr Direktor. Der Mann ist gut so, wie er ist. Die Zeit steht nicht still. Wir brauchen unternehmungslustige und waghalsige Pioniere, um unsere Sache weiterzutreiben. Mister Headstone wird noch ein reiches Feld für seinen Betätigungsdrang finden, aber er soll auf der Basis weiterbauen, die wir ihm bieten."

„Schwer – sehr schwer, Herr Doktor", seufzte Brooker. „Ich fürchte, er wird Widerstand leisten. Wir werden noch mehr Fehlschläge und Katastrophen erleben, bevor er sich bequemt, Ihre Vorschläge anzunehmen."

Dr. Frank blickte starr vor sich hin. Seine Augen waren ins Weite gerichtet, als könne er in der Ferne etwas erschauen.

„Fehlschläge und Katastrophen werden nicht ausbleiben", sagte er langsam, jedes Wort einzeln betonend, „wenn Mister Headstone so weiterarbeitet wie bisher." –

Der Pilot Headstones hatte den Flugplatz von Buffalo vor sich, doch zur Verwunderung Headstones ging er nicht nach unten, sondern umkreiste den Platz in weitem Bogen.

„Warum landen Sie nicht?" fragte Headstone. Der Pilot deutete nach Steuerbord. James Headstone blickte in die Richtung und sah ein mächtiges Flugzeug eben im Gleitflug nach unten gehen.

„Wir müssen erst den andern landen lassen!" schrie der Pilot, um sich durch den Motorenlärm hindurch verständlich zu machen. Headstone hörte es kaum. Seine Blicke hingen an dem andern Flugzeug.

Eine Frachtmaschine von uns? Was hat sie in Buffalo zu suchen? ging es ihm durch den Kopf.

Jetzt ging auch seine Maschine zum Gleitflug über und setzte kaum fünfzig Meter von der andern entfernt auf den Rasen.

„Um sechs Uhr abends wieder hier!“ rief er dem Piloten zu, stieg aus und ging auf die andere Maschine zu. Er war schon dicht herangekommen, als auch dort die Tür geöffnet wurde. Jäh verhielt er den Schritt. Brooker erschien im Türrahmen, Direktor Brooker, den er in New York vermutete, dessen Gegenwart ihm hier mehr als unwillkommen war. Anders stand es mit Brooker. Er hatte Headstone kaum erblickt, als er ihm lebhaft zuwinkte.

„Großartig, Headstone, daß Sie hier sind! Ich habe vergeblich versucht, Sie in der Station anzurufen. Ihre Leitung war gestört?“

„Ja, Brooker. Unsere Leitung war in Unordnung“, sagte Headstone, um überhaupt etwas zu sagen. Er verwünschte den Zufall, der ihn hier Brooker in die Arme laufen ließ.

„Darf ich bekannt machen?“ fuhr Brooker fort. „Herr Doktor Frank vom Bergmann-Konzern – Mister Headstone... Dem Namen nach kennen die Herren sich wohl.“

Headstone schüttelte dem Doktor die Hand, während ihm tausend Gedanken durch den Kopf wirbelten, um schließlich an einer Stelle hängenzubleiben: Was hat der Deutsche mit Brooker zu verhandeln? Was will er in Buffalo? Wie eine Antwort auf die unausgesprochene Frage kamen die Worte Brookers: „Wir wollen hier ein wichtiges Experiment machen, Headstone. Gut, daß Sie dabeisein können.“

„Experiment?! – Was haben Sie vor?“ fragte Headstone mißtrauisch.

„Dreißig Millionen Volt wollen wir machen, Headstone!“

„Dreißig Millionen Volt, Brooker?! So weit sind wir noch nicht! Haben Sie nicht genug an dem Malheur in Detroit?“

„Herr Doktor Frank hat die Apparate dazu mitgebracht.“ Brooker deutete auf das Lastflugzeug. „Diesmal wird es ohne Malheur gehen, mein lieber Headstone.“ Während Headstone noch nach einer Erwiderung suchte, fuhr bereits ein Kranwagen der United an das Flugzeug heran, dem ein schweres Lastauto folgte. Alles, was Brooker von New York aus telephonisch angefordert hatte, war prompt zur Stelle. Headstone sah den Kran arbeiten, sah einen schwärzlich funkelnden Kasten aus dem Rumpf der Lastmaschine emporsteigen, nicht unähnlich jenem, der gestern noch in der Station in

Michigan stand und arbeitete, bis eine unüberlegte Handlung ihn in einen Vulkan verwandelte. Seine Augen gingen hin und her, von dem Kasten zu dem Doktor. Seine Blicke fingen sich mit denen Dr. Franks.

„Sie kommen von Ihrer AE-Station, Mister Headstone?“ fragte der Deutsche. James Headstone vermochte nur zu nicken.

„Die Anlage arbeitet jetzt gut?“ fragte Dr. Frank weiter.

Wieder ein Nicken Headstones. Dr. Frank stutzte. Das Benehmen Headstones war ihm unerklärlich. Irgendeine Äußerung hatte er erwartet. Sogar auf einen Zornausbruch wegen seines Eingreifens in der Station war er gefaßt. Doch nichts von alledem geschah. Er konnte keine Erklärung dafür finden. Headstone mußte wissen, daß er ihm den Kondensator in die Station gestellt hatte. Warum ging er mit keinem Wort darauf ein? Die Gegenwart Brookers hindert ihn wahrscheinlich, darüber zu sprechen. Also schweigen wir vorläufig beide über die Sache. Mit diesem Entschluß folgte Dr. Frank Headstone und Brooker zum Wagen. Eine Stunde würde es dauern, bis alles nach den Plänen des Doktors, die Brooker einem Oberingenieur im Werk übergab, aufgebaut war. Sie benutzten die Zeit, um einen Lunch zu nehmen. Das Mahl verlief so schweigsam, als ob alle drei einem Trappistenorden angehörten. Brooker brütete darüber, wie er Headstone endlich breitschlagen könnte. Headstones Gedanken waren bei den verkohlten Trümmern der Station. Nur ein knappes Ja oder Nein hatte er als Antwort auf die Fragen Dr. Franks, bis der es schließlich auch vorzog, zu schweigen. Erst als der Nachtisch abgetragen war, kam ein Gespräch in Gang.

„Wir wollen also dreißig Millionen Volt machen, mein lieber Headstone“, sagte Brooker. „Wir haben nur zehn Millionen im Werk. Höher dürfen wir nicht gehen“, widersprach Headstone.

„Mit meiner Kondensatorenbatterie doch, Mister Headstone“, mischte sich Dr. Frank ein. „Wir nehmen Ihre zehn Millionen Volt in Parallelschaltung ab, gehen auf Serie und haben, was wir wollen.“

Headstone sah ihn abweisend an: „Es muß einen Blitz von Kilometerlänge geben, Herr Doktor. Wie wollen Sie die Riesenspannung meistern?“

„Meine Kondensatoren meistern sie, Mister Headstone.“ Kurz und knapp kam die Antwort von den Lippen des Doktors.

James Headstone machte andere Einwände. Er sprach von schädlichen Rückwirkungen, die der Apparat des Doktors auf die Anlage der United haben könnte, und wurde durch die kühl abweisenden Erwiderungen Dr. Franks immer mehr in Harnisch gebracht. „Ich lehne jede Verantwortung ab!“ wehrte er sich schließlich. „Es geht auf Ihre Kappe, Brooker, wenn wir einen Niederbruch erleben!“

Etwas von der unerschütterlichen Ruhe des Doktors schien auf Brooker übergegangen zu sein.

„Es hat keinen Zweck, hier länger zu debattieren“, sagte er. „Ich übernehme die Verantwortung, Headstone. Lassen Sie uns in das Werk gehen.“ –

„Der Kasten steht noch draußen?“ wunderte sich Headstone, als sie vor dem Bau der Hochspannungsabteilung standen. Ein spöttischer Zug spielte um die Lippen des Doktors. „Ich habe Ihnen einen Blitz aus Europa mitgebracht, Mister Headstone.“

„Wie? Was?“

„Jawohl, einen Blitz von neunzig Millionen Volt, damit Sie sehen, was meine Kondensatoren in Wirklichkeit aushalten können!“

„Ist das wahr, Herr Doktor? Haben Sie Ihren Apparat geladen mit herübergebracht?“ mischte sich Brooker ein. Headstone versuchte einen neuen Widerspruch.

„Das ist ja undenkbar, Herr Doktor. Sie haben Europa vor zwei Wochen verlassen. Die Ladung müßte sich längst zerstreut haben.“

Dr. Frank schüttelte den Kopf.

„Sie irren sich, Mister Headstone! Meine Kondensatoren halten die Elektrizität, die sie einmal geschluckt haben, eisern fest. Mein Schwerstoff läßt nicht ein einziges Elektron entweichen...“

Headstone warf einen mißtrauischen Blick auf den so eigenartig schimmernden und blinkenden Kasten, als hätte er eine Kiste voll Dynamit vor sich. Unwillkürlich trat er ein paar Schritte zurück.

„Keine Angst, Mister Headstone!“ sagte Dr. Frank ermutigend. „Die dreißig Millionen Volt sind sicher in der Kiste verpackt.“

„Sie sprachen von neunzig Millionen?“ warf Brooker ein.

„Wenn wir auf Serie schalten, Mister Brooker. Vorläufig ist jeder der drei in der Apparatur vorhandenen Kondensatoren auf dreißig geladen. Wir wollen erst einmal die Anschlüsse machen.“ Etwa einen halben Kilometer voneinander entfernt standen vor dem Hochspannungswerk zwei hölzerne Gittermaste, die früher einmal zu Funkzwecken gedient hatten. Mehr als hundert Meter ragten sie in die Höhe. Jetzt trug jeder von ihnen auf der Spitze eine blanke Metallkugel. Von jeder Kugel ging ein feiner Draht nach unten und lief auf dem Boden weiter. Neben dem Kondensator lagen die beiden Drahtenden. Dr. Frank griff eins davon, beugte sich damit über seinen Zauberkasten, suchte und fand eine bestimmte Stelle, drückte das Drahtende dagegen. Es drang ein und steckte fest. Im nächsten Augenblick hatte er auch das andere Ende angeschlossen.

„Dreißig Millionen Volt Spannung sind jetzt zwischen den beiden Kugeln“, sagte Dr. Frank mit einer Handbewegung zu den Masten hin. „Jetzt – neunzig!“

Er drückte auf einen Schaltpunkt: Jäh und fahl zuckte es durch die Luft. Noch bevor sie die Augen vor dem blendenden Licht zu schließen vermochten, krachte ein Donner, der Brooker und Headstone durcheinandertaumeln ließ und für Minuten taub machte. James Headstone saß auf einem Stapel Schrott, auf den er hingesunken war, und wischte sich die Stirn mit einem Taschentuch. Dr. Frank stand neben ihm und lachte.

„Was, Mister Headstone? Der Schlag gab Öl!“

„Neunzig Millionen Volt?!“ stammelte Brooker, noch blaß von dem Erlebnis. Er versuchte sich zu sammeln. „Können Sie das noch einmal machen?“ fragte er verwirrt.

„Leider nicht möglich, Herr Direktor. Sie haben nur zehn Millionen Volt in Ihrem Werk. Drei mal zehn gibt, nach Adam Riese, dreißig. Mit dreißig Millionen kann ich's Ihnen wiederholen, wenn wir den Kondensator von Ihrer Anlage aus neu laden.“

„Schließen wir an!“ sagte Brooker.

„Dreißig Millionen Volt springen zwischen den beiden Kugeln nicht über“, wandte Dr. Frank ein. „Sie haben es ja vorher gesehen. Wir müssen die Funkenstrecke verkürzen, den einen Draht abschneiden und näher heranziehen.“

Den Draht abschneiden... Das Wort klang Headstone in den Ohren. Das ganze Elend mit der AE-Station, das er über das Neue, Wunderbare, das er hier sah, für kurze Zeit vergessen hatte, kam ihm wieder in die Erinnerung. Wie wollte der Doktor diesen verteufelten Draht abschneiden, der jedem Stahl trotzte und in der Hitze des Knallgasbrenners zu einem unlöschbaren Brandherd wurde? Er sprang auf und folgte dem Deutschen. Etwa hundert Meter ging der an dem Draht entlang, blieb stehen und griff in die Tasche. Eine kleine Zange lag in seiner Hand, als er sie wieder herauszog. Eine gewöhnliche Stahlzange schien es zu sein. Er beugte sich nieder, hob den Draht etwas empor, setzte die Zange an. Ein Druck von seiner Hand... die Augen Headstones wurden größer... glatt schnitt die Zange durch.

„Was ist das? Wie haben Sie das gemacht, Herr Doktor? Womit haben Sie geschnitten?“ Die Fragen überstürzten sich aus Headstones Mund.

„Diamanten muß man mit Diamanten schneiden, Mister Headstone.“

Dr. Frank reichte ihm die Zange hin. Headstone griff begierig danach. Sie war schwer, viel schwerer als eine stählerne Zange gleicher Größe, obwohl sie doch auch nur – Headstone konnte sich davon überzeugen – aus Stahl bestand. Nur an den Schneideflächen funkelte ein winziger dunkler Streifen. James Headstone ahnte, daß es der geheimnisvolle Schwerstoff sein mußte, der hier, noch irgendwie weiter verdichtet oder gehärtet, dem Werkzeug die übernatürliche Schnittkraft verlieh. Dr. Frank nahm das Drahtende auf und zog es hinter sich her. „Helfen Sie mir, Mister Headstone!“ bat er. „Der Draht ist schwer.“

Gemeinsam schleiften sie ihn hinter sich her, bis zum Kondensator und noch weitere hundert Meter näher an den andern Mast heran.

„Jetzt können wir anschließen.“ Dr. Frank sagte es und ging, von Brooker und Headstone gefolgt, in die Werkhalle. Andere Drähte, mit dem Schwerstoff isoliert, lagen dort bereit. Die Anschlüsse wurden gemacht, die

Zehnmillionenanlage der United wurde auf Spannung gebracht. Headstone warf einen verwunderten Blick auf den Stromzeiger. Dr. Frank nickte ihm zu.

„Mein Kondensator schluckt ganz brav. Fünfzig Coulomb nimmt er bei der Spannung auf... So, jetzt ist er voll geladen. Wir können die Verbindungen lösen."

„Fünfzig Coulomb, Herr Doktor?" Zweifel und Staunen sprachen aus den Worten Headstones.

„Nicht sehr viel, Mister Headstone; man muß zufrieden sein. Mit Ihren zehn Millionen läßt sich nicht mehr 'reinbringen. Immerhin, es langt. Mit ein paar Milliarden Tonnen wird der Schwerstoff auch bei dieser Ladung mechanisch beansprucht."

Headstone schwieg. Die Worte des Doktors gaben ihm zu denken. Wie unendlich fein mußten die isolierenden Schichten in diesem Zauberkasten sein? Wie dicht mußten die entgegengesetzten Elektrizitäten darin beieinander liegen? Wie mächtig mußten sie sich gegenseitig anziehen, um solche Riesenkräfte auszuüben? Wie unendlich widerstandsfähig mußte der Schwerstoff sein, um neben der elektrischen Beanspruchung auch noch solche Drücke auszuhalten? Wie ein Träumender folgte er Brooker und dem Doktor wieder ins Freie.

„Achtung!" rief Dr. Frank und machte eine Bewegung nach dem Kasten. Ein Blitz zuckte von dem einen Mast und schlug an der Stelle in die Erde, wo das freie Drahtende lag. Die Erde schien unter dem Schlag zu erbeben, grollend rollte der Donner nach. Auch jetzt brauchte es Zeit, bis wieder Beruhigung eintrat, bis die Männer mit klaren Sinnen sprechen und denken konnten.

„Ein guter Schlag, aber dreimal schwächer als der erste", sagte Dr. Frank. „Wollen wir das Experiment wiederholen?"

Brooker winkte ab. „Genug, Herr Doktor. Wir haben gesehen, was Sie können. Jetzt wollen wir uns an den Verhandlungstisch setzen."